2023年9月16日,"中华诗词学会"松阳古村落采风行活动

2023年11月4日,中华诗词学会副会长刘庆霖先生为松阳诗词爱好者作"诗词中的力量与法门"讲座

2023年11月4日，上海大学中华诗词创作研究院院长曹辛华教授为"中华诗词学会现当代诗词研究工作委员会（松阳基地）"授牌

2023年11月5日，首届兰雪诗词交流会暨第四届丽水"瓯江山水诗路"中华生态诗创作创作分享会在松阳成功举办

（感谢松阳县文联提供图片）

瓯江论诗　第四辑

兰雪诗词研究

主编　梁　奇　周加祥

上海大学出版社
·上海·

图书在版编目(CIP)数据

瓯江论诗.第四辑,兰雪诗词研究/梁奇,周加祥主编.—上海:上海大学出版社,2024.5
ISBN 978-7-5671-4974-8

Ⅰ.①瓯… Ⅱ.①梁… ②周… Ⅲ.①诗歌研究—中国—当代—文集 Ⅳ.①I207.22-53

中国国家版本馆CIP数据核字(2024)第094974号

责任编辑 李　双
封面设计 倪天辰
技术编辑 金　鑫　钱宇坤

瓯江论诗　第四辑
兰雪诗词研究
梁　奇　周加祥　主编
上海大学出版社出版发行
(上海市上大路99号 邮政编码200444)
(https://www.shupress.cn 发行热线 021-66135112)
出版人　戴骏豪

*

南京展望文化发展有限公司排版
上海普顺印刷包装有限公司印刷　各地新华书店经销
开本 710mm×1000mm　1/16　印张 19.75　插页 1　字数 324千字
2024年6月第1版　2024年6月第1次印刷
ISBN 978-7-5671-4974-8/I·703　定价 98.00元

版权所有　侵权必究
如发现本书有印装质量问题请与印刷厂质量科联系
联系电话: 021-36522998

编委会

顾问
（按姓氏笔画排序）
叶志深　邵炳军　黄仁生　曹辛华

主任
林　莉　姚　蓉　林嘉栋

副主任
阙　颖　叶东香　夏明宇

主编
梁　奇　周加祥

副主编
夏莘根　刘慧宽　王　春　叶建寿　王　玲

序一

前天中午甫到"松古平原",我便辞谢了东道主松阳县领导及相关部门的接待,来了个"自由行",第一站去了双童山,第二站去了明清古街。双童山是国家 AAAA 级旅游景区,双岩突兀的绝妙景色与景区内现代化的高空体验项目,彰显了自然景观与科学精神的完美融合。明清古街原汁原味的建筑和浓郁的烟火气,凸显了传统文明与现代精神的有机统一。同时,这次"自由行"还有两点感受颇深:一是松阳人做事认真、乐于助人。当我从双童山走下来时天色已晚,便给送我上山的司机打电话。他告诉我车上有乘客,让同行接我。他的同行很快到达双童山并顺利将我送至下一个目的地——明清古街。这件小事,显示出松阳人做事认真负责且有乐于助人的美德。二是松阳人的文明互鉴。当晚,我在古街"佰仙面馆"吃"水牵面",得知面馆的第一代传承人叫夏金联,竟然是位清末民初自青田迁居松阳的陕西籍客家人。这碗"水牵面"里,体现出松阳人具有文明互鉴的优秀传统。

由自然景观与科学精神的完美融合、传统文明与现代精神的有机统一、助人为乐的美德、文明互鉴的优秀传统等,以小见大,窥斑见豹,不仅可以看出在历届县委、县政府的领导下,松阳人在传承中华优秀传统文化、红色革命文化、社会主义先进文化的不懈努力,更显示出他们在建设社会主义新时代新文化的显著成效。特别是本届政府的诗人县长梁海刚先生,切实践行习近平总书记的文化思想,组织实施"文兴松阳,挺进共富"工程,开创出文化繁荣的新局面。我们见证了今日之松阳,弦歌之声处处可闻,大雅之道时时在目,人们都沉醉在以诗礼文化为核心元素所建构的人与自然的和谐之中。

上海大学诗礼文化研究院是全国唯一一家以"诗礼文化"命名的校级教学与科研机构。研究院于 2018 年成功申报教育部首批中华优秀传统文化传承

本序为作者在"兰雪诗词研究交流暨第四届丽水'瓯江山水诗路'与中华生态诗创作分享会"上的讲话。

序 一

基地,2020年成功申报上海市中华经典诵写讲基地,2021年成功获批上海市重点创新团队。以此为依托,我们承接了九项国家社科基金重大项目,举办了七届"中华诗词吟诵大会",组织中华古诗文吟诵和创作工作坊七十余期。同时,我们还注重充分发挥国家级基地的"辐射功能",与沪、浙、皖、赣的十余家单位签约建立"中华古诗文吟诵和创作"实践基地,与四个区县建立了长期合作关系。如今,我们在"丽水之始,处州之根"的松阳,建立了一个"中华古诗文吟诵和创作"实践基地,举办了诗词系列活动,为发掘、弘扬松阳县丰厚的诗词资源,提升松阳县文化软实力和影响力贡献微薄之力,这是我们不忘初心,砥砺前行,弘扬中华优秀传统文化的使命所在。

流淌过这片土地的千里瓯江,文脉昌盛,英贤辈出,为这片土地铺展了一条千年诗路。时至今日,还有一大批钟情于瓯江山水的学者与诗人,不断探寻这里独特的民俗风情、揭橥其深厚的历史文化底蕴,深入挖掘瓯江诗路的灿烂文化并高度提炼其文化特色。我相信,这将促使古松阳文化、瓯江文化焕发出新的生机与活力。

昨天清晨,我在松阴溪国家级水利风景区散步的时候,看到了一幅县文明办制作的宣传图片——"浙江有礼,尚德松阳",切身感受到该景区已经把"礼"与"德"具体化到人们衣食住行等社会生活的方方面面。面对这幅图片,看着清澈见底、环绕独山,流向东海的松阴溪,我感到心旷神怡,将对松阳这块宝山圣水的热爱提炼为今天致辞的三个主题词:一是"江南秘境",体现的是松阳人天人合一的哲学精神;二是"山海相依",松阳依山,上海临海,但松阳人民的松阴溪,上海人民的黄浦江,都流进了东海,揭示出松阳县与上海大学合作共赢的文化基因;三是"再造辉煌","松阳"之"松"象征永恒,"阳"象征阳刚,两字合一,意味着自强不息、奋斗不止,是文化载体与文化名片,预示着我们将通过共建模式,开拓性、创造性践行习近平文化思想。

所以,我相信,首届兰雪诗词交流会暨第四届丽水"瓯江山水诗路"中华生态诗词创作分享会一定会圆满成功!

最后,祝各位的松阳之行不仅能在宝水灵山中收获身心健康,也能在诗词交流中收获真挚的友谊!

谢谢大家!

邵炳军

2023年11月5日

序二

  自创立至今已走过了八个春秋！作为瓯江诗派主要宣传平台的《瓯江论诗》也已编至第四辑，行将付梓出版。自瓯江诗派在浙江省丽水市创立以来，各项工作齐头并进，从理论研究，到诗词创作，再到社会影响，取得了十分丰硕的成果，得到了社会广泛的支持和认可，对丽水乃至浙江的诗词事业起到了积极的推动作用。

  八年来，瓯江诗派在丽水市委、市政府的正确领导下，在中华诗词学会、中国楹联学会和浙江省诗联学会的全力支持下，在丽水诗人联家和社会各界的共同努力下，走出了一条符合自身实际而又体现时代特征的诗派传承之路、创新之路和发展之路。《瓯江论诗》第一、第二、第三辑分别被中共丽水市委宣传部评为 2017、2020、2022 年度的丽水市文艺精品，可见高论迭出，佳作纷呈，别样精彩，蔚为大观矣。

  新的一辑《瓯江论诗》第四辑有哪些新的面貌和新的思考呢？

  第一，从地域空间上来看，第四辑《瓯江论诗》是首届兰雪诗词暨第四届丽水市瓯江山水诗路与中华生态诗学术交流会的重要学术研究成果，本次学术交流会首次将举办地放在丽水市松阳县举行，这不仅展示了瓯江诗派以诚挚的热情欢迎来自全国的诗学研究专家和众多诗人，又表明了松阳县作为"丽水之始、处州之根"，在打造"县域副中心型"美丽城镇样板，亮出浙江省首批千年古城复兴战略决策方面所具有的深沉历史使命感和当代人文精神。

  本次学术交流会邀请上海大学及其附属的中华优秀传统文化传承基地、诗礼文化研究院共同参与，深入挖掘张玉娘这位松阳本土历史人物的文化底蕴，也为瓯江诗派借助高校师生等时代新生力量，推进乡土文化与城镇风情建设，传播瓯江山水诗路品牌形象，落实《浙江省诗路文化带发展规划》等，开拓了新的领域，是一次十分有意义的突破性尝试。松阳县委、县政府主要领导谋划和出席，县宣传、文化、旅游等部门密切配合，为活动的成功举办和本辑论文

序　二

作品的丰富精彩,提供了必要的保障,在此向松阳县委、县政府的领导和同志们,以及上海大学的师生们,表示衷心的感谢!

第二,从时间脉络上看,《瓯江论诗》第四辑一承瓯江诗派据"瓯江山水诗路"立论的研究态度和视角,但又在"从山水田园诗走向中华生态诗"的道路上,持续不懈地作出深化和升华。从2016年下半年,瓯江诗派酝酿立派并得到了社会各界的积极响应,瓯江诗派的诗人努力在出作品、出流派、出主张、出地位和出方向五个方面认真探索,在诗派成长的征程中留下了一个个十分鲜明而又踏实有力的脚印。

《瓯江论诗》第一辑阐述的立派宣言,从理念、渊源,到风格、特色,再到组织、实践,一个诗派应具备的四梁八柱,为瓯江诗派的诞生和成长,开了一个好头;《瓯江论诗》第二辑恰逢《浙江省诗路文化带发展规划》发布,虽然第二届瓯江山水诗路论坛的筹备召开与省政府文件的正式发布存在着几个月的时间差,但瓯江诗派又一次抓住了诗派发展的珍贵"时间窗",为论坛正名,为文辑理脉,在继续深入"探讨瓯江诗派"的基础上,为诗派的发展理出了若干研究方向,即"阐发瓯江诗路""推进生态诗词""追踪乡土文脉"和"把握诗词规律",现在看来,这些方向何其精当、何其及时、何其科学,真是叹为观止!《瓯江论诗》第三辑继续联动瓯江山水诗路论坛,高张"中华生态诗"吟旌,在中华诗词界"从高原走向高峰"的征程上,瓯江诗派又迈出了坚实的一步,并首次提出"打造中华诗词之市",为瓯江诗派配合市委、市政府战略部署,全面推进经济、政治、文化、社会和生态文明建设五位一体,确立了历史地位和社会地位。

毫无疑问,《瓯江论诗》第四辑在前三辑基础上,继续"追踪乡土文脉",推进中华生态诗的深化和升华研究。其中收录松阳本土文化及其诗词相关研究,以及瓯江诗派及中华生态诗相关研究多篇,超过全部论文数的四分之三,可见选题之集中、研究之深入。这些论文中,颇有见地的一些观点有:一是进一步阐述了瓯江诗派及其中华生态诗的历史承继、时代发展、守正创新、典型运用;二是结合乡土文化的挖掘揭示中华生态诗的无穷魅力;三是以中华生态诗助力乡村振兴、文旅发展等各方面建设的深入思考;四是将南宋才女张玉娘及其《兰雪集》诗集的研究进一步延伸,将中华女性诗词的研究纳入瓯江诗派研究的一个分支中。

第三,从创作队伍上来看,《瓯江论诗》第四辑的论文作者呈现出瓯江诗派以老带新、梯队成长的可喜局面。瓯江诗派研究会首席研究员叶志深先生等老一辈,依然发挥着重要作用,是当代瓯江诗派的定盘星;逐渐成长成熟的核心骨干力量,承担着承上启下的重要作用,已然成为瓯江诗派的主力军;一经亮相就昂然走上瓯江诗派时代舞台的青年一代创作研究力量,则继承了前辈励精图治的创造精神,俨然是瓯江诗派的新生力量。

瓯江诗派不仅扎根于自身丰沃的土壤,充分培养和发挥自身的创作和研究力量,而且广征博引,纳贤延智,邀请了全省乃至全国的诗词研究专家,共同探讨瓯江诗派的发展,体现出大气开放的宽宏格局。《瓯江论诗》第四辑所收录论文的作者均为瓯江诗派、瓯江山水诗路与中华生态诗的繁荣与发展提出了宝贵的意见。上海大学作为"第四届瓯江山水诗路论坛"的主办单位之一,师生共组织书写论文十五篇,这些论文结合作者自身民国诗词研究领域的优势,切入松阳张玉娘及其《兰雪集》这一文化地标,对古今女性诗词创作和流播现象作了深入的研究,丰富了瓯江诗派的理论研究宝库。

我们欣喜地看到,瓯江诗派从历史发展的必然中走来,从社会大众热爱中华优秀传统诗词文化的热情中走来,从"绿水青山就是金山银山""两山"理念的谆谆教诲中走来,从浙江省"四条诗路"文化带的发展规划中走来,豪情满怀,意气昂扬,披荆斩棘,乘风破浪,走出了丽水人民的时代风采和精神风貌,为浙江诗词事业乃至全国诗词事业的发展作出了重要的贡献。瓯江诗派将在未来的征程中继续保持旺盛的志气,更加准确地把握好中华文明的连续性、创新性、统一性、包容性、和平性特性,为建设中华民族现代文明作出更新更大的成就。在此谨向瓯江诗派的全体同仁致以由衷的钦佩和崇高的敬意!

郭星明

2024 年 1 月 15 日

目录

上编　兰雪诗词研究

至才　至情　至理——孟称舜与张玉娘 …………………… 奚日城　003
张玉娘相思题材诗词赏析 …………………………………… 张媛颖　013
文字永恒　精神永恒——简论张玉娘《兰雪集》 ……………… 蔡世平　020
女性词的开拓：王德方《滋兰馆词》探论 …………………… 王纱纱　027
论民国女词人卢葆华《相思词》创作及艺术 ………………… 常娜娜　037
民国女诗人钱用和诗词刍议 ………………………………… 高西北　072
论近代女词人李家璇《樱云阁词》创作特点及其意义 ……… 李景燕　082
论民国女诗词作家李梅魂《梅魂吟草》及其特点 …………… 马轶男　091
论民国女词人马汝邺创作及其意义 ………………………… 张娅晓　101
论近代浙江女词人周演巽及其《湖影词》 …………………… 张艺凡　108
论民国女词人创作状态与观念的新变 ……………………… 曹辛华　117
《诗经》乐谱叙论 ……………………………………………… 杨　赛　129

下编　瓯江论诗

挖掘瓯江山水诗路秘境
　　——以新时代文化思想统领瓯江诗派诗词入史 ……… 郭星明　147
论兰亭诗、山居诗到生态诗的发展 ………………………… 赵安民　156
生态之光入韵来：中华生态诗在丽水的发展 ……………… 周加祥　160

目 录

中华生态诗是瓯江诗派的伟大创举，是瓯江山水诗路的璀璨辉煌
　　　　　　　　　　　　　　　　　　　　　　　　　　　夏苹根　166

齐力发展强大瓯江诗派之我见 …………………………… 吴岳坚　186

泄为山水诗，逸韵谐奇趣
　——探析"瓯江山水诗"中"山水"之审美内涵 ………… 姚传标　192

松阴溪畔从山水诗走向中华生态诗的诗路 ……………… 李德贵　202

论瓯江诗派生态诗的思想内涵的三个维度 ……………… 曹荐科　207

创作者对瓯江山水诗路、瓯江诗派、生态诗的自我突破 … 王少君　212

绿意心头满　高吟生态诗——叶志深《中华生态诗三百首》序
　　　　　　　　　　　　　　　　　　　　　　　　　　　王　骏　217

浅谈中华生态诗——兼赏松庐先生《山居杂咏》十二首 … 周　进　226

中华生态诗略论 …………………………………………… 叶志深　234

呼唤最美的生命状态——从松庐先生《山居杂咏》的写作视角说起
　　　　　　　　　　　　　　　　　　　　　　　　　　　张金英　242

生态诗选评 ………………………………………………… 姚泉名　252

试谈山水生态诗在文旅融合中的作用 …………………… 傅　瑜　258

论生态诗的文学三性 ……………………………………… 楼晓峰　263

关于推广中华生态诗的几点思考 ………………………… 程丽平　265

肩担生态著诗书——赏析叶志深先生《中华生态诗三百首》… 徐玉梅　270

彰显诗词魅力，助力生态文旅
　——再论诗词对旅游业发展产生的独特魅力 ………… 郑素莹　274

让中华生态诗的魅力助推乡村振兴 ……………………… 陈吾军　278

弘扬张玉娘文化魅力，把松阳打造成为中华诗词之乡 … 项一民　283

发挥生态古村落文旅优势，把松阳打造成中华诗词之乡 … 樊敏青　291

"山水田园诗"谢陶两鼻祖之比较 ………………………… 徐友松　296

上编 兰雪诗词研究

至才 至情 至理

——孟称舜与张玉娘

奚日城

一、孟称舜与张玉娘之渊源

张玉娘,字若琼,号一贞居士,南宋末期松阳人,有《兰雪集》行世,存诗百余首,三言、五言、七言、律体、民歌,众体兼备,存词16阕,多抒写寂寞感怀,幽闺清怨,风格清丽,词作虽不多,但足以与李清照、朱淑真、吴淑姬并称为"四大词家"。

张玉娘出生于士族家庭,家学渊厚。高祖张如砥曾任承务郎,曾祖父张再兴为淳熙八年(1181)进士,任科院左迪功郎,父亲张懋为提举官。玉娘自幼受家学熏染,才华冠绝,并影响其身边之人。玉娘有二侍女,皆才色双全,"侍儿二人,冢紫娥,副霜娥,皆有才色,善笔札。所畜鹦鹉,亦辩慧,能知人意事。因号曰闺房三清"[①]。

张玉娘父母为之择配表兄沈佺,但沈佺无功名,张父有悔意,沈佺开始随父宦游京城,不料感寒症不治。侍女听闻此事,向张玉娘诉说沈佺乃是积思成疾,于是张玉娘私寄信笺与沈佺,称"谷不偶于君,愿死以同穴也"。后沈佺病故,张玉娘哀婉郁郁。玉娘父母见其悲痛,想为之另配佳婿,但玉娘以死志之,"女所未亡者,有二亲耳"。《松阳县志》载其"矢志守节,临帏哀恸,恨不同死"[②]。后张玉娘夜梦沈佺,想要随之而去,不逾月,张玉娘绝食而死。玉娘父母悲痛欲绝,与沈家合计,将二人合葬于枫林。不久,玉娘侍儿紫娥、霜娥相继随主而去,所养鹦鹉,竟也悲鸣而死,家人将他们一并祔葬于玉娘墓旁,时人称之"鹦鹉冢"。

[①] 王诏:《张玉娘传》,《兰雪集与张玉娘研究》,中国青年出版社2005年版,第57页。
[②] 支恒春:《松阳县志》卷十,民国十五年(1926)版。

宋元至明初的百余年间,张玉娘之事迹只零星散记于当地县志之中,明成、弘间,松阳文士王诏收集张玉娘事迹,考其祖、父家族仕进情况,作《张玉娘传》。此后又一二百年,张玉娘的事迹仍只在松阳一带流传。直至清顺治年间,孟称舜的出现。

孟称舜(约 1595—1655 以后),字子塞,其父孟应鳞曾任兖州别驾,会稽(今浙江绍兴)人。孟称舜生活于明末清初,崇祯二年(1629),孟称舜与兄孟称尧加入张溥复社。顺治六年(1649)孟称舜成为清朝贡生。

后孟称舜担任松阳教谕,在任期间,孟称舜翻阅《松阳县志》,始知县中有三异人"其一为卯山道士叶静能,其一为雪庵和尚叶希贤,其一即一贞居士张玉娘也。"①感三人之事迹,孟称舜分别作了《卯山道士》《雪庵和尚》《一贞居士》等诗歌,其中《卯山道士》与《一贞居士》皆为叙事长诗,《一贞居士》:

> 千年恨骨葬秋山,一片枫林叶染丹。
> 岂是霜花夜凝紫,相思血泪成斑斑。
> 一贞贞洁心如玉,幽居长向兰房哭。
> 彩丝绣作沈郎名,生不相逢死相逐。
> 山高月小何皎皎,我有所思在远道。
> 所思不见待如何,玉容一旦秋风槁。
> 闻道沈郎不胜衣,梦里依稀觉也非。
> 却恨容颜不相见,可怜白首空相期。
> 翠频双鬟共生死,绿衣好鸟重悲啼。
> 不及前春双燕子,足系红丝去复归。
> 裁就新诗寄谁是,九原泉下有人知。
> 坟前古树影支离,疑是沈郎憔悴时。
> 夜夜常栖比翼鸟,年年空长并头枝。
> 碧窗人杳谁为主,好把鸳鸯比鹦鹉。
> 鹦鹉冢前宿草黄,鸳鸯冢上日色暮。
> 茫茫宿草起村烟,三生石畔斜阳路。
> 凄凉落叶满枫林,今古伤心在此处。②

---

① 孟称舜:《贞文祠记》,《兰雪集与张玉娘研究》,中国青年出版社 2005 年版,第 62 页。
② 朱颖辉:《孟称舜集》,中华书局 2005 年版,第 545 页。

孟称舜此诗旨在叙述张、沈两人的爱情悲剧,若从细处上看,此诗之情节、征引的张玉娘诗句,以及两侍女的名字等,皆采自《松阳县志》记载,并无《兰雪集》及王诏《张玉娘传》的痕迹。"山之高,月出小,月之小,何皎皎,我有所思在远道"一句本为县志所征引,被孟称舜化用为"山高月小何皎皎,我有所思在远道",县志记玉娘侍女为"轻红、翠红",而非王诏所载的"霜娥、紫娥"。可见彼时的孟称舜对张玉娘的了解尚不甚深,只是惊异于玉娘为情守贞而死的悲剧故事。

之后在与松邑诸子的交往中,张玉娘的形象在他心中似乎更加清晰起来。在一次与松邑诸子致祭张玉娘后,孟称舜写下了《祭张玉娘文》:

> 维年月日,会稽孟称舜偕松邑诸子,酌月泉之水,采云岩之芝,致祭于贞女一贞居士张玉娘之墓。
>
> 彼以卓临邛之色,而琴心暗引,遂成一世之瑕;以李清照之才,而琼琚悮投,难铸九州岛之错。孰如居士者,饰绣云以作肝,琢冰玉而为骨,贞而不字,贞为女士之师,矢以靡他,特着共姜之节。文回织锦,夺异巧于天孙;泪洒成班,追幽思于尧女。天禄校书,视班姬而无愧。①

在祭文中,孟称舜将张玉娘与共姜、尧女、卓文君、班婕妤、李清照并称,不仅是对张玉娘忠贞品质的颂赞,还第一次鲜明地表现出对于张玉娘才华的认可。

怜其人,感其文,顺治十年(1653),孟称舜辑录张玉娘所存诗词,成刻本《兰雪集》。据松阳《吴兴沈氏宗谱》之《续修贞文祠暨鹦鹉冢事略》所载,张玉娘故后,《兰雪集》诗稿原本存于沈祠,"迄顺治初年,松阳教谕孟公称舜,忽于庭右见鹦鹉碑,深为诧异。又有《兰雪》诗稿二卷,皆玉娘之遗迹。"②于是孟称舜在阅览之后,便有了校编刊刻之举。《四库全书·总目提要》称"至嘉靖中,邑人王诏得其遗诗于《道藏》之中,乃为作传"③是为失考,孟称舜刊刻之时,将寻见的明人王诏《张玉娘传》系于卷后,并作补文:"按邑乘,载土诏号龙溪,邑

---

① 朱颖辉:《孟称舜集》,中华书局2005年版,第570页。
② 孟称舜:《续修贞文祠暨鹦鹉冢事略》,《兰雪集与张玉娘研究》,中国青年出版社2005年版,第85页。
③ 纪昀:《〈四库全书·总目提要〉(节录)》,《兰雪集与张玉娘研究》,中国青年出版社2005年版,第89页。

诸生,尝游治平寺。闻藏顶嘤嘤有声,缘梯上视,乃抄本一帙,记革除时事。其字多断烂不可读,止得梁郭十数人各赞数语,题曰《忠贤奇秘录》,载吾学编中。观此,则龙溪必成弘间人,异时当于郑端简公吾学编中一考之。顺治癸巳夏五录张玉娘传,牵连记此。"显然,在版本流传的过程中,四库提要已经将王诏《忠贤奇秘录》的获得过程与《兰雪集》相混淆。王诏其年岁已不可考,今查《明史》及《明儒学案》,只有嘉靖年间浙江山阴人王畿号"龙溪先生"①之记载,或是孟称舜误抄。"顺治癸卯"即顺治十年(1653)。这是《兰雪集》刻本的第一次问世,但发行量并不大,今已不存。

顺治十三年(1656),孟称舜悯张玉娘之贞而能文,又见旧鹦鹉墓残破不堪,恐其不久便就此隐没于荒烟蔓草之中,于是与松阳义士商计,为张玉娘捐田、修墓,并建一祠,题名为"贞文祠"②。孟称舜《贞文祠记》云:"……欲封其墓,必自辟其田始;田不辟,则耕者日侵削之至于亡。且路在墓后,则匪特牛羊蹂之,而行履杂遝日残其上,虽封之奚益?因以余所置田三亩,易其旁田,而树松以象其贞,树梅以象其芬也。墓前立小亭,植碑志之。余地浚为长塘,植荷以象其处淤泥而不染之节也。更其路于墓前,而立祠于墓后,并塑准提佛于后堂,而塑贞女及霜娥、紫娥、鹦鹉于前殿……"③在墓、祠的建设上,孟称舜亲自参与规划、设计,并以松、梅、荷等植物环绕,足可见其良苦用心。从《贞文祠记》"祠未及落成,而予复将旋里,善后之图,全以嘱之同志诸君"可知,这篇祠记作于孟称舜离开松阳之前,彼时贞文祠尚未完工。

此年仲春,朝廷四处屠戮儒士,松阳有儒生哭庙被逮捕,孟称舜力庇之,松阳儒生得以保全,但孟称舜却请求辞归④。离开松阳后,孟称舜与张玉娘的渊源并未就此断绝,他将张玉娘的作品带回了故里,并请友人唐九经、唐九纬兄弟为之谱曲。唐九经《读〈兰雪集〉七章 有引》云:"子塞孟子自松阳振铎归,携贞女之遗诗,既梓其集,复为传奇,以鼓吹当世人,且嘱予为之歌。自秋徂冬,曾无隙暇,几为搁管,终未成篇……"⑤唐九纬《鹦鹉墓赞 有引》云:"子塞子自

---

① 《明儒学案》卷十二载:"王畿字汝中,别号龙溪,浙之山阴人。弱冠举於乡,嘉靖癸未下第归而受业於文成。……年八十,犹周流不倦。万历癸未六月七日卒,年八十六。"
② 松阳《吴兴沈氏宗谱》载:"至国朝顺治十三年丙申,师台孟公,讳称舜,悯其贞而能文复捐田三亩零,以为玉娘春秋祭祀之田。"故知时在顺治十三年(1656)。
③ 孟称舜:《贞文祠记》,《兰雪集与张玉娘研究》,中国青年出版社2005年版,第62页。
④ 朱颖辉:《孟称舜集》,中华书局2005年版,第369页。
⑤ 唐九经:《读〈兰雪集〉七章 有引》,《兰雪集与张玉娘研究》,中国青年出版社2005年版,第65页。

松阳归,贻我张大家《兰雪集》,并备话鹦鹉墓事,将为谱之乐府,以垂永古。"①
从两人的引中可知,孟称舜在离开松阳前已刊刻完《兰雪集》,并在返乡后着手创作戏曲《张玉娘闺房三清鹦鹉墓贞文记》(简称《贞文记》)。从现存《贞文记》第三十四出"立祠""某等乃白龙(松阳)县学礼生,今有本学周老师和通县亲友们,为贞女张若琼建立祠碑,名其祠曰贞文祠,名其墓曰鹦鹉墓。工已落成,今日特来致祭"②中,可推知贞女祠落成之际,孟称舜还可能受邀回到了松阳参与大典。

二、孟称舜对张玉娘的发掘与影响

自《松阳县志》发现松阳三大异人之一的张玉娘,到临墓祭文、刊刻《兰雪集》、捐田修墓建祠,到创作传奇《贞文记》,孟称舜耗费大量的心血发掘出张玉娘这粒沧海遗珠,然后向世人展现其传奇之处。

张玉娘之奇,最先体现在至才。古之女子有诗才者本已屈指可数,宋时女子诗词集流传至今的,除《漱玉词》《断肠词》外,唯有《兰雪集》,而元至明以来,女子长于诗词者几不可闻。张玉娘诗才之工,不仅冠绝一时,更是被后世接受、称颂。《松阳县志》载玉娘逝后,其遗稿《兰雪集》曾为元学士虞伯生、欧阳玄所见,读至玉娘"山之高,月出小,月之小,何皎皎,我有所思在远道,一日不见兮我心悄悄"句,两人称叹:"可与国风草虫并称。"③明人王诏《张玉娘传》中亦称"能文章,酝藉诗辞,尤得风人体,时人以班大家比之"④。

张玉娘《兰雪集》之所以被称为"酝藉诗辞,尤得风人体",一方面在于其诸体兼备,三五七言谣辞如《拜新月》"拜新月,拜月愿月圆。新月有圆时,人别何时见"质实不俚,又如《牧童辞》"朝驱牛,出竹扉,平野春深草正肥"活泼清新;四言则如《鸣雁二章》"鸣雁征征,白露既零。猗嗟清兮,怀彼春冰。鸣雁嗥嗥,凉风飘飘。猗嗟姕兮,怀彼春宵"古拙高华。

另一方面,张玉娘虽生活在闺阁之中,但所作诗词题材甚广,既有写江南儿女的《采莲曲》"女儿采莲拽画船,船拽水动波摇天",又有写边塞征人的《塞上曲》"为国劳戎事,迢迢出玉关""勒兵严铁骑,破虏燕然山",《塞下曲》"寒入

---

① 唐九纬:《鹦鹉墓赞 有引》,《兰雪集与张玉娘研究》,中国青年出版社2005年版,第67页。
② 孟称舜:《张玉娘闺房三清鹦鹉墓贞文记》,《兰雪集与张玉娘研究》,中国青年出版社2005年版,第503页。
③ 支恒春:《松阳县志》卷十,民国十五年(1926)版。
④ 王诏:《张玉娘传》,《兰雪集与张玉娘研究》,中国青年出版社2005年版,第57页。

关榆霜满天,铁衣马上枕戈眠";既有写自身闺怨的《西楼晚眺》"白烟凝野水,望断使人愁",又有写平民生活的《秋江辞》"舟人鲙切莼羹美,竹叶香清蟹正肥"。既可俗,亦可雅,张玉娘雅之高处,能思接千载与王摩诘、孟浩然、林和靖、苏东坡、李易安相唱和,可谓之至才。

更难得的是,张玉娘将自己与沈佺的情感轨辙保留在《兰雪集》之中。"拟结百岁盟,忽成一朝别,朝云暮雨心去来,千里相思共明月"(《山之高》)是分别后的相思倾泻,"待伊趋前路,争如我,双驾香车归去"(《玉女摇仙佩·秋情》)是相思不来,愿随之奔赴宦游的遐思,"新月有圆时,人别何时见""欲祝心间事,未语先惨凄"(《拜新月》)是对二人未来不确定性的焦忧、黯然,"中途成永绝,翠袖染啼红。怅恨生死别,梦魂还相逢"(《哭沈生》)是天人永隔的哀恸。古之士大夫大都拟设女子口吻,写对心上人之相思别离之苦,但始终像是隔了一层情感屏障。玉娘则纯以女子身份,写自身思念之苦、丧偶之悲,更显得真挚、动容。这也难免孟称舜在《贞文记·题词》中开篇即言:"古凡女子而能诗文者有之矣,有诗之工如玉娘者乎? 女子而贞不字者有之矣,有文与贞合而才行之全如玉娘者乎? 盖玉娘之才天下之奇才,而玉娘之行天下之奇行也。"

孟称舜谓张玉娘之奇行,便是张玉娘之至情。明中叶,统治者欲通过推行程朱理学"存天理、灭人欲"的道德伦理,以维系统治秩序。但随着商品经济的发展,阳明心学所提倡的"心即理也"理论反而受到推崇,社会风气转向寻求个性解放。戏曲家汤显祖受王学左派及思想家李贽的影响,将"情"与"理"看作是对立不可调和的矛盾,所谓"情有者理必无,理存者情必无"[1],于是他欲通过提倡戏曲上的至情,以反对"理"对于人性的种种压抑、束缚。汤显祖的至情论在创作上要求作者本人具有真情,所谓"弟从来不能于无情之人,作有情语也。"[2]而在创作内容上,则要求书写人间之至情,即所谓"生者可以死,死可以生。生而不可与死,死而不可复生者,皆非情之至也。"[3]汤显祖之后,臧懋循、沈际飞等人对其理论有所发展,大都不出至情的范围。

孟称舜最开始活跃于明末曲坛上,被誉为临川派继汤显祖后最重要的作家,他继承了汤显祖的至情说。易代之前,孟称舜已完成《娇红记》,在《题词》中他称"天下义夫节妇,所为至死而不悔者,岂以是为理所当然而为之邪? 笃

---

[1] 汤显祖:《寄达观》,《汤显祖诗文集》卷四十五,上海古籍出版社1978年版,第1268页。
[2] 汤显祖:《与沈华东宪伯》,《玉芳堂尺牍》,上海远东出版社1996年版,第259页。
[3] 汤显祖:《牡丹亭题词》,《汤显祖诗文集》卷三十二,上海古籍出版社1978年版,第1093页。

于其性,发于其情","士为知己者死,女为悦己者容。太史公传晏婴,则甘为之执鞭,而虞仲翔愿以青蝇为吊客,曰:'后世有一人知我,死不恨。'然而世之知我有如此两人者乎?呜呼,是亦我之所乐为死者矣!"①在孟称舜眼中,发现至情,记录至情,表达至情,是自己作为戏曲家的职责使命。

因此,当孟称舜在《松阳县志》中发现宋末元初这位未嫁娶却愿守节赴死的张玉娘,以及随主而去的双娥、鹦鹉时,戏曲家的敏锐感让他察觉到了其中的不寻常。内心这种悸动吸引着他去了解、去追寻和张玉娘有关的一切。而当孟称舜读到《兰雪集》这本张玉娘在至情中创作的至文时,又自然有一种使命感进一步推动着他为之刊刻诗稿,创作传奇,向世人传达这份旷世之至情。

在至情之外,孟称舜又在张玉娘的身上找到了一种至理的存在。张玉娘与沈生有着至深的感情,沈生死后,玉娘虽未嫁,但仍然守贞殉之。张玉娘的事迹体现出一种至情与至理的融合,于是孟称舜希望借宣扬张玉娘之至情事迹,从而达到劝风俗的目的。"而今也则为表贞女之墓,立祠祀之,所以明伦也。""孰有殉夫于未嫁之前,而守信于既逝之后如贞女者乎?予故特表之,以示劝也,而匪以其文之足传也。"②

若将孟称舜的《娇红记》与《贞文记》进行对比,不难发现,《娇红记》仍在坚定地维护王学左派所倡导的个性解放。而《贞文记》在宣扬至情外,却更兼有一种劝善的理念,在文中他批判了慕色而亡的《牡丹亭》,称其"安足言情哉"。③他甚至借张玉娘之口批判古之才子佳人"以一贞自命,常叹相如薄行,浪称才子;文君淫奔,枉号佳人"④,在《贞文记》中,孟称舜将张玉娘塑造成为"情正"形象,使其成为"表扬幽贞,风励末俗"的垂范。

在为情守贞之外,孟称舜还从张玉娘身上又看到一种对家国天下的忠贞。宋末元初,家国动荡,张玉娘在《幽州胡马客》曾有"慷慨激忠烈,许国一身轻。愿系匈奴颈,狼烟夜不惊"不让须眉之志,其自注云:"以上凯歌乐府,俱闲中效而不成者也。丈夫则以忠勇自期,妇人则以贞节自许。妾有深意焉。"⑤松阳将军宋远宜与元兵交战,战死望松岭,后葬于岭上,张玉娘曾去祭奠,作《王将军

---

① 朱颖辉:《孟称舜集》,中华书局2005年版,第559页。
② 孟称舜:《贞文祠记》,《兰雪集与张玉娘研究》,中国青年出版社2005年版,第62页。
③ 朱颖辉:《孟称舜集》,中华书局2005年版,第561页。
④ 孟称舜:《张玉娘闺房三清鹦鹉墓贞文记》,《兰雪集与张玉娘研究》,中国青年出版社2005年版,第497页。
⑤ 张玉娘:《幽州胡马客》,《兰雪集与张玉娘研究》,中国青年出版社2005年版,第3页。

墓》:"岭上松如旗,扶疏铁石姿。下有烈士魂,上有青莵丝。烈士节不改,青松色愈滋。欲试烈士心,请看青松枝。"同样身处易代之际,孟称舜见证了神州荡覆,宗社丘墟,士子折节,降志辱身,他知晓张玉娘、王远宜这种忠贞的可贵之处。

于是在《贞文记》十八出《成仁》中,孟称舜既借王远宜之口骂世,"乾坤似转轮,世界如汤滚。三光昼夜迷,四海鱼龙混。人类尽奔蜦,食禄皆鹰隼。磷火明宵旦,黄沙掩日昏。看一夥奸臣,一个个替胡儿骂汉人。俺这里悲辛,则待踹微躯作细尘","看你一伙的狗狐群,则待把生民来嚼尽。你本是华人,跟了胡人。跟了胡人,便待要杀尽华人。"①将内心深处对于故国的牵念,对于降志折节者的批驳倾泻而出。《贞文记》十九出《闺酹》,王远宜战死,张玉娘祭墓,孟称舜又借玉娘之口道出"家亡国破守贞忠,男忠女节两相同"②的劝世之语。或许这正如哈佛大学伊维德教授所说,孟称舜"其意正在于以元蒙故事暗喻清朝现实,以女性贞节象征明朝遗民对于旧王朝的忠诚"。③

在阅读《贞文记》时,我们不难察觉孟称舜内心的矛盾感,他既要向世人展现张玉娘之至情、至才,又欲通过张玉娘的忠贞以垂训世人。这种至情与至理的矛盾冲突造成了该戏曲主题的割裂,从而让人感觉到一种浓厚的道德化创作倾向,似乎孟称舜由一个宣扬至情、反对礼教的鼓吹者,转而变成了维护忠贞节烈的卫道士。

这种矛盾的根源一方面来源于教谕的职责所在,清初教谕之职责沿袭自明代,掌管教诲生员之事。孟称舜担任松阳教谕时,态度是极为端正的。"力以励风俗、兴教化为己任。朔望升堂讲道,阐明濂闽心学。"④身为教谕他也必须讲授程朱理学、阳明心学,接续儒道,以教化生员,"予之修学,所以尊圣人之居也。尊其居,所以重其道也。重道,所以示教也"⑤。受此身份意识的影响,孟称舜在建祠、刊文、书写传奇时,天然地带有教化风俗,倡明人伦的倾向性。

但更多的还是来源于孟称舜本身作为一个儒者所具有崇高的道德意识和

---

① 孟称舜:《张玉娘闺房三清鹦鹉墓贞文记》,《兰雪集与张玉娘研究》,中国青年出版社2005年版,第455页。
② 孟称舜:《张玉娘闺房三清鹦鹉墓贞文记》,《兰雪集与张玉娘研究》,中国青年出版社2005年版,第459页。
③ [荷]伊维德:《女性的才气与女性的德行——徐渭的〈女状元〉与孟称舜的〈贞文记〉》见华玮、王瑷玲编《明清戏曲国际研讨会论文集》,台北:"中央研究院"中国文哲研究所筹备处,1998年。
④ 支恒春:《孟称舜传》,《松阳县志》卷十,民国十五年(1926)版。
⑤ 孟称舜:《贞文祠记》,《兰雪集与张玉娘研究》,中国青年出版社2005年版,第62页。

社会责任感。明末清初，旧有的纲常被打破，而新的秩序尚未建立，何以振衰救弊？在抗清失败之后，儒生们或选择退居山林，不问世事，或著书立说，以经世致用。显然，孟称舜深受经世致用思潮的影响。初到松阳，他不忍见县学义田日受侵损，慷慨捐资，又从废弃寺庙中拨助、爰设义田。效仿范仲淹、朱熹，将义田作为赈贫、供税、祭祀、修葺的资金来源，并为义田之事著文立碑。孟称舜此举意在"肃风教而振流败也"[①]，是其经世致用思想的鲜明体现。此期，张玉娘这一形象也适逢其时地进入孟称舜的眼帘，在内心道德感与责任感的双重驱动下，张玉娘就这样成了孟称舜用以教化一邑风俗的垂范。

孟称舜回到故里后，张玉娘的故事与诗词立即在他亲友间流传，其女儿孟思光，朋友孟远、刘仁嵩、唐九经、唐九纬等人皆感于玉娘身世、才华、品行，留下不少凭吊、唱和之作。作为《兰雪集》付梓时的校稿之人，孟思光显然对《兰雪集》有着特殊的体会，她从女子的角度品读玉娘之诗，称"诗非女子所宜作，亦非女子所宜读。盖为完词移志者言耳。若若琼氏之诗，虽三百奚多哉！"并作诗称颂玉娘之贞而能文"馨者文耶？洁者节耶？亦馨亦洁，兰耶雪耶？"[②]刘仁嵩也是在读了孟称舜刊刻的《兰雪集》之后，才知道张玉娘这枚遗珠，他的《吊张大家》云："稗史凋零久未闻，但传英爽式荒坟。不因断简留珠玉，那识芳邻女广文。"唐九经、唐九纬则分别为《兰雪集》作引，以彰其不朽。孟称舜的朋友孟远，本为会稽人，读其诗，闻知其人，便随孟称舜来到松阳凭吊张玉娘这位巾帼："……我来枫林间，吊古怀芳魂。北有岁寒松，南临女贞坟。洁洁清流水，皎皎明月轮。水月两相映，光彩千年新。"[③]后来，鹦鹉墓之传说，《兰雪集》之篇什流传的范围逐渐宽广，远在钱塘的潘茂才听罢故事，读罢诗集后，亦作有怀古诗歌《鹦鹉冢》"月小山高绝妙辞，几回读罢不胜悲""至今莫问埋香处，谁奠梨花酒一卮"[④]。

继孟称舜之后，松阳历代县尹中仍不少通过标举张玉娘以感世化俗。清乾隆三十年（1765），曹立身担任知县，他接续孟称舜之事业"漫向空山吊一贞"，继续将张玉娘作为化俗之垂范。光绪年间，知县皮树棠更是效仿孟称舜

---

① 朱颖辉：《孟称舜集》，中华书局2005年版，第608页。
② 孟思光：《校〈兰雪集〉四章 有序》，《兰雪集与张玉娘研究》，中国青年出版社2005年版，第68、69页。
③ 孟远：《吊张玉娘》，《兰雪集与张玉娘研究》，中国青年出版社2005年版，第68页。
④ 潘茂才：《鹦鹉冢》，《兰雪集与张玉娘研究》，中国青年出版社2005年版，第70页。

事,"封鸳鸯之故冢,既禁樵苏;访鸾凤之遗文,重刊梨枣"①,主持修墓、重刊《兰雪集》,使张玉娘之才华、忠贞精神延续至今。

三、小　　结

在宋元至明末的数百年里,张玉娘之忠贞爱情故事、才华一直隐没在历史的角落里,顺治年间的孟称舜是第一个发掘张玉娘身上至才、至情、至理之价值的人。易代之际,孟称舜在戏曲家心中至情的使命感,以及作为儒者的责任感的推动下,为张玉娘祭奠、刊刻、修墓、建祠、作曲,将张玉娘这位奇女子展现在世人眼前,使其成为风化一邑,泽被后世的垂范。受孟称舜影响,在他后,张玉娘之故事及其诗文在漫长的岁月中依旧不朽,不断被后人发掘、传唱。

作者简介: 奚日城,上海大学文学院博士研究生。

---

① 皮树裳:《重刊张玉娘〈兰雪集〉序》,《兰雪集与张玉娘研究》,中国青年出版社 2005 年版,第 71 页。

张玉娘相思题材诗词赏析

张媛颖

张玉娘,字若琼,号一贞居士,浙江松阳人,有《兰雪集》二卷。作为与李清照、朱淑真、吴淑姬并称的"宋代四大女词人"[1],张玉娘的文学成就却没有得到足够的重视。更牵动人心的是她的爱情故事。张玉娘与沈佺的爱情故事或比梁祝更悲。她的深情为后世潸然,亦打动了清代剧作家孟称舜。孟称舜为张玉娘创作了《张玉娘闺房三清鹦鹉墓贞文记》,并在题词中称赞玉娘的至情曰:"必如玉娘者而后可以言情。"[2]那么,张玉娘的情是怎样的呢?唐圭璋先生说:"我们觉得她短促的身世,比李清照、朱淑真更为悲惨。李清照是悼念伉俪,朱淑真是哀伤所遇,而她则是有情人不能成眷属,含恨千古。"[3]暂且不论含恨千古之事,就是在张玉娘短短二十七年的生命里,除去少年时不解情愫的十几年,剩下的十几年,几乎都处于有情人不能成眷属的痛苦之中。

诗为心声。相隔近千年,张玉娘的情感和心灵世界,都凝结在了《兰雪集》中。相思是张玉娘《兰雪集》传达的主要情绪。张玉娘和沈佺同岁,沈佺二十二岁病亡,张玉娘为之悲伤成疾,既而亡故。而沈佺在世时,随父亲宦游京师三年,其间二人也是聚少离多。恋人相隔千里,相思或许是对痛苦最真切的注解,也是缓解痛苦的一剂良药。《兰雪集》最能代表张玉娘的遥思之情的作品,当属《山之高》三章:

> 山之高,月出小。
> 月之小,何皎皎!
> 我有所思在远道,

---

[1] 袁行霈、陈进玉主编,吴光编:《中国地域文化通览·浙江卷》,中华书局2014年版,第163页。
[2] 朱颖辉辑校:《孟称舜集》卷三,中华书局2005年版,第562页。
[3] 唐圭璋:《宋代女词人张玉娘》,《文艺月刊》第6卷第4期。

一日不见兮我心悄悄。

　　采苦采苦,于山之南。
　　忡忡忧心,其何以堪!

　　汝心金石坚,我操冰雪洁。
　　拟结百岁盟,忽成一朝别。
　　朝云暮雨心去来,千里相思共明月。①

如果要问思念是什么颜色?那一定是黑黝黝的高山上,明亮皎洁月光的颜色。古往今来,有多少离愁别苦,就有多少思念如山月朗照。山虽高,却挡不住山月的光辉;山月虽小,光芒却能照彻整个山峦。该诗第一章以"山之高"作为开篇,运用比兴的手法,非常新巧而自然。山峰高耸而巍峨,月出山谷光明而皎洁。由景及人,玉娘的心上人被高山阻隔在远道,想见而不得见。山高意味着人生的艰难和险阻,而"月出小"又进一步营造出一种寂静与孤独的氛围。诗人通过"何皎皎"这一形容词,赋予了月亮一种晶莹剔透的美感,突出了孤独中的清冷和洁净。"一日不见兮我心悄悄",通过"悄悄"二字,诗人不仅表达了思念之情,也描绘出了一种忧郁、孤独的心绪。

第二章"采苦采苦"和"忡忡忧心",构成了对玉娘哀伤心情的直接描写,诗人通过对采苦菜的描写,隐喻了自己内心的挣扎与煎熬:我思念的心上人儿啊,你在那遥远的远方,一天不见,我的忧愁和思念就难以断绝。山的南面,向着太阳,苦菜长得尤为茂盛。而我的愁思就如同这苦菜一般。我是如此忧愁不安,该如何承受对你的思念?到这一章,玉娘的情感已经酝酿到了一个即将爆发的阶段。

第三章展现了诗人对爱情的坚贞和纯洁:你的意志似金石坚硬,我的情操如冰雪纯洁。我们本来准备缔结百年好合的盟约,忽然间一朝分别。对你的思念如同早上灿烂的云霞,又如傍晚霏微的烟雨,而那一轮小小的、明亮的山月,就是我们相思的见证。这一章中,坚贞不渝的百年盟约与突如其来的一朝分别,在时间上有一个强烈的对比,在情感上也让人产生了巨大的冲击。

---

① 张玉娘撰,孟称舜辑:《张大家兰雪集二卷附录一卷》,《丛书集成续编》第133册影印《宋人集》本,台北新文丰出版公司1989年版,第94页。

全诗三章,每章换韵,脉络清晰,结构紧凑,音韵凄美,韵味十足,高山、明月、金石、冰雪等的巧妙运用,于平淡中见深情,极具艺术魅力。元代虞集评此诗道:"可与《国风·草虫》并称,岂妇人女子之所能及耶。"[1]可见此诗艺术造诣之高。

沈佺去世后,张玉娘的相思比生时更甚。相思何以寄托?玉娘坚定地认为,只要她秉持自己冰雪般的节操,日复一日的相思,就能与沈佺梦魂中再会。

但现实是,随着心上人的亡故,思念已无处落脚。这种"素情无所着"[2]的痛苦,要远大于有所期盼的相思。《松阳县志》记载玉娘:"忽夜梦沈生驾车相迎,即披衣起坐,谓侍儿曰,'吾事定矣!'未逾月,竟不食而殒。"[3]《秋千》中描写的"瘦腰春病不成围"和"无力尚怜扶不起",《小重山》中的"瘦癯羞对镜,怨容光。泪痕寒染翠绡裳。梧叶尽,疏影下银床",应都是张玉娘相思成疾,身体每况愈下时的情景。从《沈生病中赠张玉娘诗》"隔水度仙妃,清绝雪争飞。娇花羞素质,秋月见寒辉。高情春不染,心镜尘难依。何当饮云液,共跨双鸾归"[4]可以看出,沈佺对张玉娘的感情之深而玉娘对沈佺的感情更深。面对心上人的消殒,相思无从抒发。这首《瑶琴怨》就是明证:

> 凉蟾吹浪罗衫湿,贪看无眠久延立。
> 欲将高调寄瑶琴,一声弦断霜风急。
> 凤胶难煮令人伤,茫然背向西窗泣。
> 寒机欲把相思织,织又不成心愈戚。
> 掩泪含羞下阶看,仰见牛女隔河汉。
> 天河虽隔牛女情,一年一度能相见。
> 独此弦断无续期,梧桐叶上不胜悲。
> 抱琴晓对菱花镜,重恨风从手上吹。[5]

---

[1] 李铭皖,谭钧培修,冯桂芬纂:《中国地方志集成·浙江府县志辑 67·民国松阳县志》卷十,江苏古籍出版社 1991 年版,第 466—467 页。
[2] 张玉娘撰,孟称舜辑:《张大家兰雪集二卷附录一卷》,《丛书集成续编》第 133 册影印《宋人集》本,台北新文丰出版公司 1989 年版,第 105 页。
[3] 李铭皖,谭钧培修,冯桂芬纂:《中国地方志集成·浙江府县志辑 67·民国松阳县志》卷十,江苏古籍出版社 1991 年版,第 466 页。
[4] 张玉娘撰,孟称舜辑:《张大家兰雪集二卷附录一卷》,《丛书集成续编》第 133 册影印《宋人集》本,台北新文丰出版公司 1989 年版,第 105 页。
[5] 张玉娘撰,孟称舜辑:《张大家兰雪集二卷附录一卷》,《丛书集成续编》第 133 册影印《宋人集》本,台北新文丰出版公司 1989 年版,第 94—95 页。

在这首诗中,诗人欲要相思,却不能相思。弦断、人亡,相思也没有了指向和归宿。秋月、秋霜、秋风、秋寒,诗歌通过描写深秋凄寒的环境,加重了弹琴人断弦难续的绝望。那天上的牵牛织女尚能一年一会,张玉娘和她的心上人却已永不能再见。

随着沈佺的亡故,张玉娘的相思没有了出口。幽怨变成彻底的绝望。于是,在日复一日的悲伤和眼泪中,诗人最终香消玉殒。《哭沈生(仙郎久未归)》就寄托了这种绝望:

> 仙郎久未归,一归笑春风。
> 中途成永绝,翠袖染啼红。
> 怅恨生死异,梦魂还再逢。
> 宝镜照秋水,明此一寸衷。
> 素情无所着,怨逐双飞鸿。①

与心上人中途永诀,生死一别,只能祈求魂梦中再与之相逢。张玉娘的深情,相较于《牡丹亭》中杜丽娘"生者可以死,死者可以生"②的至情,有过之而无不及。

此外,张玉娘的词中也有表达相思的佳作,如《玉蝴蝶·离情》:

> 极目天空树远,春山蹙损,倚遍雕阑。翠竹参差,声戛环佩珊珊。雪肌香,荆山玉莹;蝉鬓乱,巫峡云寒。拭啼痕,镜光羞照,辜负青鸾。
>
> 此时,星前月下,闲将清冷细自温存?蓟燕秋劲,玉郎应未整归鞍。数新鸿,欲传佳信;阁兔毫,难写悲酸。到黄昏,败荷疏雨,几度销魂。③

这首词的感情基调是凄婉悲伤。春天,诗人独自倚遍雕栏,耗损"雪肌",散乱"蝉鬓",憔悴难以对镜。不知何时才能与心上人重聚。转眼秋至,沈郎却仍未归来,只能鸿雁传书,但这厚重的相思和等待的苦楚又如何能写得出来

---

① 张玉娘撰,孟称舜辑:《张大家兰雪集二卷附录一卷》,《丛书集成续编》第133册影印《宋人集》本,台北新文丰出版公司1989年版,第105页。
② 郭绍虞:《历代文论选》第三册,上海古籍出版社1980年版,第151页。
③ 张玉娘撰,孟称舜辑:《张大家兰雪集二卷附录一卷》,《丛书集成续编》第133册影印《宋人集》本,台北新文丰出版公司1989年版,第103页。

呢？整首词从春天的翠竹参差,写到秋天的败荷疏雨,在季节的变换中,这种等待的煎熬和思念的悲伤,被定格在了秋天黄昏的萧瑟凄凉中。

又如《水调歌头·次东坡韵》:

素女炼云液,万籁静秋天。琼楼无限佳景,都道胜前年。桂殿风微香度,罗袜银床立尽,冷浸一钩寒。雪浪翻银屋,身在玉壶间。

玉关愁,金屋怨,不成眠。粉郎一去,几见明月缺还圆。安得云鬟香臂,飞入瑶台银阙,兔鹤共清全。窃取长生药,人月两婵娟。①

词以婉约细腻的笔触,表现出词人相思的感伤以及对于美满爱情的向往。上阕描写所处之地的时节、周身的景象、词人的状态。下阕集中抒发对沈佺的相思之情,并通过充满神话色彩的浪漫想象表达对美好爱情的向往。此词是一首和作。与苏轼《水调歌头·明月几时有》原作相比,该词的格调更为凄婉。苏词的最终落点是"人间",而张玉娘这首词的最终落点是"瑶台银阙"。苏词表达的美好期盼,是现实人间的"千里共婵娟",而玉娘却把对美好爱情的期待寄托给了神话世界里的"长生药"。玉娘此词虽为次韵东坡之作,但在情感基调上更为清冷凄寒。

《兰雪集》中还有许多诗词,都寄托了张玉娘的相思之情。《闺情》其一《卜归》:"南浦萧条音信稀,百劳东去雁西飞。"②此是等待中的煎熬。其二《倦绣》:"工馀彩线日空永,愁伴珊瑚梦已违。细数目前花落尽,伤心都付不言时。"③此是绝望于当时的约定无法实现。其三《沐发》也应作于这一时期。其中前三联"腻滑青螺宝髻黏,金盘香水吸寒蟾。指尖巧弄琅玕影,楚发轻披云母帘。掠雾暗疑星点点,拂波深见玉纤纤"④都是对沐发的描写,而随后一联,沐发后"起来乱绾慵双凤,熏彻沉檀强自添"⑤是对相思无着后,无心梳妆,无力添香的悲

---

① 张玉娘撰,孟称舜辑:《张大家兰雪集二卷附录一卷》,《丛书集成续编》第133册影印《宋人集》本,台北新文丰出版公司1989年版,第104页。
② 张玉娘撰,孟称舜辑:《张大家兰雪集二卷附录一卷》,《丛书集成续编》第133册影印《宋人集》本,台北新文丰出版公司1989年版,第102页。
③ 张玉娘撰,孟称舜辑:《张大家兰雪集二卷附录一卷》,《丛书集成续编》第133册影印《宋人集》本,台北新文丰出版公司1989年版,第102页。
④ 张玉娘撰,孟称舜辑:《张大家兰雪集二卷附录一卷》,《丛书集成续编》第133册影印《宋人集》本,台北新文丰出版公司1989年版,第102页。
⑤ 张玉娘撰,孟称舜辑:《张大家兰雪集二卷附录一卷》,《丛书集成续编》第133册影印《宋人集》本,台北新文丰出版公司1989年版,第102页。

哀心境的描写。

伴随相思而来的,是无尽的泪水。《闲坐口谣》"独坐看花枝,无言双泪垂"①是孤独无言的泪;《瑶琴怨》"掩泪含羞下阶看,仰见牛女隔河汉"②是怅恨欲遮的泪;《晚楼凝思》"行天雁向寒烟没,倚槛人将清泪流"③是凄凉的泪;《新燕忆女弟京娘》"兰闺终日流清泪,愧尔双飞拂落晖"④是酸楚的泪;《瑶琴怨》"凤胶难煮令人伤,茫然背向西窗泣"⑤是绝望的泪。

相思也总是伴随着幽怨。在无助的等待中,在渺茫的希望中,深重的思念无处安放,于是生出幽怨。《念奴娇·中秋月次姚孝宁韵》:"燕子楼空,凤箫人远,幽恨悲黄鹄。"⑥《青鸾镜》:"云奁初展晓光寒,幽思重重独舞鸾。自是伤秋怜瘦影,不惭彩笔描春山。"⑦《结袜子》:"闺中女儿兰蕙性,寒冰清澈秋霜莹。感君恩重不胜情,容光自抱悲明镜。"⑧《玉女摇仙佩·秋情》:"正多病多愁,又听山城,戍笳悲诉。"⑨《端午》:"晓糁蒲玉泛琼浆,臂结红丝黯自伤。莫漫相逢宜楚节,独怜清梦隔潇湘。"⑩《暮春闻莺》:"膏雨初干风日晴,绿阴深处一声莺。唤回午枕伤春梦,起向蔷薇花下行。"⑪《游春》:"等闲无限伤春思,芳草天涯肠断时。"⑫这些无不是在抒写相思的幽怨。

张玉娘的相思题材诗歌感情深挚,反映了她与沈佺情感历程中的心理变

---

① 张玉娘撰,孟称舜辑:《张大家兰雪集二卷附录一卷》,《丛书集成续编》第133册影印《宋人集》本,台北新文丰出版公司1989年版,第96页。
② 张玉娘撰,孟称舜辑:《张大家兰雪集二卷附录一卷》,《丛书集成续编》第133册影印《宋人集》本,台北新文丰出版公司1989年版,第94—95页。
③ 张玉娘撰,孟称舜辑:《张大家兰雪集二卷附录一卷》,《丛书集成续编》第133册影印《宋人集》本,台北新文丰出版公司1989年版,第101页。
④ 张玉娘撰,孟称舜辑:《张大家兰雪集二卷附录一卷》,《丛书集成续编》第133册影印《宋人集》本,台北新文丰出版公司1989年版,第102页。
⑤ 张玉娘撰,孟称舜辑:《张大家兰雪集二卷附录一卷》,《丛书集成续编》第133册影印《宋人集》本,台北新文丰出版公司1989年版,第94—95页。
⑥ 张玉娘撰,孟称舜辑:《张大家兰雪集二卷附录一卷》,《丛书集成续编》第133册影印《宋人集》本,台北新文丰出版公司1989年版,第104页。
⑦ 张玉娘撰,孟称舜辑:《张大家兰雪集二卷附录一卷》,《丛书集成续编》第133册影印《宋人集》本,台北新文丰出版公司1989年版,第97页。
⑧ 张玉娘撰,孟称舜辑:《张大家兰雪集二卷附录一卷》,《丛书集成续编》第133册影印《宋人集》本,台北新文丰出版公司1989年版,第93页。
⑨ 张玉娘撰,孟称舜辑:《张大家兰雪集二卷附录一卷》,《丛书集成续编》第133册影印《宋人集》本,台北新文丰出版公司1989年版,第104页。
⑩ 张玉娘撰,孟称舜辑:《张大家兰雪集二卷附录一卷》,《丛书集成续编》第133册影印《宋人集》本,台北新文丰出版公司1989年版,第96页。
⑪ 张玉娘撰,孟称舜辑:《张大家兰雪集二卷附录一卷》,《丛书集成续编》第133册影印《宋人集》本,台北新文丰出版公司1989年版,第99页。
⑫ 张玉娘撰,孟称舜辑:《张大家兰雪集二卷附录一卷》,《丛书集成续编》第133册影印《宋人集》本,台北新文丰出版公司1989年版,第103页。

化。从两人关山阻隔时的遥相思念,到沈佺去世后的相思无着,期待变为绝望,诗歌的感情基调也由明媚变得暗淡。一个很好的例子是弹琴。早期张玉娘独自忧愁,面对琴时,可以"独坐幽篁阴,停绣更鸣琴"①,琴声对她来说是一种排遣和安慰。到后来"抚弦不堪弹,调别无好音"②,这时的她已经无心弹琴,因为琴声勾起她的相思,琴声悲不堪听。最后沈郎一去,相思无着,是"独此弦断无续期,梧桐叶上不胜悲"③,张玉娘面对的已然是一张断了弦的琴,"梧桐疏雨"④,斯人已逝,相思也再无归处。

作者简介: 张媛颖,上海大学文学院博士研究生。

---

① 张玉娘撰,孟称舜辑:《张大家兰雪集二卷附录一卷》,《丛书集成续编》第133册影印《宋人集》本,台北新文丰出版公司1989年版,第95页。
② 张玉娘撰,孟称舜辑:《张大家兰雪集二卷附录一卷》,《丛书集成续编》第133册影印《宋人集》本,台北新文丰出版公司1989年版,第95页。
③ 张玉娘撰,孟称舜辑:《张大家兰雪集二卷附录一卷》,《丛书集成续编》第133册影印《宋人集》本,台北新文丰出版公司1989年版,第94—95页。
④ 典出自唐明皇与杨贵妃的爱情故事。

文字永恒　精神永恒
——简论张玉娘《兰雪集》

蔡世平

宋朝时期,浙江松阳县有一位名为张玉娘的年轻姑娘,十四五岁与沈佺相恋订婚。然天有不测风云,沈佺二十二岁病逝。玉娘从此未嫁,泪笔成诗,莺歌声暗,草色无光,终因思恋成疾,二十七岁便离开了人世。不久与玉娘朝夕相伴的霜娥、紫娥两位侍女亦因悲伤过甚,先后随她而去,生前蓄养的一只可爱的鹦鹉亦堕地而亡。霜娥、紫娥和鹦鹉,时人誉为"闺房三清",陪葬沈佺、玉娘墓侧,从此松阳有了一处凭吊玉娘的名胜:鹦鹉冢。

玉娘是不同凡响的。不同凡响的玉娘成就了人间世的一段青春故事,一部诗歌传奇。

作为自然生命个体,青春早逝,张玉娘是不幸的。但从历史文化的层面看,张玉娘又是幸运的,因为诗人张玉娘已被历史恒久记住。人们怀念她、纪念她,给她造墓立祠,写诗作文,编剧演出,出书传世。及至七百多年后的今天,张玉娘再度成为中华诗歌界、文化界的"热门人物"。

玉娘的家乡松阳县,于1990年代成立了以张玉娘作品"兰雪"冠名的"兰雪诗社"。松阳县文学艺术界联合会、兰雪诗社于2005年重新校勘整理元、明、清三个时期辑编的《兰雪集》,并收录历代及现当代张玉娘的文献资料、研究文章和凭吊诗词,由中国青年出版社出版发行数十万字的《兰雪集与张玉娘研究》,全面系统地介绍了张玉娘其人其诗以及其历史影响。

特别值得称道的是,松阳县人民政府、上海大学于2023年联合举办"首届'兰雪杯'全国诗词大赛"。诗人踊跃投稿参赛,表达对玉娘的怀念与敬意,张玉娘及至松阳又一次风光无两,被广泛传扬。

人是定义文明社会的重要标识,亦可以说是唯一标识。人的文明程度即反映社会的文明程度;没有人的文明便没有社会的文明。也就是说作为生命个体的"你"到底创造了怎样的于社会文明有益的有用的东西？这个"有用"与"有益"，既可以是精神方面的，也可以是物质方面的。

文明社会的人，其实是由两部分组成的，一部分是生前，一部分是死后。一个人生前的所作所为还能够在死后福荫后世，那么这个人就是创造了历史，值得后人永久忆念。可以说张玉娘就是一个参与了人类文明史进程创造的人。

放在当今，创作一两百首诗词的女性大有人在，似乎算不了什么。但是在宋朝，在"女子无才便是德"的时代，二十七岁的张玉娘创作的一百多首诗和十多首词，可谓弥足珍贵。

历史记住张玉娘，是因为张玉娘的诗歌没有被时间遗忘，她的诗歌闪烁出恒久的艺术辉光，如春阳着物，温暖俗世人心。

一、闺阁女子与人文精神

宋朝在中国文明史上，是一个需要重点关注的时代。相关研究成果显示，南宋的经济达到了当时世界的高点，文化、科技与经济亦相适应，备受全球瞩目。可以说是开放、开明的思想文化，释放出了巨大的社会潜能，促进了科技与经济的高度繁荣。

张玉娘出身仕宦人家，当时儒家文化的要求闺阁中的女孩子只能"待字闺中"，读书习字，描红刺绣。用今天的眼光来看，张玉娘无疑属于"官二代""富二代"。可是我们从《兰雪集》中读不到今天一些"官二代""富二代"时不时表现出来的骄横气、奢靡气、世俗气，甚至戾气，而是透出一种浓浓的书卷气与贵族气，让人感知到一个清洁的精神世界。

由于闺阁女子的身份，张玉娘不能广泛接触社会，也不能深入今天所谓的"基层"反映普通民众的生活，加之生命短暂，因此她的诗歌题材面较窄，也就只能局限于身边事物，写她目光所及的世界，心中的万里山河。但是张玉娘的诗歌却给了我们不一样的观察视角，对一些曾经形成共识的东西进行新的审视与思考，对人对事有了新的认知与判断。

二、民族情结与生命关怀

南宋是一个被北方游牧民族不断侵扰的王朝。一方面国家相对富裕、百姓相对安逸,另一方面边境极不安宁,也极不安全。普通民众,尤其是士族阶层对离妻别子、从军边地、戍守边疆的将士表现出带骨连心的冷暖关怀。

作为仕宦家庭的张玉娘,其诗歌极尽可能地表现了戍边题材。"迢递山河长,缥缈音书少。愁结雨冥冥,情深天浩浩……"从这首《古别离》中我们读到了戍边将士离别家乡之愁。"勒兵严铁骑,破虏燕然山。宵传前路捷,游马斩楼兰……"从《塞上曲》中读到了戍边将士之勇。"慷慨激忠烈,许国一身轻。愿系匈奴颈,狼烟夜不惊……"从《幽州胡马客》中读到了戍边将士之豪。"烈士节不改,青松色愈滋。欲试烈士心,请看青松枝……"从《王将军墓》中读到了对戍边将军之敬。① 今天我们读这些诗歌,还能感觉到玉娘一颗与时代脉搏一同跳动的滚烫诗心。

一个闺中小女子有如此炽烈的家国情怀,委实令人称颂。其精神质地直抵李清照的《夏日绝句》《题八咏楼》。虽然张诗没有李诗那样慷慨悲壮及其身份影响,这也是因为李清照作为宋朝官员的妻子,而又亲身经历了国破家亡的凄惨场景,一路逃亡的现实险境,才有的心灵震荡与文字奇响。这些玉娘都没有经历过。假若玉娘经历了这些,以玉娘的才华与刚烈性格,也有可能写出如李清照般的诗歌作品。当然历史没有假设,也不能假设。

感谢宋朝,是宋朝培养了李清照、张玉娘这样的人间奇女子。

三、人间爱与高尚文质生活

人的最高境界是"爱",爱的最高追求是"美",是"认识美""发现美""创造美""表现美"。大体说来,一个具有审美能力的人,一定是一个爱自然、爱社会、爱人的"美人"。张玉娘就是这样的一个人间"美女子"。玉娘的诗歌描写的主要是她眼中的、身边的自然景物以及和她交往、心仪的今人与古人。也正是其读书与诗歌写作涵养了玉娘的生活情趣,提升了玉娘的精神境界。

写自然景物的有《鸣雁》《春晓谣》《白雪曲》《夜莺》《龙鳞石》《梅花》《渔舟》《暮春闻莺》《池边待月》《咏竹》等。②

---

① 浙江省松阳县文联:《兰雪集校笺》,中国民族摄影艺术出版社2008年版,第17、18、107页。
② 浙江省松阳县文联:《兰雪集校笺》,中国民族摄影艺术出版社2008年版,第23—69、104—108页。

写人的有《古别离》《班婕妤》《川上女》《长信宫》《伯牙》《蔡确》《苏子》《子猷》《和谪弟三一〈三峡晓征〉寄四咏》《新燕忆女弟京娘》等；《咏史》之《谢东山》《绿珠》《蕡桃》《党奴》《伏生》等。①

这些人是玉娘心中的"美人"，这些景与物是玉娘心中的"美景"与"美物"，玉娘歌以咏之为快。

还要特别指出玉娘的至爱之人——沈佺。玉娘心思恋他、诗词写他。玉娘对沈佺爱的坚守与决绝，是震撼人心的，也是惊天动地的，是人性中爱的"伟大"。但我们也要理性地对待这种爱，不可以让它落入儒家文化的圈套，成为爱的牺牲品。在今天这种以牺牲青春生命为代价换取的"爱"，无疑是病态的、畸形的，不值得提倡。

当然这种爱也有一定的社会认知价值，对于今天存在的朝三暮四、随意随便的婚姻爱情态度是一种参照、一种提醒：它告诉人们，爱是一种珍贵的东西，是人间宝物，需要细心呵护，倍加珍惜。

由对美的认识与追求，对自然、文化和人的怜爱，我们从玉娘的诗歌里读到了属于那个时代仕宦人家的一种文质生活。这是文明发展到一定阶段后必然在一部分社会群体中出现的人的一种较高品质的生活。

文化的主要功能应当是以其自身的力量达成或促成人与自然的和谐、人与人的和谐、人与世界的和谐。一个社会文明程度的高低也主要是看这几个指标。不择手段的物质追求，没有对自然、对人的慈善心、仁爱心，没有对文明的追求，即便拥有了物质财富，那也是脆弱的，这样的人是一个精神残缺的人，这样的社会也是一个残缺的野性的社会。

玉娘写下了她丰富的闺中生活。有"闲坐"，有"幽居"，有"弹琴"，有"游春"，有"夜酌"，有"迎神"，有"赏砚"，有"卜归"，有"刺绣"，有"沐发"，有"和诗"，有"采莲花"，有"结袜子"，有"拜新月"，有"画小景"，有"咏香闺"，有"荡秋千"，等等。

今天我们换一个角度、换一种眼光来看玉娘，玉娘的诗歌呈现出的是另一种人间风景。

文明时代的人就应当享有并且追求高品位的物质文化生活。粗鄙、粗暴、粗俗、粗野、粗笨等与之相关的人生世相，不会给社会以美的享受，常常是小说

---

① 浙江省松阳县文联：《兰雪集校笺》，中国民族摄影艺术出版社2008年版，第14—52、107页。

家用来塑造人物性格的手段,而人和社会恰恰需要文质与高贵。

玉娘的文质生活,对于今天的我们是有参照与启示意义的。

今天社会普遍丰富的物质生活是宋朝无法相比的,但是人们的精神文化生活似乎没能相应提高。那么,今天生活富裕了,科学技术发展了,生产力提高了,社会的个体的生产劳动量减少了,如何安排人生、打理岁月,就是一个需要破解的现实课题。是在物质追求的轨道上狂奔,还是卸下一些包袱,放慢脚步,静静地欣赏一下路边的风景?是让血肉之躯玩命地消费金钱、财富,还是让生命回归本体,去掉一些油汤油水,哼一曲童年的乡村牧歌?对于这种社会人生之问,我们从玉娘的诗歌里是可以找到部分答案的。

四、诗歌应是优秀的文学作品

古人说:"言而无文,行之不远。"这里的文是文质是文采,是文章的艺术性。张玉娘的诗歌之所以没有被时间淘汰,还能流传到今天、活在当下,就因为它是艺术的、文学的。

以杂言《山之高》为例,诗如下:

>山之高,月出小。
>月之小,何皎皎!
>我有所思在远道,
>一日不见兮我心悄悄。
>
>采苦采苦,于山之南。
>忡忡忧心,其何以堪!
>
>汝心金石坚,我操冰雪洁。
>拟结百岁盟,忽成一朝别。
>朝云暮雨心去来,千里相思共明月。

诗为诗经体,凡三章,分别为四句、两句、三句,是怀念沈佺的作品。诗不难理解。首章以"山""月"起"兴",动相思之情,"一日不见兮我心悄悄"。次章继写相思之苦,但换一个场景,换一幅笔墨,给人别开生面之感,但更觉相思苦且深。末章以"金石""冰雪"作比明志,又以"朝云暮雨"之典,表达虽人天两隔,但仍可"朝云暮雨心去来"。最后以明月为证,照亮二人的千里相思,首尾呼应,收束诗篇。《山之高》立意高迈豪华,构思瑰丽奇巧,语言爽朗机智,实是才人手笔,令人称绝。

再以词《卖花声·冬景》[①]为例。词如下:

衾重夜寒凝。幽梦初醒。玉盘香水彻清冰。起向妆台看晓镜,瘦麽梅英。

门外六花零。香袂棱棱。等闲斜倚旧围屏。冷浸宝奁脂粉懒,无限凄清。

词写闺情,以冬雪之寒冷,喻失去恋人之孤寂清冷。

相较《山之高》着笔之"大",《卖花声·冬景》却是手板心舞剑。词写词人晨起后的一个小场景。夜寒衾重,醒来见玉盘水结清冰。妆台对镜,人又瘦了几分。开门见雪花飘落,寒气凝裙,是更觉寒冷了。这时候是无所事事,斜倚围屏,让宝奁盒子也闲着冷着,自己是无心无力,懒得移动身体去妆台收拾打扮,打扮了又给谁看呢?少女怀春,而又无所依凭的凄清形象,立于眼前,叫人好生怜爱。

玉娘是一个纯情的诗人,亦是一位心志高远的诗人。艺术随心,翻转自如。以自然之物状心中之景,自是青葱可赏。其诗歌题材大小皆可为。大如《鸣雁》《塞上曲》《塞下曲》《幽州胡马客》《从军行》《题画》《咏史》等,都是不易把握的大题材,作者都能拿捏到位,分寸掌控恰到好处;小题材是身边物事入诗入词,皆收放自如,灵动有味,情志毕现。

四、结　　语

作为宋代优秀的女性词家,张玉娘是不可忽略的。诗歌创作可以没有庙堂气,但不可以没有贵族气。因为早逝,张玉娘没能创作更多的诗歌,但我们

---

① 浙江省松阳县文联:《兰雪集校笺》,中国民族摄影艺术出版社2008年版,第92页。

从她已有的作品里读出了人的高贵与艺术的高贵。她的诗歌大能关乎国家民族安危、边塞将士疾苦,小能燃烧个人灵魂爱火、感知花草虫鱼呼吸,这是我们今天为人为艺特别需要珍视的东西。

诗歌是作为文学而存在而流传的。作为优秀文学作品的诗歌才能远行。当代诗歌是可以从玉娘身上汲取一些营养的。

作者简介: 蔡世平,中国作家协会会员,国务院参事室、中央文史研究馆中华诗词研究院原常务副院长,湖南理工学院中国当代诗词研究所所长,主要作品有:词集《南园词》《南园词二百首》《南园词稿》,诗论集《南园词话》《中华诗词现代化散论》,散文集《大漠兵谣》等。

女性词的开拓：王德方《滋兰馆词》探论*

王纱纱

民国时期川蜀词坛十分繁荣，据统计有词作存世的词人共二百余位①，涌现了赵熙、吴虞、周岸登、乔大壮等词学名家，结有春禅词社、正声诗词社等社团。其中，女词人王德方颇为引人注目，她的《滋兰馆词》是一部女性集句词集。前人对《滋兰馆词》虽偶有提及，但都未加以专门研究。② 今从版本、思想主题、艺术特色诸方面加以介绍，来展现其创作面貌及意义。

一、王德方及《滋兰馆词》的版本

王德方，四川简阳人，字芳畹，其字、词集名盖出自《离骚》"余既滋兰之九畹兮"。其夫为郭延。郭延（1879—？），字季吾，一作季武，四川叙永人。曾赴日本学习算学，回国进入两广总督岑春煊幕，后返回四川绵州任职。为赵熙和向楚弟子，晚年在成都等地与赵熙、向楚、林思进、宋育仁等人诗词唱和。著有《丹隐诗》《丹隐词》，部分诗词作品曾刊于《学衡》《词学季刊》，其诗"清新秀逸，不取艰深，不搬弄学问，而常多伤时悯乱、忧民爱国之情旨"③。

王德方《滋兰馆词》一卷有抄本和刻本两种，均与郭延《丹隐词》一卷合刊。抄本藏于上海图书馆。刻本付梓于民国二十四年（1935），藏于国家图书馆，左右双边，11行21字，单黑鱼尾；收词49首，均为集句词，并于每阕词后一一注

---

* 本文为教育部人文社科青年项目"民国词学流派史研究(20YJC751030)"阶段性成果。
① 孙文周：《民国四川词坛研究》，南京师范大学2019年博士论文，第3页。
② 《滋兰馆词》收入曹辛华主编《民国词集丛刊》，国家图书馆出版社2016年版；收入曹辛华编纂《全民国词》（第一辑），浙江古籍出版社出版2018年版。曹辛华《民国词史考论》（人民出版社2017年版）及《民国四川词坛研究》简介了王德方生平撰述，但未对《滋兰馆词》进行文本研究。
③ 吴宓：《吴宓日记续编》，生活·读书·新知三联书店2006年版，第269页。

明词句的原作者,用小字双行表示。上、下阕词句原作者分开注明,下阕原作者另起一行,为读者考察词句的来源提供了方便。

二、《滋兰馆词》的思想主题

在词学观念上,王德方有较强的尊体意识。她自觉地将词与诗同等对待,集中提及"诗"即指"词"。如"触目多添感,题得新诗寄所思"(《莫思归·初春寄丹隐夫子》)①,"架竹起山楼,物外诗情远"(《卜算子·富乐寺》),"此景属诗家,前村酒可赊"(《四换头·碧水寺》),"侧身天地更怀古,独立苍茫自咏诗"(《瑞鹧鸪·工部草堂作》)等。她称自己为"词客"②,以词为寄托心灵的唯一载体。如其《贺新郎·送春》中"写新词、龙蛇飞动,寄情惟汝"所言,当内心情思涌动时,词是借以抒发感慨的不二之选。她对填词一道也很痴迷,如《山花子·秋莫》中云"贪记诗情忘酒杯",她因沉迷于写词而忘记饮酒。又如《高阳台·薛涛井作》中云"莫思量,好景良时,冷落新诗",如此良辰美景正是酝酿词心、填就好词的时候,不可辜负。

《滋兰馆词》从思想主题来看,不出传统题材的范围,以纪游、感怀、咏物为主。其中纪游词最多,占一半左右;感怀词主要是怀人和怀乡之作,而表达对丈夫思念之情的作品又占这类词的大多数。

(一) 纪游词

王德方曾言"江山多胜游"(《四换头·九日登相如琴臺》),其游踪甚广,集中多写金凤寺、乌尤寺、杜甫草堂、李杜祠、富乐寺、碧水寺、仙云观、青城山、碧水寺、潓湖、薛涛井等名胜古迹。《醉公子·乌尤寺作》云:"佛寺乘舟入,杉竹清阴合。石径有云埋,清风吹我怀。 远水兼天净,啼鸟唤僧定。秀气豁烦衿,桃源自可寻。"乌尤寺坐落于四川乐山乌尤山之上,始建于唐天宝年间,初名正觉寺,北宋时改为"乌尤寺",明清时重修。寺内有天王殿、弥勒殿、如来殿、大雄殿等殿宇。乌尤寺风光独胜,乌尤山也因而成为佛教名山。词人采用由远到近的写法,从乘舟入寺写起。"杉竹""石径""清风"三句纯乎写景,然而无一处不透露出词人欣悦的心情。古刹清幽的风景涤荡了词人心中的尘世杂

---

① 本文所引王德方词如无说明均引自刻本。
② 参见王德方《瑞鹧鸪·工部草堂作》"此境只应词客爱"。

念,恰如世外桃源。读者亦可感知词人寄情于山水的雅致。

王德方探幽览胜不畏旅程艰阻。青城山素有"青城天下幽"的美誉,词人神往已久。《四换头·青城山》:"几度曾相梦,旭日媚春弄。合沓与云齐,青云有旧蹊。　川霁浮烟敛,寻胜不惮险。幽草绿无尘,至哉炼玉人。"首句写词人对青城山的一片向往之情,至于几度入梦。次句"媚"写春光明媚绮丽。她的青城山之旅就发生在这样一个盎然春意的日子。"合沓""青云"两句借云写山的高耸,也烘托了青城山作为道教名山的云气缭绕,宛如仙境。下阕抒情的成分加重。"寻胜不惮险"表达了无惧险阻、向往名山佳水的深切愿望。炼玉指炼丹药。借李白《送温处士归黄山白鹅峰旧居》"仙人炼玉处,羽化留馀踪"之句,结尾以"无尘""至哉"抒发对青城山清幽高远景致的叹赏。

在这些景观中,武侯祠是王德方一去再去的游赏之地。《四换头·从夫子谒丞相祠堂》云:"时说南庐事,玉籍标人瑞。屡入武侯祠,狂题几首诗。　秋菊迎霜序,竹径通邻圃。万木抱云深,澹然怡道心。""屡入"二字可见武侯祠对词人的独特吸引力。

(二) 感怀词

王德方的感怀词常抒发寄远怀人、眷怀故园之情。她思怀的对象主要是丈夫郭延。二人恩爱情笃,却因为各种原因不得不分别,故而词中多写离情别怨。如下面三首词:

莫思归·初春寄丹隐夫子

杨柳千条拂面丝,莫教孤负好花时。春城月出人皆醉,梅径香寒蝶未知。触目多添感,题得新诗寄所思。

醉公子·舟行对雨,怀丹隐夫子

劳倦孤舟里,对雨思君子。沙鸟与云飞,缘崖一径微。　天外浮烟远,风细帆来稳。江上黯销魂,何人更可言。

四换头·郊游寄丹隐夫子

即事遂幽赏,远水平如掌。乘兴入山家,园春蝶护花。　远岫当庭户,迸笋斜穿坞。时有燕双高,思君正郁陶。

三首词分别写在三个不同的情景下对丈夫的想念。第一首写初春时的相思。先是点染"杨柳千条""好花时""人皆醉"生机勃勃、热闹非凡的画面,后以"梅径香寒"反衬孤居的寂寞凄寒,笔法细腻含情。第二首写独自行船时的想念。"劳倦"可知独行之久,词中雨中空旷寥落之景渲染了寂寞孤寂的气氛,衬托出别离的凄楚。第三首写郊游时的怀想。从"乘兴""园春"可知,这是一次春日的郊游,词人本来也饶有兴致,直到看到一双成对的燕子,想到自己形单影只,顿起郁陶之情。本词触景起情,十分自然。

《滋兰馆词》中也有怀念家乡的。《四换头·岁宴》上阕云:"寒雁冲寒过,梅蕊腊前破。帖牖作春书,思乡岁欲除。"辞旧迎新之际往往是一年中思乡最深切的时候,词中写了除日的景象:天气依然寒冷,梅花凌寒而开,家家户户贴上了"春书"。民间习俗,除夕时会在红纸上书写吉祥之语贴于门上,即"春书",就是后世的春联。此时此景也勾起她思乡的绵绵情思。王德方生活的时代国家多难,干戈起伏,像其怀乡词中的"天下干戈满,孤梦家山远"(《四换头·草堂寺春游》)和"故园经乱久,回首一销魂"(《临江仙·溪村春游》),都能感受到时代的风云气息。

王德方的咏物词偏好纤巧优美的题材。如《山花子·落花》:"南国佳人怨锦衾。春归门巷静深深。从今艳色归空后,思难任。未出尘埃真落魄,若教泥污更伤心。红蜡有时还入梦,月将沉。"再如《武陵春·归燕》:"江上月明胡雁过。秋尽燕将归。红花青苔人迹稀,尚绕故楼飞。西风昨夜吹帘幕,林翠带烟微。梦里还家渐觉非,相对似依依。"王士禛曾云:"咏物之作,须如禅家所谓不粘不脱,不即不离,乃为上乘。"① 王德方的咏物词也不拘于形,而传物之神,多有寄寓,词中有"我"。

总之,王德方的词虽然仍是传统题材,但也形成了自己的特色。她的词中纪游词占到半数,这在女词人中是很少见的;她对众多风景名胜的一一吟咏以及词作中呈现的时代风云,也开拓了她的词境。

三、《滋兰馆词》的艺术特色

《滋兰馆词》在艺术上最明显的特色就是它的"集句"特色。一般认为,集

---

① 王士禛著,张宗柟纂集,夏闳校点:《带经堂诗话》上册,人民文学出版社1963年版,第305页。

句的出现可以溯源到《左传》哀公十六年。最早的集句诗是西晋傅咸所作的《七经诗》，北宋宋祁的《鹧鸪天》（画毂雕鞍狭路逢）是最早的集句词。① 集句词集也出现于宋代，北宋末年吴致尧《调笑集句》一卷、南宋中期释绍嵩《渔父词集句》二卷是最早的集句词集。据考证，宋代到清代有集句词集三十五种，其中并无女词人之作。② 民国词集文献现在仍处在发掘整理的阶段，在笔者所见有限的文献里，《滋兰馆词》是唯一一部女性集句词集。

从所集句朝代来看，其杂集南北朝、唐、五代、宋、元、明、清各朝代诗（词）句。每个朝代兹举一例：

"地牖窥朝日"（《四换头·碧水寺》）集自南朝鲍照《从庚中郎游园山石室诗》③

"风逆花迎面"（《生查子·所思》）集自北朝庾信《和宇文内史春日游山诗》④

"谷静泉逾响"（《醉公子·雅安金凤寺作》）集自唐王维《奉和圣制幸玉真公主山庄因题石壁十韵之作应制》⑤

"满地落花红带雨"（《四犯令·送春》）集自五代韦庄《归国遥》（春欲暮）⑥

"一任东风"（《连理枝·饯春》）集自宋贺铸《忆秦娥》（晓朦胧）⑦

"卷帘白水青山里"（《十拍子·碧水寺晚眺》）集自元赵孟頫《和姚子敬秋怀五首》（其二）⑧

"泉香入茗杯"（《四换头·花潭春泛》）集自明高启《林间避暑》⑨

"谁复留君住"（《贺新郎·送春》）集自清纳兰性德（《金缕曲·姜西溟言别，赋此赠之》）⑩

---

① 张明华：《论古代集句词的基本特征及其发展原因》，《文史哲》2016年第3期。
② 张明华：《历代集句词籍考》，《中国韵文学刊》2014年第3期。
③ 逯钦立：《先秦汉魏晋南北朝诗》宋诗卷八，中华书局1983年版，第1283页。
④ 《先秦汉魏晋南北朝诗》北周诗卷二，第2355页。
⑤ 彭定求等编：《全唐诗》卷一百二十七，中华书局1960年版，第1286页。
⑥ 曾昭岷、曹济平、王兆鹏、刘尊明编著《全唐五代词》正编卷一，中华书局1999年，第155页。
⑦ 唐圭璋：《全宋词》第一册，中华书局1979年重印版，第531页。
⑧ 赵孟頫著，钱伟彊点校：《赵孟頫集》，浙江古籍出版社2012年版，第95页。
⑨ 高启著，金檀注：《青邱诗集注》卷十二，四部备要本，第4a页。
⑩ 纳兰性德著，张秉戍笺注：《纳兰词笺注》，文津出版社2017年版，第242页。

从集句作者身份上看,一般作家最多,此外也包括帝王、女作家、方外。兹各举一例:

"留连光景惜朱颜"[《夏初临》(坠絮萦萍)]集自南唐李煜《阮郎归》(东风吹水日衔山)①

"一段新愁"(《过秦楼·赏荷》)集自宋李清照《凤凰台上忆吹箫》(香冷金猊)②

"苍翠到门深"(《四换头·初夏田居》)集自唐贯休《怀武昌栖一二首》③

《滋兰馆词》共集有505句,从朝代上看以唐宋为主,作者来源总体上呈分散的态势,被集引最多的作者是杜甫(24句)。王德方对杜甫十分推崇,集中有两首游成都杜甫草堂词——《偷声木兰花·草堂人日》《瑞鹧鸪·工部草堂作》。她也曾去绵阳拜谒了李杜祠,作有《四换头·绵阳谒李杜》。其次是周邦彦(21句)。杜、周二人之所以能位居前列,杜诗、周词格律谨严精审是重要原因之一。杜诗无论古体还是近体,格律谨严,是后人师法的典范。周邦彦格律精审,也有"词中老杜"之誉。

集中句式多样,有二言、三言、四言、五言、六言、七言。兹各举一例:

二言句"知否"(《二郎神·步涪江东堤》)集自宋陈允平《昼锦堂·北城韩园即事》④

三言句"惜清欢"[《夏初临》(坠絮萦萍)]集自宋晏殊《拂霓裳》(乐秋天)⑤

四言句"越溪深处"(《百字令·渔父词》)集自宋柳永《夜半乐》(冻云黯淡天气)⑥

五言句"栀子咏同心"(《生查子·早起》)集自唐温庭筠《洞户二十二韵》⑦

---

① 《全唐五代词》正编卷三,第757页。
② 李清照著,徐培均笺注:《李清照集笺注》卷一,上海古籍出版社2002年版,第60页。
③ 《全唐诗》卷八百三十,第9351页。
④ 《全宋词》第五册,第3101页。
⑤ 唐圭璋编:《全宋词》,中华书局1979年重印版。
⑥ 唐圭璋编:《全宋词》,中华书局1979年重印版。
⑦ 彭定求等编:《全唐诗》,中华书局1960年版。

六言句"看花又是明年"(《夏初临·坠絮孳萍》)集自宋张炎《高阳台·西湖春感》①

七言句"人日题诗寄草堂"(《偷声木兰花·草堂人日》)集自唐高适《人日寄杜二拾遗》②

在用调方面,集中短调居大多数,并且前33首均是短调。单调词有2首,其余都为双调。使用最多的词调是小令《四换头》(又名《醉公子》),有17首。《滋兰馆词》以五七言为主,而《四换头》全是五言句。罗忼烈《宋词杂体》论宋代集句词时曾说:"在《全宋词》里,集句词的数量相当多,全用小令。因为集句的来源以唐人五七言近体诗为主,而小令有些是以五七言为主的,句式和字声易于将就。但二、三、四、六言句诗中不常有,平仄也不易于合辙。"③《滋兰馆词》多用五七言句也是出于"易于将就"这个原因。

在词的体式上,王德方取法前贤的意识较为明显。《钦定词谱》中《巫山一段云》列唐昭宗两体、毛文锡一体,王德方有《巫山一段云·唐昭宗均》《巫山一段云·毛平珪均》次韵之作。《钦定词谱》中有李煜《阮郎归·东风吹水日衔山》一体,王德方有《阮郎归·离席用南唐后主均》次韵之作。

宋代集句词以王安石成就最高,严羽《沧浪诗话》称赞王安石《胡笳十八拍》:"集句惟荆公最长,《胡笳十八拍》浑然天成,绝无痕迹,如蔡文姬肺肝间流出。"④"浑然天成""肺肝间流出"因此成为评价集句词优劣的重要标准。王德方也能较为出色地做到这两点。例如"画堂阴,一镜无尘,冷香飞上诗句"(《百宜娇·桂湖》),三句分别集自毛文锡《纱窗恨》(双双蝶翅涂铅粉)⑤、周密《庆宫春·送赵元父过吴》⑥、姜夔《念奴娇》(闹红一舸)⑦,格律工稳,而且妥帖自然,重新组合之后产生了新的美感。王德方用集句抒写情怀也并无隔阂,尤以相思之词最为动人。她多在伤春悲秋中抒写离别相思之情。如《连理枝·饯春》"倚阑干一望、隔芳尘,念念相思苦",《南乡子·惜春》"燕子不来花着雨。三春暮。寂寞相思知几许",《贺新郎·送春》"回首可怜歌舞地,为君吟、花杂重重

---

① 唐圭璋编:《全宋词》,中华书局1979年重印版。
② 彭定求等编:《全唐诗》,中华书局1960年版。
③ 罗忼烈:《两小山斋论文集》,中华书局1982年版,第135页。
④ 严羽:《沧浪诗话》,何文焕:《历代诗话》,中华书局1981年版,第698页。
⑤ 曾昭岷、曹济平、王兆鹏、刘尊明编著:《全唐五代词》正编卷三,中华书局1999年,第534页。
⑥ 唐圭璋编:《全宋词》,中华书局1979年重印版。
⑦ 唐圭璋编:《全宋词》,中华书局1979年重印版。

树。春已去,相思苦"《山花子·秋莫》"一篱疏菊又花开。别离情思,吟咏散秋怀",等等。词人的伤春悲秋源于怀人,而怀人则更加增厚了伤春悲秋的哀婉心境。

此外,王德方词作也有"瘦"而"秀"的特色。其《四换头·仙云观》有句"顶峭松多瘦,入座春风秀",用"瘦""秀"来拟其词作风格也是比较贴切的。"秀"指作为女性词人的词心清秀婉丽,如上文所述写景、相思、咏物之作。这里着重讨论其词中"瘦"的美学意蕴。《滋兰馆词》中还有4处用到"瘦"。

> 流莺啼起去年心。花寒瘦不禁。
>
> ——《巫山一段云·唐昭宗均》
>
> 悄为伊、瘦损香肌。
>
> ——《高阳台·薛涛井作》
>
> 人更瘦于前。同心私自怜。
>
> ——《四换头·秋日闲居》
>
> 菖蒲络石瘦生根。
>
> ——《临江仙·溪村春游》

"瘦不禁""瘦损香肌""人更瘦于前"是外在形体上的瘦损,但究其原因是内心经历了强烈的情感。正在这种强烈情感的煎熬折磨下,以致形体上的消瘦。"顶峭松多瘦""菖蒲络石瘦生根"则带有一种坚韧硬朗的风骨。充沛的情感力量与瘦硬的风骨气质即王德方词中"瘦"的核心美学内涵。

由于她的词都是集句词,这种美学风貌的形成与她所集诗(词)句的风格有很大关系,例如"狂题几首诗"(集自唐项斯《途中逢友人》[①])、"诗胆大于天"(集自唐刘叉《自问》[②])等,感情充沛饱满。其中,杜诗是她集句中使用最多的"材料"。她对杜诗的选择不仅缘于格律的谨严,而且也有风格上的偏爱。清代陈廷焯云:"诗至杜陵而圣,亦诗至杜陵而变。顾其力量充满,意境沉郁。"[③]"沉郁"一般是指杜诗情感上的特色。王德方的集杜诗句像"侧身天地更怀古""独立苍茫自咏诗""兴与烟霞会"等,真气弥漫,都是这方面的例证。

---

① 彭定求等编:《全唐诗》,中华书局1960年版。
② 彭定求等编:《全唐诗》,中华书局1960年版。
③ 陈廷焯:《白雨斋词话》卷七,《词话丛编》,中华书局2005年版,第3940页。

四、《滋兰馆词》文献价值的局限性

《滋兰馆词》存在校勘不精的问题,像抄本、刻本与所集之句的原作具有差异性,抄本、刻本中有脱字,其在文献价值上也有一定的不足之处。

与所集之句的原作存在差异的情况,如:

> 抄本、刻本《夏初临》(坠絮孳萍)中"绿阴嘉树清圆"一句集自宋周邦彦《满庭芳》(风老莺雏)。"绿阴",周集作"午阴"。①
>
> 抄本、刻本上词中"彫觥霞艳"一句集自宋张先《宴春台慢》(丽日千门)。"艳",张集中作"滟"。②
>
> 抄本、刻本《高阳台》(笑掩云扃)中"断霞孤鹜青山极"一句集自宋张先《惜琼花》(汀苹白)。"断霞",张集作"断云"。③

当代学者对以上三处各使用多种版本进行比勘,均无异文,却与王词有差异,所以很可能是王词讹误,或是王德方刻意变动。

抄本、刻本中也存在脱字的情形。如《青玉案·初夏浣花溪上,东山乐府均》前三句是"野梅官柳西郊路。见说春归去。树暗风微花气度",词后标明句子的来源是"苏轼、辛弃疾、贺铸、陈棠"四个人。抄本、刻本均如此。"野梅"句集自苏轼《送戴蒙赴成都玉局观将老焉》,"树暗"句集自陈棠《晚步》,如此则"见说春归去"一句集自辛弃疾、贺铸两人诗(词),这不符合集句的要求,明显有误。本词所次韵的原作是贺铸名篇《青玉案》(凌波不过横塘路),用的也是《青玉案》贺词这一体,"见说春归去"对应贺词的文字是"但目送、芳尘去",则王此处少一字;平仄、句读为"仄中仄读平平仄"④,如此,应为"见说□,春归去"。("□"表示缺少的那一字)查检辛弃疾集中的三字句,只有名作《摸鱼儿》(更能消)中"见说道"一句符合。贺铸集中,惟《人南渡》(兰芷满芳洲)中"春将去"最为接近。

---

① 周邦彦著,孙虹校注,薛瑞生订补:《清真集校注》,中华书局2007年版,第99页。
② 张先著,吴熊和、沈松勤校注:《张先集编年校注》,上海古籍出版社2012年版,第127页。
③ 张先著,吴熊和、沈松勤校注:《张先集编年校注》,上海古籍出版社2012年版,第239页。
④ 贺词此体字数、平仄、句读见(清)王奕清等编著:《钦定词谱》卷十五,中国书店2010年版,第260页;龙榆生:《唐宋词格律》,上海古籍出版社2010年版,第117页。

当前,学界对女性集句词集还未展开专门研究。王德方《滋兰馆词》作为目前仅见的女性集句词集,对其进行探讨有助于展现女性词、民国集句词、民国词学文献以及集句词史的丰富性。通过对其词作的考察与探究,我们能够清晰地看到词人丰富多彩的内心世界。她对山水名胜的广泛登临吟咏,可以视作民国女性走出闺阁的剪影。词作中体现的时代风云,也拓展了词的境界,提升了词的格调。作为一部集句词集,《滋兰馆词》中被集引最多的是杜诗。其原因一方面是杜诗格律严谨,另一方面是缘于词人对杜诗沉郁风格的偏爱。这也构成了民国时期杜诗接受史的一个侧面。当然,毋庸讳言,《滋兰馆词》在文献价值上也存在错字、脱字的局限性,提醒后来者在创作和研究时一定要谨慎。总之,王德方《滋兰馆词》既具有词学价值,又具有文献价值,值得予以持续关注。

作者简介:王纱纱,湖州学院人文学院副教授,著有《常州词派创作研究》等。

论民国女词人卢葆华《相思词》创作及艺术

常娜娜

民国词坛,大批女性词人及其创作形成了一种颇为醒目的文学景况。此一群体中较为突出者,有吕碧城、冯沅君、张默君、陈家庆、沈祖棻、陈小翠、周炼霞、张舜华、张珍怀、张汝钊等。同期黔北女作家卢葆华,在其短暂的一生中亦留下了独具个性的文学书写。当前对卢葆华的身世生平已有部分资料整理与研究论述,对其文学创作研究尚未展开。《相思词》乃卢葆华一生飘零悲苦命运的心灵悲诉,收其自作四十九首以及他人寄赠唱和词十三首,本文仅就卢作四十九首展开相关论述。

一、卢葆华生平及著作考述

卢葆华(1908—1945),贵州遵义人,本名夔凤,字韵秋,号葆华,笔名雪梅、笑生、茜华、绯娜、湘江菊子、乐江女士。目前,关于卢之生平已有部分零散记述和研究,笔者试从生卒年考、家世背景、求学经历、婚姻爱情、重要交游以及文学创作六个方面,对卢之生平作一简要考述。

(一) 生卒年考

有关卢葆华的生卒年,目前所见文献记载说法较多。比对相关文献,笔者以为卢葆华自著《飘零人自传》(以下简称《自传》)可信度相对较高,可作为主要参考文献。依卢之《自传》,可确考其生年为清光绪三十四年(1908),至于卒年,综合相关材料也可给予考订,当为1945年8月24日。

1. 当前四说

综合地方文史资料及有关人员的回忆性记述来看,关于卢葆华的生卒年,目前大致有四说,此处择代表性的几种来看。

其一,认为卢之生年是1898年,卒年是1945年。持此说者主要有《贵州近现代人物资料续集》①。另有《锦绣遵义》一书"卢夔鳳"条,对其生年持论亦是1898年,卒年则为1942年②。

其二,认为卢之生年为1902年或1903年,卒年在抗战期间。持此说者主要有姚世达《卢葆华身世简述》、且岂《对卢葆华身世的补充》两文。姚世达是卢葆华的远亲。卢的舅舅赵乃康是姚的舅公,且姚与卢的大儿子是初中同学,两家曾相邻而居过。姚文记述道:"她大约是生在清光绪二十八、九年(1902年、1903年),死在抗日战争中期,顶多不过活了四十岁。"③且岂《对卢葆华身世的补充》一文亦赞同此说。且岂,也就是杨祖恺(字且闿),曾任贵州地方志编委会编委。他与卢家的关系,据文章来看,卢家曾有一段时间租住于他家,所以他是部分卢家往事的目睹者之一。杨文提及卢葆华父亲卢铭尊时道:"民国十六、七年时,在遵义老城两级小学堂教高小国文,即迁往杨柳街我家的厢房,因与家父交好,我们称呼他为'姻伯'。"④

其三,认为卢之生年是1903年,卒年是1945年。持此说者主要有刘永济《女性作家卢葆华》一文⑤,以及《黔北20世纪文学史》中《卢葆华:"五四"催开的叛逆之花》一文⑥。

其四,认为卢之生年为1904年,卒年为1942年8月之后。史相《民国女作家卢葆华》一文,在姚、杨记述的基础之上,主要据卢葆华《飘零人小传》对其生卒年进行考论,认为卢之生年为1904年,卒年在1942年8月之后⑦。

2. 卢葆华生年考述

翻检卢葆华《飘零人自传》,可知以上几种说法还需再作细究。卢《自传》中对己之出生时间未能给出确数,只言:

---

① 侯清泉:《贵州近现代人物资料续集》,中国近现代史史料学学会贵阳市会员联络处,2001年,第38页。
② 船夫主:《锦绣遵义》,中国文史出版社2004年版,第103页。
③ 姚世达:《卢葆华身世简述》,载中国人民政治协商会议遵义市委员会文史资料研究委员会编《遵义文史资料第9辑·关于遵义人物1》,1986年,第177页。
④ 且岂:《对卢葆华身世的补充》,载中国人民政治协商会议遵义市委员会文史资料研究委员会编《遵义文史资料第14辑·关于遵义人物2》,1989年,第114页。
⑤ 刘永济:《女性作家卢葆华》,载遵义县政协教科文史委、遵义县团溪镇人民政府编,周德强主编《文化名镇团溪》,《遵义县文史资料 第22辑》,2012年,第107页。
⑥ 王刚、曾祥铣:《黔北20世纪文学史》,贵州教育出版社2001年版,第10页。
⑦ 史相:《民国女作家卢葆华》,载吴光辉主编《遵义民国文化人物》,遵义:遵义市政协宣教文卫委员会,2007年,第198—199页。

> 光绪二十几年九月十八日诞生于成都，无何，革命军兴，随两亲南下，流寓巴州，至今对童年之生活，渺不记忆。①

此处只有生日的确切表述，生年则模糊不清。这里，若"九月十八日"乃阴历之说，那么其生日则在当年的阳历十月十二日。翻检自传别处，卢曾明确提及自己在某个时期的年龄，借此可对其生年做一推算。《自传·弦诵一瞥》篇中言："入校读书几经要求，始蒙双亲许可，肄业于新城第二女校，时民国六年二月也。"②此言已明确初入新城女校读书的时间为民国六年二月，即1917年2月。同篇，又提到自己入校作《修竹说》一文得到校长等诸位先生认可之事，明确记述"时余始十龄耳"③。此年是卢正式步入学堂开启求学生涯，其作文又得到校长等人认可，如此事件在孩童的心里意义或许较大，所以对此年月的记忆相对确切是合乎情理的。故以此为据，可知民国六年（1917），卢葆华十岁。此外，另有《自传·归赵食贫》言：

> 十二年深秋，余十六岁矣。阿母告余曰："汝□长识，我已请人代理。"顷间，女客盈门，乐声由远而至，贺客有赞美衣饰之华且都者，有夸□余之□所者，有互谈余婚姻历史者，余始恍然两亲居成都时，与阿男凤有指腹为婚之约，于余未堕地之先，即许字十表兄文特，两亲之不为我事先道及者，惧余又要求解约也，余虽悲痛万分，但亦莫可如何，阿母终迫余乘彩舆以去。④

十二年，即民国十二年（1923），此年卢十六岁，乃其与第一任丈夫赵文特成婚之年。由此，可推知卢生于1908年。1908年是光绪三十四年，又与自述中"光绪二十几年"出生的说法不相符合。这恐与卢写《自传》时（民国三十四年，1945年）距往代已远，对光绪朝的纪年记忆出现偏差有关。至于卢葆华的

---

① 卢葆华：《飘零人自传》（缩微文献），北京：全国图书馆文献缩微复制中心（北京：国家图书馆），2013年，第5页。
② 卢葆华：《飘零人自传》（缩微文献），北京：全国图书馆文献缩微复制中心（北京：国家图书馆），2013年，第10页。
③ 卢葆华：《飘零人自传》（缩微文献），北京：全国图书馆文献缩微复制中心（北京：国家图书馆），2013年，第10页。
④ 卢葆华：《飘零人自传》（缩微文献），北京：全国图书馆文献缩微复制中心（北京：国家图书馆），2013年，第13页。

卒年，据相关材料可知是在 1945 年 8 月 24 日。

（二）家世背景

卢葆华本是黔北书香大家之后，祖上经济亦算殷实，至卢父母辈，家境衰落，陷入窘境。卢之父母皆有良好的文化修养。父亲卢宗彝（号铭尊，别号锦江生），祖籍贵州省遵义县东乡宋家坝，曾在四川成都有过一定官职（据部分文献来看，似担任过四川夔府县衙师爷），后因社会局势变化而失官，又因经营不善而致产业破产，遂离蜀还居遵义故乡，后于故乡以教育为职。母亲赵冰如，乃黔北团溪（今遵义市播州区团溪镇）"文昌宫赵家"之后①。赵氏乃当时书香之家，赵冰如祖父赵锡龄是乡里名儒；父亲赵廷莹，师从晚清鸿儒郑珍（字子尹）、莫友芝（字子偲）；兄长是曾主持编纂《续遵义府志》的近代黔北文化教育先贤赵恺（字乃康，号平叟、牂北生）。《自传》中说："黔北文化，当前清中叶之际，郑柴翁莫邵亭两太姻丈均为文坛领导者，郑莫赵卢四姓，又互为婚姻，故阿父母文艺上之渊源，于郑莫两太姻丈，虽时代先后不同，实有间接之关系。"②又言："阿父阿母，凤耽词翰，余垂髫时，恒见两亲唱和。"③由此可见，卢是在一个良好温馨的家庭中成长起来的。就经济而言，卢家祖上乃殷实之户，但在卢葆华父亲这辈家道中衰，陷入窘境。卢幼时白天替人佣书，夜晚为人洗衣以换酬劳养家；且常与母亲做小孩鞋帽等针线活计，请人带至集市售卖。此时，卢的胞弟夔镛尚在（据《自传》，卢夔镛九岁而夭，并非有些记述所言卢葆华乃家中独女），她常与弟弟一起到离家不远的碧花峰采野菜，然后去集市换米。《自传》忆及此段岁月，言曰是她"酸辛史中重要之一页"④。

（三）求学经历

卢葆华求学经历主要有三：一是遵义新城女校读初小、高小阶段，二为遵义女子师范学校阶段，三是上海求学时期。

---

① 赵珣：《儿时眼中的父亲——赵乃康先生》，载王永康主编《老遵义的记忆》，遵义市政协文史与学习委员会编辑出版，2012 年，第 229 页。
② 卢葆华：《飘零人自传》（缩微文献），北京：全国图书馆文献缩微复制中心（北京：国家图书馆），2013 年，第 3 页。
③ 卢葆华：《飘零人自传》（缩微文献），北京：全国图书馆文献缩微复制中心（北京：国家图书馆），2013 年，第 3 页。
④ 卢葆华：《飘零人自传》（缩微文献），北京：全国图书馆文献缩微复制中心（北京：国家图书馆），2013 年，第 8 页。

1. 遵义新城女校读初小、高小阶段

民国六年(1917)二月,卢十岁,入遵义新城女校初小一年级。《自传·弦诵一瞥》对此言曰:"入校读书几经要求,始蒙双亲许可,肄业于新城第二女校,时民国六年二月也。"①同篇又言:"时余始十龄耳。"②

民国七年(1918),卢十一岁。按照新城女校惯例,成绩突出者可以直接升级。卢葆华因成绩优异直接升入初小四年级。

民国八年(1919),卢十二岁,就读初小四年级。时值五四运动,卢参加当地学生游行并公开演讲。《飘零人自传·弦诵一瞥》篇中记载此事:

> 后廿一条惨案发生,本遵最高学校为男中,引导游行讲演,李校长(按,即新城女校校长)亦命余于商会讲演,屡辞不获,遂登□致辞。邑中尚未开女生讲演之风,而以余为滥觞。殊自惭也。当时听众,以好奇心致,颇因余引起民众之注意。余于慷慨激昂情绪之下,取右四指之金戒指一枚,以为救国捐之倡,听众更为感动。因此,社会对余之印象极佳!在京留学认识与不认识之朋友,均纷函至余,促赴京升学,余彼时心潮之鼓荡,非可以言语所形容者。③

关于卢当时的表现,姚世达《卢葆华身世简述》记述:"她一个人就敢于在街上拉条板凳,向群众大声演讲,滔滔不绝,号召妇女们要跳出家庭,争取男女平等,社交公开,婚姻自主。"④卢之胆量与见识,于此可见一斑。

2. 遵义女子师范学校时期

民国九年(1920),卢十三岁。在学生游行中公开演讲后不久,卢先入新城女校高小二年级,很快又经县长提升进入遵义女子师范学校⑤,直接插班到二年级上期学习。在女师读书期间,卢闲暇时回母校(新城女校)授课,后于此顺

---

① 卢葆华:《飘零人自传》(缩微文献),北京:全国图书馆文献缩微复制中心(北京:国家图书馆),2013年,第10页。
② 卢葆华:《飘零人自传》(缩微文献),北京:全国图书馆文献缩微复制中心(北京:国家图书馆),2013年,第11页。
③ 卢葆华:《飘零人自传》(缩微文献),北京:全国图书馆文献缩微复制中心(北京:国家图书馆),2013年,第11、12页。
④ 姚世达:《卢葆华身世简述》,《遵义文史资料第9辑·关于遵义人物1》,1986年7月,第178页。
⑤ 此校1915年正式开办,1925年更名为遵义县立女子初级中学,1939年春更名为遵义县立初级中学,1940年更名为遵义县立中学,1944年分立出高中部,为贵州省立高级中学,即现在的遵义四中。详见遵义四中党政办公室《四中记忆·从百年中走来——遵义四中往事(一)》,遵义四中微信公众号,2020-4-24。

利毕业。至于从女师毕业的时间,结合《自传》两处相关表述亦可推知大概。

一处在《自传·弦诵一瞥》,其言:

> 女师毕业之明年,余后得公费申送贵阳妇婴医科,一面肄业,一面授课于建德、淑慎、乐羣等校。①

一处在《自传·归赵食贫》,其言:

> 结婚次年,余以邑中官□申送至省□妇婴医科讲习所……况余尚在建德、淑慎、乐羣诸校任课耶?②

可见两处所言乃同一件事。卢与赵文特结婚的时间是确知的。《自传》中明确记述两人结婚是在民国十二年(1923)。"结婚次年"与"女师毕业之明年"乃同一年,即民国十三年(1924),卢十七岁。因此可知,卢于民国十三年(1924)从女师毕业,时年十七岁。毕业后有一段时间为母校(新城女校)同学授音乐、女红等课。据《自传》看,月薪八元。卢从此期开始便担负起了家庭经济责任。

3. 上海求学时期

民国十七年(1928),卢二十一岁。此年秋考入上海中华艺术大学中国文学系二年级下学期,在此校学习两年。民国十九年(1930)秋,卢二十三岁。因上海中华艺术大学被封,遂又转入上海艺术大学。据自传记述,其以两年半时间学完了四年的课程,由此可大致推知卢在民国二十二年(1933)初由此校毕业。

(四) 爱情婚姻

卢葆华一生有过三段婚姻,第一段与故里赵文特的婚姻乃父母之命,后在清贫奔波、良人无望的哀叹里维持四年多而落寞结束。第二、三段婚姻时间皆

---

① 卢葆华:《飘零人自传》(缩微文献),北京:全国图书馆文献缩微复制中心(北京:国家图书馆),2013年,第12页。
② 卢葆华:《飘零人自传》(缩微文献),北京:全国图书馆文献缩微复制中心(北京:国家图书馆),2013年,第12页。

短暂,都始于疯狂热烈而终于满腔血泪。

1. 与赵文特的第一段婚姻

民国十二年(1923)深秋,卢十六岁,与表兄赵文特在遵义家乡结婚。婚后育有三子。时赵在省高等审判庭任推事,兼官产清理处科长;卢在几个学校任教。此段婚姻是父母指腹为婚,非卢所愿,后以破裂收尾。《自传》中对究竟因何原因导致婚姻结束并未明确提及,但观其表述,父母指婚,卢之理想型爱人非赵文特此类,以及赵"乏德行之修养"等①,恐都是其中之因。至于婚姻持续几年,《自传》未明确记述,但在《大江东去》篇中言其于民国十七年(1928)离开遵义,买舟东下——这是卢成年后到处辗转寓居的开始。离开遵义后中间经停南京一段日子,同年秋天已经在上海中华艺术大学学习了。由此可推知,卢、赵的婚姻维持了四年多。

2. 与刘健群的第二段婚姻

民国二十五年(1936)四月八日,卢葆华与刘健群于南京结婚,住和平门十六号公馆。是年卢二十七岁。刘时任职政训处。刘的家世较为普通,在刘热烈执着的追求之下,卢几与家人决裂而与其成婚。但刘已有一段未完全了断之婚姻,卢蒙刘"十余年之欺骗"②,于血泪满腔中毅然与刘离婚。值得注意的是,《自传》中卢所言蒙刘"十余年之欺骗",指自年少时与刘相识直至婚姻期间,大致有十来年。此段婚姻实则只有两年,《自传》言及乃民国二十七年五月二十八日③,即1938年5月28日离婚,时卢三十一岁。与刘健群离婚后,卢于民国二十七年(1938)七月至云南昆明,担任一小学校长。

3. 与马曜的第三段婚姻

民国二十八年(1939)八月三十日,卢与马曜在云南昆明金碧路锡安圣堂正式举行婚礼。时卢三十二岁,马曜二十六岁。马曜此前已有过一段婚姻,且有孩子,名马华君。遇卢后,疯狂追求,并断指明志,卢遂答允。婚后卢与马同任职于云南省立镇南师范学校(1949年停办)。不久马曜调至昆明进修班学习,卢亦随至昆明,租住在天君殿巷(今云南大学东陆校区西门外附近)。后马

---

① 卢葆华:《飘零人自传》(缩微文献),北京:全国图书馆文献缩微复制中心(北京:国家图书馆),2013年,第14页。
② 卢葆华:《飘零人自传》(缩微文献),北京:全国图书馆文献缩微复制中心(北京:国家图书馆),2013年,第20页。
③ 卢葆华:《飘零人自传》(缩微文献),北京:全国图书馆文献缩微复制中心(北京:国家图书馆),2013年,第21页。

因有咯血之疾而入院治疗,卢为维持家用去昆明宜良县写作,为马供给医药费。但令人费解者,据《自传》中言马出院后即与卢诀别,此段婚姻亦因此结束。时民国二十九年(1940)十月,卢三十三岁。可见,此段婚姻不到一年便结束。至于这段婚姻破裂的原因,《自传》中言及似与马之晋升有关,细节则语焉不详,这亦有待进一步考证。

(五) 主要踪迹及重要交游

卢葆华一生寓居多地,除去在四川成都的幼年生活及贵州遵义家乡较长的时间,卢的另一半人生总与漂泊辗转相连。卢葆华的生命成长与后来的几经辗转,起点都是遵义家乡。卢读新城初小、高小,后再读女子师范学校,以及她的第一段婚姻的开始与结束,都在这方土地。

二十一岁离黔,上海是卢葆华第一个较长时间的寓居地。民国十七年(1928)至民国十九年(1930),卢就读于上海中华艺术大学和上海艺术大学。民国二十年(1931),卢毕业后留在上海工作,白天在上海市教育局第四科工作,晚上则为《上海晚报》副刊工作①。卢约于民国二十一年(1932)离开上海至杭州。《自传·引言》记其寓居杭州西湖附近十年,实则没有如此之久,卢在杭州至多四年。这期间卢与吴宓等人有交游。翁仲康《卢葆华身世搜逸》一文,搜集卢与吴宓1933年至1934年间的唱和诗作——《将离西湖赋呈雨生先生》绝句四首,以及卢葆华写给吴宓四十岁生日的祝寿诗——《祝雨生兄四旬华诞》②。卢葆华父亲卢铭尊去世次年(1933),卢在杭州灵隐寺为父亲设灵开奠,各界皆有前来吊唁者。卢于民国二十七年(1938)七月月底至云南昆明,是在与第二任丈夫刘健群离婚之后。卢扶母携孤寓居昆明,在结束与第三任丈夫马曜不到一年的婚姻后,居翠湖附近的青云街。此后直至去世都在昆明。这期间与西南联大的吴宓、沈有鼎、朱谦之等人有过交游。

(六) 文学创作

卢葆华文学创作体裁较广,触及旧体诗词与新诗,亦有现代小说与散文。

---

① 卢葆华:《飘零人自传》(缩微文献),北京:全国图书馆文献缩微复制中心(北京:国家图书馆),2013年,第32页。
② 翁仲康:《卢葆华身世搜逸》,载中国人民政治协商会议遵义市委员会文史资料委员会编《遵义文史资料(第24辑)》,遵义:《遵义文史资料》编辑部,1993年,第81页。

《血泪》,新诗集,乃卢葆华第一部文学作品。《抗争》,短篇小说,在其不长的篇幅里,"作者把她那悲苦凄凉的遭遇,向读者们哀婉地诉出,那一种奋勇挣扎的精神,是给人们一个很深刻的印象的。她指示着真正爱情的出路。本书可说是给现代青年们对于爱的一个极大的指示"①。《飘零集》,旧体诗集,内容"有反抗的斗争,有名山的风光,有相思的情调,有思母的愁怀,有哭父的题词,还有她的太夫人的书、诗、画,及当代各诗家的名句"②。《哭父》,散文集,作于卢葆华父亲去世之后,内容多为对父之孝思,收小品文二十篇及其他。《相思词》,词集,收卢作四十九首。卢葆华在世时,这些作品皆先后出版,现均藏于上海图书馆。另有《飘零人自传》,1942年7月31日完稿,1945年出版,全国图书馆文献缩微复制中心(国家图书馆)有缩微本(2013年)。

二、《相思词》版本及相关问题考述

《相思词》,民国贵州遵义女作家卢葆华著,不分卷,1933年4月8日出版,油印本,正文一一八页,出版社不详③,现藏于上海图书馆,全国图书馆文献缩微复制中心(国家图书馆)有缩微本(2017年)。词集皆繁体书写,以现代标点符号句读,从左至右刊印。形态结构及编排次序为封面、扉页、版权页、题词及作者肖像页、目次、序文、正文、附录、编后语、著作简介和出版预告以及消息预告。

词集封面页,最上部有"相思词"书名,书名下有"卢葆华女士著"六字。中下部乃一长发青年女子低头嗅闻花朵图。图案上方有一行小字赠语,字迹不清,落款日期为"22,4,15",当是民国二十二年(1933)四月十五。右下角一枚作者姓名的方印,长宽皆约2 cm,篆体,刻"卢葆华印"四字。

封面页后有一绘图页,无字。后是扉页。扉页有"相思词 卢葆华著"字样。

扉页后是版权页,版权页有"1932,12,12付版 1933,4,8出版 1—1 000册"字样。

---

① 参见《相思词·编后》后。卢葆华:《相思词》(微缩文献),北京:全国图书馆文献微缩复制中心(北京:国家图书馆),2017年。
② 参见《相思词·编后》后。卢葆华:《相思词》(微缩文献),北京:全国图书馆文献微缩复制中心(北京:国家图书馆),2017年。
③ 据卢葆华《飘零人自传》自述,此集初由"苍正书店"出版,可备一说。详见《飘零人自传》(缩微文献),2013年,第34页。

版权页后是"《相思词》作者肖像及题词"页,先为方志超、林文选、何宋之三人题词,占页有五;后为卢葆华肖像,单独一页。方、林、何三人的题词,以方志超三首旧体无题诗(一首七律,两首七绝)为首;次为林文选寄赠卢之七律《题葆华女士玉照》;最后是何宋之因见卢葆华相片,写于1931年4月24日的题赠散文并古歌一首,约二百字,乃手稿影印。方志超题诗具体如下:

> 红牙一拍一缠绵,补得情天即恨天,
> 别有钗钿遗憾在,曼声不想唱夫怜,
> 撇却于菟黯凤巢,六州铸铁是谁教,
> 泪痕红上相思树,化作珍珠枕畔抛。

其中,颔联"曼声不想唱夫怜"句下有注,云:"女士曾接受一军界要人之爱,以彼行为不端,女士遂与之绝。"(此军界要人应指卢葆华的第二任丈夫刘健群)

两首七绝如下:

> 怀亲忆友意纷驰,旖旎风光笔格奇,
> 一代词华谁抗手,断肠旧集淑贞辞。

> 凤泊鸾漂湖上留,双蛾深锁写离愁,
> 凭君诉与红闺晓,相偶休从豪膴求。

林文选《题葆华女士玉照》言:

> 翰墨纵横笔一支,芳姿飘渺惹人思。
> 漫吟柳絮临风舞,却笑江梅弄笛吹。
> 人影婆娑遥似尽,剑光闪烁认题辞。
> 黔山越水清如许,好句争传字字师。

值得注意的是,林的题词结束处标注写作日期为"22,3,2",此处当指民国二十二年(1933)三月二日。最后是何宋之因题赠散文并古歌,具体为:

同学笑生姊性瘹恬,诗词尤工,虽表示消极,而实具反抗特质,洵女中杰出也。一日,余见其玉照风姿翘楚,凝眸笑靥,若有所悟者然。余知生姊之笑,非对于社会漠不介怀,为笑而笑。是渠遥睹晨曦快到之东方已有微弱之光芒,为辈苦无告之辈众笑,为中华革命之前途笑,则生姊之笑,其预示也,因□数词以志。

怡然笑,谁识女英心,万斛间愁齐扫祛,两行热泪尽蠲除,夺门誓牺牲!

并坿古歌:

问笑何所为?一笑无他故。念愁瀚之茫茫,拟改造而颠覆。

(何宋之题赠,1931.4.24)

题词及自像页后为词集"目次",占页有六。值得注意的是,"目次"中第一首词调及题目显示为《相思词·相思》,正文则为《长相思·相思》,此乃"目次"有误。此外"目次"第十首《清平乐·祝父》,指正文第十首《清平乐·恭祝阿父六旬大庆》。

"目次"后为卢葆华《相思词·自序》,近千字,作于民国二十二年(1933)二月二日,卢时寓居杭州。文中谈及她对填词的认识、词集出版的成因、词作的散逸以及词集所涉主要题材等内容。具体如下:

填词并不是很容易的事,做到绝妙,尤其不是很容易的事。现在有许多对于词没有修养的人,他便拼命地去骂填词的人为"有闲",或"应声虫",……我不知道他们(她们)学科学或新闻学,是否是"应声虫"或"有闲"?我觉得"强不知以为知"是笑话,然而,以"有闲"或"应声虫"来衍饰自己的不懂①,到也无妨②,如果说是献身于文艺的人不懂的话,那未免是美中不足了,这,也许是我的偏见吧,现在暂且不提,因为我不是研究词的专家,我尤其不是富有天才的词人,我不敢说,我不配说,我只有带着受伤的身心在这黑暗的长途中去寻求花,光,爱,力,……

我对于填词,可以说是门外汉,虽然我小时候也曾跟着我名传千古的父亲母亲学过一些,但是,笄年离膝的我,物质痛苦的我,十年漂泊的我,

---

① 衍,疑误,当为"掩"。
② 到,疑误,当为"倒"。

缓性自杀的我,那有闲情来重加研究呢?哎哎!大自然虽说给了我不少的材料,——这悲欢离合的材料——可我不懂,又怎么办呢?

　　最近我这浅薄的《飘零集》已经和朋友们相见了,又有许多的朋友,在长崎,东京,北平,南京的来信,要我整理词来出版,我是很惭愧的,出版词也许是太大胆了。我应该虚心的细腻的再研究几年,多读一些词坛上新兴作家的名著,切实地创造出伟大的作品来。但是,一切朋友的盛意是难却的,我不得不开始整理献丑,请教于关心我底朋友们的面前。

　　事实真是出我意料,我在一·二八事变前填的词,在日本帝国主义的炮轰淞沪中,因避难的缘故而遗失了。在杭一年中填的词,一大半又是在刘记宿舍的火灾中而丧失了,在从前损失的,我只能记忆数阕,其余的都是去年秋天的一部分,而最痛恨的是我底父亲和母亲由故乡写来纪念我的百余阕,也都完全丧失无遗了,这是我怎样抱恨的一回事啊!所以,整理的结果,分量是非常少的,而且和词里面竟找不出一阕是我父母底教训来,伤心啊!这永远含着血泪的我!

　　我在这少量的词里,发现了一个惊人的事实,就是题的取材,大半都是属于秋天的,这秋是给了我无限的相思,这秋是给了我无限的苦味。其实,可怜的我,这相思并没有异性的爱友,这相思更没有同性的知己,我是孤独的,我永远是孤独的,我是木偶,顽石,我什么也不懂,我什么也没有人要我懂,我只是一个人在那悬崖绝壁上攀登,我只是一个人在那狂涛大海里挣扎。朋友,你如果一定要我说我有寄托的话,那末,我就勇敢的承认着我这空虚的呐喊,哀歌,长啸,是准备着献给我未来的理想的神圣的伟大的富于文艺天才的国际作家×××。(22,2,2,在杭州。)

　　序文结束继而为词集正文。是集收词凡六十三首。其中,卢作四十九首,所用词调三十四种,如《长相思》《捣练子》《眼儿媚》《一丝风》《忆江南》《南歌子》《清平乐》《锦堂春》《相见欢》《玉漏迟》《如梦令》《蝶恋花》《风流子》《南乡子》《念奴娇》《风马儿》《鹊桥仙》《浪淘沙》《忆多娇》《吴山青》《双红豆》《采桑子》《画堂春》《忆秦娥》《江亭怨》《青衫湿》《一剪梅》《诉衷情》《江神子》《满江红》《鹧鸪天》《小重山》《浣溪沙》《金人捧玉露》。

　　正文结束乃"附录"部分。此部分专收他人唱和寄赠卢葆华之词十三首,唱和寄赠者主要有西蜀二郎先生、侠卢先生、慕华女词人、晴卢先生、许维俊先生、何海生先生、陈清芬先生、许伊凡先生、白莲女词人、娟娟女词人、谨君先生十一人。

附录结束乃卢葆华自题《编后》语,近四百字,作于1933年2月24日杭州西湖傲足轩。其文如下:

> 这《相思词》的稿,因为经过了几次的遭劫,以致有许多阕许多阕忘记了,我在自序中已经说得很明白。
>
> 我底写诗填词,除了孩童底时分在家庭中受过父母相当的教导外,我一向没有拜过什么人为师,央求他底修改,这并不是我底自大,实在对于词有天才和专精的人太少了。同时,我要保存我底真面目来和我亲爱底母亲,儿子,亲戚,朋友们相见,这也不无相当的理由。
>
> 当这词校对的时候,一面因为吐血,一面因为写稿,我想错误的地方仍是不免,希望读者们的原谅和纠正。
>
> 关于我底他去,这消息,在《飘零集》中说过后,就有很多很多友人们写信来问我,现在,这问题又将成为泡影了,我在事实上不能他去,我只得在这没落的社会里拼命奋阖,拼命前进,拼命创造我新的出路,拼命建设我理想的事业……
>
> 我自亲爱底父亲死后,我写诗填词丝毫没有情绪,深的忧郁性掩盖了我底心,虽然我始终孤独的积极的追求着光明……

《编后》语后是著作简介和出版预告以及消息预告。著作简介主要针对《血泪》《抗争》《飘零集》《哭父》四部作品。出版预告有四部,分别是散文集《游记》,有关作者社会问题观的论文合集《卢葆华女士论文集》,短篇小说集《时代的转动》以及卢葆华情书合集《情书》。词集最后是《一个小消息的预告》,只有一页,主要预告卢打算办刊物的计划。

三、《相思词》内容及其特点

遍览《相思词》卢作四十九首,可谓句句言悲,篇篇含愁。内容主要涉及感时吟咏、咏物寄情、思亲念子、敬祝悼念、离别寄赠、登临望远六个方面。其中感时吟咏类为主要内容,登临望远类则别具面貌。

(一)《相思词》内容

1. 感时吟咏

感时吟咏词在词集中数量最多,吟咏内容主要为感春和感秋。只是在其笔下的春秋两季,几乎不具蓬蓬勃勃的盎然生机。在卢葆华这里,春多病凄怨恨,秋有无尽哀伤。

卢词中的春景多与兰闺忧思、体弱多病以及漂泊离恨等相关。如《眼儿媚·春怨》:

> 虹桥流水画楼东,无计度闺中,可怜人瘦,寒梅深锁,怕问春风。
> 情丝愁绪苶难了,起坐也匆匆,莺声两两,燕歌重重,恼我私衷!①

起句以虹桥画楼、流水造景,若无刻意的情绪介入,只以寻常之心观之,景物亦算可爱。进一步阅读,词篇镜头继而由外入内,目之所遇者,乃一踱步闺中、身影单薄女子。这闺中女子愁绪萦绕,千情百结,不能安然静坐,即便是莺声燕歌,亦无法听赏。另有《捣练子·春病》,其言:

> 多少恨,兰闺中,消瘦腰肢剪剪风,无奈病中人不寐,子规啼血到帘栊。②

词题标为"春病",便已明示词作内容将无欢乐之意,又以"多少恨"起句,不加掩饰的深情遗憾直击心目。顺其词句寻找这"恨"的缘由,原是闺中人体弱多病,又逢帘外杜鹃声声哀鸣。词篇写于卢初至杭州,寓居西湖附近之时。这是卢结束第一段婚姻,又经历只身一人到上海求学、工作后的另一段人生旅程的开始。此景此身,加之情思细腻敏感,悲伤在所难免。与之相类者,再如《捣练子·春感》言:

---

① 卢葆华:《相思词》(微缩文献),北京:全国图书馆文献微缩复制中心(北京:国家图书馆),2017年,第5、6页。
② 卢葆华:《相思词》(微缩文献),北京:全国图书馆文献微缩复制中心(北京:国家图书馆),2017年,第3页。

> 春夜寂，绣帷孤，花样丰姿玉样肤。争奈缘悭人又病，药炉茶灶卧名湖！①

本是倩影佳姿之人，奈何缘悭人病，以"药炉茶灶"为伴，不难看出词中人生活的孤单与无奈，以及渗入其中的自珍、自伤、自悼之情。

卢词感秋吟咏之作中，同样贯穿漂泊孤独之感，亦含相思无寄之悲。从二十一岁离开家乡遵义多处漂泊寓居，直至去世卢葆华也未能回到家乡。词中这种飘零孤寂之感随处可见，特别是在感秋词中。如其写于南京的初秋词《鹊桥仙·秋感》：

> 满天星斗，一池烟水，消得几多尘梦？影儿憔悴浸润寒波，任自然婆婆摩弄。
>
> 夜凉初透，情怀渐寂，此夜无人与共！依稀风渡六朝钟，独听着禅心不动。②

异响秋夜，满天星斗闪耀，穹宇热闹如斯。然而视线转至人间院落，围绕己身的不是亲朋密友，而是杳渺钟声与寂寂孤怀。再如《采桑子·秋情》：

> 江枫落尽秋将杪，身世飘流，魂梦飘流，旧恨无端锁别愁！
> 者般滋味难禁受，才下心头，又上眉头，没个人儿慰远游。③

秋色衰残，原亦伤情。念及过往旧事，又逢远游之时。漂泊流离之苦难与人诉，此中怅惘不言而喻。又如《一剪梅·秋忆》：

> 窗影昏昏露未消，风又潇潇，雨又潇潇，乘风也欲见吴娇，路又迢迢，水又迢迢。
> 申滨留滞等蓬飘，亲又寥寥，友有寥寥，海东遥望总魂销，心又摇摇，

---

① 卢葆华：《相思词》（微缩文献），北京：全国图书馆文献微缩复制中心（北京：国家图书馆），2017年，第4页。
② 卢葆华：《相思词》（微缩文献），北京：全国图书馆文献微缩复制中心（北京：国家图书馆），2017年，第35、36页。
③ "者"，疑误。当为"这"。

梦又摇摇。①

词篇作于初离家乡至上海之时,迢迢千里,无亲无友相伴,所遇者只是潇潇风雨。漂泊孤独又增一倍。于是心中相思便油然而生。在卢葆华的感秋词中,言说相思之意亦是常态。如其《吴山青·秋闺》:

> 珠帘懒卷西风瘦;月上朱楼,月上朱楼,恰是花黄恰是秋!
> 新词诵罢思莲子;红豆添愁,红豆添愁,又是相思又是羞!②

词中"莲子""红豆"的意象所含相思之意本已强烈,又用"红豆添愁",进一步言明相思深重,以至引来哀愁怅惘。行文至此,情丝愁绪已浓重不堪,不料尾句又再提"相思",这相思情愁的深度与力度由此可见一斑。又有《画堂春·秋夜》:

> 倚窗独坐怨疏桐,相思泪染丹枫,纵教有梦也难通,瘦损闺中!
> 何处琼楼玉宇?遥天一碧冥蒙,远人心似寄孤鸿,辜负帘栊!③

思无回应,甚或思而不知,于是独坐垂泪,仿佛窗外的丹枫便是由它染红。由此可见,卢葆华感秋词中寄表相思之意的这类词作,其中饱含的是另一种生命痛感。至于这种相思之情究竟给予何人,卢在词集《自序》中道"这相思并没有异性的爱友,这相思更没有同性的知己"④,或许可备一说。

2. 咏物寄情

《相思词》中的咏物词基本延续古典诗词咏物之传统。就词集整体来看,此类词数量不多,所咏之物主要有白桃花、白莲、红豆、红叶等。词人或以物喻人,或以物劝人,或借物言情。如《锦堂春·白桃花》云:

---

① 卢葆华:《相思词》(微缩文献),北京:全国图书馆文献微缩复制中心(北京:国家图书馆),2017年,第61、62页。
② 卢葆华:《相思词》(微缩文献),北京:全国图书馆文献微缩复制中心(北京:国家图书馆),2017年,第41、42页。
③ 卢葆华:《相思词》(微缩文献),北京:全国图书馆文献微缩复制中心(北京:国家图书馆),2017年,第47、48页。
④ 卢葆华:《相思词》(微缩文献),北京:全国图书馆文献微缩复制中心(北京:国家图书馆),2017年,《自序》第4页。

> 窗外丝丝细雨,檐前一度啼鸦,狂风暴雨相催迫,开尽白桃花!
> 片片叠铺草地,仙姿雪洁无华,花命恰如人命薄,何处是侬家?!①

仙姿可人的白桃花,本应开尽美好,不曾想一阵狂风暴雨便将其摧折零落。词人以花喻人,言花之洁白无华,即言人之品行如此;言花之受损零落,亦言人之命运凄凉;问花之归宿,亦是自问己身之归宿。写物华之遭遇与命运,即是在写人之遭际与命运。再有《念奴娇·白莲》:

> 漏声残了,夜凄清,独倚小阑干畔;悔恨胸中无限事,背着银灯长叹!六月莲现,三秋菊梦,一样飘零怨!最难将息,怎闲愁,理还乱?!
> 檐外蛩语声声,含情似诉,偏向侬身唤!总为冤家多罪孽,牵得情丝难断,寄语白莲:"休相思也!且把心来换;他生休误!他生休误,千万!"②

莲本高洁之象征,又乃盛夏好景。卢葆华本人亦爱白莲,她曾说"花爱白莲白梅。白莲者亭亭出水,与日争研(妍)。……花与色之配合,盖与人之性情正相对也。"③但在此处,作者所爱之白莲终究也难免飘零之运。此处嘱托白莲不可坠入相思,实则乃自警之语。另有《风马儿·红豆》言"红豆拈来,远道寄相思"④,再如《诉衷情·红叶》借"红叶题诗"典故来表相思之意等,此类皆是借物华所积淀的文化意蕴来寄情之属。

3. 思亲念子

卢葆华一生三段婚姻,只有与第一任丈夫赵文特育有三子。在第一段婚姻结束后,她带着三个孩子成长。自二十一岁离开家乡,卢再未能回到家乡。一生辗转飘零,亲情是她悲伤零落的一生中的深深慰藉。其有《忆江南·思亲》,言曰:

---

① 卢葆华:《相思词》(微缩文献),北京:全国图书馆文献微缩复制中心(北京:国家图书馆),2017年,第16,17页。
② 卢葆华:《相思词》(微缩文献),北京:全国图书馆文献微缩复制中心(北京:国家图书馆),2017年,第30,31,32页。
③ 卢葆华:《飘零人自传》(缩微文献),北京:全国图书馆文献缩微复制中心(北京:国家图书馆),2013年,第40页。
④ 卢葆华:《相思词》(微缩文献),北京:全国图书馆文献微缩复制中心(北京:国家图书馆),2017年,第34页。

> 平生恨,飘泊大江东,亲老身单兼子幼,家遥云黯更途穷,窗外负梅红!①

此词作于 1932 年,词人时在浙江绍兴。所谓"飘泊大江东"即指 1928 年离开遵义之事,在词人看来,这是一生遗憾的开始。此时孩子尚幼,而父母年岁渐老,只身离乡命运难测,归还亦显得遥遥无期。纵使窗外红梅开得娇俏热闹,也无心去赏。再者,《浪淘沙·思母》一词言:

> 楼外雨声寒,废寝忘餐,子规何事惜花残?萧索孤怀珠泪坠,春意阑珊。
> 衣绽忍闲看,泪滴栏干,彩衫何日膝前观,飘泊江南人似菊,母也心酸!②

只身寓居江南,在外的孤独与多病消瘦,母亲知道怎不心酸。低头看见衣衫破绽,或许记起了儿时家贫,与母亲做针线活计以贴补家用的日子。此时想来怎不凄然。再有《南歌子·思子》一词:

> 却喜春光近,六年引领望,赤江犹记唤阿娘,只恐来年相见儿相忘!
> 春笋欣芳长,鼎立看成行,三世胪欢庆一堂,休问团圆客来自何方!③

离家时孩子们尚且年幼,下次还家又无定期,那时孩子们是否还能记得我是他们的妈妈。这种无奈的亲人离别,不禁令人心酸。

4. 敬祝悼念

《相思词》中存有恭祝父母寿辰以及悼念父亲的礼仪类词作。主要集中在《清平乐·祝父》《清平乐·恭祝阿父六旬大庆》《画堂春·寿母》《鹧鸪天·哭父》《望江南·哭父》几篇。《清平乐·祝父》一词写给父亲的六旬大庆,其言:

> 日迟花盛,松柏常青晚节劲,年与寿朋争竞,晨昏定省无从,连年负笈

---

① 卢葆华:《相思词》(微缩文献),北京:全国图书馆文献微缩复制中心(北京:国家图书馆),2017 年,第 11 页。
② 卢葆华:《相思词》(微缩文献),北京:全国图书馆文献微缩复制中心(北京:国家图书馆),2017 年,第 76、77 页。
③ 卢葆华:《相思词》(微缩文献),北京:全国图书馆文献微缩复制中心(北京:国家图书馆),2017 年,第 12、13 页。

江东,今夜梦魂归去,捧词跪献堂中!①

词人时负笈至上海读书,父亲六十生日时未能回家为父亲庆生。词中"今夜梦魂归去,捧词跪献堂中",言未能归家的愧疚之情。另有《画堂春·寿母》亦有此情表露,其言:"大萱千岁荫方长,恩情顾覆难忘,频年于役不遑将,倚靡何尝。"②后来,卢葆华父亲去世,卢有两首悼念父亲之词。一首《鹧鸪天·哭父》:

杜宇声酸不认听,血花和泪浑难分,自聆失怙百朝俊,颠倒彷徨万事萦!孤独女,梦魂惊,儿家何事永飘零?莱衣曲好无从献,饮泣,吞声,泪暗倾!③

另一首《望江南·哭父》:"终天恨,怕诵蓼莪诗,罔极劬劳恩未报,百年风木不胜悲,血泪已成丝。"④两词皆作于1932年底父亲去世之后。词中心痛之意自是明显。至于卢葆华因何原因当时没有回家奔丧,则有待进一步考论。

5. 离别寄赠

《相思词》离别寄赠类词篇数目亦较少。其中有两首词中提及"娟妹",一首离别对象不明。《如梦令·留别(戏赠娟妹)》言:

临别试牵卿手,卿似伴推伴就;过后细思量,落得心中难受;难受,难受,此意问卿知否?⑤

此中对娟妹不舍之情感可见一斑。另有一首《风流子·忆别(示娟妹)》:

吴山青未了,风动处,湖水漾微波。算两月相交,几经别离,匆匆聚散,欢少愁多。嗟何及,新知添悔恨,旧梦渐消磨!夕色西沉,阳关一曲;

---

① 卢葆华:《相思词》(微缩文献),北京:全国图书馆文献微缩复制中心(北京:国家图书馆),2017年,第14、15页。
② 卢葆华:《相思词》(微缩文献),北京:全国图书馆文献微缩复制中心(北京:国家图书馆),2017年,第93页。
③ 卢葆华:《相思词》(微缩文献),北京:全国图书馆文献微缩复制中心(北京:国家图书馆),2017年,第74、75页。
④ 卢葆华:《相思词》(微缩文献),北京:全国图书馆文献微缩复制中心(北京:国家图书馆),2017年,第92页。
⑤ 卢葆华:《相思词》(微缩文献),北京:全国图书馆文献微缩复制中心(北京:国家图书馆),2017年,第21、22页。

"我今行矣！君意如何？"

人生原如此，空悲无益，莫任泪滂沱！万里风云秋色，迢递关河。但愿君珍重，青春易逝，早应为计，莫再蹉跎！倘得相逢他日，犹认哥哥？①

词中友人，恐是词人新识不久之人。聚散匆匆，伤感自是寻常，感人处在于临别对友人的深情祝福与叮嘱。再者，有《蝶恋花·别情》，词曰：

四顾苍茫寒翠拥。步上车见，装得离愁重，只怕车儿驮不动；痴然独坐吟肩耸。

此际私衷千万种，汽笛一声，忽觉离肠痛。回首不堪情似梦，吴山何事瑶相送？②

词篇具体离别对象不明，其中离别之情却感人至深。"步上车见，装得离愁重，只怕车儿驮不动"句，有李易安"只恐双溪舴艋舟，载不动，许多愁"之风神③，易安言春愁，葆华言离愁，皆深重沉痛。

6. 登临望远

在《相思词》几乎满纸哀愁伤感之外，登临望远类词篇相对具有别样面目。此类词篇情感往往跳出千愁百绪的情感旋涡，颇具积极豁朗之情态与家国历史之关怀。较具代表性者，如《小重山·游西山》：

黯淡云峦叠翠屏，逶迤凹凸路，晚烟横，一声清磬出疏林。天地静，暗暗半山阴。

闲气已消魂，梵宫凭眺处，独伤神，放怀摩荡逐餐饮，空睁眯。千里暮云平。④

---

① 卢葆华：《相思词》（微缩文献），北京：全国图书馆文献微缩复制中心（北京：国家图书馆），2017年，第25、27页。
② 卢葆华：《相思词》（微缩文献），北京：全国图书馆文献微缩复制中心（北京：国家图书馆），2017年，第23、24页。
③ 参见〔宋〕李清照撰，王仲闻校注：《李清照集校注》，北京：人民文学出版社，1979年10月第1版，第61页。
④ 卢葆华：《相思词》（微缩文献），北京：全国图书馆文献微缩复制中心（北京：国家图书馆），2017年，第87、88页。

此词写于1931年的北平。词人晚登西山,放空胸怀而眼收四面暮景,顿生历史兴亡之感。再者有《南乡子·登豁蒙楼》:

烟水望蒙蒙,羞掩云光一片红;好是清晨玄武态,惺松,恰似佳人起尚慵。
歌啸一楼风,谁把斯楼唤豁蒙?没个人儿来依眺,虚空,惟有香烟篆得浓。①

词人自注,豁蒙楼在南京鸡鸣寺内。登楼望远,目之所及者,烟云缭绕,朝日朦胧,寺内香火亦相融其中。身处此中,词人心受涤荡而获久违的宁静。《浣溪沙·登泰山》一词视野心胸更为开阔,词曰:

千级云梯忆帝邱,天痕青影压眉头,万山低首踏云浮,天长无限心何极,多难登临又一秋,苍烟九点识神州。②

另《满江红·登栖霞山》一词则颇具豪气与家国之感,词言:

踏破西风,凭健足,攀崖寻穴。登绝顶,大江浪去,气吞吴越。落日苍茫秋欲暮,残霞零落红如血。望龙蟠虎踞石头城,烟明灭。
家国破,金瓯缺,仇未复,心如割。奈孤身零涕,暗添华发。遍野浮云寒白骨,满山枯树生红叶。问登临此日意如何?悲难说。③

词作写于南京,时间大致在1937年4月至1938年7月之前,卢葆华在南京时期。时值全民族抗战初期,词人登临栖霞山,看万里江山遭受战火侵扰,不禁生家国破裂之痛与孤身飘零之悲。与此相类者还有《念奴娇·感时》一首:

试凭高阁,望东北,何处沈阳宫阙?叹汉将风流误国,忍使金瓯残缺!回首中原,秋将老矣!听雁声凄咽。大江东去,长流千古明月!

---

① 卢葆华:《相思词》(微缩文献),北京:全国图书馆文献微缩复制中心(北京:国家图书馆),2017年,第28、29页。
② 卢葆华:《相思词》(微缩文献),北京:全国图书馆文献微缩复制中心(北京:国家图书馆),2017年,第91页。
③ 卢葆华:《相思词》(微缩文献),北京:全国图书馆文献微缩复制中心(北京:国家图书馆),2017年,第67、68、69页。

>叱咤万里风云,悲哉气也,满地斜阳如血!粉黛江山同一哭,问何时耻能雪?[①]

此词亦作于南京时期,辞章颇具丈夫豪气,是《相思词》主体风格之外的独特面貌。词人登阁眺望战火烽烟中的祖国东北,看家国残缺,顿生男儿般杀敌报效祖国之志。此类词作表明卢词在抒发个体情感之外,亦有忧心家国社会的现实关怀。

(二)《相思词》内容特点

《相思词》在内容上的特点主要有五:一是感时词是词集主要内容;二是咏物词未出感时词范畴;三是思亲、别友词数量少;四是词集中存在为数不多的祝寿、悼念父母的礼仪性词作;五是登临词在卢词中别具样貌。《相思词》卢作49首,内容涉及感时、咏物、思亲、祝悼、赠别、登临等方面。其中感时吟咏词多达二十余首,内容主要集中在感春与感秋上,其中又以感秋为多。所表情感主要有多病漂泊之苦、年华渐老之悲以及孤寂相思之感等,此类词最能代表《相思词》之主体样貌。咏物词仍旧延续传统,数量较少约有五六首,情感也多近感时词。虽以物为题,但不着重其自然属性的描写,更多是以物喻人、借物言情等。思亲念子与敬祝悼念词有七八首,辞章对象只涉及父母与孩子,没有涉及几任丈夫。此类词多言只身在外漂泊而对父母孩子的思念,以及未能守在父母身边的遗憾内疚之情。离别寄赠词,数量不过二三,词集中所提及的明确的别赠友朋仅一人而已。如此亦可探知卢葆华频生孤寂之感的一个缘由。登临词在《相思词》中独具面貌。此类词的视野与胸襟更为开阔,情感不再陷入浓郁沉重的哀愁伤感中,而是在登临望远中生家国之忧与历史之感。数量虽小,但因其不同于词集整体风貌而值得格外关注。

四、《相思词》创作艺术

《相思词》在其丰富的题材内容之外,创作艺术方面亦较具特点,这集中体现在词篇意象、意境、语言及句式四个方面。

---

① 卢葆华:《相思词》(微缩文献),北京:全国图书馆文献微缩复制中心(北京:国家图书馆),2017年,第70、71页。

（一）《相思词》意象

《相思词》意象主要涉及自然意象、人工意象、情态意象以及文化意象四类。在意象使用量方面，以情态意象"梦"为最；然后是自然意象"风雨"（本文将词集中使用较多的"风""雨""秋风"统归入"风雨"意象）"月""菊"；再者为人工意象"栏干"（集中也作"阑"或"阑干"）。就意象特点而言，一是情态意象占比较大，二是意象几乎都附着伤感情绪，三是意象较为类型化。

1.《相思词》四类意象

其一，遍布词集的自然意象。自然意象又可作天体气象、山川花木、飞禽微虫、自然声音之分。首先，天体气象类意象，主要有日、月、星、霞、风、雨、云、露几种。细而观之，日多言一日将尽之"落日"；月则有"冷月""残月""冷残月""江月""明月""春夜月"等状；风多"西风"，偶遇"春风"，常呈"狂风"之态；雨又有"细雨""暴雨""断雨"之形；云有"暗云""淡云""暮云""湖云"之别；"霞"则多为"残霞"。其次，山川花木类意象，山有世间名山，如莫干山、玉皇山、栖霞山、泰山等，亦有山体所属之"崖""穴"等；川有"大江""流水"之形，又具"烟水""寒波"之感，亦有人间名川，如"赤江""西湖"等。至于花木植物类意象，则主要观照梅、莲、枫、叶等。具体如"寒梅""白莲""莲子""红豆""黄花""白桃花""江枫""丹枫""红叶""疏桐""枯树""落叶"等。再之，飞禽微虫类意象，则有"莺""燕""雁""孤鸿""啼鸦""杜宇""鹧鸪""蛩""虫"之属。最后，亦不乏自然声音意象，如"蛩语""虫声""莺声""燕歌""雁声""雨声""杜宇声"等。

其二，与女性居所相关的人工意象。此类意象多在描绘闺情闺思的情景中出现，如"画楼""朱楼""兰闺""阑干"（也作"阑"或"栏干"）"檐栏""帘栊""珠帘""香烟""药炉茶灶"等，另有人工声音意象，如"漏声""箫声"等。

其三，主体色彩强烈的情态意象。词集频繁使用的情态意象主要是"梦"和"泪"。"梦"如"晓梦""旧梦""菊梦""尘梦""魂梦"（或"梦魂"）"梦断苍烟"等。"泪"如"清泪""珠泪""血泪""泪暗垂""泪悄流""泪滂沱""泪如麻（má）""泪长流""泪染丹枫"等。

其四，为数不多的几种文化意象。词集中存在几种积淀着特有文化意蕴的人、事、物。如《长相思·相思》篇中的"灵修"[①]；《一丝风·春恨》中的"屈原

[①] "灵修"，语出屈原《离骚》"指九天以为正兮，夫唯灵修之故也"，据洪兴祖《楚辞补注》、朱熹《楚辞集注》、黄灵庚《楚辞章句疏证》，"灵修"喻指君王。《相思词》用指一般意义之男性。

怀石""徐渭颠狂"①;《江神子·怀莲》之"伯牙琴"②。

2.《相思词》高频意象

其一,情态意象"梦"和"泪"使用频率最高。"梦"意象在卢词中共出现十八次,"泪"意象共出现十三次。现将其具体所在词句摘录排列,以便阅读。

"梦"意象所在词句(以词集收录顺序为次,下同):

> 乍惊晓梦睆莺忙,催我起新妆。(《一丝风·春恨》)
> 最是不堪回首处,腰肢消瘦梦如烟。(《忆江南·闺思》)
> 连年负笈江东,今夜梦魂归去,捧词跪献堂中!(《清平乐·祝父》)
> 回首不堪情似梦,吴山何事遥相送?(《蝶恋花·别情》)
> 嗟何及,新知添悔恨,旧梦渐消磨!(《风流子·忆别示娟妹》)
> 三秋菊梦,一样飘零怨!最难将息,怎闲愁,理还乱?!(《念奴娇·白莲》)
> 满天星斗,一池烟水,消得几多尘梦?(《鹊桥仙·秋感》)
> 我自怨分离,似梦如痴。(《浪淘沙·秋别》)
> 江枫落尽秋将杪,身世飘流,魂梦飘流,旧恨无端锁别愁!(《采桑子·秋情》)
> 倚窗独坐怨疏桐,相思泪染丹枫,纵教有梦也难通,瘦损闺中!(《画堂春·秋夜》)
> 西泠月,迢迢千里,梦魂难越。(《忆秦娥·秋怀》)
> 秦淮梦断苍烟;重阳过了夜如年,心事频煎!(《画堂春·秋诉》)
> 路远梦魂飞不去;怕说闲愁,懒作相思赋。(《蝶恋花·秋花》)
> 昨夜凉飚骤起,吹碎梦魂千里,彻夜不曾停,一枕闲愁如水!(《江亭怨·秋恨》)
> 申滨留滞等蓬飘,亲又寥寥,友又寥寥,海东遥望总魂销,心又摇摇,梦又摇摇!(《一剪梅·秋忆》)
> 泪痕读罢忆莲馨,梦中寻,悄寒深,昨宵花底,血泪尚涔涔,飘泊半生寒澈骨,今始庆遇知音。(《江神子·怀莲》)

---

① "屈原怀石",楚贤臣屈原受毁谤、遭猜疑、被流放,绝望于楚之前途命运,遂怀石自沉汨罗而逝。"徐渭颠狂",明徐渭具文才,擅戏剧,后因人事变化而忧惧发狂。两者遭际皆令人唏嘘伤感,《相思词》即用此意。

② "伯牙琴",出钟子期、俞伯牙高山流水遇知音之典。

孤独女,梦魂惊,儿家何事永飘零?(《鹧鸪天·哭父》)

万里沧溟一眼收,迭荡古今愁,关山梦,路迢递,尘积旧征裘。(《诉衷情·北戴河》)

"泪"意象所在词句:

风雨丝丝泪暗垂,名山梦影迟。(《长相思·相思》)

最是不堪回首处,腰肢消瘦梦如烟,清泪滴阑干。《一丝风·春恨》

人生原如此,空悲无益,莫任泪滂沱!《风流子·忆别示娟妹》

朝也忧,暮也忧,遮莫秋来又恨秋,凭栏泪悄流。《念奴娇·秋思》

倚窗独坐怨疏桐,相思泪染丹枫。《画堂春·秋夜》

自怜命蹇枉驱驰,血泪满征衣。(《诉衷情·红叶》)

昨宵花底,血泪尚涔涔。(《江神子·怀莲》)

我虽念他他不念,三载泪如麻,朝也不忘,暮也不忘,绮思何赊?!(《眼儿媚·感旧》)

杜宇声酸不认听,血花和泪浑难分。(《鹧鸪天·哭父》)

楼外雨声寒,废寝忘餐,子规何事惜花残?萧索孤怀珠泪坠,春意阑珊。(《浪淘沙·思母》)

衣绽忍闲看,泪滴栏干。(《浪淘沙·思母》)

塞外月,汉家秋,泪长流,欲学张骞,泛槎天山,觅到河头。(《诉衷情·北戴河》)

终天恨,怕诵蓼莪诗,罔极劬劳恩未报,百年风木不胜悲,血泪已成丝。(《望江南·哭父》)

其二,自然意象以"风雨"为多,"月""菊"次之。细言之,"风雨"("风""雨""秋风"统归入"风雨")意象中"风雨"两次,"风"七次,"西风"集中也作"秋风",共出现六次,"雨"出现七次。具体如下:

风丝丝,雨丝丝,风雨丝丝泪暗垂。(《长相思·相思》)

窗外丝丝细雨,檐前一度啼鸦,狂风暴雨相催迫,开尽白桃花!(《锦堂春·白桃花》)

吴山青未了,风动处,湖水漾微波。(《风流子·忆别示娟妹》)
万里风云秋色,迢递关河。(《风流子·忆别示娟妹》)
歌啸一楼风,谁把斯楼唤豁蒙?(《南乡子·登豁蒙楼》)
雨断风飘秋老去,最怕多情。(《蝶恋花·秋问》)
试把从头离恨数,几回风雨归期误!(《蝶恋花·秋花》)
窗影昏昏露未消,风又潇潇,雨又潇潇。(《一剪梅·秋忆》)
楼外雨声寒,废寝忘餐,子规何事惜花残?(《浪淘沙·思母》)
愁看细雨,鹧鸪声声怨。(《念奴娇·求爱》)

"西风",集中也作"秋风",此意象共出现六次:

珠帘懒卷西风瘦。(《吴山青·秋闺》)
西风渐觉罗襟冷,瘦了黄花,瘦了黄花,我也无家不念家。(《双红豆·秋怨》)
落叶梧桐委地,尽被秋风抛弃,问我此时情,瘦比黄花谁似?(《江亭怨·秋恨》)
秋风两地吹人老,同戴奈何天!卿卿我我,愁都有分,福却无缘!(《青衫湿·秋悔》)
踏破西风,凭健足,攀崖寻穴。(《满江红·登栖霞山》)
聚散苦匆匆,此恨无穷,人间天上两心同,旧恨新愁难料理,都付西风。(《浪淘沙·七夕》)

此外,"月"意象共出现八次,"菊"意象六次:

春夜月,凝望几时圆!(《忆江南·闺思》)
月上朱楼,月上朱楼,恰是花黄恰是秋!(《吴山青·秋闺》)
坐生愁,睡生愁,望断秦淮思未休,"月明人倚楼!"(《念奴娇·秋思》)
黄昏歇,凭栏望断西泠月。(《忆秦娥·秋怀》)
昨宵明月十分圆,楼头形影相怜。(《画堂春·秋诉》)
南朝剩粉,西泠残月,一样堪怜!(《青衫湿·秋悔》)
大江东去,长流千古明月!(《念奴娇·感时》)

塞外月,汉家秋,泪长流,欲学张骞,泛槎天山,觅到河头。(《诉衷情·北戴河》)

三秋菊梦,一样飘零怨!(《念奴娇·白莲》)
瘦了黄花,我也无家不念家。(《双红豆·秋怨》)
孤影徘徊西子路,菊子心残,更比莲心苦。(《蝶恋花·秋问》)
落叶共飘三竺路;瘦尽黄花,莫怨西风苦。(《蝶恋花·秋花》)
问我此时情,瘦比黄花谁似?(《江亭怨·秋恨》)
飘泊江南人似菊,母也心酸!(《浪淘沙·思母》)

其三,人工意象以"栏干"(也作"阑干")稍多,词集中共出现四次:

腰肢消瘦梦如烟,清泪滴阑干。(《忆江南·闺思》)
几回浅笑浓谈,悄凭栏。(《相见欢·相见》)
漏声残了,夜凄清,独倚小阑干畔。(《念奴娇·白莲》)
朝也忧,暮也忧,遮莫秋来又恨秋,凭栏泪悄流。(《念奴娇·秋思》)

3.《相思词》意象特点

《相思词》意象在较为庞大的数量表征之外,其所呈现的特质也应给予一定关注。览观可以发现,词集意象在使用情态意象,意象情感色彩以及意象视域方面较具特点。

其一,大量使用"梦"和"泪"两种情态意象。细言之,卢词中的"梦"意象整体具有漂泊无定、破碎易逝、缥缈虚空、躁动不安的特质。卢葆华以"飘零人"自称,终其一生都在寻找一个安定的栖身之所,但终未能如愿,其梦亦如此,总有漂泊无定之态。如《采桑子·秋情》中直言"江枫落尽秋将杪,身世飘流,魂梦飘流,旧恨无端锁别愁"[1],再者如《一剪梅·秋忆》"申滨留滞等蓬飘,亲又寥寥,友又寥寥。海东遥望总魂销,心又摇摇,梦又摇摇"[2],海东所遥望者,乃卢

---

[1] 卢葆华:《相思词》(微缩文献),北京:全国图书馆文献微缩复制中心(北京:国家图书馆),2017年,第45页。
[2] 卢葆华:《相思词》(微缩文献),北京:全国图书馆文献微缩复制中心(北京:国家图书馆),2017年,第62页。

之故乡,如此可见梦之摇摇飘零之态。此外,卢词之"梦"意象有易逝破碎之质。如《风流子·忆别(示娟妹)》语云"新知添悔恨,旧梦渐消磨"①,此即言梦之无法久长。言梦之破碎者,如"昨夜凉飚骤起,吹碎梦魂千里,彻夜不曾停,一枕闲愁如水"(《江亭怨·秋恨》)②。词人以精妙的笔法,赋予梦魂以之感,再将其破碎的形态以凉风狂吹的画面直观托出,令人感知更为深切。另外,卢词中"梦"意象呈缥缈虚空之状。如《忆江南·闺思》云"最是不堪回首处,腰肢消瘦梦如烟"③,此在言梦缥缈虚幻的同时又流露出往事不见人憔悴的伤感。又《蝶恋花·别情》言"回首不堪情似梦,吴山何事遥相送"④,若联系卢葆华一生不幸的爱情婚姻来看,此言过往的情事似梦般虚幻空无。但也不妨反面观之,此亦在言梦似情般充满不堪回首的伤感。最后,卢词"梦"意象在一定程度上带有些许躁动不安的成分。如"倚窗独坐怨疏桐,相思泪染丹枫,纵教有梦也难通,瘦捐闺中"(《画堂春·秋夜》)⑤,"西泠月,迢迢千里,梦魂难越"(《忆秦娥·秋怀》)⑥,"路远梦魂飞不去;怕说闲愁,懒作相思赋"(《蝶恋花·秋花》)⑦,这些语境中的"梦"隐藏着一种向外突破与飞跃的躁动,这也是卢词"梦"意象值得关注的地方之一。

至于卢词中"泪"意象,非喜极而泣或欣喜若狂之"泪",其情感基调总在一"悲"字。在此之外还应关注的是,卢词偶现的"泪"意象,较之一般伤感之泪,表现出更深程度的生命痛感和感官冲击力,最为典型性者就是"血泪"意象的使用。"血泪"意象集中出现在三处:"自怜命蹇枉驱驰,血泪满征衣,几回肠断无语,离恨结,似蛛丝"(《诉衷情·红叶》)⑧,"泪痕读罢忆莲馨,梦中寻,悄寒

---

① 卢葆华:《相思词》(微缩文献),北京:全国图书馆文献微缩复制中心(北京:国家图书馆),2017年,第25页。
② 卢葆华:《相思词》(微缩文献),北京:全国图书馆文献微缩复制中心(北京:国家图书馆),2017年,第57页。
③ 卢葆华:《相思词》(微缩文献),北京:全国图书馆文献微缩复制中心(北京:国家图书馆),2017年,第9页。
④ 卢葆华:《相思词》(微缩文献),北京:全国图书馆文献微缩复制中心(北京:国家图书馆),2017年,第24页。
⑤ 卢葆华:《相思词》(微缩文献),北京:全国图书馆文献微缩复制中心(北京:国家图书馆),2017年,第47页。
⑥ 卢葆华:《相思词》(微缩文献),北京:全国图书馆文献微缩复制中心(北京:国家图书馆),2017年,第49页。
⑦ 卢葆华:《相思词》(微缩文献),北京:全国图书馆文献微缩复制中心(北京:国家图书馆),2017年,第55页。
⑧ 卢葆华:《相思词》(微缩文献),北京:全国图书馆文献微缩复制中心(北京:国家图书馆),2017年,第63页。

深,昨宵花底,血泪尚涔涔,飘泊半生寒澈骨,今始庆遇知音"(《江神子·怀莲》)①,"杜宇声酸不认听,血花和泪浑难分"(《鹧鸪天·哭父》)②。可以看到,词人生命中难以挥却的爱情婚姻之伤、飘零孤独之悲以及亲人离逝之痛,通过"血泪"意象又更深一层。

其次,卢词意象多被赋予伤感情绪。意象本无情感思绪,其所呈现的喜忧悲欢之态,往往来自作者与读者赋予,此处只就作者创作维度来看卢词意象。纵观《相思词》卢作四十九首可以较为明显地感受到,进入卢词的意象普遍被赋予了一种伤情悲绪。这种意象的伤情悲绪在词集中主要以两种方式体现:一是在意象前后添加带有悲感色彩的语词,如"子规啼血""孤鸿""寒波""冷月""残月";"荒凉玄武畔"(《浪淘沙·秋别》);"西风瘦""红豆添愁"(《吴山青·秋闺》);"瘦了黄花"(《双红豆·秋怨》);"怨疏桐""泪染丹枫""辜负帘栊"(《画堂春·秋夜》);"瘦尽黄花""西风苦"(《蝶恋花·秋花》);"残霞零落"(《满江红·登栖霞山》);"愁看细雨,鹧鸪声声怨"(《念奴娇·求爱》);"雁声凄咽"(《念奴娇·感时》)等。二是将意象置于伤感怅惘的语境之中。这种伤感怅惘的语境具体有表相思者、道苦闷者、伤别离者、叹飘零者、悼历史兴亡者。表相思者,如"风雨丝丝泪暗垂,灵修知未知"(《长相思·相思》)③,"看落日迟迟,归棹迟迟,细数离情,恩爱恐难知?疑疑"(《风马儿·红豆》)④,"我虽念他他不念,三载泪如麻,朝也不忘,暮也不忘,绮思何赊"(《眼儿媚·感旧》)⑤;道苦闷者,如"情丝愁绪芟难了,起坐也匆匆,莺声两两,燕歌重重,恼我私衷"(《眼儿媚·春怨》)⑥,"漏声残了,夜凄清,独倚小阑干畔漏声残了,悔恨胸中无限事,背着银灯长叹"(《念奴娇·白莲》)⑦,"落叶梧桐委地,尽被秋风抛弃,问我此时

---

① 卢葆华:《相思词》(微缩文献),北京:全国图书馆文献微缩复制中心(北京:国家图书馆),2017年,第65页。
② 卢葆华:《相思词》(微缩文献),北京:全国图书馆文献微缩复制中心(北京:国家图书馆),2017年,第74页。
③ 卢葆华:《相思词》(微缩文献),北京:全国图书馆文献微缩复制中心(北京:国家图书馆),2017年,第1页。
④ 卢葆华:《相思词》(微缩文献),北京:全国图书馆文献微缩复制中心(北京:国家图书馆),2017年,第33页。
⑤ 卢葆华:《相思词》(微缩文献),北京:全国图书馆文献微缩复制中心(北京:国家图书馆),2017年,第73页。
⑥ 卢葆华:《相思词》(微缩文献),北京:全国图书馆文献微缩复制中心(北京:国家图书馆),2017年,第6页。
⑦ 卢葆华:《相思词》(微缩文献),北京:全国图书馆文献微缩复制中心(北京:国家图书馆),2017年,第30页。

情,瘦比黄花谁似"(《江亭怨·秋恨》)①;伤别离者,如"秋来兀自伤离别,芙蓉应小添华发"(《忆秦娥·秋怀》)②,"四顾苍茫寒翠拥。步上车儿,装得离愁重,只怕车儿驮不动,痴然独坐吟肩耸"(《蝶恋花·别情》)③;叹飘零者,如"楼外雨声寒,废寝忘餐,子规何事惜花残?萧索孤怀珠泪坠,春意阑珊""彩衫何日膝前观,飘泊江南人似菊"(《浪淘沙·思母》)④,"平生恨,飘泊大江东,亲老身单兼子幼,家遥云黯更途穷,窗外负梅红"(《忆江南·思亲》)等⑤。悼历史兴亡者,如"到如今,沧海变,繁华歇,不堪论,朣舥陵残阙蒙尘,芝房芙殿,挂茶帘荡漾斜曛,兴亡遗事,悉都与词客骚人"(《金人捧露盘·北平中央公园》)⑥,"间气已消魂,梵宫凭眺处,独伤神,放怀摩荡逐餐饮,空睥睨。千里暮云平"(《小重山·游西山》)⑦,"塞外月,汉家秋,泪长流,欲学张骞,泛槎天山,觅到河头"(《诉衷情·北戴河》)⑧。

最后,卢词意象较为类型化。《相思词》意象选用范围比较集中,意象整体具有同质性。通过意象类型以及高频意象可较为直观地看到,词集选用意象主要集中在情态意象、自然意象与人工意象三方面。其中,情态意象又喜用带有悲感色彩的"梦"和"泪"两个意象,自然意象范围多在春秋两季之物华,较为集中地使用"风雨""菊"意象。此外,卢亦喜用"落日""冷月"两个天体意象。至于人工意象则主要在闺阁内外,如"帘栊""阑干""珠帘""朱楼"等。这些意象在沾带悲感情绪、偏于纤弱之质、不离闺秀气息等方面具有相似性,带有类型化特征,故而可将其统归于伤春悲秋类。

---

① 卢葆华:《相思词》(微缩文献),北京:全国图书馆文献微缩复制中心(北京:国家图书馆),2017年,第58页。
② 卢葆华:《相思词》(微缩文献),北京:全国图书馆文献微缩复制中心(北京:国家图书馆),2017年,第50页。
③ 卢葆华:《相思词》(微缩文献),北京:全国图书馆文献微缩复制中心(北京:国家图书馆),2017年,第23页。
④ 卢葆华:《相思词》(微缩文献),北京:全国图书馆文献微缩复制中心(北京:国家图书馆),2017年,第76、77页。
⑤ 卢葆华:《相思词》(微缩文献),北京:全国图书馆文献微缩复制中心(北京:国家图书馆),2017年,第11页。
⑥ 卢葆华:《相思词》(微缩文献),北京:全国图书馆文献微缩复制中心(北京:国家图书馆),2017年,第85页。
⑦ 卢葆华:《相思词》(微缩文献),北京:全国图书馆文献微缩复制中心(北京:国家图书馆),2017年,第88页。
⑧ 卢葆华:《相思词》(微缩文献),北京:全国图书馆文献微缩复制中心(北京:国家图书馆),2017年,第90页。

(二)《相思词》意境特点及成因

《相思词》几乎通集抒写词人的伤情幽绪,所成意境在视域感受、主客体互动以及整体感受方面有其特点。

其一,卢词意境视域较为狭窄。这集中表现为情境与景境的单一。卢词情境整体不脱女性情感、命运之悲,景境也多围绕自然小景与朱楼闺阁,是以词境视域较为拘囿,有狭窄之感。究其原因,一与意象类型化有关,二受闺阁题材影响。卢词意象整体不出女性伤春悲秋型的苑囿,又属于比较典型的婉约闺阁词。词境视域在这两大因素的综合作用下,多在"采采流水,蓬蓬远春。窈窈深谷,时见美人"的秾纤之处①,而难有"具备万物,横绝太空。荒荒油云,寥寥长风"式的雄浑之境②。所不同者,卢词的"流水""远春"少"采采""蓬蓬"之貌,"美人"乃体弱多病之人。

其二,造境中的主客体互动,以主体为主导。此即言卢词意境中的主观情感浓重。《相思词》所呈意境往往兼带较为浓重的主观情感,即王国维先生所言"有我之境"。"有我之境,以我观物,则物皆着我之色彩"③,卢词几乎皆着人物情感。究其原因,这与词以娱悲遣情的文体特质有关,亦与词人的抒写风格有关。传统文体观以为词婉约之质,多以娱悲遣怀。"词之为体,不似壮士,却像一位窈窕顾长的女性那样,特擅作轻歌曼舞而不善作厮杀呐喊;表现在抒情的'类型'方面,它就特长于抒写那类深微细腻、'幽约怨悱'的感情,而不大像诗那样,能较为宽广地抒写情志和反映生活。"④卢葆华一生命运偃蹇,辞章或许是其心中万千情绪的最佳排遣之径。此外,就抒写风格来看,卢词喜用第一人称"我",这直接突显了词篇主观性,加深了主观情绪。

其三,意境在感官层面呈现出凄清孤冷之感。《相思词》大量意象被赋予幽情悲绪,喜用直接表达悲情的情态语词,宣泄式抒发哀情伤感,以及潜藏于词集中的悲剧性抒情主人公,皆使词境整体给人凄清孤冷之感。关于意象沾染悲感情绪,上文已有论述,兹不赘述。在词集情态语词方面,往往多消极色彩,如怨、悲、孤、愁、烦恼、闲愁、悲伤、凄清、悔恨等,诸如此类语词俯拾皆是。

---

① 〔唐〕司空图著,罗仲鼎、蔡乃中译:《二十四诗品》,浙江古籍出版社 2018 年版,第 15 页。
② 〔唐〕司空图著,罗仲鼎、蔡乃中译:《二十四诗品》,浙江古籍出版社 2018 年版,第 1 页。
③ 王国维著,徐调孚注:《人间词话》(与《蕙风词话》合订本),人民文学出版社 1960 年版,第 191 页。
④ 杨海明:《唐宋词史》,天津古籍出版社 1998 年版,第 5 页。

此外,词篇情感也多直接抒发,少委婉含蓄之意。另外,词篇抒情主人公的命运遭际也值得关注。虽然不能将词篇抒情主人公等同于卢葆华,但寻访词篇,可以发现隐藏于整部词集中的是一女性抒情主人公,这一人物形象具有多感、多愁、多病且人生飘零的特点。在这些因素的综合作用下,词集词篇意境便给人以凄清孤冷之感。

(三)《相思词》语言

《相思词》语言最醒人眼目者乃其丰富的情态语词,这些情态语词在感情色彩上具有相似性,多带沉重消极意味。细言之,大致可作两类来看:一是与个体生命情感经验相关的情感语言,如恨、病、寂、孤、怨、悲、忧、恼、苦、欢、愁、烦恼、闲愁、离恨、可怜、愁绪、无奈、悲伤、凄清、悔恨、愁瀚、孤闷、旧恨、新愁、无限恨、新仇旧恨、情丝愁绪等。二是与身心状态有关的情感语言,如相思、泪、血、痴、瘦、病、卧、嗟、独、不寐、消瘦、穷途、缘悭、难受、长叹、憔悴、衷谁诉、老韶光、人命薄、离肠痛、断人肠、倚窗独坐、最是不堪、喜悲难道、春蚕将老、痴然独坐、欢少愁多、空悲无益、情怀渐寂、悄自悲嗟、身世飘流、旧恨无端、相思泪、瘦捐闺中、伤离别、与谁人说、孤影徘徊、形影相怜等。

(四)《相思词》句式

《相思词》多用叠词与重句,这是其句式方面的特征。叠词使用方面,如"丝丝""剪剪""匆匆""两两""重重""声声""迟迟""疑疑""痴痴""依依""迢迢""卿卿我我""潇潇""寥寥""摇摇""涔涔""否否""然然""寂寂""灼灼"。

重句使用方面,如"他生休误!他生休误,千万"《念奴娇·白莲》[①],"月上朱楼,月上朱楼,恰是花黄恰是秋!……红豆添愁,红豆添愁,又是相思又是羞"《吴山青·秋闺》[②],"秋来休怪腰肢减,悄自悲嗟,悄自悲嗟。……瘦了黄花,瘦了黄花,我也无家不念家"(《双红豆·秋怨》)[③],"风又潇潇,雨又潇潇,……路又迢迢,水又迢迢。……亲又寥寥,友有寥寥,……心又摇摇,梦又

---

① 卢葆华:《相思词》(微缩文献),北京:全国图书馆文献微缩复制中心(北京:国家图书馆),2017年,第32页。
② 卢葆华:《相思词》(微缩文献),北京:全国图书馆文献微缩复制中心(北京:国家图书馆),2017年,第41、42页。
③ 卢葆华:《相思词》(微缩文献),北京:全国图书馆文献微缩复制中心(北京:国家图书馆),2017年,第43、44页。

摇摇"(《一剪梅·秋忆》)①。

由上来看,词集意象方面,自然意象、人工意象、情态意象和人文意象四类意象交互兼容,特别是情态意象"梦"和"泪"被高频使用。这些意象多具悲感色彩,意象视域比较集中,整体具有同质性、类型化特点。此外,辞章意境方面,因受意象类型化与闺阁词题材影响,视域较为狭窄。又词中主观色彩浓重,故而成典型的"有我之境"。此外,在大量悲感意象、直白悲感式的情态语词、宣泄式抒发以及悲剧性抒情主人公的多种因素作用下,词境整体给人一种凄清孤冷之感。再者,词集遍布消极性情态语词,多用叠词和重句等,亦是词章创作中显著的艺术特点。对词集这些艺术特点的体认和把握,有助于进一步解读辞章内容,了解作品风貌。

五、《相思词》价值意义

《相思词》深入、细致的研究除却直观展示其文学样态之外,在以词知人补充文史资料以及完善现当代旧体诗词史方面亦有一定积极意义。

(一) 补充作家文史资料

《相思词》研究,一定程度上可以推动对于卢葆华作家个人的研究,进而补充完善民国词史、现当代旧体文学史、地方艺文志、地方文史资料中的卢葆华信息。作家作品研究离不开孟子所言"知人论世",对卢葆华的个人研究乃《相思词》研究的基础任务,如对其展开的生卒年考、婚姻家庭、友朋交游、平生足迹等相关方面的研究,在助益词作内容研究的同时,亦可对作家个人的信息有所掌握。当前,无论是姚世达《卢葆华身世简述》、杨祖恺《对卢葆华身世的补充》两文,或者是《贵州近现代人物资料续集》(侯清泉编,贵阳:中国近现代史史料学学会贵阳市会员联络处,2001年)、《遵义县文史资料 第22辑》(遵义县政协教科文史委、遵义县团溪镇人民政府编、周德强主编,2012年)、《遵义文史资料第9辑·关于遵义人物1》(中国人民政治协商会议遵义市委员会文史资料研究委员会编,1986年)、《遵义

---

① 卢葆华:《相思词》(微缩文献),北京:全国图书馆文献微缩复制中心(北京:国家图书馆),2017年,第61、62页。

民国文化人物》(吴光辉主编,遵义市政协宣教文卫委员会编辑出版,2007年)、《老遵义的记忆》(王永康主编,遵义市政协文史与学习委员会编辑出版,2012年),抑或《黔北20世纪文学史》(王刚、曾祥铣著,贵州教育出版社,2001年)等,对卢葆华的生平信息介绍皆存在不足,甚至错误的情况。《相思词》研究时所进行的作家个体研究,将对这些文史资料中有关卢葆华的记载有所补充、改正和完善。

(二) 补充现当代旧体诗词史

卢葆华《相思词》乃其旧体诗词创作结集,对其深入细致研究将进一步完善现当代旧体诗词文学史。当前较为流行的几部现当代旧体诗词史,正在试图建构并努力明晰旧体诗词的发展历史,同时亦在尽力选收作家作品。如吴海发《二十世纪中国诗词史稿》,书分两卷,以专章专节的形式,选取上百位身处不同时期具有代表性的旧体诗词家的创作进行述评,以此连贯出了二十世纪中国诗词史的大致面目①。胡迎建《民国旧体诗史稿》主体九章按旧体诗创作者不同的流派、身份等,分章论述了民国初年到中华人民共和国成立前后的旧体诗作家及作品。值得注意的是,全书的后四章对我国不同地域的旧体诗以及域外华文旧体诗亦进行了观照②。李遇春《中国当代旧体诗词论稿》,书分"转型""炼狱""边缘"三编十二章,对郭沫若、田汉、叶圣陶等十二位新文学作家的旧体诗词创作进行述评,勾勒出民国时期旧体诗词的写作概貌③。再有刘梦芙《近百年名家旧体诗词及其流变研究》,其中对以陈独秀、鲁迅、胡适、郁达夫等为代表的现代文学家的旧体诗、以吴宓、胡先骕、柳诒征等为代表的"学衡派"学人之诗,以及现当代名家诗词进行了较为细致的论述④。如此这些研究,可见学界在现当代旧体诗词史建构上用力甚勤。但较为遗憾的是,这些著作对女性作家则未能给予关注。所以《相思词》的深入细致研究,一定程度上对现当代旧体诗词史有所补充和完善。

六、结　语

《相思词》乃民国女作家卢葆华伤情悲绪之作。首先,考其短暂的一生,卢

---

① 吴海发:《二十世纪中国诗词史稿》,中国文史出版社2004年版。
② 胡迎建:《民国旧体诗史稿》,江西人民出版社2005年版。
③ 李遇春:《中国当代旧体诗词论稿》,华中师范大学出版社2010年版。
④ 刘梦芙:《近百年名家旧体诗词及其流变研究》,学苑出版社2013年版。

幼年目睹过困窘拮据的家境之难,后又经受过三次失败婚姻的断肠之痛和寓居辗转多地的漂泊之苦。其次,遍览词集,四十九篇词作,无一不言悲,无一不是悲。就其题材内容而言,以感时吟咏类为最,兼有咏物寄情、思亲念子、敬祝悼念、离别寄赠与登临望远类。整体而言,除却登临类词篇胸怀目光有辽阔之感外,其他题材皆在千愁百绪的个人情感之中,这些共同塑造了《相思词》以感时咏物、抒遣悲情为主的样貌。此外,就创作艺术来看,四类意象兼容使用又重在情态,统具悲感情绪而成类型化意象。意境视域不出闺阁画楼与自然小景,词境整体具冷清孤寂之感,而主观情感浓重属于典型的"有我之境"。再者,词篇在语言、句式使用方面亦有其特色,如大量使用消极性情态语词,喜用叠词重句等,这些从艺术层面对词集样貌进行了建构。又者,《相思词》研究在展示其文学样态,揭示文学意蕴之外,在补充文史资料和完善现当代旧体诗词史方面亦具积极意义。最后,基于本文的几点研究思考。在卢葆华及其文学创作研究中,对作家较为详细完备的研究是基础而必要的,本文只对其生年、家世、求学、婚姻等作了浅表考论,尚有许多细节等待深入研究,如卢葆华寓居上海、杭州、昆明等时的事迹与创作考,卢葆华与吴宓等人的交游考等。此外,《相思词》文学研究也可从多个角度切入,文章只在题材内容以及创作艺术方面展开了一定论述,后续研究内容依然较多,如《相思词》的女性词史意义、现当代词史意义等,皆可作进一步的思考与研究。

作者简介: 常娜娜,上海大学文学院博士研究生。作为独立作者发表论文《选堂哲理诗思理简论》,作为第二作者发表论文有《〈拾遗记〉颂美女性的情感倾向简论》《〈大千居士六十寿诗〉对〈南山诗〉的承与变》。

民国女诗人钱用和诗词刍议*

高西北

钱用和(1897—1990)①，又名禄园，字韵荷，号幸吾，常熟鹿苑（今属江苏张家港）人。1931年（时年35岁）时担任宋美龄的秘书，此后一直追随其左右，陪伴半个世纪之久，至1975年（时年79岁）。正是由于这一段经历，长时间以来学术界对于钱用和的研究尤为寂寥，但是钱氏对中国近代教育尤其是遗族教育和女性教育的发展，对近代欧美教育思想在中国的传播，对社会妇女活动的推动等都有较大的作用。钱氏所主张的实用主义思想在其诗词中亦有所体现，并且能够给我们提供窥见民国女性诗人的典型案例。本文抛砖引玉，希冀引起大家对钱用和乃至常熟钱氏家族研究的重视。

一、家世、生平与著作考述

钱用和乃是吴越武肃王钱镠裔孙、常熟钱氏鹿苑支始迁祖钱镛十九世孙女，家世业儒。曾祖钱泰庚，字子长，贡生，著有《云水书屋课艺》《醉绿轩诗草》。父钱寿琛，字甘学，号瞬玉，举人。曾任私立晋安小学堂校长。宣统二年(1910)官吏部员外郎。民国时曾任常熟县教育款产处副董、地方自治筹备处副主任②。钱用和也是著名爱国人士钱昌照的姐姐。

---

* 本文为教育部人文社科青年项目"民国词学流派史研究(20YJC751030)"阶段性成果。

① 关于其生卒年，目前的记载尚有出入，今兹考证。《苏州通史·人物卷（下）》（苏州大学出版社2019年版）页247记载：生于清光绪二十四年九月二十四日(1898年11月7日)，误；据钱氏《钱用和回忆录——半世纪的追随》（东方出版社2011年版）记载，其生年则为1897；笔名"小丁"者在《常熟乡讯》1990年第3期《钱乡长用和女士》记载：钱女士一八九七年出生，同年刊物第4期钱用和妹妹钱卓升撰文《先姊钱用和女士行述》：（钱用和）清光绪二十三年丁酉，夏历九月十九日出生，双胞胎。由此相比较，其本人和妹妹的记载较为可信，钱用和女士的生年则可确定。而关于其卒年，据《钱乡长用和仙逝》（《常熟乡讯》1990年第3期）记载：钱用和女士不幸于1990年8月30日上午7时40分病逝，享寿九十有三。

② 《苏州通史》编纂委员会：《苏州通史·人物卷（下）》，苏州大学出版社2019年版，第247—248页。

钱用和自幼生活在书香世家,戊戌变法之后,时局渐开昌明,得与兄弟一起入私塾学习。宣统元年(1909)入私立务本女塾,这也是当时首开一县之内"不穿耳、不缠足而进洋学堂之女子"①风气。1919年参加五四运动,时任北京女学界联合会会长,声名卓著,在校期间也深受蔡元培等人重视;后毕业于北京国立女子高等师范学校。1923年任江苏省立第三女子师范学校校长,时其父去世。1925年秋离校出国考察,出国前作《三年之影》介绍三年工作状况,后留学美国芝加哥大学及哥伦比亚大学。1929年秋,钱用和"由美绕道欧洲返国"②。1931年被聘为暨南大学教育学院讲师,7月任国民革命军遗族女校校务主任,同年成为宋美龄的秘书。1938年3月,被任命为国立四川女子中学校校务委员,3月10日于汉口奉宋美龄指示,草拟"中国战时儿童保育会"章程,宋美龄任理事长,钱用和当选为常务理事,当时的会员有邓颖超、张蔼真、史良等人。1947年慨赠祖遗沙田一百亩,支持筹建鹿苑中学,鹿苑历史上第一所中学由此诞生。1949年之后去往台湾,曾任私立东吴大学文科教授,国民革命军遗族学校和女校校董会秘书、主任秘书、校董等。1990年8月病逝于台北。

　　钱氏著有《钱用和回忆录——半世纪的追随》《韵荷存稿》《浮生八十》《难童教育丛谈》《欧风美雨》《中国文学研究》,此外还缩写塞万提斯的《堂吉诃德》为《吉诃德先生传》。

　　现存诗词情况,目前可见著作较为集中地存于《韵荷存稿》之中。此书有例言,有蔡元培、叶楚伧、石瑛、江恒源、朱任农、罗家伦的题词,有胡光炜、陈钟凡、程时煃、顾震福作的序及作者自序;章目分为论著、译述、考证、讲演、文艺、诗辞、游记七部分。其中诗词存于"诗辞"中,存诗35首,存词2阕,均为中调。此外,《欧风美雨》一书中"海外闲吟"部分存诗21首,后来《欧风美雨》一书也被当作钱氏回忆录的"第二编"收录其中,但是在内容上有所删减。《钱用和回忆录——半世纪的追随》尚存有与吕晓道合作的祝寿四言诗1首③(录于文后)。

二、诗歌类别与艺术分析

　　钱氏对于古典文学有着较为深入的研究并且精于创作,这与其受熏陶于

---

① 《先姊钱用和女士行述》,《常熟乡讯》1990年第4期。
② 钱用和:《韵荷存稿》,京华印书馆1935年版,第270页。
③ 钱用和:《钱用和回忆录——半世纪的追随》,东方出版社2011年版,第148页。

富有学识的家庭环境是分不开的,其父钱寿琛在钱用和出生不久便中举,钱父思想亦较为开明,安排钱用和进入私塾读书,这也为其打下了坚实的国文基础。其后便和兄弟们一起进入西式学堂求学,这也为用和拓展了相当广阔的视野。蔡元培为钱氏《欧风美雨》一书题字,并以诗赞颂曰:"清儒小学最明通,骈俪诗词精进同。旧学推君能邃密,不徒美雨与欧风。"中西贯通、学以济用的学术思维使得钱氏的诗词体现出浓郁的实用主义色彩。在57首诗中,按照体裁来观,祝词诗9首,拟古诗5首,代言诗5首,咏物诗11首,记游诗21首(其中"海外闲吟"17首),唱和诗1首,节令诗5首。由此可看出,除在国外所作诗歌记录旅途诗之外,钱用和其他体裁诗歌类型涉猎宽泛、取材广博、诸体皆通。

根据这57首诗歌所体现出来的主题思想,可以将钱用和的诗歌艺术表达归纳为三个方面:感时奋进的济世情怀、珍惜当下的人世慷慨和背井离家的思乡感情。但不管是哪种体裁的感发,钱用和都有具体阐发的对象,不会空抒聊骚,有的是借古抒怀,有的是因时而感,如《得过且过·号寒蟲》:

> 得过且过,得过且过,绕阶对月共高歌。世态炎凉莫复问,优游卒岁可奈何。①

诗歌在吟咏号寒蟲时,似乎是有一种破罐破摔的负能量,但末两句才体现出来对世态炎凉,哀其不幸怒其不争的慨叹。并且钱用和所言的"优游卒年"并非消极待时无动于衷,而是主张和号寒蟲一般的个体独善其身的要求,是在乱世之下仍能保持个体独立性。或许只有每一个独立个体的自身完善,才能够达到公共群体的对月高歌的强音。这样的解读好像才符合钱用和积极用于世的人生态度。

(一) 感时奋进的济世情怀

钱用和一生未嫁,即使做秘书期间宋美龄要在当中给她做媒,也是被其婉拒,俨然一副"女强人"的人生形象,而她也曾自言在生命规划之中工作的占比尤重,但她并没有因为自己处于"帝皇内苑"之中恃宠自傲,反而是对自己提出来了诸如"多作任内事、与人相处和蔼"②的自我要求。钱用和对于工作有着一

---

① 钱用和:《韵荷存稿》,京华印书馆1935年版,第275页。
② 钱用和:《钱用和回忆录——半世纪的追随》,东方出版社2011年版,第14页。

种执着尽力的追求,这从其生平阅历积极参与社会活动的实践里也能得知,也能够体现在诗歌之中。另一方面,钱用和在作诗词时面对的是中华大地战乱不断的大背景,也极力地促使着当时的有识之士抒发济世情怀。钱氏《小重阳游陶然亭》题下注:"以下自民国七年至十四年间作。"①1918 至 1925 年间的中华儿女正生活在水深火热之中,现实的残酷与有识之士们的前仆后继也鼓动着一种厚重的脉动。

前引"号寒蟲"一诗即是对当时社会批判性激励的一种,此外钱氏抒发其对更大范围、更广深度的对世事的评价的还有《哀屈原》一首:

> 呜呼!湘水滔滔兮,与天咫尺。临流掬泪兮,曰此为君之安宅。昔年吊君兮,角黍系帛。今日临江兮,祭无朽麦。记当时慷慨行吟兮,渔夫为惜,逢时不详。宁赴常流兮,以休皓皓之白。吾愿从君兮君不许,吾欲还归兮将安适?虎豹当关兮,万夫辟易,世隔千祀。临睨故乡兮,匪昔犹昔。生后君兮,逢君之奇厄。②

题曰"哀屈原"实则自哀其时。钱氏构思整个作品时结构巧妙,整个框架皆是在与屈原的似问似答之间穿插自己的叙事。以今昔凭吊屈原所用祭奠物品的对比,来反映世道的无常;后文闪现屈原去世前与渔夫的对话,表现自己也愿意像屈原这样自明心志,但是在被拒之后举目无自己可去之地,触目皆是疮痍。因为屈原可以赴江一跃向君主表现自己的皓皓清白。而逢此乱世的"我"面对的是一群残忍的军阀,虽有千千万万的有志之士愿意奉献自己的力量,但是他们中缺少的是独自清醒的"士"。此时需要"我"去证明体现自我价值的不再是君主,而是我脚下的这一片土地,是故乡,所以钱氏才会对屈原产生如此的共鸣。钱氏往往以诗歌的形式披露对时政的不满,这种体现表现在诗歌之中则透露着一种"悲愤的力量",通过暴露中华大地的伤痕而使得钱氏的诗歌体现出一种历史的厚重沧桑。其对于苦难的书写,但最后并没有自暴自弃,始终将自我价值与前景也看成苦难之后的希望。如《萧铜道上有感》中有:"沙黄地赤任荒废,纵有杨柳不成行。寒山濯濯草青青,菊花时节谁餐英。"飞沙走石的镜头片段下,残枝断树之后苍茫绿色的远山默默诉说着一切阅历。

---

① 钱用和:《韵荷存稿》,京华印书馆 1935 年版,第 270 页。
② 钱用和:《韵荷存稿》,京华印书馆 1935 年版,第 274 页。

但是这首诗后面她又写道:"愿推博爱共策进,投戈讲艺占先机。"①感慨世事,奋进当下的人物形象又立于纸张之上。

钱用和诗歌中有着浓郁的"诗史"色彩,给我们展示底层苦难平民的逃难片段。《潇湘泪》一诗便像杜甫的"三吏三别"一样完整叙述逃难一家子背井离乡,衣不蔽体甚至是夜宿坟树的逃荒情景:

> 衡岳麓,湘水滨。呼声一片震天地,鼙鼓惊散骨肉情。抛妻别亲幼儿弃,街衢寂寂九室空。道旁有女独坠泪,父今何所往?母今安所避?昨夜匆匆出城来,谁携饘粥与饼饵。东瞻西顾枵腹奔,黎明未宿疲欲睡。偶倚坟树闭双目,虎啸贲临两骁骑。呜咽叱咤速起身,持枪露刃索珠翠。吁嗟乎。荒郊三寸土,伶仃无依暂此寄。倾箱倒箧尽被劫,狰狞叱咤扬鞭去。又见连队隔林来,黄口白发互徘徊。为惜残年转沟壑,伤心惨目不胜哀。②

客观而言,钱氏诗歌中的写实色彩过浓,导致艺术欣赏性不是很高。但是就此诗而言,其具备的诗史性质在一定程度上弥补了其艺术表达的缺失,逃难之中妻离子散,这边逃荒求活才出来,结果又入虎口被强盗土匪横行抢夺。钱氏直白苍劲的文字使得全诗不显女儿矫揉造作之态,诗中女儿坠泪,苦问父母亲何往的镜头也侧面描写了当时战争的细节。画面整体上发人深省,令读者流泪。这种战争之后满目疮痍的画面在其《吉诃德先生传》附记当中有所阐释:"虽然作者用讽刺的手法暴露了人物的缺点,但是在生活的表现上,却处处令人感到人类的善良的本性。"③在其他诗歌中也有所体现。例如《颐和园》:"鹧鹊花都萎,铜驼棘尚存。五云回望处,殿角又黄昏。"④又有《哀鸿篇》:"中原膏腴地,弃锄不胜耕。草根木皮尽,罗雀掘鼠争。"⑤这一类诗歌多角度地给人们展示苦难的现实,并且从中抒发奋进的力量。

钱用和不单是在诗歌之中阐发对家国蒙难的悲叹,更是体现出较高的个人自我修养。钱氏在教学过程中便以身作则,尤其是在遗族学校的教育更是

---

① 钱用和:《韵荷存稿》,京华印书馆1935年版,第280页。
② 钱用和:《韵荷存稿》,京华印书馆1935年版,第280、281页。
③ 钱用和:《吉诃德先生传》附记,新生书局1948年版,第104页。
④ 钱用和:《韵荷存稿》,京华印书馆1935年版,第271页。
⑤ 钱用和:《韵荷存稿》,京华印书馆1935年版,第273页。

处处教导学生珍惜当下、发奋自强。她对遗族学生的教育提出了五点要求：养成尚实尚俭尚爱尚礼的习惯、培养能动能静能言能作的精神、灌输国民常识、注重职业指导、选拔天才儿童①。我们也可以看出钱氏所认为遗族教育的重点是与国民精神紧密联系的，《遗校校刊卷首词》便云：

> 哀哀父母，生我劬劳，无父何怙，遗斯雏羔。漪欤我校，寓教于褒，黉舍广辟，四载熏陶。以抚以养，以继英豪，艰苦卓绝，睗尔诸曹。男耕女织，井臼躬操，知德体育，培植英髦。维师与徒，如手如足，穆穆融融，共趋正鹄。以挽颓风，以振末俗，前程远大，仔肩谁属。兹刊刊行，良言金玉，济济玱玱，有文必录。凡我同好，共抒款曲，纸片遥传，光耀四烛。②

面对的是遗族儿童的教育，其所主张的文学价值与风花雪月的取向不同，《文学之过去与未来》便道："此国家之兴替异时，思想亦随之而殊途也，文学者所以代表一时代一国家一民族之思想者也。"③所以在对遗族学生提出期待时，便是注重道德的熏陶，先"知德"后"体育"，才能够继英豪之志。钱氏强调自我修养时也往往是与群体民族相联系，《自治为群治之基础》讲："守则治己，推则治人，人以治己者治我，我以治我者治群。群治自治，交相为用，克修其身，以明其德。"④值得注意的是，钱氏将此篇文章置于"文艺"部分的首篇，也可看出钱用和对于文学对个人修养的熏陶作用的重视，从而培养个人的修养推己及人，达到以此群治的程度。

（二）珍惜当下的人世慷慨

钱用和的诗词中有一种珍惜当下的自我意识，一方面是对现实生活中残酷现状的回应，另一方面也是对自己内在忙碌心灵的慰藉。这一类的诗歌不但与上文的分析不相矛盾，还让我们得以窥见诗人内心的全貌。拟古诗五首中虽有"关山苦跋涉，斑马且悲声。踟蹰雁门道，惆怅龙堆程"（《拟行行重行行》）之类的句子，但更多的是对时不我待、岁月易逝的嗟叹。《拟汉武帝秋

---

① 《遗族教育的使命》，钱用和：《韵荷存稿》，京华印书馆1935年版，第101—106页。
② 钱用和：《韵荷存稿》，京华印书馆1935年版，第267页。
③ 钱用和：《韵荷存稿》，京华印书馆1935年版，第107页。
④ 钱用和：《韵荷存稿》，京华印书馆1935年版，第256页。

风辞》"欢会未竟兮来哀情,感秋气兮心未宁"虽不离悲秋情绪,但是后有"愿傲风霜兮保令名",悲秋却不悲观。《拟青青陵上柏》:

> 青青陵上柏,郁郁涧底松。蜉蝣寄天地,年命朝露同。衔怀漱浊醪,列鼎鸣洪钟。朱轮何煜熻,翠盖自穹苍。旗旌蔽落日,楼阁带长虹。一朝人事谢,零落埋蒿蓬。荣华易衰歇,何以御穷冬。①

钱氏在诗中运用了大量色彩感十足的字眼,"青青""朱轮""翠盖""长虹"这些不单单是事物本身色彩的体现,也是作者为了表现今日繁华、明日凋谢的反差的铺垫。前面虽描写蜉蝣、天地的对比,但是后面直写零落蓬蒿则是更撼动人心。"人事谢"似乎指代尽人事,但人尽其才的解读更为准确,从这个角度出发,原《青青陵上柏》中有句"极宴娱心意,戚戚何所迫",陈祚明解释曰:"此失志之士,强用自慰也。"②钱氏此诗则没有表现一般失志的不悦,而是讲求人尽其才后的坦然,两者还是有着较为明显的区别。与此相类似的作品,在其词"风入松"中也有所体现,其词相较其诗而言描写的思绪更为细腻,《风入松·花朝》:

> 轻烟翠雾绿阴浓。香沁碧螺峰。歌喉宛转莺儿哢,一声啭、一度愁侬。负却春光过半,飘零莫怨东风。秋千索动过狂蜂。影里步芳踪。春寒冷透梨花梦,笑征人、未醒醇浓。争似百花香裏,催耕且劝田翁。③

花期短暂,作者极力描写春光中数种景色的美好,但想到春光过半,不禁生愁。征人、田翁虽然角色不同,但是都是在尽职本色,这也透露出伤春但不伤感的基调。类似于此的还有"百年忽如寄,行乐且优游"(《开岁俟五日和陶元亮韵》)、"沙鸥寄天地,客里一身轻"(《都门杂感》)等。在一些诗歌中钱用和所抒发的气概甚至丝毫不输男子,如《元宵步月感怀》:

> 京华浪迹度华年,负却良宵不夜天。玉漏三催书罢读,银花四照月初

---

① 钱用和:《韵荷存稿》,京华印书馆1935年版,第272页。
② 隋树森:《古诗十九首集释》卷二,中华书局1957年版,第5页。
③ 钱用和:《韵荷存稿》,京华印书馆1935年版,第282页。

圆。喧阗箫鼓街头闹,迢递关河镜里悬。梦里挑灯还舞剑,前程好看祖生鞭。①

喧嚣宏大的场面,作者应用起来游刃有余,在自己情绪抒发的掌握上也是松弛有度。开头浪迹京城,后面由近及远写案前读书、月下银花四照、远处喧嚣街头乃至天上月照关河,视角可及处皆是境。而后情绪转而述己的理想,立志学祖逖闻鸡起舞,以实现人生理想。乍读之下一位有志青年的光辉形象活灵活现,而钱氏更是借助对月下良景的描写表现出诗人对珍惜当下的劝解。

(三) 背井离家的思乡感情

背井离家的"家"当有两重意,前面无论是济世还是对人世的感慨,都是对家国的诠释,而钱氏出游欧美,最能牵动内心思念的当属生育她的小家。这两种情感往往交融在一起,如"他乡未必逢知己,故国何堪作战场"(《中秋对月》其二),"客中双十逢佳节,半为欣然半惘然"(《双十节支城侨胞举行国庆纪念》其一),思国家的悸动往往牵连在一起。但正如钱用和在《欧风美雨》之中自序所言:"此次由美归来,出国四载,日盼老母在堂,得承余年之乐;不期已早弃养,讳不我知,漫游欧邦,犹在梦寐,回家之日,倚闾乏人,痛何如之!"②离乡时父母亲双在,如今学成归来却是阴阳两界,难免不让人伤悲。思想感情在所作诗歌之中更是处处有所表现,如《东海感怀》之"大千世界皆乐土,谁从海上羁游魂",《奥村重阳雪景》之"思亲每恨逢佳节,触景兴怀忆旧游"③。另外,《海外思乡》四首皆是言此愁。其四:

弦歌悲壮似胡笳,无意听琴且看花。花好月圆人两地,朝朝念友并思家。④

钱氏出游海外,仍时刻挂念国内情况,而国内战局的不确定性也使得她像断了线的风筝,一直漂泊海外。弦歌,诗中有注"奥校音乐院,对女生宿舍

---

① 钱用和:《韵荷存稿》,京华印书馆1935年版,第277页。
② 自序,钱用和:《欧风美雨》,新世纪书店1930年版。
③ 钱用和:《欧风美雨》,新世纪书店1930年版,第262页。
④ 钱用和:《欧风美雨》,新世纪书店1930年版,第263页。

花园",听西方音乐都能激起胡笳之思,可以看见钱氏对于家国的感情。其三诗曰:"斜阳转眼下芳堤,游子思归叹路迷。"①此更是将孤身海外的无依无靠直白地表现出来。睹物思情,或许不用见故乡的人,只是单纯的思念便足以让游子感触甚深,《大西洋上》:"跨越大西洋,横渡大西洋,流水洋洋思故乡,不见故乡三四载,那堪人事话沧桑。"时光荏苒、人事变迁都成了游子挂念心头的羁绊。

钱用和对于家乡的感情还体现在能够融合中西,学以致用。当时的欧美确是"梦幻国度",但是钱氏并没有因此迷失自我,她始终保持清醒的头脑与认知。这首先体现在她对于中西教育之别,她能够认识到当时国内教育水平的落后,也能够根据实际情况因材施教,没有将西式教育照搬到战乱中的中国,她曾自言:"非稍受西邦教育,即好作忘本之谈,诚以他山之玉,可以攻错,深望国人,取其精华,弃其糟粕,斯作者之微意也。"②因此,民国风云人物叶楚伧在阅读《欧风美雨》后写文称赞钱用和"邃中西教育之学,浸润磅礴,无所不通"。钱氏对于中西教育、文化的认识得益于在北京女师所受的教育,她自述曰:

> 我在北京女高师肄毕时,胡适之先生讲中国哲学史,指示研究印度佛经,以作比较。感到佛经中所含哲学思想深远可佩。(中略)《圣经》中教人从善的嘉言故事,有与儒家学说可以会通,但却不能引起我的信仰。因为信仰是劝人为善的途径,能从善即信仰的效果,不必具信仰形式。③

始终保持本心,有着自己的独立的想法也是钱用和外出游学多年却始终思念家国,改善国内教育的根本,这是她思乡之情表达的第二重意义。

三、结　语

钱用和在文学书写的过程中,虽然没有表现出诗歌咏叹迭唱的乐感和婉转流动的美感,这是因为以上三个方面的社会现实处境所要求的。但是她对于文学的认知仍存在较高的标准,尤其是在文与质的关系上则强调两者并重,

---

① 钱用和:《欧风美雨》,新世纪书店1930年版,第262页。
② 钱用和:《欧风美雨》,新世纪书店1930年版,第2页。
③ 钱用和:《钱用和回忆录——半世纪的追随》,东方出版社2011年版,第171页。

这集中体现在《美术文学谈》中："夫沉思浩瀚,阮氏之言也,论其法式,章子之解也,阮氏重美术而轻文学,章子尚文学而忽美术,过犹不及也,折中以定,美术文学,穷原理之奥,而具才识,尽功能之巧,出于自然者也。"①文章前面以文章描写融洽与否划分古往今来作家等级,一流作家的作品"锋飞韵流,克谐于乐";二流作家的作品则是能达到"体物之妙,足侔于画";而三流作家则仅能"斫梓成器,不愧雕刻"②。可以看出钱用和认为"模"与"形"是文学的最低要求,而一流作家则是要求词与韵、意和声的统一。对此,"阮子"即阮元,单方面主张文学含蕴深思,重视内在纹理脉络的安排;"章子"即章学诚,认为其只是强调文学外在表达的抒发,导致形过于实而"过犹不及",且不说钱氏所论是否属实,但就钱用和最后折中所言,要求在出于自然的前提下而能够具才识、尽巧思才足以证明钱氏文学观念的全面以及高标准。

钱氏诗歌所表现出来的三方面特征:感时奋进、珍惜当下和思乡感情,并不是独立存在的,通过分析亦可以看出三者的融会贯通。本文受限于文献不足的拘囿,无法多方面地展示钱用和的文学价值和思想价值,旨在抛砖引玉,期待方家对常熟钱氏家族进行探究。

附:

蒋母王太夫人百龄诞辰

母德降详,尧门诞圣,垂训垂范,惠及百姓。
既彰厥美,天下利贞。风树寒泉,哀动圣情。
人爱其泽,亦孔而盈,简想徽猷,永仰神明。
百年追念,俎豆恭呈,敬以片词,洁修荐诚。

作者简介: 高西北,上海大学文学院博士研究生。

---

① 钱用和:《韵荷存稿》,京华印书馆1935年版,第258页。
② 钱用和:《韵荷存稿》,京华印书馆1935年版,第258页。

论近代女词人李家璇《樱云阁词》创作特点及其意义

李景燕

对近现代旧体文学的研究数量增加、范围扩大,在研究诗、词、文、赋、戏曲等大类文体的基础上对一些知名作家作者集中进行个案研究,并取得了丰硕的成果,补充了近现代旧体文学的不足。但另一方面,学界开展的研究往往以一流作家为主,对二流或三流作家的关注度不够,而这些作家的作品也具有很高的艺术价值和时代意义,尤其是一些女性作家的作品,能够真实反映出当时女性诗词的创作。虽然许多作品已佚失,但也有许多保留了下来,其中包括近代女词人李家璇的《樱云阁词》,此集中收录了30首词作,且采用了不同的词牌名,反映出当时闺秀词的创作特点及艺术价值。李家璇的词作属闺秀词,其创作也大多从女性视角出发,多凭借离愁别绪,爱恨情愁的女性形象或伤春惜春,或感事伤己,或叹流光易逝。其词运用了大量意象,其中花草等自然意象数量最多,词人融情于景,在景物中抒发自己的感情,意境清新自然又韵味无穷,语言清新雅致,具有很高的审美价值,对李家璇及其词作深入分析有利于把握近现代闺秀词的诗词创作和艺术特点,对后世闺秀词的发展也将产生积极的影响。

一、李家璇基本情况考述

李家璇,字小斋,清代女词人,江西德化(今江西九江)人,生活于光绪、同治年间,为江阴何震彝之妻,其父为中国近代政治家、外交家李盛铎。作为江西具有代表性的女词人之一,李家璇的很多词作得以保留下来,收于《樱云阁词》并见于其丈夫何震彝《鞮芬室词》中。李家璇聪慧机敏,通经史,工诗词,其词以小令为主,且多为闺秀词。而在晚清时期,能够接触诗词创作并得以保留的女性,其作者身份大多为官宦小姐,李家璇自幼生长于高门官宦、诗礼簪缨之家。

李家璇家风优良,藏书万卷。其祖上就有藏书的传统,李家璇的祖父为清代著名的藏书家李明墀(1823—1886),李明墀先后做过湖南辰州府知府、督粮道兼署布政使加按察使、湖北总办、布政使。李明墀的父亲李恕,字卉园,是道光时期的贡生,酷喜藏书,曾在江州(九江)建立了名为"木犀轩"的书堂,藏书万卷,后遭战乱焚毁。但李明墀并未就此止步,之后又用自己的薪水四方搜集古籍、开办书店刊印古书,家中的藏书又增至十万卷余,所建书楼有"麟嘉馆""凡将阁""庐山李氏山房"等,刻有《范家辑略》和本邑先贤诗集和著述数种。又命其子李盛铎搜集各名家之作以及有关经学、小学者汇刊为丛书。李盛铎(1859—1935),字椒微,号木斋,别号师子庵旧主人、师庵居士,为李家璇的父亲,李盛铎自幼开始诵诗作文,遍览群书,包括《说文》《经典释文》及《四库全书总目提要》。在其十二岁时便开始购书、抄书、校书,曾刻《范家集略》等行世。十七岁已在江西文坛小有名气。二十岁时与韩宗建合编刊成《俪青阁金石文字》。光绪五年(1879)乡试中举。光绪十五年(1889)会试中甲进士,曾任翰林院修编、国史馆协修、南乡试副考官等。甲午战争与辛亥革命期间,李盛铎奔走前线,多地辗转,此间纂修了一部家乡县志——《德化县备考》。晚年,李盛铎寄居天津,不再过问政事,唯往来于京津书肆,一意收集古籍。1935年逝于天津,享年76岁。李盛铎一生致力于藏书,先后收集有海内外许多名家藏书,如宁波范氏、商丘宋氏、意园盛氏、曲阜孔氏、四明卢氏、巴陵方氏、长沙袁氏、扬州蒋氏等,他也多番辗转购得了许多宋元珍本。出使日本期间,他结识了藏书史研究学者岛田翰,购买了许多流散在日本的汉籍善本书,不少是国内早已佚失的书。他的藏书室名繁多,"木犀轩"是其藏书楼总称,其他的还有"庐山李氏山房""麟嘉馆""蜚英馆""凡将阁"等多处,另有"建初堂""甘露簃""古欣阁""俪青阁""两晋六朝三唐五代妙墨之轩""延昌书库""周敦商彝秦镜汉剑唐琴宋元明书画墨迹长物之楼",分别依据藏书的时间以及类型加以命名。藏书共有9 000余部、58 000余册,其中宋元古本约300部,明刊本2 000余部,抄本及手稿本2 000余部,以及罕见佛教经典古刻本,藏书极为精致。与叶恭绰、罗振玉、傅增湘并称近代四大藏书家。另外他还精通校勘学、版本学、目录学,对其所藏的书逐一考订批注。李盛铎个人著有《椰轩藏书题证及书录》《木犀轩藏宋本书目》《木犀轩收藏旧本书目》《德化李氏行笈书目》《木犀轩收藏旧本书目》《木犀轩藏书目录》《木犀轩元板书目》等十余种。

李家璇之夫何震彝(1880—1916),字鬯威,号穆忞,江阴人。① 为光绪三十年进士,曾做过内阁中书。辛亥革命后他又任农商部、教育部佥事等,并且作为协修参与《清史稿》编修。何震彝家学深厚,性聪慧,自小便能作诗,精通外语,与杨圻、汪荣宝、翁玉润一起号称"江南四公子"。民国二年冬居北京,何震彝与袁克文、易哭庵等醉于南海流水音,请画师汪鸥客作《寒庐茗话图》,当时有人将其一班人视为"寒庐七子",何震彝有《寒庐七子歌》《一微尘集》《八十一寒词》《词苑珠尘》《鞿芬室近诗》等诗集。

李家璇自幼长于藏书之家,家中卷帙繁多,得以饱览诗书,并且其父亲与丈夫都曾参加过科举考试,诗书才情也令李家璇耳濡目染,所受到的教育也非常人所能及,因此造就了她的才气。其留存于世的《樱云阁词》存于《鞿芬室词》甲稿一卷,与其夫何震彝撰,为光绪三十三年(1907)上海点石斋聚珍版重印本。其五首词作《浣溪沙》《琴调相思引》《醉花阴》《齐乐天》《临江仙》被收录于《全清词钞》中,曹辛华先生的《民国词集丛刊》也收录了李家璇的词作②。

二、李家璇词作的创作特点

李家璇《樱云阁词》中收录了三十首词作,但其词牌名类型多样,其中有忆秦娥、清平乐、卜算子、浪淘沙、减字木兰花、酷相思、更漏子、唐多令、齐乐天、琴调相思引、醉花阴、浣溪沙、月底修箫谱、柳梢青、谒金门、相见欢、南柯子、望远行、三台令、虞美人、蝶恋花、小重山、临江仙、菩萨蛮、玉漏迟、江城子、生查子、如梦令等二十八种,但其表达的感情较为单一,多为春归愁怨、相思相望、盼春伤春之情,其在形制与内容上也有较强的个人特色。

其一,李家璇在进行创作时并未严格遵照格律。如其开篇第一首《忆秦娥》:"雏莺语。帘前浙湿催花雨。茜纱笼雾,嫩凉如许。光阴挑菜匆匆过,碎红半坠缃桃树,缃桃树,一半秾春,抛撒无寻处。"③在第三句省去了一句三言句,若按照《忆秦娥》的正体格式,第三句应为"催花雨",但李家璇并未采纳原来的格式,在平仄方面也未遵循正体或变体格式。相似的还有其《醉花阴春晚

---

① 吴海林,李延沛:《中国历史人物生卒年表》,黑龙江人民出版社1981年版,第507页。
② 曹辛华:《民国词集丛刊》,国家图书馆出版社2016年版。
③ 李家璇:《樱云阁词》,上海点石斋聚珍版重印本(1907年),第1页。

坐藤花下作》："小阁西偏帘窄地,门掩藤花裹。何处觅幽香,翠络朱英,一苑春零细。东风暗起知沉醉,玉雪纷纷坠。中庭日午悄无人,蝶冷莺闲,别有残春味。"①其第四句"中庭日午悄无人"按照正体应为五言句式,但李家璇采用了七言句式,诸如："簌钱声里清明,易黄昏,何处禁烟时节、落花深。意留春,有不定,费丁宁,可忆梁园客梦、未归人。"②按正体的平仄规律,第二句应为"中中仄,中中仄,仄平平,中仄中平中仄、仄平平",但其平仄为"仄平平,仄平仄,仄平平,仄仄平平仄平、仄平平"。李家璇词作之所以平仄格律自由,原因有二：一是其生活在近代,晚清与民国的衔接时期,这一时期的中国不仅在经济政治上遭受了巨大的变故,思想上的枷锁也逐渐松动,受西方自由主义思想的影响和冲击较大,因此这一时期的许多作家在创作时并未严格遵照格律。二是李家璇个人身份的影响,其身份为官宦之女,所接受的虽然是儒家传统伦理教育,但能接触到先进思想的机会也比常人多,因此不落窠臼,对于词的创作,注重内涵而非外在,注重内容而非形式,注重表达情感而非格式整饬。

其二,李家璇词作中的场景多为庭院楼阁,场所较为固定。在李家璇的词作中不难发现其伤春悲春的主要场所为自家庭院,因目睹庭院落花而想到自己,不免心生伤感。如《清平乐·春思》："深深庭院,细雨如春线。曲槛移春春有限,花朵迭成清怨。翠楼刻烛如年,蚊厨夜静凝烟。却怕清寒砭骨,重重下了疏帘。"③第一句便写到"庭院",既写庭院却以"深深"加以修饰,奠定了沉闷毫无生气的基调。再如《酷相思·秋意》："一种新秋闲院宇。一派吟、秋情绪。一样秋怀和梦煮。数不尽、帘前雨。滴不尽、簷前雨。"④开头以"院宇"开头,借院宇之秋景的凋敝凄凉来引出自我的"秋情绪"。《醉花阴春晚坐藤花下作》："小阁西偏帘窄地,门掩藤花里。何处觅幽香,翠络朱英,一苑春零细。东风暗起知沉醉,玉雪纷纷坠。中庭日午悄无人,蝶冷莺闲,别有残春味。"⑤开头写道"小阁""中庭",两个场景词的转化也暗示了作者行迹的变化,词中先以小阁为起点,再点出作者行迹变化的原因,即"何处觅幽香",接着又移步至苑中目睹瓣影零落、花瓣纷飞之景,最后又落足于中庭。由"小阁""门掩""一苑"再到

---

① 李家璇:《樱云阁词》,上海点石斋聚珍版重印本(1907年),第2页。
② 李家璇:《樱云阁词》,上海点石斋聚珍版重印本(1907年),第3页。
③ 李家璇:《樱云阁词》,上海点石斋聚珍版重印本(1907年),第1页。
④ 李家璇:《樱云阁词》,上海点石斋聚珍版重印本(1907年),第1页。
⑤ 李家璇:《樱云阁词》,上海点石斋聚珍版重印本(1907年),第2页。

"中庭"都是作者日常的活动场所。李家璇活动场所固定是因为其虽处近代，但仍受封建制度的影响，作为高门官宦之女，也不得不终日困在深宅大院中，因此只能日日对花草风月长吟，如《谒金门拟花间》中"秋乍半，闷对重门深苑，天末碧云思不见，长空迎过雁"中的"闷"字就已点出其生活的无聊且大多时候是独自一人，又如《浪淘沙》中的"风笛隔花闻，地净纤尘，双桐别苑静无人，燕子不来春又晚，无赖黄昏"。

其三，李家璇的词作中多采用花、雨、风、月等自然意象点明季节，传情达意。在其保留的三十首词中，单单是花意象就出现了二十余次，如《减字木兰花》："春云微懒。落尽荼䕷春又晚。红豆花稠。隔断重帘戛玉钩。冰䖝谩倚。藉暖扶凉初睡起。缓拭珊阑。骤觉轻棉半臂寒。"①该词运用了两处花意象，《更漏子》也是如此，且一些词句化用了前人的句子，如《月底修萧谱》中的"玉生香，花解语，细撷词仙谱。减却一分，春色黯愁绪"，其"玉生香，花解语"化用了《西厢记》中的"温柔花解语，娇羞玉生香"。再如《浣溪沙》中的"曲折帘波画不成，黄梅天气半阴晴，一窗红日卖花声"与陆游的《临安春雨初霁》"小楼一夜听春雨，深巷明朝卖杏花"有异曲同工之妙。而雨意象仅次于花，成为李家璇词中的主要意象之一，风月意象也是如此。这些意象多用以成为意境塑造与情感表达的载体，如李家璇在运用花意象时，多写落花、残花，以衬托自己的悲春伤春之情，雨意象更为词的意境增添了悲凉的成分。而李家璇词中此类自然意象诸多的原因在于一是其受前人闺秀词或作品的影响，在创作时多以花月等意象入词，二是其身份原因，活动区域较为固定，所见所感只有眼前的花草与自然现象，因此其将眼前之物都纳入此作中，让自然之物、自然之景都带有悲愁的特点。

其四，李家璇词作意境清丽哀婉，寥落多情。其词所展现的多为春季，在《樱云阁词》三十首词中，春季词十八首，秋季词九首，夏季词一首，冬季词一首。而在其春秋夏季的词中，多塑造清丽哀婉、寥落多情的意境。其春季词中，多写暮春、残春，如《虞美人·寄外》："凉飙红颭疏灯穗，返照相思字。玉箫吹破碧云天，何故教人中夜警清眠。闲来懒向莎阶步，半为春愁误。陌头柳色上朱楼，展得瑶华一叶一番愁。"②词中直接点明自己的清梦被玉箫声所扰但不愿意移步到台阶找寻是为"春愁"所耽误，也点明了此时是夜晚，更添哀愁，一

---

① 李家璇：《樱云阁词》，上海点石斋聚珍版重印本（1907 年），第 1 页。
② 李家璇：《樱云阁词》，上海点石斋聚珍版重印本（1907 年），第 4 页。

"愁"字奠定了整首词的感情基调,而"凉""破""警"则使意境更加哀婉寥落。而《三台令》中的"微雨,微雨,渲染春阴如许,柳丝拂水无声。小阁重帘夜深,深夜,深夜,一树海棠半谢"①虽未直接点明春愁,但"春阴""重帘""夜深""半谢"等词被作者赋予主观情感,写尽萧条之景,成为寥落意境的补充,也是作者心情的映照。意境的乐与哀是作者自我情感的外化。秋季词中的意境也是如此,如《齐天乐》:"垂虹秋色看如许,荒寒自成幽抑,野水鸥乡。明霞雁淑,空际柔云染夕。倚楼望极,正天末怀人。苍波遥隔,淡抹晴岚,江皋斜对旧山色。今夜月生南浦,十年歌吹地,芳思寥寂。短柳未霜,丛芦初雪,惟有一绳凉碧。潮回讯急。剩帆影篙痕,眷人离席。绮陌飞声,谁家新弄笛。"②作者倚楼眺望,视角由近及远,由野鸥到大雁,再到柔云,思绪也逐渐飘远,不禁怀人,想到自己,心生寂寥,其中"荒寒""寂寥"是意境的体现,笛声也巧妙地为意境增添悲凉的气氛。而其夏季词虽写夏季,却也是残夏,如《菩萨蛮·夏日纳凉》:"藕叶风多吹四面,素馨香重云鬟飐。层樾拓虚窗,延来一味凉。日长偏易暮,残暑匆匆过。寒意倩谁传,雁飞秋满天。"③该词婉约凄切,夏日纳凉却写尽秋日之寒。其冬季的词却显示出温暖和气,如"梅萼凝脂一树斜,哄寒雅、暎屏纱,竹炉活火,新谕凤团茶,写记旧词摊茧纸,铺檀几净无瑕"④几句。李家璇的词多借景抒发自我的哀愁别绪,其将心事赋予景物,哀景更衬得心情愁闷难解。

其五,李家璇之词多用拟人、比喻的修辞。李家璇词多抒发内心的闲愁,借春秋之景,赋予自我之哀情,又将词中的意象拟人化,使其带有人的感情色彩,成为传情达意的载体。如《清平乐·春思》:"深深庭院,细雨如春线,曲槛移春春有限,花朵迭成清怨,翠楼刻烛如年,蚊厨夜静凝烟,却怕清寒砭骨,重重下了疏帘。"⑤词中把"细雨"比作"线",实则是作者的春愁就如细雨一样密,又将"花朵"比作"清怨",将无形的愁绪有形化。又如《唐多令》:"雨栉涤烟丝,微寒乳燕知。掩重门、刺绣闲时。杏子单衫香雾润,灯影地,漏声迟。匀碧纸抄诗,年来忏绮思。种疏花、红缀阶迟。桐叶初雕枫半老,最蕉萃,瘦杨枝。"⑥该词将"枫"与"杨枝"拟人化,形象传神地传达出作者凄凉哀婉的心境,而作者

---

① 李家璇:《樱云阁词》,上海点石斋聚珍版重印本(1907年),第4页。
② 李家璇:《樱云阁词》,上海点石斋聚珍版重印本(1907年),第2页。
③ 李家璇:《樱云阁词》,上海点石斋聚珍版重印本(1907年),第5页。
④ 李家璇:《樱云阁词》,上海点石斋聚珍版重印本(1907年),第5页。
⑤ 李家璇:《樱云阁词》,上海点石斋聚珍版重印本(1907年),第1页。
⑥ 李家璇:《樱云阁词》,上海点石斋聚珍版重印本(1907年),第2页。

借此表达自己的伤春悲秋。《菩萨蛮·夏日纳凉》中的"日长偏易暮,残暑匆匆过,寒意倩谁传,雁飞秋满天"①以及《忆秦娥》中的"光阴挑菜匆匆过,碎红半坠缃桃树,缃桃树,一半秾春,抛撒无寻处",两句中的"匆匆"都将光阴的流逝有形化、拟人化,表达作者流光易逝的感慨与珍视。李家璇词中还有诸多运用比喻、拟人等修辞的诗句,都是她将内心感情外化的途径。将物拟人化,具备人的特点。李家璇多表达自己的伤春离愁与流光易逝的哀伤情绪,因此她词中拟人的物,比喻的喻体也多携伤感之情。

李家璇的词作艺术特点丰富,因其身份的限制,活动场所较为固定,所见所感之物也固定为庭院中的花草与自然现象,因此她见落花伤春,见落叶悲秋,将此类春花秋月之意象频繁地运用到词作中,实则是自我的外露与内心情感的抒发,虽其创作了多首词作,但词中的人物形象仍然是闺中怨女,未跳脱传统闺秀词的藩篱。

三、李家璇《樱云阁词》的意义

近代时期的女性词人的作品具有重要的作用,分析李家璇的《樱云阁词》具有重要的意义。李家璇生活于近代,其词作不仅反映出当时女性词人的生活情况更能够直观地反映出当时闺秀词的情况以及女性词人的创作心态,处于时代更迭之时,其词不论是对闺秀词的再创作还是对女性新词的创作都产生了深远影响,成为后世了解近代女性词人创作的途径之一。

其一,《樱云阁词》直观地反映出李家璇的生活情况。李家璇为官宦之女,自幼受家庭读书风气的熏陶,也接受了寻常女子无法涉足的教育,因此其才情应是优秀的,但李家璇的词作都为抒发闲愁的闺秀词,别无他词,词中提到的场景也都局限于词人的家宅闺阁之中,所见所感也只是庭院中之景物。可以见得近代虽然经济政治遭受了巨大的变故,但也迎来了思想解放运动,处于闺阁中的女子虽有才情,却还是拘囿于深宅闺阁之中,仍旧要学习针黹等女工,在其《谒金门拟花间》中也有提到"闲却彤奁针线,拨碎玉炉香篆,烛下度凉宵,耧阁深,花气远"②。其作品虽题材狭窄,却仍有过人之处,在艺术上不论是意象、意境、感情还是对修辞的运用、对情感的表达都具有很高的审美,她能够抓

---

① 李家璇:《樱云阁词》,上海点石斋聚珍版重印本(1907年),第5页。
② 李家璇:《樱云阁词》,上海点石斋聚珍版重印本(1907年),第3页。

取到生活场景中的常见之物以抒发自我的闲愁,对内心进行剖白和展示。因此,虽然她生活在庭院之中,方寸之地却无法抑制住她的才情,可见李家璇小时候所受的诗词熏陶之深。

其二,李家璇的《樱云阁词》为民国初期女性词人初学者创作奠基。民国初期社会发生了巨大的变革,伴随着清朝覆灭爆发了一系列政治运动,社会动荡不安。民国初期一部分女性词人走出闺阁接触到更广更多样的社会,另一部分仍旧待在闺阁中,尽管走出闺阁的女性词人接触到了更为广阔的天地与更新颖的事物,但其词作仍旧未脱离闺秀词的藩篱,如许禧身、温倩华,她们所受的教育是传统儒家伦理教育,所作的词仍旧为闺秀词。李家璇的《樱云阁词》在一定程度上也影响了民国初期女性闺阁词人的创作。

其三,《樱云阁词》成为李家璇抒发自我感情的载体。李家璇作为官宦小姐,自幼生长于闺阁,鲜少与人交往,在其词集中也有体现。在《樱云阁词》的三十首词作中李家璇并没有提及与他人的交往,更多时候是一个人或倚楼远眺,或对月长吟,如《浪淘沙》"风笛隔花闻,地净纤尘。双桐别苑静无人,燕子不来春又晚,无赖黄昏"中的"别苑静无人",《探春》中的"独自煎茶露坐,便恻恻思归,芳思同写曲舰浮"①,都表明了院中只她一人,因此她是孤寂的,而面对春日残花与秋日败柳,李家璇自然春恨秋悲,但是愁绪无法消除,再加上自己颇有才气,因此借词自我疏解。《樱云阁词》中也大多表现了李家璇的情感,是我们探究其心理的重要途径和依据。

其四,李家璇的个人词作成为现当代词史的补充。当前对近现代女性诗词的研究不在少数,但研究或集中在女性新文学家或集中在名家如吕碧城、沈祖棻,对其生平情况、个人作品、对后世的影响展开充分的研究。但是近代女性旧体文学在文学史中也具有重要的意义与地位,是易代之际女性作家个人情况与创作心态的反映,另外,一些不知名的作家的词作也具有较高的艺术价值,李家璇作为近代为数不多的作品得以保留的女词人,对其词作及个人展开研究有利于对现当代词史进行补充。

李家璇的词代表了近现代女性闺阁词的创作,具有鲜明的特点和丰富的艺术价值,《樱云阁词》是李家璇个人抒发情感的载体,研究其词可以对当时易代之际闺秀词人生活状态和创作心理有更加细致的把握,或将成为现当代词

---

① 李家璇:《樱云阁词》,上海点石斋聚珍版重印本(1907年),第4页。

史的补充。

总而言之,《樱云阁词》是近代女性词作的重要组成部分,其别具一格的艺术价值对后世的创作产生了一定的影响,因此有必要对《樱云阁词》进行深入的研究,挖掘其背后的社会与文化背景,探究以李家璇为代表的近代女性词人的创作心态。

作者简介: 李景燕,上海大学文学院博士研究生。

论民国女诗词作家李梅魂 《梅魂吟草》及其特点

马轶男

李梅魂是活跃在民国时期的女诗人、女词人,在那个风云万变、战火纷飞的时期,以李梅魂为代表的一大批女性诗词作家的创作势必呈现出许多新特征,但目前学界对于这方面的专题研究还有所欠缺。李梅魂的《梅魂吟草》(又名《流亡集》)中收录有李梅魂本人的作品以及她与友人的酬和作品,具有代表性与时代性,在此进行研究,可以帮助理解这一时期女性诗词创作的独特风貌,有助于研究女性诗词创作的文化生态。

一、李梅魂的生平及著作

李梅魂幼年父母早逝,成年后被迫嫁入封建家庭、离家出走、战火侵袭、避乱逃亡等悲惨的生活遭遇,都不断地为她的人生增添苦痛底色。但在艰难漂泊的环境中,李梅魂仍坚持学习进取,不断谋求自我解放,在江苏南通崇英女中任教、上海特区江苏监狱分监二科任女狱长期间,都积极进行诗词创作,向外界传递自己的思想情感,诗词作品结集为《红蕉集》《飞絮吟草》和《梅魂吟草》。

李梅魂,字素一,号梅魂,江西临川人,生于1900年前后。她幼年便遭遇不幸,父母早逝,漂泊无依,长大后又被抚养她的姨母嫁入一个封建腐朽的盐商家庭。李梅魂的丈夫是封建家庭里成长的纨绔子弟,两人育有一子,虽然留存有《寄梅魂》组诗,其中"我知你只是夫妻制度之存在,那知道有男女之爱……我不爱那婀娜多姿的女思慕恋,我只向革命的女神求爱"[①]似乎可以看

---

① 梅魂之夫:《寄梅魂》,《青年月刊》1926年第3期,第81,82页。

出李梅魂丈夫对梅魂的思慕之情,但李梅魂因难以忍受染有"阿芙蓉癖"[①]的丈夫,在自己十九岁时毅然决然带着孩子离家,从江西奔到扬州,把孩子寄养在亲戚家后投身于教会办的慕研理学校读书学习,解放思想。李梅魂自己在回忆这段经历时提到"终风吹醒繁华梦,知是娜拉出走时"[②],用"娜拉出走"来表达自己在那个封建腐朽环境中对于女性独立、女性解放的勇敢追求。

　　李梅魂的生活经历和诗词创作之间关系十分密切。她少有才情,精通旧体诗词创作,1919年就有诗集《红蕉集》问世,1926年李梅魂到江苏南通崇英女中任教,因思想过于激进,在1927年国民党"清党"时被通缉,李梅魂为避难仓皇逃至上海,《红蕉集》在避乱途中不幸散佚。事件平息后,李梅魂重返南通任教,先后十余年在教育岗位上孜孜不倦、诲人不倦,从各处慕名前来求学的女子不可胜数,李梅魂在此时期利用课余时间进行诗词创作并结集为《飞絮吟草》,收旧体诗词数百首之多,但也因战乱未能留存。1935年,应上海司法机关邀请,李梅魂在上海特区江苏监狱分监二科担任女监狱长。淞沪抗战后,李梅魂偕同几位同样不甘附逆日军、伪军的女同事林晓明、梁春缃等由上海撤至浙江,一路辗转奔波到宁海西乡梁皇,她们在那里接触了当地人民并亲身经历了一些抗日救亡活动,有诗词小集《梁村》一辑,收集了她在梁皇写的古体诗词31首。1942年秋,李梅魂迁居宁海县城,居住在仁慈堂西楼,在宁海县法院任职。李梅魂面对战火蔓延、山河破碎、生灵涂炭的悲凄情境深有所感,在公务之余创作了大量诗词抒发身世飘零之感、流亡艰辛之苦、国破家亡之痛,结为《塔山》《猴城》二集,约有90首。她在此期间也结识了活跃在宁海的先进女性马映波、华韫辉、黄申如等女诗人、女词人,互有诗词酬答,后收集为《西楼酬和集》,共66首。1945年日本投降,李梅魂偕同友人离开宁海,回到上海司法机关任职,后不知所终,卒年不详。

二、《梅魂吟草》的版本及体例

　　李梅魂存世的诗词集为《梅魂吟草》(又名《流亡集》),为民国三十五年

---

　　① 米叶:《女狱吏·女诗人:李梅魂》,《人物杂志》1949年"三年选集",第157,158页。
　　② 李梅魂:《抚今追昔(为晓明作七绝十二首)》,《梅魂吟草》,民国三十五年(1946)刻本,第23页。

(1946)排印本,出版者不详。诗词集前有两篇序文和一首序诗,分别为民国三十五年九月由民国著名监狱学家王元增在嘉定所作,丙戌秋李梅魂的友人梁春缃所作,以及乙酉仲秋李梅魂本人在宁海仁慈堂西楼所作。

《梅魂吟草》包括《梁村》《塔山》《缑城》与《西楼酬和》四个小集,共计二百多首古体诗词。所收录诗词大体上按照创作时间顺序交混排列,每个小集中均收录有诗作和词作,且数量不一,未按照文体形式进行分类汇总。收录的诗作占八成之上,均为旧体诗,仅有《和徐公士达除夕感作》《春燕》《步映姊前韵》《公罢》《答晓明》《步前韵》六首五言诗,且后四首均为《西楼酬和》中的酬和之作,其余均为七言诗。收录的词作共31首,作者自己的词作25首,朋友词作6首,其中《浪淘沙》8首,《满江红》《踏沙行》各5首,《相见欢》3首,《南乡子》《相思令》各2首,其他还有《蝶恋花》《武陵春》《摸鱼儿》《贺新郎》《齐天乐》,小集《缑城》中收录词作最多,共16首。《梅魂吟草》前三个小集所收录诗词均为李梅魂自己创作,第四集《西楼酬和》则是她与友人的诗词酬和集。酬和集由马映波作序,除了收录有李梅魂所作酬和诗词外,还收录有马映波、林晓明、梁春缃、华韫辉、黄申如等女性诗词作家的酬和之作。

三、《梅魂吟草》中不同思想意蕴的题材

李梅魂的生活经历丰富且坎坷,独特的家庭、交游、工作使其在战乱频繁的时代背景下创作出各类诗词作品,《梅魂吟草》收录诗词的题材丰富多样,举凡酬赠、抒怀、咏物、悼亡等,无不涉及诸多佳作。

其一,惜别友人、情真意切的酬赠诗词。此类词作可细分为送别、赠答、酬和三种,都饱含真情,在酬赠之时流露出自己内心深处的苦闷与共守家国的勉励。送别诗词表达了在饯行时的留恋、劝勉与祝福,如在《徐专员荣升闽教育厅长挈眷南行赋此代饯》[①]中"雄飞万里云程远,天道终于秉至公",先是表达了对友人升迁远行的祝贺与祝福,在"相逢谁为青衫湿"的留恋之中,以"频年制胜盼雄师,金石坚贞誓不移"与友共勉,升迁为官后仍坚守忠贞气节,共盼战争胜利;《送宁海远征学生》[②]在送别时嘱托对方"求学终难忘救国,河山收拾荡烽

---

① 李梅魂:《徐专员荣升闽教育厅长挈眷南行赋此代饯》,《梅魂吟草》,民国三十五年(1946)刻本,第18页。

② 李梅魂:《送宁海远征学生》,《梅魂吟草》,民国三十五年(1946)刻本,第32页。

烟",传达出诗人在战乱背景中送别学生远征战场的情感世界;词作《浪淘沙·送方公引之暨夫人》①首句"潦倒病愁间,青眼相看"与尾句"车马风尘幸珍重,遥祝平安",将个人的愁病缠身、离情别绪与环境的流离沉痛相结合,对友人的惜别也因厚重的时代背景而更加触动人心。

其赠答诗词在寄赠友人时内心倾诉、深厚情谊与家国情感交织,如"更生何日能酬德,愿祝医门代代贤"②表达了诗人对救治自己眼疾的医生的真切感激与美好祝福;而"危楼风雨话生平,怜我怜卿百不成"③的怜惜感慨与"侠骨柔肠赤子真""尽将热血和辛泪,涤净心房为写神"的赤诚报国之心相结合,感情真挚强烈;"第惜汉家亲手足,相逢常是乱离人"④昭示出诗人在战乱动荡中的思友与愁苦。此外,在第四小集《西楼酬和》中收录有较多的赠答诗词,如《赠映姊》《映韫二姊于薄暮来访作珠玉交辉以赠》《西楼旧友蕴辉寄赠(乙酉孟冬)》等。

其酬和诗词在友人互相表达志趣、交流感情的同时常常彰显出时代的苦难与悲痛,如诗作《和盛公桂珊落花原部》⑤中"东风无力犹无赖,一任花飞絮堕泥。步遍闲庭泪未穷,频浇絮酒吊残红",飘零之感与凄婉之情交织相映;词作《齐天乐·用胡社长慕青红叶原韵》⑥中"揉碎丹心,抛残血泪,谁识英雄儿女"体现出家国罹难之时奋力寻求救国道路的英雄气概与悲壮决心。而在以"酬和"命名的第四小集《西楼酬和》中,收录了更多心忧家国的酬和诗词,如梁春缬言"乡愁萦绕残梦里,难扫倭氛素志违"⑦直抒对侵略者的痛恨,李梅魂在对梁春缬的酬和中言"风尘憔悴丝添鬓,救国齐家愿已违"⑧同样表达出对于国家存亡的无限忧虑与祈盼;梁春缬还用词作与李梅魂进行酬和,李梅魂笔下的"半随流水半沾泥,天涯谁唤芳魂转"⑨表达的是对落花飘零的怅惋,

---

① 李梅魂:《浪淘沙·送方公引之暨夫人》,《梅魂吟草》,民国三十五年(1946)刻本,第41页。
② 李梅魂:《病胃三载且患目疾承黄秀民老先生悉心诊治始获痊愈赋以代谢》,《梅魂吟草》,民国三十五年(1946)刻本,第44页。
③ 李梅魂:《赠云妹》,《梅魂吟草》,民国三十五年(1946)刻本,第12页。
④ 李梅魂:《有感寄蕴姊(乙酉冬至前十日作于上海监狱五号宿舍)》,《梅魂吟草》,民国三十五年刻本,第69页。
⑤ 李梅魂:《和盛公桂珊落花原部》,《梅魂吟草》,民国三十五年(1946)刻本,第39页。
⑥ 李梅魂:《齐天乐·用胡社长慕青红叶原韵》,《梅魂吟草》,民国三十五年(1946)刻本,第43页。
⑦ 梁春缬:《乡思》,《梅魂吟草》,民国三十五年(1946)刻本,第52页。
⑧ 李梅魂:《和缅妹乡思原韵》,《梅魂吟草》,民国三十五年(1946)刻本,第52页。
⑨ 李梅魂:《踏沙行·落花》,《梅魂吟草》,民国三十五年(1946)刻本,第60页。

梁春缃用"半因人事半烽烟,天涯何日重欢转"①进行酬和,战乱流离的苦痛表露无遗。

其二,感时伤世、自求进取的抒怀诗词。《梅魂吟草》中收录最多的一类诗词便是情感真挚的抒怀诗词,许多诗词的题目中都有"感怀""有感""感作"等字眼。这类创作既有对人生如梦、岁月如流的唏嘘与惋惜,如"文章憎命情为祟,岁月蹉跎醉梦中"②"韶华九十易消磨,怅对流光感逝波"③"流光催促雄心淡,犹有伤时泪未干"④等,抒写诗人青春不再、浮生难熬的忧伤。

又有对自己孤苦多病、现实飘零无依的身世伤叹。李梅魂在诗词创作时常用"浮萍""飘蓬""飞絮"等意象透露出自己风雨漂泊、无处可归的人生处境,如"萍踪飘泊原无定,劫后余生百事哀"⑤"断梗飘蓬不系舟,茫茫尘海共沉浮"⑥"隔疏帘、潇潇冷雨,飞絮落红春去"⑦等。她多次在诗词中叙写自己缠绵病榻、避难离乡之时胜侪难聚、寥落苦闷的孤独情思,"愁病腰肢不胜衣,难携樽酒饯临歧"⑧"万方多难身多病,满目江山独倚楼"⑨"避乱天台话夜阑,单衣忘却晚风寒"⑩等都饱含愁苦。在战乱动荡中不得已避难离乡,李梅魂的诗词中也难免会流露出漂泊在外时对家乡的思念,如《端阳杂咏》⑪开篇的"故园西望感沧桑,权把他乡作故乡",浓郁的乡愁跃然纸上,但又不止步于离愁乡思,"寸寸河山皆泪血,何心凭吊汨罗江"上升到对国家命运的忧思,字字泣泪但并不显委顿颓废,字里行间中又透射出一股坚定与顽强。

更有对山河破碎的无限悲慨、爱国主义激情与女性解放的呼声。王元增《梅魂吟草》序曰:"使梅魂不遭国难,不牵家愁,则流亡集可以不作。"可见在国家危难、战乱频繁之际,李梅魂用诗词传递强烈的爱国情怀和英勇无畏的抗争气魄。"愁病蹉跎新事业,兵戈破碎旧山河。欲扶危局心空热,难遣离

---

① 梁春缃:《踏沙行·寄二弟鎔妹用梅姊落花原韵》,《梅魂吟草》,民国三十五年(1946)刻本,第61页。
② 李梅魂:《山居感作四绝》,《梅魂吟草》,民国三十五年(1946)刻本,第1页。
③ 李梅魂:《感怀》,《梅魂吟草》,民国三十五年(1946)刻本,第2页。
④ 李梅魂:《怀歇浦》,《梅魂吟草》,民国三十五年(1946)刻本,第32页。
⑤ 李梅魂:《五月事变避乱天台感作》,《梅魂吟草》,民国三十五年(1946)刻本,第5页。
⑥ 李梅魂:《三月之望月白风清腾兄约梁皇东溪集坛诸友共饮司令徐公黄县长侁俪均与而缄锋明我亦躬逢其盛阑烛施偶感乃作》,《梅魂吟草》,民国三十五年(1946)刻本,第6页。
⑦ 李梅魂:《摸鱼儿》,《梅魂吟草》,民国三十五年(1946)刻本,第42页。
⑧ 李梅魂:《送威弟鎔妹入闽》,《梅魂吟草》,民国三十五年(1946)刻本,第19页。
⑨ 李梅魂:《劫底萍踪》,《梅魂吟草》,民国三十五年(1946)刻本,第27页。
⑩ 李梅魂:《挽盛公桂珊夫人刘佩华》,《梅魂吟草》,民国三十五年(1946)刻本,第19页。
⑪ 李梅魂:《端阳杂咏》,《梅魂吟草》,民国三十五年(1946)刻本,第35页。

怀泪转多"①,"铁蹄碎尽中原土,何处青山骨可埋"②山河破碎、铁蹄践踏,诗人迫切期盼挽救危局,但无奈自己势单力薄且疾病缠身,情感激昂悲切。"歼仇敌,锄奸贼。生命贱,肝肠赤"③"笑谈共饮倭奴血,偿我中原万骨枯"④字里行间流露着对侵略者的痛恨和报效国家的热情;"羞附逆、天涯沦落,青衫谁湿"⑤"申浦降旗切齿看,觍颜附逆意何甘。诚知前路多荆棘,矢志忠贞敢畏难"⑥,无情揭露、沉痛斥责甘心附逆之人和在抗战后方醉生梦死的达官贵人,并表明自己坚守忠贞气节和清白人格,坚决不与其同流合污;"壮烈牺牲惊一世,精诚团结足千秋。挥戈赴敌同仇尽,裹革还尸有国收"⑦"成仁何必标青史,民族兴亡责匹夫"⑧同仇敌忾,正气凛然,用文字在民族生死存亡之际摇旗呐喊,鼓舞人们的抗战决心与斗志。李梅魂在《流亡集前奏》中提道:"中华土地属人人,捍卫胡为男性? 复辙触目惊心,危机一发千钧,忍听秦淮商女吟,速携手向前进!"她鼓舞全国女性同胞英勇斗争,并作组诗《历史上著名之女性》,赞扬秋瑾、昭君、西施和花木兰的英勇救国、独立自强,反映出李梅魂对于女性独立、民族解放、抗战胜利的强烈热情和进取精神。

其三,寄托遥深、暗含悲叹的咏物诗词。李梅魂聪慧敏锐、感情细腻,所作咏物诗词俊逸隽永的同时具有丰富深刻的思想内容,所咏之物寄托梅魂之思。咏竹时"到底终能存大节,低头只肯拜清风。自是虚心包宇宙,任他人笑腹空空"⑨表达了她对社会、人生乃至万物独到深刻的理解;咏梅时"冰炼心肠铁练肝,霜欺雪压不辞寒。清高品见超尘易,冷淡情怀入俗难"⑩赞扬了梅花不畏霜寒、超凡脱俗的品质,同时"余名梅"也表明这正是作者自己坚贞傲然品格的真实写照;咏月时"穿林冷月窥衰草,狼藉残红敌将旗"寄予了她对于山河破碎的深沉哀婉和感人至深的悲叹。

其四,悼亡、题画、写景等其他题材的诗词。除了上述题材,《梅魂吟草》还

---

① 李梅魂:《感怀》,《梅魂吟草》,民国三十五年(1946)刻本,第2页。
② 李梅魂:《五月事变避乱天台感作》,《梅魂吟草》,民国三十五年(1946)刻本,第5页。
③ 李梅魂:《满江红·梦投笔》,《梅魂吟草》,民国三十五年(1946)刻本,第15页。
④ 李梅魂:《送从军青年(乙酉年三月)》,《梅魂吟草》,民国三十五年(1946)刻本,第38页。
⑤ 李梅魂:《满江红·寄川中鸥姊》,《梅魂吟草》,民国三十五年(1946)刻本,第16页。
⑥ 李梅魂:《抚今追昔(为晓明作七绝十二首)》,《梅魂吟草》,民国三十五年(1946)刻本,第23页。
⑦ 李梅魂:《吊湘鄂会战中阵亡诸将士》,《梅魂吟草》,民国三十五年(1946)刻本,第33页。
⑧ 李梅魂:《无名英雄》,《梅魂吟草》,民国三十五年(1946)刻本,第28页。
⑨ 李梅魂:《竹》,《梅魂吟草》,民国三十五年(1946)刻本,第9页。
⑩ 李梅魂:《梅》,《梅魂吟草》,民国三十五年(1946)刻本,第9页。

广泛涉及诸多方面,有"难及黄泉穷碧落,悠悠长此隔人天"[①]痛缅友人、情致深婉的悼亡诗;有"落落高怀,亭亭净质,污泥不染清奇骨。一枝挺秀晚风前,夕阳芳草无颜色"[②]富有实感、意蕴深刻的题画词;还有"半园垂柳半园松,温暖斜阳骀荡风。户外青山帘外竹,倚栏人醉绿天中"清新疏朗、自然天成的写景诗,这也是李梅魂创作中极少出现的感情基调较为明媚轻松的作品。此外,值得一提的是,李梅魂有着独特的家庭、教育、职业经历以及坚韧自强的性格,她虽然曾嫁入过封建家庭,但在不满二十岁时便毅然决然离家而去,主动接受新思想和新教育,进行了较为及时、彻底的思想解放,因此收录在《梅魂吟草》中的作品,几乎没有涉及情爱、相思的闺怨题材作品,诗词集中更多流露的是李梅魂满腔的感伤愤慨、抗争斗志和救国热情。

四、《梅魂吟草》的艺术特点

《梅魂吟草》所收录诗词作品除了题材多样、思想意蕴丰富之外,其艺术特点也十分鲜明、多元,章法结构、语言色彩、艺术风格与美感、意象与意境、表现手法与修辞手法等方面都有其独特之处。

其一,诗词章法结构规范,形式多样。《梅魂吟草》收录的词作较为严格地遵守格律平仄,以精炼规范的章法结构传情达意,运用浪淘沙、满江红、相见欢、南乡子、相思令等多种词牌进行创作,均讲究相应的平仄声韵要求。《梅魂吟草》收录的诗作以七言旧体诗为主,以酬和诗为例,在遵循格式要求"次韵(步韵)"的同时,也存在"叠句联吟"、同题共和、互相酬和等形式。如《花落闲庭》就是李梅魂与友人叠句联吟的产物,第一首马映波的"绿树成阴子满枝,不堪回首忆当时。东风吹醒繁华梦,堕地无声恨自知"[③]和第三首林晓明的"不堪回首忆当时,堕地无声恨自知。灰尽心香消尽粉,飘零何日返空枝"都是在第一首李梅魂的"闲庭寂寂日迟迟,绿树成阴子满枝。一代红颜憔悴尽,不堪回首忆当时"的基础上,按照叠句联吟的要求和规范所作;李梅魂也曾严格遵循

---

① 李梅魂:《挽盛公桂珊夫人刘佩华》,《梅魂吟草》,民国三十五年(1946)刻本,第19页。
② 李梅魂:《踏沙行·宁海县政府王秘书人驹嘱题荷花条幅》,《梅魂吟草》,民国三十五年(1946)刻本,第34页。
③ 李梅魂:《花落闲庭(叠句联吟一梅魂二映波三晓明四韫辉五春缅六申如七映波八韫辉)》,《梅魂吟草》,民国三十五年(1946)刻本,第49页。

"次韵"的要求,创作出与马映波的《南风》①内容相关、字数相等、句式结构相似、韵脚相同、平仄相符的《步映姊前韵》②。

其二,诗词语言刚健雄浑,带有悲凄色彩。国家处于危难,国土大片沦陷,个人四处漂泊,疾病时常缠绕,亲友相继失散,在这样的环境和经历之下,性格坚韧自强的李梅魂在进行诗词创作时语言虽带有苦闷失意的悲凄色彩,却并无矫揉造作之态,语言较为刚健雄浑。如诗句"行李一肩愁万叠,随人掩泪渡关山"③"浩然正气山川秀,化作文光永烛天"④,相比于其他女诗人的创作,显现出更多的英气与豪气姿态;哪怕是纤柔婉约风格的词作,也少有前代的闺怨、情爱、香艳色彩,多是用深婉的意象与曲折的抒情来表达内心的苦闷,而"望雄风,浩气紫金山,情空热"⑤这类豪放词句则更是开阔雄丽、音调高亢、感情充沛,形成其独特的艺术风格。此外,李梅魂在诗词作品中常常使用带有悲凄色彩的叠词,"回首前尘万念空,茫茫今后究何从"⑥"苍苍不管人憔悴,肃杀西风任意吹"⑦"风笛凄凄人寂寂,隔窗冷雨又帘纤"⑧,以及"潇潇""渺渺""瑟瑟""悠悠""沉沉""迟迟"等,愁寄忧深、哀痛凄婉。

其三,诗词艺术风格悲慨激昂,艺术美感幽渺精微。《梅魂吟草》所收诗词中最常见的字眼便是"残""怨""愁""怆"等,除了得益于李梅魂对古典诗词的深厚造诣之外,更离不开她自由善感的心灵在战乱流离、悲苦凄凉境遇之中所激发出的丰沛情感,期望不断幻化成泡影,对动荡时局的揭露、对侵略者恶行的控诉、对国家民族的担忧、对积极抗争的号召,都蕴含着她针砭时弊的现实精神、坚强独立的女性意识与家国情怀。如"登临我岂无佳兴,满目江山易断肠"⑨即使是踏青出游,也心忧国事,表露了对民族命运的忧患感和深沉的爱国心。

其四,诗词意象丰富且作用鲜明,意境高远。在战乱流离中写成的《梅魂吟草》,其中许多意象都有着代表性和传情达意作用,思力之深、境界之广,令

---

① 马映波:《南风》,《梅魂吟草》,民国三十五年(1946)刻本,第50页。
② 李梅魂:《步映姊前韵》,《梅魂吟草》,民国三十五年(1946)刻本,第51页。
③ 李梅魂:《五月事变避乱天台感作》,《梅魂吟草》,民国三十五年(1946)刻本,第5页。
④ 李梅魂:《读盛公桂珊梦禅诗草》,《梅魂吟草》,民国三十五年(1946)刻本,第16页。
⑤ 李梅魂:《满江红·阅金陵风景图有感》,《梅魂吟草》,民国三十五年(1946)刻本,第25页。
⑥ 李梅魂:《流亡》,《梅魂吟草》,民国三十五年(1946)刻本,第1页。
⑦ 李梅魂:《和奉化中学毛校长觉人山居杂吟原韵》,《梅魂吟草》,民国三十五年(1946)刻本,第13页。
⑧ 李梅魂:《无聊》,《梅魂吟草》,民国三十五年(1946)刻本,第29页。
⑨ 李梅魂:《偶成二绝》,《梅魂吟草》,民国三十五年(1946)刻本,第2页。

人称叹。如对于"梦"的意象,"梦魂不识关山路,夜夜萦回乱似麻"[①]缱绻而引人联想,"哀鸿午夜惊魂梦,血泪三春染羽衣"表现出杜鹃啼血般的悲切哀痛,"急雨敲窗惊断梦,青灯照影影模糊"[②]幽邃而怅惘。李梅魂也常用"兰花""梅花""荷花""菊花"的意象表现出一种孤傲清高、刚骨自强、独立不倚的追求,如写菊的"不与群芳争俗艳,一枝秋圃自豪雄"[③],写兰的"幽谷空山独自清,荼蘼香里识卿卿"[④]。此外,在李梅魂诗词中经常出现战争类的意象,具有代表性和鲜明的时代性,反映出当时的社会现实背景,如"铁蹄""烽烟""角声""旌旗""破碎山河"等。

其五,诗词常用对比的表现手法,融诗化典。李梅魂的诗词不仅常用"故国繁华今昔异,西风冷落怕回头"[⑤]"英雄儿女尽沾衣,千古消魂是别离。从此缑城少春色,花晨月夕总凄其"[⑥]等古今时空上的对比,还常用"恍惚似重逢,梦里欢情醒后空。窗内青灯窗外月,怜侬,相对忘眠到晓钟"等虚实对比,使得背后的情愫更加凸显。在修辞方面,李梅魂能够巧妙运用典故和古诗句,浑化无痕,如用沐猴而冠典故的"沐猴酣舞日,君子固穷时"[⑦],用闻鸡起舞典故的"闻鸡中夜起怆然,投笔争挥祖逖鞭"[⑧],用痛饮黄龙典故的"今日蒲觞休尽醉,凯歌指日饮黄龙"[⑨];也常引用或化用诗词名句,如"碧落黄泉信杳然,悠悠生死隔经年"[⑩]化用了白居易《长恨歌》中的"上穷碧落下黄泉,两处茫茫皆不见"和"悠悠生死别经年,魂魄不曾来入梦";顶针修辞出现在李梅魂的诗歌之中,"镇日无聊镇日闲,闲来倚户看青山。山头多雾必多雨,雨雨风风行路难"[⑪],上递下接,使句子环环紧扣,引人入胜。

五、李梅魂《梅魂吟草》的意义和价值

在思想上,李梅魂强烈的爱国主义情感、勇于抗争的积极进取精神、女性

[①] 李梅魂:《离愁》,《梅魂吟草》,民国三十五年(1946)刻本,第3页。
[②] 李梅魂:《秋风秋雨》,《梅魂吟草》,民国三十五年(1946)刻本,第11页。
[③] 李梅魂:《吟菊》,《梅魂吟草》,民国三十五年(1946)刻本,第53页。
[④] 李梅魂:《盆兰》,《梅魂吟草》,民国三十五年(1946)刻本,第31页。
[⑤] 李梅魂:《和象山徐伯翘先生菊花原韵》,《梅魂吟草》,民国三十五年(1946)刻本,第14页。
[⑥] 李梅魂:《送黄公孟起夫人何涤寰赴闽》,《梅魂吟草》,民国三十五年(1946)刻本,第18页。
[⑦] 李梅魂:《和徐公士达除夕感作》,《梅魂吟草》,民国三十五年(1946)刻本,第16页。
[⑧] 李梅魂:《送宁海远征学生》,《梅魂吟草》,民国三十五年(1946)刻本,第32页。
[⑨] 李梅魂:《端阳诸咏》,《梅魂吟草》,民国三十五年(1946)刻本,第50页。
[⑩] 李梅魂:《三五夜四章》,《梅魂吟草》,民国三十五年(1946)刻本,第4页。
[⑪] 李梅魂:《山居感作四绝》,《梅魂吟草》,民国三十五年(1946)刻本,第1页。

自由的独立思想等都体现在诗词的字里行间,其炽烈深挚的情感撼人心魄。亲历了抗日战争的她对于侵略者及汉奸的憎恶仇视、对现实的冷静揭露与猛烈攻击,都鼓舞了人民群众抗战必胜的信心,为时人和后人提供了宝贵的精神支持。在艺术成就上,李梅魂极尽想象的才能,将个人情感和时代沧桑融为一体,渲染淋漓、感情饱满,拓展了诗词的内容和表现力,提高了诗词反映社会生活的深度和广度,为我国古典诗歌的艺术宝库增添了新的艺术内容与特色。在自身创作上,李梅魂借诗词将自己心头复杂的感情写得高亢而深沉,既展现出她性格中刚健、沉郁的一面,又表现了聪慧机敏、感情细腻的一面,在抒发心绪的同时也用诗词与友人酬和交往、沟通感情。

同时,李梅魂《梅魂吟草》的创作作为民国时期女性诗词作家创作的代表之一,对于其题材类型、思想意蕴、艺术风格等方面的研究,不仅映示着作者本人的成长道路,而且能从个例中窥见民国时期的时代环境对于中国知识女性文化素质、心理结构等产生的巨大影响,昭示着近现代传统诗词格局历史性、时代性的新变。而民国时期女性的旧体诗词创作又是民国时期文学史的重要组成部分,也是近现代女性文学史中的重要一环,有着不可忽略的研究价值。对《梅魂吟草》的研究,有助于了解这一特殊时期中复杂的女性诗词文化生态,有助于将从古至今上千年的女性诗词史以一种更加完整的面貌呈现在世人眼前。

六、结　语

李梅魂《梅魂吟草》中收录的诗词题材类型、思想意蕴、艺术风格等方面显现出的特点,彰显着那个时期古典诗词创作特点的新变,以独特的价值取向和独创的表现特色影响着近现代女性诗坛词坛的审美取向,对女性诗词的表现内容、审美风貌、气魄境界进行了一定程度的开拓。李梅魂《梅魂吟草》的相关研究,在女性诗词史上有着重要的认识价值和意义,仍亟待学界开展更加深入的研究与探讨。

作者简介:马轶男,上海大学文学院博士研究生。

论民国女词人马汝邺创作及其意义

张娅晓

晚清民国的女性词作为中国女性词史上不可或缺的一环①,是中国文学主潮转换期中的重要部分。目前,对民国时期女性词人、词作的全面深入研究仍有待加强。民国女词人马汝邺便是其中之一。现当代出现了很多女诗人,如沈祖棻、陈小翠、丁宁、周炼霞、冯沅君、张默君、尉素秋、李祁、张珍怀、茅于美等人。这些女性诗人或词人在不同时期都为中国文学和诗歌作出了杰出的贡献。马汝邺是中国早期女性教育的倡导者、社会活动家,更是一名优秀的文学创作者。她在文学、教育和社会领域都留下了深刻的注脚,对中国近现代历史和女性事业发展产生了积极影响,值得被认可和纪念。因此,我们对她的创作进行专门研究,其作品语言音韵和节奏明快,词作风格多样,充满清婉旷夷之美,可见其创作本身具有重要的意义,是对民国女性词史的填补与完善,也是对中国传统文学的继承与发展。

一、马汝邺的基本情况考述

马汝邺(约 1890—1927 以后),字书城,民国时期的著名女性词人,出生于成都,回族。马汝邺的父亲马潄午是晚清时期的举人,曾担任学部员外郎和吉林将军衙署佥事等职务。

马汝邺幼时接受家庭教育,青年时期在四川女子学堂和蚕业中等学堂和教育机构完成学业。马汝邺自幼好读书,早年又随父游学北京,其父授以《女四书》《列女传》,皆略能领悟。光绪己亥年(1899)随伯父去顺庆府(今四川南

---

① 王慧敏:《民国女性词研究》,南开大学 2012 年博士学位论文。

充)读书,日与仲兄一起学习,此为马求学之始,壬寅年(1902)因伯父去广西任官,马离开顺庆前往北京父亲处,其父聘日本籍女教师饭家贞子授以数学、音乐、美术等课程,相继三年,乙巳年(1905)再次回成都,入四川通省女子学堂,不久,改读成都蚕业学校。辛亥年(1911)清王朝覆灭,民国建立,她避居津门(天津市的别称)。壬子年(1912)其父病逝,再随伯父去黑龙江省龙江县教小学长达十一年。癸亥年(1923)回到天津,仍从事教育工作。丙寅年(1926)五月结婚,婚后在诗词方面亦有建树,常与谭延闿、戴传贤等谈论诗文,并为夫代笔写诗填词,用以酬答。后长期居住天津,晚年回到成都。

马汝邺长期致力于教育事业,特别关注女子教育。她曾担任多个教育机构的教职或管理工作,如黑龙江省立女子师范学校、天津中等学校和北京新月女子中学校。例如,北京新月女子中学校,是北京的第一个回民女子中学,马汝邺任校董事长,该校开拓了回民女子升入中学的道路,为女性教育发展和提高女性地位作出了杰出贡献。[①] 在抗战时期,马汝邺积极投身宁夏地区的妇女事业。她担任宁夏妇女运动委员会主任,为支持抗战和后方动员做出了重要贡献。这个时期是中国历史上极为动荡和关键的时期,她的参与对当地社会产生了深远影响。汝邺亦善书画,书法师二王、颜、赵,刚柔兼备,飘逸隽秀。时人以求得其墨宝为荣,兰州马廷秀(紫石)曾得其行书二联:"忠厚留有余地步,和平养无限天机。"马汝邺自夫故后,除捐资兴学外,以读书、书画、吟诗为娱。[②]

除了在教育和社会工作方面的杰出贡献,马汝邺也是一位杰出的文学家和词人。她的一生充满了坎坷和离散经历,这些经历不仅影响了她的文学创作,还使她与一批杰出的女性学者建立了紧密的联系,包括陈如壁、朱淡如、孙洁仙、周淑云、唐秋岩等人。她与张百熙的女儿张竹隐交谊甚笃,马汝邺撰有《次韵张竹隐世兄》:"狂澜今泛滥,往事重低回……明朝行赋别,欲去首频回。"张竹隐极受感动,为此专门写了《感赋》一诗和马汝邺以志纪念,云"风波多险怪,家国感沧桑……君痛荆枝折,我伤萱草亡(自注:君姐家贞先母义女也,亡已四十年矣)。前尘如影事,且作醉歌狂。"[③]

[①] 山东省民族事务委员会编:《中国回族教育史论集〈第六次全国回族史讨论会论文选编〉》,山东大学出版社1991年版,第104页。
[②] 王惠科等主编,甘肃省文史研究馆编:《陇史掇遗》,上海书店出版社1993年版,第59页。
[③] 李朝正、李义清:《巴蜀历代名媛著作考要》,巴蜀书社1997年版,第276页。

马汝邺有《晦珠馆文稿》留世,其中有诗128首,词14首,有民国十七年(1928)上海铅印本,藏于四川省图书馆、河南省图书馆、中国国家图书馆等。卷前有"晦珠馆近稿""十发居士题"等标题、题识,扉页有"戊辰孟陬月校印於上海"及书城夫人小像,分别有序和自序各一。钱葆青作序言云:

> 丁卯冬,云亭将军袞其夫人书城文若干首,诗词若干首。属余点定,将付刊,问序于余。序曰:余与书城尊甫漱午交余三十年矣。漱午以名孝廉蜚声太学,受长沙张文达知最深,学部为郎。余方谒选都下,昕夕过从,每书声琅琅出帘际者,书城幼读时也。嗣吉林大府辟漱午为金事,余亦出宰平江,南北睽隔二十年,相攸之托,往来怀抱,而苦无佳耦,悒悯者久之。丙寅夏,云亭如鄂述与书城已缔昏。明年赴海上,书城适偕云亭南游,馆我行斋,同游西湖,凡五日,临池染翰,下笔似晋唐人风格。为诗文自抒胸臆。一规于正,清婉旷夷,如其为人,而孜孜勤学,日就余商榷不少休。余惜其体羸所诣,已足愧袞袞士大夫。而有余尝为诗,最以煿心女教。为今世人心风俗之大防,勿厘厘以文字。鸣闺壶中,书城忻然志之,谓余言之不腐也。于戏漱午往,已孤女如此。又获云亭为唱,随含笑九泉矣。视余行年七十之老友,白首无成,偷息人世,不知所届,其感慨又将何如耶?祀竈曰:'襄阳钱葆青序'。

另有自序称"多年来,汇然成帙,外子恐其零乱散失,为付剞劂,就正方家",此序写于1927年,是作者移居上海时撰写的。① 尽管马的诗词作品数量有限,但是其中蕴含的思想和艺术价值无可置疑。这些珍贵的作品经过岁月的洗礼,至今仍然能够不断激发人们的思考和创作灵感。论文有见地,亦有才气,如《吴季札论》《生男无喜,生女无怨说》《论礼乐》《弭兵策》等篇。其议论文更是紧紧围绕20世纪20年代所面临的妇女问题。如《生男无喜,生女无怨说》,论述了"生男生女都一样"的道理。她在文中指出:"天赋吾人以五官百骸,男女一也,何分乎贵贱?"此句直接抨击重男轻女的思想。在一夫一妻的评论中,她批判了一夫多妻制的弊病,极力主张一夫一妻制。

---

① 嶙峋编:《阆苑奇葩》,北京:华龄出版社2012年版,第299页。

二、创 作 特 点

在中国的词坛历史中,女性创作的词作题材多半局限于闺阁家常,创作风格相对较单一。民国时期,女性词人由于社会生活的多样性和思想的解放,在创作中呈现出多元化的风格。然而,同样受限于时代和生活环境,她们的作品一般较少涉及广泛的社会议题或重要历史事件,因此,许多女性作家的作品在时代感方面相对较弱。然而,马汝邺的作品却因其丰富的社会生活经验和进步的思想观念,使其作品语言音韵和节奏明快,词作风格多样,充满清婉旷夷之美。

其一,语言音韵和节奏明快。"遣词支韵,均有义法"正是对其语言风格的精准评价。如《余蓄志学诗久矣,苦乏师承,庚申秋就职女师范,蒙校长刘涧琴先生指授稍识门径,呈二绝以志惭感(其一)》云:"一自音容痛九泉,诗书满架苦无传。高堂未尽当时意。不肖愧无道韫贤。"又如《咏荷》:"不着污泥不染埃,凌波映日笑颜开。内虚外直真君子,云水光中洗眼来。"再如《咏白梅》:"皎洁丰姿不染尘,月明林下画中身。漫嗟岁暮知音少,仙骨峥嵘不可亲。"还有《十六字令·寄马璞蒸妹》:"望。秋水蒹葭各一方。相思意,日日九回肠。愁。只怕梨花白了头。相思竟,不与水东流。惊。怕听河染笛一声。相思竟,烛影不分明。醒。莲漏迟迟月满庭。相思意,潭水不如心。"她的诗词作品语言音韵和节奏明快、清晰,她的词作展现出一种自然质朴、毫不做作的吸引力。

其二,词作风格多样。中国词是一种传统的文学形式,通常表达爱情、离愁、乡愁等情感。然而,民国女词人并不仅仅是遵循传统,她们在创作中展示了独特的风格和主题:遵循词的女性抒情传统的作品如抒写离别之作"多情枉作春蚕绕。离恨知多少",感物之作如"春光好处匆匆去,老大徒悲。老大徒悲。愿留春住毋轻辞",词中多抒发离恨缠绵、韶光易逝等情愫。但是,马汝邺毕竟有别于传统的大家闺秀,其出身和所受教育培养了她"志行坚卓,须眉所难","书城身出名门,从父游学燕赵,下帷攻苦,坚贞自守,卅年如一日,信有合于南丰道德之旨"。故其词作在婉转之下又有清刚之气,她的词作深刻地表达了个人真挚而深刻的情感,呈现了她的生活经历和内心世界。[①] 例如,《咏沈云

[①] 王揖唐著、张金耀校点:《今传是楼诗话》,辽宁教育出版社2003年版,第397页。

英解道州围》云:"为父为君不惜身,激昂片语动乡邻。城高百雉罴当道,敌扫三军马踏尘。北魏木兰真孝子,忠州良玉愧庸臣。千钧一发支危局,巾帼英雄谁比伦!"马汝邺赋诗以颂,语言简明易懂,表达了对巾帼女将沈云英的敬佩之情。又如《冬夜风雨大作有感》云:"谁念哀鸿苦?嗷嗷怯岁寒!朔风偏凛凛,浩雪复漫漫。飞雪诚堪咏,饥民倍可叹。苍天何愦愦,搔首倚阑干!"再如《虞美人·送孟清寰女士之奉天》:"多情枉作春蚕绕。离恨知多少。路旁柳色太凄凉。任作千条万缕、莫悲伤。纵然离别情犹在。漫把初心改劝。君珍重缚多愁请。看女辈峥嵘、第一流。"

其三,语言风格充满清婉旷夷之美。正如钱葆青序中云:"……为诗文直抒胸臆,一规于正,清婉旷夷……"她拥有卓越的才智,出生于文化世家,底蕴深厚,她的词作在语言上展现出清新秀丽的特质。如《闺兴》云:"论兵久已厌风尘,妙格簪花爱洛神。晓起裁笺同捉管,闺房乐胜画眉人。"又如《玉楼春·春日感怀》云:"伤心怕见飞红雨。牵愁杨柳婆娑舞。嗟予失怙正其时,每见春光心便苦。慈容一隔难再睹。青天碧海恨告古。年年此日泪痕捐,此恩难报终何补。"她对愁苦滋味的描写,情感深切而真挚感人。再如《采桑子·四时》云"嫩绿舒芳花吐蕊,曾几何时。会几何时。又是缤纷落满地。春光好处匆匆去,老大徒悲。老大徒悲。愿留春住毋轻辞。"再如《一箩金·寄燕华妹》:"空齐恹恹无情绪。鸿雁飞来,报到春又去。似水年华愁里度。千里月明各一处。欲写鸾笺旋又住。纵有离情,不知从何诉。往事重提愁万缕。怕见人将红豆数。"马汝邺的诗词清丽平远,纯朴自然,自抒胸臆,不落窠臼,达到了相当的高度。[1]

综上所述,通过分析马汝邺的诗词作品,可以感受到她诗词创作贯穿始终的婉约凄凉的美。马汝邺凄凉特质的形成原因,主观上是源于其以凄凉为美的审美选择,客观上则是出于历史时代变迁造成的社会冲击与个人遭际的时运不济。马一生多离难,在北京和天津接受了新思想,诗文、词作都充溢着哀怨人生,对社会动荡不安,对受苦受难的人民深表同情,一种爱国、爱民、爱家的思想感情,凝注诗文中,是当时社会的真实写照。[2]

---

[1] 赵忠:《暗斋论稿(上册)》,甘肃人民美术出版社2019年版,第113页。
[2] 朝正、李义清:《巴蜀历代名媛著作考要》,巴蜀书社1997年版,第276页。

三、意　义

民国时期,中国经历了政治、社会和文化的巨大变革,这个时期的女词人以她们的文学作品展现了她们的思想与内心。民国女词人的词学创作在民国词史、女性词史以及女性文化研究等方面具有重要意义。关于民国词在词史上的意义,曹辛华先生曾有概括:"民国词既是千年词史的结穴,对词体文学具有传承意义,也具有心灵史价值,同时还具有历史文献价值。我们在考据与整理民国词文献的基础上,对其展开个案研究与综论研究,以期填补断代词史仅存的空白……透过民国词,我们可以探得其中的'人生意蕴'与民国词人异代沟通,理解其'词心',并以之为鉴戒。"[①]马汝邺的诗词创作不应再黯然失色于历史的长河之中。作为民国词坛上的一位才情出众的女性词人,她应该在我们的文学研究中占据一席之地,因为她的词作具有重要的文学和文化价值。

首先,马汝邺的创作本身具有重要的意义。一方面反映了她所处时代的独特社会现实,描绘了近代女性的生活和情感。她成为民国女性文学的一位杰出代表,为我们提供了珍贵的历史文献,帮助我们更好地理解那个时代的文学和社会。另一方面,她的创作实践也鼓舞了其他女性,使她们更有信心参与文学创作和社会活动。她在文章中说:"同为人类;男子则教之诲之,启沃其智慧学识,女子则止之遏之,唯恐其稍露锋芒,故女子之佼佼者几寥若晨星。"同时,她深刻地指出:"女子禀赋何弱于男子,在于教不教而已。"当然马汝邺的思想有其时代和阶级的局限性,但其主流是进步的,至今仍有积极意义。她的进步思想为同时代的女性树立了榜样,鼓励了更多女性发出自己的声音。

其次,马汝邺的创作是对民国女性词史的填补与完善。与政治和社会变革相伴随的是文化和文学的变革,而其中女词人的作品不仅为中国文学增添了新的元素,还反映了女性在社会中的地位和角色的演变。民国女词人的作品在中国文学史上具有不可替代的地位,她们的创作意义超越了个人成就,成为社会和文化进步的一部分。在今天,我们仍然可以从她们的作品中汲取灵感,继续探讨社会和文学的发展。

另外,马汝邺的创作是对中国传统文学的继承与发展。马生活在一个充

[①] 曹辛华:《论民国词的新变及其文化意义》,江海学刊2008年第4期,第179—184页。

满动荡与变革的时代,当时白话文学成为社会潮流,她以中国传统词牌的形式表达情感,坚持对中国古典文学的创作,这是对传统的继承,具有历史传承的意义。综上所述,民国时期,女词人的创作具有重要的意义。马汝邺作为民国词坛上的杰出女性词人,她的词作不仅在主题和艺术风格上独具特色,还在民国词史上具有重要的文学和文化意义。因此,我们有充分的理由去重新审视和关注她的贡献。

作者简介:张娅晓,上海大学文学院博士研究生。

论近代浙江女词人周演巽及其《湖影词》

张艺凡

古典文学并未随着清朝的灭亡而消逝。晚清民国易代之际的旧体诗词应当纳入文学研究者的视野。在传统与现代、东方与西方的冲突与融合下,旧体诗词呈现繁星丽天的粲然风貌。其中,独抒性灵的女性诗词是民国词的重要组成部分。吕碧城、卢葆华、许禧身、周演巽等人以诗词的形式记录民国女性的新生活、新思想,反映了民国女性群体对旧学的坚守和传承。周演巽是生活于清朝末年至民国初期的女词人,其词所展现的临别之伤、乱离之苦、交游之乐,是当时较为典型的女性生活的写照。目前学界对周演巽及其所作《湖影词》的研究较为匮乏①。本文围绕周演巽的生平交游、《湖影词》的版本及体例、周词的题材内容、艺术特质、词史意义等方面展开论述,以期推动以周演巽为代表的民国女性词人的研究。

一、周演巽生平与著述考

周演巽(1880—1923),字绎言,浙江山阴(今绍兴)人,周榕倩之女。周演巽生有夙慧,善诗词。周氏作词感物而发,郑元昭称其"皆得而攫之,以寄其骛远之趣"②。绎言兼擅书法,何曦称其"闲逸秀润,诚有过人"③。工山水画,据记载周绎言"画山水楚楚有致,多饶逸气"④。1903年,新学界人周演巽于绍兴

---

① 目前围绕周演巽展开专门研究的仅有刘荣平《论张清扬、周演巽的诗词创作》一篇论文。王慧敏、徐燕婷曾在论文中简略提及周演巽。
② 郑元昭:《慧明居士遗稿序》,周演巽撰:《慧明居士遗稿》,民国十三年刊本。
③ 何曦:《慧明居士遗稿序》,周演巽撰:《慧明居士遗稿》,民国十三年刊本。
④ 俞剑华:《中国美术家人名辞典》,上海人民美术出版社1985年版,第497页。

府与会稽县陶县令成婚,时称文明婚礼。当日,诸贞壮公开发表贺诗①。两人的结合还因文明婚姻的性质及诸贞壮贺诗体现出来的女界全新气象被上海《女学报》转载。② 然"淹通中学,常讲求平权自由"的才女周演巽所嫁非偶,后因病归母家。1906 年,绎言母亲何氏命周演巽问业于福州名儒何振岱,而张清扬于1907 年随夫客食南昌,亦受业于何振岱门下。③ 彼时周演巽与张清扬结识,且同何振岱、张清扬、何振岱之妻郑元昭有诗词唱和。因时世政局的变化,周演巽于1909年寓居上海。④ 1916 年周氏去往闽地授林氏女子经,何振岱之女何曦也附读于侧。在闽期间周演巽皈依佛门,拜太姥山瑞云寺高僧楞根为师,法号慧明。周氏膝下无儿女,周演巽的母亲将其弟弟的子女过继给她以颐养天年。1917 年周氏赴杭州教学,其词作中曾提到杭州的奎垣巷女校。后因省母和课读,于杭州、上海、南昌之间辗转奔波。周演巽与余杭教育家褚寿康(字迦陵)交往甚密,褚寿康却于彼时言"海阻山遥难问讯"⑤。周演巽最终卒于杭州,殁年四十二。何振岱将周演巽的诗词作品辑集为《慧明居士遗稿》,收录诗二卷共146 首,词一卷共22 首。

周演巽之师何振岱(1867—1952),福建闽县人,字梅生,晚年改字梅叟。何氏为近代诗坛中同光体闽派的殿军,于诗、文、词等方面皆有建树。作诗取法宋诗却不常用典,其与友人及门下弟子往来谈论诗文的信件中可窥见其诗学观。⑥ 何氏崇尚姚鼐的文章,作文观点承自桐城派。其词颇具民国时代风貌,古雅且具新意。福建文史馆将何振岱所著《我春室文集》《觉庐诗存》《觉庐诗稿补遗》《我春室诗集》《我春室词集》《何振岱诗稿补遗》结集为《何振岱集》。何氏还作为方志总纂领衔编写了具有史料价值的《西湖志》。弟子众多的何振岱在闽地教读,晚年主盟寿香社,培养出"福州八才女"。周演巽虽未久居闽地,却也是何振岱早期的得意门生。周演巽卒后,何振岱写下"残稿零星半手书,客中为尔拾琼据。留名何补飘零恨,成帙聊存忏悔余""问怎生参尽枯禅,悲来一昔柔肠碎"⑦,尽言痛失爱徒之悲。

---

① 诸贞壮:《文明婚姻》,《大公报》1903 年 2 月 17 日。
② 黄湘金:《小说内外:清末民初新女性"自由结婚"观念的发生》,《汉语言文学研究》2014 年第 2 期。
③ 林宜靖:《张清扬词研究》,福建师范大学 2022 年硕士学位论文。
④ 傅宇斌:《现代词学的建立》,商务印书馆 2013 年版,第 57 页。
⑤ 褚寿康:《蝶恋花·怀周君绎言》,《浙江省立女子师范学校校友会杂志》1919 年第 1 期。
⑥ 董茹心:《何振岱研究》,上海外国语大学 2020 年硕士学位论文。
⑦ 何振岱:《九月初十,理慧明遗稿始毕,是日君初度》《琐窗寒·湖上为迦陵题慧明遗照》,何振岱著,刘建萍、陈叔侗点校:《何振岱集》,福建人民出版社 2009 年版,第 203、396 页。

张清扬是周演巽重要的诗友兼知己。张清扬(1880—1921)，字凝若，号清安居士，福建侯官人。周、张二人不仅一同请业于何振岱，还在晚年共同学佛，被当代学者推为"民国闽地吟坛的双葩"①。张清扬少好吟咏，卓荦不群。曾于江西南昌师范学院任教员，后随丈夫于福建、江苏等地辗转漂泊，客死苏州。著有《清安室词》《双星室主人词稿》及《潜玉集》各一卷，后有《清安室诗补遗》行世。"受闽派同光体诗词的影响，张氏在传统诗词创作方面造诣颇深。"②张清扬的词作寒凉清冷，结合其身世读之更觉苦闷凄凉。同周演巽一样，张清扬师从何振岱并与其老师、同门之间多有往来唱和。将张清扬与周演巽的作品对读可探究两人的创作轨迹与心路历程。

《慧明居士遗稿》由何振岱整理，于民国十三年(1924)刊印行世。《湖影词》一卷，收入周演巽所作的22首词，附于《慧明居士遗稿》后。《慧明居士遗稿》现藏于国家图书馆、上海图书馆、复旦大学图书馆、华东师范大学图书馆。③在此以上海图书馆所藏版本作为研究底本。《慧明居士遗稿》内页有用篆文写的书名，后有篆文题写的"慧明居士遗影"及周演巽的小像。郑元昭作《慧明居士赞》，并与何曦分别作有序文。何振岱所撰《〈慧明居士遗稿〉序》收于其本人的作品集中④。卷首还有石守箴、汪芝年、朱静宜、刘佩玖、何曦、曹敦钿的题词。这些题词皆表达了对周演巽年寿不永的哀痛，作者或是周演巽的学生，或与周演巽有所交游。《湖影词》所收词作基本按照周演巽创作的时间排列。集末有画家周俞跋文《于万岁寺记事》，记录了周演巽和张清扬共同于闽地求学参佛的经历。

二、《湖影词》的题材内容

周演巽天资聪慧，研精覃思。《湖影词》所收篇目不少是周演巽与其师、师母、友人间的往来唱和之作。在闽求学期间，周演巽随楞根学佛以化解内心的苦痛。参禅悟道与以词言情似乎冲突，然从周词中仍可见其深情至味。其词作题材与日常生活契合度较高，以赠别、愁病、交游、纪梦为主，抒写个人的情

---

① 刘荣平：《论张清扬、周演巽的诗词创作》，《中国诗学研究》2022年第2期。
② 吴尧：《试论张清扬寒凉词风及成因》，《中国诗学研究》2017年第2期。
③ 徐燕婷：《晚近女性词集考述》，《词学》2018年第1期。
④ 何振岱：《〈慧明居士遗稿〉序》，何振岱著，刘建萍、陈叔侗点校：《何振岱集》，福建人民出版社2009年版，第27—28页。

感体验。

其一是表达离愁伤感的赠别词。词人善于借助外界的物象暗示难舍难分的意绪。如"垂杨亭外雨丝丝"[1]"飘然一舸,便冲寒归去,柳丝难系"[2],以及"长亭畔,祇千条衰柳,数声残笛"[3],皆选用柳枝意象,以柳枝系行人的手法书写依依惜别之情。作者不仅构建场景侧面描写离愁别绪,还用直白的字眼突出临别的感伤,如"苦忆""苦难寻觅""伤心泪""悽倚",饱含对赠别一方即将离去的无限怅然,足见作者是重情之人。而《金缕曲·归绍兴故里,寄怀褚迦龄杭州》则在词尾勉励友人莫作寻常儿女之态,气象不凡。身处乱世,羁旅漂泊、送别师友对于周演巽来说是常态,因此赠别词便成为其词集的重要部分。

其二是哀伤凄清的愁病词。自古才女多"红颜薄命",疾病书写是周演巽词作中的重要内容,在其词集中占有不小比重。在《临江仙》一词中,"天边惆怅去缄迟"[4]的原因是"人病损"。而在奎垣巷女校,作者更是连作两首《西江月》叙写病中情思,展现自己孤苦无依,只得与影为伴的状态,字字哀婉。唯独在《江南好》中有"病趣一灯寻"[5]一句,词人于无聊的病期中记录清宵虫吟,此作无论置于疾病书写类还是整体词集中都是为数不多的乐观书写。周演巽的病态一方面出于疾病缠身,据其师母记载"君在杭染疾卒矣"[6],周氏因病在中年即香消玉殒。另一方面是由于所嫁非偶、孤寂凄苦的生存状态使她身心受挫,所以其词多半呈现的是一个辛酸多病的主人公形象。

其三是书写友情闲情的交游词。周演巽与张清扬尤为交好。在《虞美人·喜晤凝若》中周演巽以"相见更相亲"[7]叙写二人往来情深。此词与张清扬的唱和之作《虞美人·晤周绎言女士》同题共作,词风相近,皆写别后重逢的欢乐。在《蝶恋花·和凝若赋雪》中,词人自伤薄命,以飞花喻翻飞的雪花,再赋予雪以忧愁,与友人尽诉悲哀心绪。周演巽另有两阕《蝶恋花》是与女伴拈欧阳修首句分题而作,由张清扬《蝶恋花·追怀吴玉如》推知周词作此两篇应是与张词的唱和,共同追念吴玉如。周氏之作所展现的春愁和感伤不是"忆郎郎不至"的儿女情长,而是与知己别离的悲叹。此类闺阁之作自然切情,妙语唱

---

[1] 周演巽:《玉楼春》,《湖影词》,民国十三年刊本,第1页。
[2] 周演巽:《百字令·湖上送别》,《湖影词》,民国十三年刊本,第4页。
[3] 周演巽:《声声慢·题凝若影片即送之赴申》,《湖影词》,民国十三年刊本,第3页。
[4] 周演巽:《临江仙》,《湖影词》,民国十三年刊本,第3页。
[5] 周演巽:《江南好·病趣》,《湖影词》,民国十三年刊本,第5页。
[6] 郑元昭:《慧明居士遗稿序》,周演巽撰:《慧明居士遗稿》卷首,民国十三年刊本。
[7] 周演巽:《虞美人·喜晤凝若》,《湖影词》,民国十三年刊本,第2页。

和,流露出周演巽身世飘零的哀思,或是与凝若相聚的欢乐,是周演巽与友人以词系情的证明。

此外,周演巽还有自传式题像词《百字令·自题小影》,记录日常生活的《如梦令》《摸鱼儿》。纵观《湖影词》,周演巽的创作兼具灵性与美感,是作者于"晨夕间隙""栏旁亭角"散步时"神凝目注"而"怅触"所得[①],描写内容无外乎自然风物与词人生活,是其个体心灵的自我观照。

三、《湖影词》的艺术特质

周演巽词作的题材很大程度上决定了其纤婉柔美的词风。其主题基本上无外乎传统女性词"因自然的永恒而兴起的对于自我生命脆弱性的伤惋"[②]。受苦于此,成就于此。正是一世多艰,常年漂泊的经历使周演巽形成了异常敏锐的心灵,从而创作更加清幽缥缈的作品,在艺术方面别具一格。

在表现手法方面,周演巽善用虚实相生。如《声声慢》中"清愁几许堆积"[③],将原本虚幻的愁思想象成堆积起来的物象。比较典型的还有《临江仙·瑟瑟西风吹雁字》:

瑟瑟西风吹雁字,秋阴欲下云端。写成病影寄偏难。先凭愁里梦,迢递渡关山。

自落人间明月夜,寸心犹怯高寒。清光乍接思漫漫。镜中频省识,何处似曾看。

其中,"先凭愁里梦,迢递渡关山"使用拈连修辞,在词人笔下,忧愁裹着幻梦,能够千里迢迢远赴关山,巧妙地写出了漫无边际的愁思。接下来一个动词"接"巧妙地承接上文,将抽象的物体具象化,想象与现实交织,词人的笔触在虚幻和实境之间来回穿梭,令人回味无穷。虚实相生的另一典型表现是周演巽的每阕词中几乎都会提及"梦"。在描写日常生活的《玉楼春》中,梦将词中主人公由眼前的疏懒之意带回莺鸣的深院。在《百字令·自题小影》里,"海

---

① 何曦:《慧明居士遗稿序》,周演巽撰:《慧明居士遗稿》,民国十三年刊本。
② 邓红梅:《女性词史》,山东教育出版社2000年版,第11页。
③ 周演巽:《声声慢·题凝若影片即送之赴申》,《湖影词》,民国十三年刊本,第3页。

国秋高,荒江梦冷"营造阔大的意境,给人以凄凉之感。此外,周演巽惯常将"梦"与"远"联系在一起,梦本身就是难以捕捉的,而以远修饰更增添了这种距离感,使词境更加清冷。"分明携手翻疑梦"①"禹庙兰亭疑梦里"②,即使在与友人相聚或分离这类记述现实事件的唱和词中,周演巽在词作中仍用"疑梦"开篇,书写对美好时刻之短的怀恋。心理学家指出,梦以意象进行思维。③"梦"所营造的朦胧氛围为词人提供独特的抒情场所,使作者得以短暂地逃离现实的痛苦而寻得情感寄托。但由转瞬即逝的梦回到现实会给人以更大的冲击和反差。"人生梦觉都成幻"④,走向幻灭的身世之感在这首融凄迷孤冷、飘零伤离于一体的纪梦词中展现得淋漓尽致。

在意象运用方面,周词善于通过女性视角,以光景构造和轻小意象增强词作的感染力。如周词多用从屋内向屋外的闺中视野,"帘"和"窗"这类室内一隅的意象频繁出现。如《玉楼春》以"湘帘"开篇,将人一下带入闺阁,展现轻约细腻的审美趣味。"帘外天涯""高楼帘影"虽未提及主人公,而一个倚窗叹愁的词人形象已跃然纸上。除了卷帘,窗子同样是连接内心与外部世界的通道。在周演巽笔下,窗内是残焰病影、香炷青灯,窗外"风遒雨紧""云色凝空风力劲",里外对比,词中外部自然界的风雨飘摇也隐喻着时局的动荡不安,词中人只能困于相对安定的居室之中,"心绪怎安顿"却又无可奈何。在光景的塑造上,周词还善于通过光影变幻推进词的情感波动。词人总是将"黄昏"引入词中,如《虞美人》刻画从"高林渐黑"到"踏斜阳"的场景,《江南好·山意》"红斜雁外日犹明"在词尾以暮色作结。与此类似的是,"残月"也常见于周词中,如《高阳台·纪梦》中的"月暗天低"。周词的写作逻辑通常是从亮到暗,白日一般以"云影"开篇,随着时间的推移,到黄昏时分,再到不眠时刻的月夜。整体愈发昏暗的色调下唯有少许微光,足见词人消沉落寞的心迹。此外,在细节的剪裁方面,周词通常选取传统女性词惯用的意象构造生活场景。试看《蝶恋花·女伴有拈欧阳公蝶恋花词首句分题者,予亦得两阕》(其二):

庭院深深深几许?春梦搜寻,不识闲吟处。独自凭栏闻笛语。茶烟

---

① 周演巽:《蝶恋花·和凝若赋雪》,《湖影词》,民国十三年刊本,第3页。
② 周演巽:《金缕曲·归绍兴故里,寄怀褚迦陵杭州》,《湖影词》,民国十三年刊本,第5页。
③ [奥]弗洛伊德:《释梦》,商务印书馆2009年版,第45页。
④ 周演巽:《高阳台·纪梦》,《湖影词》,民国十三年刊本,第7页。

轻飔愁中缕。今夜离边思小住。化作飞花,也是天涯侣。不耐黄昏牵别绪。片云又作催诗雨。

这首唯美细腻又略带伤感的唱和词借助"笛声""茶烟""飞花""片云"等缥缈的意象,将词人内心难以名状的惆怅哀伤借助具体可感的事物呈现,架起了作者心灵与读者接受的桥梁。再如"苔痕犹润前宵雨"[①],仿佛将镜头聚焦于一处微小事物,细腻的笔触使词的画面感十足。这是因为"长期积淀而成的女性'集体无意识'使她们不约而同地对于'纤美的世界'更具有审美能力和兴趣"[②]。同时,周演巽喜用的"轻烟""香炉""青灯"也与她参悟佛理有关。

在语言风格方面,周演巽词作清新淡雅。首先,周词继承了闺秀词人清丽幽雅的风格及凄恻忧伤的情思,又摒弃了花间词派绮靡华丽的脂粉气息,形成平实淡雅的语言风格。自古词属艳科,而周演巽身为女词人,所作闺阁之词全无庸俗轻浮的气息。如写寂寞春愁的《蝶恋花》:"寂寂重门关梦住。病损眉峰,难觅伤心侣。"其整体风貌清新雅致且自然天成。再如《江南好·病趣》:"花朵轻安低翠幕,香丝不动冷瑶琴。"词虽为女子之音,但全无柔媚之态。其一方面与民国时期女性地位提高,攀附和取悦男子的行为相对减弱的时代背景有关,另一方面也在于周演巽自身婚姻不幸,出家为尼的经历。此外,直白与含蓄结合以致情韵兼胜也是周词语言风格的特点。如这首《百字令·自题小影》:

昙云片影,问几时吹坠,华鬘浩劫。一霎人天遥隔处,剩见飘零踪迹。生果有涯,留原如寄,小作尘寰客。此身何似,脱林秋半轻叶。

还忆往昔清游,瑶京旧月,何事成圆缺。夜久徘徊风露冷,飞佩低鬟都湿。海国秋高,荒江梦冷,欲渡愁难觅。相逢凝笑,箫声吹透空碧。

词中连用"风露冷"和"荒江梦冷"两处冷字给人以凄神寒骨之感,直接点出了飘零的身世之叹,同时,也有"脱林秋半轻叶"的借物抒情。直白的字眼点明情感倾向,形象的比喻深情至味,两者结合使周词语言具有清新隽永又含蓄

---

① 周演巽:《蝶恋花·女伴有拈欧阳公蝶恋花词首句分题者,予亦得两阕》(其一),《湖影词》,民国十三年(1924)刊本,第2页。
② 邓红梅:《女性词史》,山东教育出版社2000年版,第5页。

蕴藉的美感特质。有异曲同工之妙的还有"一任飘零,身世同萍梗"①。在周演巽笔下,长夜凄清、风月凄凉、薄暮悽黯、征程悽迅,一系列用词明白晓畅地向接受者传达悄怆之悲。这与周演巽深厚的文字功底和巧妙驾驭语言的能力密不可分。此外,少部分周词还有略显生硬的一面,如"恁写我,断肠句、神亡剩质"②,选词造语方面以诗为词,读来略显艰涩。

四、《湖影词》的词史意义

目前学界对于周演巽的讨论比较有限,对其词的艺术及价值关注度不高。实际上,"民国女性词人不仅参与了中国词史的书写,而且也为民国词坛增添了艺术的硕果与佳肴"③。周演巽作为民国女词人,其词集《湖影词》的美感特质及词史意义是不容忽视的。

首先,周演巽学者兼尼姑的身份决定了其词具有一定的代表性。王慧敏将其归为虽未举世瞩目,但因词留名的边缘女词人。④ 徐燕婷把周演巽置于江浙一带的教师(学者)群体中。⑤ 一方面,处于清末社会转型的时代环境下,周演巽在接受良好的传统教育后又投身女界教育,展现社会担当,培养出了何曦、曹敦钿等一批学生,为近代女性的思想启蒙贡献力量。另一方面,周演巽身世坎坷,"遇人不淑,因病归侍母已廿载"⑥,被师友视为"不栉进士"的她婚姻不幸,半生飘零,落得"母以弟子承嗣"的结局。在政权更迭、动荡不安的年代,周词中的忧思和病愁代表着乱世中漂泊女性的心声。综上,周演巽的创作在一定程度上反映了民国知识女性、边缘女性的思想,具有研究价值。

其次,《湖影词》是政权更迭时期女性词作的缩影。在辛亥革命、清朝覆亡等一系列社会剧变的影响下,女性原有的相对安稳的生存状态不复存在。面对残酷的社会现实,女性的创作环境十分艰苦,部分词人甚至不得不搁笔。所以周演巽坚守并创作旧体词且在动荡社会中得以保存实属难能可贵。周词的基调与晚清闺秀词风一脉相承,以女子自我情感经验为抒情的主体话语,属于

---

① 周演巽:《蝶恋花·和凝若赋雪》,《湖影词》,民国十三年(1924)刊本,第3页。
② 周演巽:《声声慢·题凝若影片即送之赴申》,《湖影词》,民国十三年(1924)刊本,第3页。
③ 曹辛华:《论民国女性词的创作》,《学术研究》2012年第5期。
④ 王慧敏:《民国女性词研究》,南开大学2012年博士学位论文。
⑤ 徐燕婷:《民国女性词集二维研究》,《华东师范大学学报(哲学社会科学版)》2017年第1期。
⑥ 朱静宜:《哭慧明居士》,周演巽撰:《慧明居士遗稿》,民国十三年(1924)刊本。

"遗老型"女性词风貌①。而周演巽的诗作多讨论时局与国事,诗词有别的创作风格反映了她传承本色词的抒情范式,秉持李清照"词别是一家"的理念。同时,周演巽的词作内容顺应了时代潮流,如其题像词,在题材上富有新意。客观上,其词题、词序所载的与张清扬、褚迦陵的交游也为学者考证相关人物关系提供了参考。

周词中的疾病书写折射了其因羁旅漂泊而身心抱恙的处境,是民国女性心灵的写照。而且由词可知,作者因积病难消而多次提到"病客""病影",这不仅是还原现实的文学书写,也与同时期的女性词人(如许禧身)在词中所描摹的女性状态一致。此外,远行书写也是周演巽词作的主体内容,如"行行远程底处,怕从今、水遥山隔"②"迢递渡关山"③"愁暗远,带一片、平芜楼外情何限"④。词人总是将目光投向帘外的天涯,鉴水无岸、黄昏无际的阔大气象在空间上开拓了词境,同时也映射词人如蜉蝣般渺小无常的生命。这种总在眺望远方的情形也常在其他民国女性的词作中呈现。"以个人切身体验为依托的乱离伤别、思念亲友等情感主题,明显多于对国家、社会命运出路的思考,说明她们很难达到深入认识、揭露现实甚至批判现实的高度。"⑤由周词可窥知晚清民国之际的女性词人在创作中仅反映相对狭窄的现实生活,情感和主题的类型化特点比较突出。

在动荡变革的时代环境之中,受到西方文学的冲击影响,近代女性以才思和性灵书写着对旧体诗词的坚守。周演巽身为清朝末年民国初年的女性,既是传道授业、发展女学的教师,亦是婚姻不幸、一生飘零的词人。周演巽《湖影词》继承了传统女性词深婉低回的笔法,呈现鲜明的艺术美感。同时,其词作可展现民国女性于社会转型时期复杂的创作心态,在女性词史中具有独特的意义。综上,周演巽及《湖影词》值得我们进一步挖掘和探讨。

作者简介:张艺凡,上海大学文学院硕士研究生。

---

① 徐燕婷:《论民国女性词的发展流变——以民国女性词集为中心》,《北京大学学报(哲学社会科学版)》2019年第4期。
② 周演巽:《声声慢·题凝若影片即送之赴申》,《湖影词》,民国十三年(1924)刊本,第3页。
③ 周演巽:《临江仙·瑟瑟西风吹雁字》,《湖影词》,民国十三年(1924)刊本,第4页。
④ 周演巽:《摸鱼儿·刘庄饮集》,《湖影词》,民国十三年(1924)刊本,第6页。
⑤ 郭延礼、郭浩帆:《中国近代女性文学大系·诗词卷》,齐鲁书社2021年版,第3354页。

论民国女词人创作状态与观念的新变

曹辛华

一、民国女词人创作主体的新变

中国古代女性词人的主体身份基本上是歌妓、方外、后妃、名门闺秀这四大类,其中以名门闺秀为主体。她们多是以男性词作家的陪衬身份出现的,闺怨、闺趣、闺情可谓其词作表现的三大主题,角色变化不多。这也是前代女词人的常态。然而,时至民国,伴随着各种新思想、新生活、新事物的出现,女词人的主体身份出现了不少与前代不同的特点。故论述民国女词人创作时必须先阐释这一前提。综观民国女词人的身份变化,主要表现有如下几个方面。

其一,虽然不少民国女词人仍保留着传统的"闺秀"身份,但是与前代相比,这种身份已开始变化。就目前所辑女词人的生平来看,由清朝而入民国者占有三分之一。自然这些女词人就更多地带有"传统"创作角色主体的特征。当代学者邓红梅先生在其《女性词史》绪论中即将女性词创作主体归为六类角色:顺从于社会制度,但又不免幽苦感的传统女性角色;感受到生存苦闷,归心于世外仙境的逃离社会型角色;向往男性角色的位移型角色;爱国救难的侠者和角斗士角色;归心空门的女冠角色;柔顺幽苦或波俏伶俐的妓女角色。[①]邓先生所列六类角色中第一类传统女性角色,民国初期的不少女词人即属此。她们通常是清朝遗老的伴侣或后嗣,出身于诗书世家,其填词目的多为"绣余""遣闷",扮演的仍是"幽苦"闺秀或官宦家室角色。属于此类者如沈韵兰《倚梅阁词钞》、左又宜《缀芬阁词》、曾懿《浣月词》、杨延年《椿荫庐诗词存》、陈肖兰(有词附《陈肖兰女士集》)、吕景蕙《纫佩轩诗词草》、潘秀兰《倦绣吟诗草》、潘欲敬《莳梅阁诗草》、缪华《韵庐自娱诗词草》等。她们大都生活于晚清,

---

① 邓红梅:《女性词史》,山东教育出版社 2000 年版,第 19 页。

其创作主体的第一类角色。按理当算作近代词人或清代词人,但依据前面对"民国女词人"的界定,又不能将其排除,毕竟她们的部分词作也是构成"民国词史"的重要一环,由她们可以见得"民国女词人"的"传统"的一面。在民国女词人中,属于第二类"逃离社会型角色"者不如前代为多。如周演巽(慧明法师)有《湖影词》曾皈依太姥山高僧楞根为弟子;游承康(隆莲法师)有词作多阕,她虽于抗战期间入成都受禅院为尼,但不像前代女词人因看破红尘而遁入空门。因此又可以说,前代女性词史上的这类"逃离社会型角色"在民国基本上算是"消亡"了。与此紧相联系的是民国时期以"女冠角色""妓女角色"类型出现女词人不再像唐宋时期、明清之际那样"热闹",基本绝迹。究其原因,当与女性解放思潮的影响有关。此点亦乃社会制度进步的一大体现。与前代女性词人的"角色"形成鲜明对比的是"位移型角色"与"斗士型角色"女词人。她们在民国时期可以说是异军突起。此处可以南社女性词人群体与抗战时期的女性词人为例说明之。南社女性词人虽然其创作中仍不免"传统角色"的影子,但是由于南社文学团体兼革命团体的性质,她们创作中不乏"英气"之作。如徐自华曾义埋秋瑾之英骨,并办竞雄中学,其《满江红·感怀用岳鄂王韵,作于秋瑾就义后》一词即呼出了"愿吾侪、炼石效娲皇,补天阙"①的强音。又如唐群英早年积极投入反清活动,后参与政党之争,主张男女平权,一度见宋教仁以政纲未列男女平等一项,立掴宋颊。②张昭汉(默君)为同盟会老会员张伯纯次女,受父亲影响具有革命思想,曾于苏州创《大汉报》宣传民族革命,并提倡男女平等,创办过神州女子学校,其为词中有婉约者,也有"中年豪气怎难收"③句,邵瑞彭曾称"世有善知识,慎勿以古来闺秀相提并论,庶几可以读默君之词矣"④。其词中涉及国难者尤其多。而抗战时期,如汤国梨、陈家庆等人词中有不少豪士之吟、忧国伤乱之情,不亚当时须眉。可以这样说,至民国时期,前代女性词人那种"位移型角色"与"斗士型角色"全面凸显出来,并且以与男子平等的方式在诗词中表达真正的爱国革命情怀。此种"角色"的变化是民国女词人的创作主体显示出的"时代色彩"。她们一方面仍有真正的女腔、"闺音"来

---

① 郭延礼辑校:《徐自华诗文集》卷三,中华书局1990年版,第172页。
② 郑逸梅:《郑逸梅选集》卷一,黑龙江人民出版社1991年版,第262页。
③ 张默君:《浣溪沙》,《红树白云山馆词》,浙江图书馆藏江南邵瑞彭氏民国二十三年(1934)刻本。
④ 邵瑞彭:《红树白云山馆词》序言,张默君:《红树白云山馆词》,浙江图书馆藏江南邵瑞彭氏民国二十三年(1934)刻本。

填词抒写"自我",另一方面在词中表现真正的"人权"下承担"半边天"的责任——忧国伤乱。也就是说其创作主体的心态不再是割裂的,也不需要"位移",是"自我"角色与"大我"角色的统一。

其二,民国女词人的词学渊源与从事的职业发生了本质的变化,其"学生"与"学者"身份尤为突出。前代女词人学词基本上有两途:一是家学熏陶,一是"私淑"式教授。此种情形在民国仍然存在。综观民国女词人生平,以家学熏陶而喜好填词者为数不少。如陈小翠即由其父陈蝶仙善词曲,而词名日增,二十余岁即有《翠楼吟草》名世。其他像梁令娴为梁启超之女,赵文漪乃词学家赵尊岳之女,陈绵祥为陈巢南之女,等等皆家学渊源甚深。此点与传统女词人学词的"家族"特征基本相似。以拜教式学者也不少。如丁宁早年从程善之学词,徐蕴华则跟随陈巢南学词,张光萱、张光蕙姐妹则随南社著名词人蔡哲夫学词等。而何振岱所创"寿香社"中女弟子如王真、刘蘅等即有"私家弟子"性质。然而,相比较而言,民国时期更有一大批女词人的学词来自新式学堂。这种身份经历是前代女词人所不曾有的。如沈祖棻、盛静霞等都是在东南大学读书时期的潜社中人,由吴梅、汪东等教授出来;叶嘉莹、杨敏如、李素英等则是在辅仁大学上学时在顾随指导下填词的。顾慕飞、顾渭清为顾宪融在中华女子中学教授的学生,作品收在《红梵精舍女弟子集》①中。民国女词人的身份变化还有一点是前所未有的,那就是她们中有不少以教学为职业的。"教学"这一新职业,不仅让女词人可以和男作家一样有更多传授学问的机会,也使其填词活动不再囿于闺阁。如伦鸾(灵飞)有《玉函词》,其曾在北京大学任教;徐自华曾于上海创办竞雄女校;汤国梨有《影观词》传世,曾创办过神州女学,并协助章太炎在苏州创办"章氏国学讲习会",又秉章氏遗志创办"太炎文学院";而翟涤尘为词人李冰若之妻,曾创办新宁女子职业学校。其他像陈翠娜、叶可羲、陈家庆、洗玉青、王兰馨、张荃、黄稚荃等女词人均从事过教席。这种教学经历使民国女词人创作主体的"角色"与前代传统"角色"有了明显的差异——女词人"学者"化更加突出。在前代仅有王端淑、何志璇、钱斐仲等有诗词学著作,而至民国,教学与学术并行的教育方式,使女词人们在填词时,也紧密伴随着词学研究,如沈祖棻的《宋词赏析》②、冯沅君的《中国诗史》③(与陆

---

① 顾宪融:《红梵精舍女弟子集》,天虚我生印刷厂1928年版。
② 沈祖棻:《宋词赏析》,北京出版社2003年版。
③ 冯沅君、陆侃如:《中国诗史》,商务印书馆1935年版。

侃如合著)等即为其教学讲义。不仅如此,民国女词人还从事翻译、编辑、新闻等这些前所未有的职业,这一方面影响着她们的创作理念,一方面也增加了其词作内容的深广程度。

其三,从生活阅历与知识结构上来看,民国女词人的思想风貌与前代女性相比也有着极大的不同。一方面,不少民国女词人都有"西学"或"新学"的知识背景。据统计,此时曾受到新式学堂教育的女词人占三分之二。不仅如此,她们还积极投身于"女子解放"、革命风潮甚至政治活动之中,如吕碧城、徐自华、唐群英等即是如此。在民国女词人中还有一些曾到过国外,在开阔眼界的同时,又使其词中多一道新风景,如单士厘可谓最早涉足海外的女词人。她曾在光绪年间随夫钱恂遍历日、俄、法、德、英等国;而吕碧城则于民国年间先后至美国及西欧各国,其《海外新词》《欧美漫游录》(又名《鸿雪因缘》)可作为以中国女性这眼看"异域"的代表作。另一方面,民国女词人此时获得了类似"自由作家"的身份,即她们在进行词学活动时不再囿于闺房,而是积极地与新式媒体——报刊相联系,使词作由文本状态迅速成为真正的"作品"。如在《中华妇女界》报刊中,就刊有姚蕴素(倚云)、郭坚忍、汪长寿、钱贞元、黄逸尘、雪萍、宋佛影、吴斯妃、金郁云、王梦兰、刘城等30余位女词人的词作。这些词人来自全国各地,报刊将她们的词作刊登,使之有"同声"相应、相互切磋的机会,具有"开天眼"的作用。其他如《妇女时报》《小说月报》《半月》等报刊上也登录发表了不少女子的词作与少量诗话、词话著作。报刊对女词人的词名声大噪也起着"广告"作用。如丁宁的词因龙榆生《词学季刊》的刊登而名扬词界。这些变化委实是前代传统女词人所未见的。自然民国词人的思想风貌出现了"现代化""新潮化""开明化"的特征。

当然,民国女词人这些主体特征由时代风潮所致,与男性词人的主体特征有一定的共同之处。但由于民国时期的思想观念是与封建时代几乎大相径庭的,女性可以说首次获得了与男子平等的机会,故于此论析民国女词人的主体特征的重要性不言而喻。只有如此,才能更好地把握民国女词人创作的心灵、心态特征。

二、民国女词人的创作姿态的新变

民国处于新旧交替、更迭的时期,民国女词人的创作状态也是我们必须予以深究的。归纳起来,民国女词人呈现出传统与现代并存的特征。具体表现为学词方式的"多样化"、切磋词学途径的"多样化"、词作传播方式的"多样化"三个方面。

其一,在学词方式上,民国女词人比前代多了"学堂"这一新方式。前文已指出民国女词人的学养渊源有"家学""私淑"与"学堂"三者,自然在学词方式也就与前代不同,呈现出多样化、综合态势。此点前文论述时已有涉及。这里要补充的是学校中的词社与民国词社对女词人的培育,这是民国女词人学词的重要途径。据本人所撰《民国词史考论》中所列词选情形来论,早在清季丽则吟社中已有女子参加,并在社刊上刊登词作。① 此种情形至民国已屡见不鲜,除潜社及潜社谕集等学校社团外,更有兰社、寿香社之类的民间社团。如兰社为武进周葆贻所创,由其《兰社武进弟子诗词集》②中收录男女弟子多达百人来看,其学词队伍呈集团化,师生、同学之间的切磋琢磨,对词艺的提高作用不小。而寿香社诸女子均师从何振岱。通过社集方式来学词,从现存《寿香社词钞》③来看其中虽多为词课之作,然而这却是她们词学进步的根本,社中女子后来均成为知名女词人。

其二,切磋词学途径的多样化。前代女词人学词时由于受礼教束缚,通常是在家族内部闺中密友之间进行切磋、较艺,很少有公众式的词学交流。即使是"随园女弟子""碧坡仙馆女弟子"之类师生传授的方式或歌妓与男子唱和的情形,也会招致无端非议。而至民国时期这种男女词界交流情况已有改观。一方面,民国时期出现不少"李清照、赵明诚"式的词坛新式伴侣。夫唱妇随、夫妇"共鸣"的情形在前代虽有,但更多的是"闺怨"式的女子哀怨。而民国女词人则不然,诸如陈家庆与徐英、廖仲恺与何香凝、潘素与张伯驹、潘静淑与吴湖帆等均是"伴侣"词人,而南社词人中更有不少这样的"伴侣"。如郑逸梅《南社丛谈》中所列"夫妇同隶社藉"中就多达 30 余对。④ 由于"南社"属区别于传统的新式社团,在男女平等方面异于前代的"男尊女卑",自然词人夫妇在切磋词艺的境况、心态方面是不同的。另一方面,女词人与男词人的词学交流更加频繁、公正,不再惊世骇俗。如吕碧城在填词时,就先后受到樊增祥、袁寒云、

---

① 曹辛华:《民国词史考论》,人民文学出版社 2017 年版。
② 此为南京图书馆藏民国二十八年(1939)刊本。
③ 此为南京图书馆藏民国三十一年(1942)刊本。
④ 郑逸梅:《南社丛谈》,上海人民出版社 1981 年版,第 695 页。

费树蔚、易顺鼎等遗老的誉扬，并与之唱和，切磋技艺。① 而丁宁则受到程之善、王叔函、夏承焘、龙榆生等人的指教与奖掖，声名大振。翻检一下，民国女词人词集，其中与男词人唱和、题咏之作不胜枚举，此点就更迥异于前代如歌妓、女冠等另类女性词人与男性唱和的环境与心境。由于民国女词人的"女权"与"人权"得到了前所未有的提升，个体的独立、个性的自由是前代女词人所不曾有的。民国女词人不再像前代女子那样一有小慧、姿色、才艺就被视为"另类""尤物"，而是显出了李清照那种"直压倒须眉"的气概，这种"平等""公正""合理"地与男词人切磋词学的途径方式，对女词人的词艺、词风、个性特征的形成无疑是有力的"催化剂"。至于社课、书报等交流方式也是如此。因此说，在民国女词人能以"正常的""非另类的"姿态进入曾一直处于男子霸权的词坛进行词艺比拼，这无疑是"新变"。另外，纯女子社团的出现为女词人由传统的"闺中"谈词到现代的"公众式"切磋词艺提供了良好的途径。如"画中诗社"的陈小翠、顾青瑶、杨雪玖等30余位成员均为女书画家，她们个个才艺双全，诗词画兼工，其中周炼霞、陈小翠、顾青瑶等均为填词高手，在切磋画艺的同时，词艺的切磋也少不了。

其三，传播方式的新变也使民国女词人的创作状态较前代大为改观。一方面，由民国女词人词作的结集情况看，虽然仍有前代那种香消玉殒后的"遗集"方式，但由于印刷技术如石印、版印、油印等快捷方式的出现，不少民国女词人的词集是"即填即刊"的。如陈小翠的《翠楼吟草》是其父陈蝶仙作为其出嫁的贺礼而刊印的。而《寿香社词钞》也是即时刻印的。其他像吕碧城、丁宁、沈祖棻等的词集都是"现"行"现"印的。另一方面各种刊物、选集对女词人词作的选录、刊登也大大刺激了她们创作的热情与积极性。除前面提到的《中华妇女界》《妇女时报》《小说丛报》外，其他像《神州女报》《著作林》《女子世界》《大汉报》《小说月报》《中华新报》《民国日报》上均曾刊登女子词作。需要特别指出的是龙榆生主编的《词学季刊》中还专辟"近（现）代女子词录"这样的栏目，搜求选登女子词作。而在民国时期出现的词选也并未忽略对民国女子词作的关注。如范烟桥《销魂词选》中就选录当时陈小翠、顾慕飞、邵英勘、于晓霞等人词作。② 又如叶恭绰的《广箧中词》虽然仍仿前代词选"女子殿后"的编

---

① 李保民：《吕碧城词笺注》，上海古籍出版社2001年版，第6页。
② 范烟桥：《销魂词选》，上海中央书店1925年版。

排顺序,但也收录了民国近10位女词人的词作。① 杨公庶所刊《雍园词钞》中沈祖棻的《涉江词》也在其列。② 另外,民国出现的各种诗话、笔记中对女词人及其词作、逸事的记述,客观上促进了女词人填词的主动性。再一方面,当时对民国女词人词作的评点、品题等活动对女词人的创作也有"刺激"。如况周颐对女子词作的评价,在徐珂《历代闺秀词选集评》③中多有保留;而徐沅、樊曾祥等对《吕碧城集》中词作的品评,既体现了对吕词的赏识,又张扬了吕氏的词名。汪东对沈祖棻《涉江词》的点评也是如此。至于在民国时对女子填词图、女子词作进行品题者也颇多。各种闺秀词选与词集的刊行对女性填词的积极性也有影响。如吴灏编有《历代名媛词选》《五百家名媛词选》《闺秀百家词选》《中国历代女子词选》,孙佩苣有《女作家词选》,张友鹤有《历代女子白话词选》,李辉群有《注释历代女子词选》,胡云翼有《女性词选》,闺秀词选的风行,说明当时女性填词急需榜样。要之,在新的传播方式影响下,更多的女子词作一反前代"滞后"现象得以迅速面世。这些都对民国女词人的创作态势有着不小的影响。

三、民国女词人的创作观念"新变"

这里所谓的"创作观念"包括词学观念与创作主旨两大方面。与民国男词人相比较,民国女词人在词学见解与创作主张方面基本上处于"失声"状态,而其在创作主旨方面则有其独特的一面。

(一) 民国女词人的词学观"新变"

民国女词人的词学观大体反映在三方面。一是少量的诗词话及词学论著,二是民国女词人的词集序跋,三是其词作创作自身。而最后者与创作主旨有一定的关联。兹先述其前两者。

其一,关于民国女词人所为诗词话与词学论著,由于数量不多,这里列举若干。属诗词话者,如杨全荫有《绾春楼诗话》《绾春楼词话》。究其词话内容,或述自己为词宗旨,如云:"余于词酷嗜花间,每有仿制,殊愧未似。"或概论女

---

① 叶恭绰辑,傅玉斌点校:《广箧中词》,人民文学出版社2011年版。
② 杨公庶:《雍园词钞》,民国三十五年(1946)铅印本,第44—55页。
③ 徐珂:《历代闺秀词选集评》,上海商务印书馆1926年版。

性词史,如云:"倚声之道,自唐迄今,作者林立。专集选本,高可隐人。惟女史之以词名者,论专集则有《漱玉》《断肠》,媲美两宋,论选本,则千余年来仅见艺蘅而已。(此处乃杨氏陋见)女子选女子词者有王玉映、何志璇、杨蕊渊、单士厘等。"或记述女词人事迹与词作,以达存人存词的目的,此类为杨氏词话的主体,存留了清末以来江浙地区的女词人及其词作,如孙云凤(碧梧)、陈契(无垢)、曹景芝(宜仙)、葛秀英(玉贞)、钱孟钿(冠之)、俞绣孙(彩裳)、俞庆曾(吉初)、孙汝兰(湘笙)、李道清(味兰)等。从杨氏自序来看,其为词话,只不过"藉以排遣时日"而已,自然无专门论及词艺、词风者。[①] 又如周寿梅《双梅花龛词话》[②]中有三则,其一谈张学典、钱瑜之咏秋海棠词;其二谈鲍荭芬工词。其三谈陆游与唐婉之事同徐枕亚、蔡蕊珠之事相仿佛。其他如汪静芬所著《芸香阁怀旧琐语》中所言吴江"女学之源流"包含不少谈词话语[③],可以称为"吴江词话"。雪平《红梅花馆诗话》[④]、施淑仪(学诗)《湘痕笔记》[⑤]等也多涉及闺秀词内容。这些论词话语多刊登在报刊上,意味着至民国女子论词观点已趋"公众化"。单士厘所纂《清闺秀艺文志略》中保留了一部分其评说清代女词人的话语,[⑥]若辑出来就是一部清代女性词话。其中梁令娴可以说是较早地有系统词学观念的民国女词人。梁令娴所编《艺蘅馆词选》为历代词选,共录词六百七十六首。梁令娴所编词选受常州派词学理论影响较大。虽然如此,她所编的词选还是有异于前代各种词选的。她在自序[⑦]中说:

> 顾词之为道,自唐迄今千余年,在本国文学界中,几于以附庸蔚为大国,作家无虑数千家。专集固不可得悉读,选本则自《花间词》《乐府雅词》《阳春白雪》《绝妙好词》《草堂诗余》等皆断代取材,未由尽正变之轨。近世朱竹垞氏网罗百氏,泐为《词综》,王德甫氏继之,可谓极兹事之伟观;然苦于浩瀚,使学子有望洋之叹。若张皋文氏之《词选》,周止庵氏之《宋四家词选》,精粹盖前无古人;然引绳批根,或病太严,主奴之见,亮所不免。

---

① 杨全荫:《绾春楼诗话》《绾春楼词话》,刊登于《妇女时报》1911—1912年第1至6期上,王蕴章撰《然脂余韵》时称未见斯作。此处引文均出《绾春楼词话》。
② 郑周寿梅:《双梅花龛词话》,《半月》1924年第3期。
③ 汪静芬:《芸香阁怀旧琐语》,《中华妇女界》1916年第7至12期。
④ 雪平:《红梅花馆诗话》,《中华妇女界》1916年第3期。
⑤ 施淑仪:《湘痕笔记》,《中华妇女界》1916年第15期。
⑥ 单士厘:《清闺秀艺文志略》,国家图书馆藏民国三十二年(1943)稿本。
⑦ 梁令娴:《艺蘅馆词选》,广东人民出版社1980年版,第1,2页。

梁令娴评骘前代词选的优劣后,"斟酌于繁简之间"而成斯选。梁令娴所编《艺蘅馆词选》沿袭了其父梁启超前期的词学观点和影响。而冯沅君以词人兼学者的身份,曾与其夫陆侃如合著《中国诗史》,其中论词部分多为冯氏的观点。像这样采用"新式"论著方式来论词者,在民国女子中并不多见。

其二,在民国女子的词集序跋中保留了她们的一些词学观点,同时反映了一定的创作主张。如陈乃文在《人间词》序言中专门谈及对王国维词作的见解。序中陈乃文概论词名后,对王国维及其词进行评价:"静安以文学革命巨子楬橥'词以境界为主'之说,格高韵远,极缠绵婉约之致,能使宋人坠绪绝而复续。"①又如陈小翠《碧云仙馆遗稿序》为其邑筠仙女士词集《碧云词》而作,序中先感慨女子为学之难,"慨自渥兰、饮水既绝响于艺林,濒玉、断肠,盖生为女子,力学殊难,身类樊禽,高谈何易?况议惟酒肉,职仅蘋蘩,而欲其为超今逸古之思、迈俗空前之论,不亦难哉"②,因而评价筠仙其人其词。又如吕碧城有《晓珠词》自跋三篇。或谈创作经历、创作感受,其《晓珠词》四卷本跋云:"虽绮语仍存,亦蕴微旨,丽情托制,大抵寓言;写重瀛花月,故国沧桑之感。年来十洲浪迹,瑰奇山水,涉览略遍,故于词境渐厌横拓,而耽直陟,多出世之想。"或谈词体观念,她曾云:"移情夺境,以词为最""至若感怀身世,发为心声,微辞写忠爱之忱,《小雅》抒怨悱之旨,弦歌变徵,振作士气,词虽末艺,亦未尝无补焉。"③其他像茅于美的《夜珠词》等中提出了打通中西文学来填词的见解④,值得注意。

由于民国女词人处于时代之交、文化转型时期,她们能突破传统而大力填词已尚不易,能如单士厘、梁令娴、冯沅君等人著书立说来表现词学观念者就更为不容易,但仅此也可见民国女性词史的新变程度。

(二) 民国女词人的创作主旨

民国女词人的创作主旨,主要有"休闲""忧生"与"忧世"三个方面。乍一看这与前代似乎无异,但细究起来,这三大主旨却是与时俱进、"民国化"了的,因此有必要予以剖析。

---

① 陈乃文:《人间词》序言,《梁氏词学》手稿所附王国维《静安词》开首,1932年稿本。
② 《翠楼吟草》卷六附文稿,台湾三友图书有限公司2001年版。
③ 李保民:《吕碧城词笺注》,上海古籍出版社2001年版,第526、527页。
④ 茅于美:《夜珠词》,《茅于美词集》,湖南人民出版社1985年版,第9—15页。

首先,从众多的民国女词人的词作来看,其中以咏物、节令、闺趣、题咏之作最多,这表明当时填词的一大主旨是"休闲",即通过填词这种文字游戏方式来娱自、娱人。这里可以杨钟虞的《课余吟词草》为例来说明。由题目知,其填词是在学习之余进行的。由其所存 20 首词来看,除一首《南浦》为"代挽"归介亭表姨父外,其他均是写四季之气候、景物与赋咏花木,不出传统主旨。如果仅此例有以偏概全之嫌。且看被柳亚子誉为"奇才"的徐自华的词作《忏慧词》①也是如此。再如吕碧城的词集中,亦以咏物、题咏、写景之词为多,其"海外"新词,虽多写异域之景,但其目的不外是"娱已"。民国女词人这种"休闲"主旨,一方面是词体自身特性的要求,另一方面还是与当时女子尚处于启蒙半自由阶段以词来打发时光,再一方面,也是锻炼词技、参与词课、炫耀才艺的结果。

其次,"忧生"之旨虽不起于民国女词人,然而面临新时代,其创作中的"忧生"之旨又有了新变化。一方面,她们的词作继续如前代女子那样写"旧恨"——在词中抒写相思之苦、别离之痛、孤独之怀。由于这种"旧恨"是常人之情,适于词体,自然这也就成了民国女子词作中的"常景"。另一方面,她们还以词抒写"新恨"。刘夜烽在《富有传奇色彩的女词人——丁宁传略》中曾指出,丁宁词一面于词中寄托"旧愁"——凄苦的人生,另一面于词中写"新恨"——独居情怀。②表面上这种"独居情怀"与前代封建礼教下的"孀妇"相似,实际上,两者有质的不同。因为在民国的制度下,女子可以重新选择自由幸福。也恰恰因此,不少民国女词人的有"才气"、有个性反而导致了婚姻的不完美,她们宁愿独身也不愿向男权低头,如吕碧城、陈小翠等。丁宁等女词人或甘作"剩女",或甘心离异,其词中故于词中形成了此种"新恨"。这种"新恨"因是一些民国女词人为了追求"自由""解放"而得到的结果,显然异于前代的封建压迫所造成的凄怆。与"新恨"紧密相连的,以词抒写"无常"之感,糅"新恨""佛禅"于词中,就成了新的"词境",像吕碧城、张汝钊、丁宁等最终或皈依佛门,或研治佛学,这就增添了"忧生"主旨的新内涵。当然,以佛境入词不始于民国,前代女词人中也有出现,只是其背景的不同:前代是女词人的词禅联

---

① 柳亚子:《百字吟·题寄尘忏慧词用定盦赠归佩珊夫人韵》,徐自华:《忏慧词》,百尺楼丛书本 1908 年版。
② 安徽省政协《安徽著名历史人物丛书》编委会编:《安徽著名历史人物丛书》第四分册《文苑英华》,中国文史出版社 1991 年版,第 303 页。

姻,是遭遇旧制度的压迫而产生;而民国女词人则是走进新时代"碰壁"时以禅入词的。

最后,"忧世"之旨在民国女词人的创作中更加突出。与前代相比,民国女性的活动空间与环境大为改观。由闺阁而社会,由一隅而四方甚至域外,再加上生逢乱世,得以躬逢亲历家国的危难与时世的黑暗,当她们一纳之于词中时,其中的"家国之恨""抗日之思""哀时之情"自然不同于前代。民国第二代女词人中以南社女作"忧世"之语最多。她们适逢反对封建专制、提倡民主自由的民国词史的第一阶段,于词中能够表现社会现实,革命情绪也濡染其中。吕碧城、徐自华、唐群英、张默君等人词作就在"金刚怒目""剑胆琴心"的一面。如徐自华《满江红·感怀用岳武穆韵》中有"亡国恨,终当泄,奴隶性,行看灭。叹江山,已是金瓯碎缺。蒿目苍生挥热泪,感时事喷热血"①,其壮言不亚于秋瑾,不再是传统那种"闺阁悲吟"。张默君《金缕曲·乙丑重九,时奉直方弄兵江南北》一词中用"憔悴山岭画稿,长是一家秦越,空负了地灵人杰"②谴责战乱。吕碧城《汨罗怨·过旧都作》俨然是《芜城赋》,其中"但江城零乱歌弦,哀入黄陵风雨,还怕说,花落新亭,鹧鸪啼苦"③,哀怨凄壮。而第三代词人中如汤国梨、丁宁、沈祖棻等人于二十世纪三四十年代也奏出爱国之曲。她们于词中感叹山河破碎,鼓荡民族气节,抒写忧国之情。如汤国梨《念奴娇·戊辰闰七月,战事方殷》中云:"生死流离悲哉道,瓜果谁家儿女?宝带波翻,芦沟月冷,何处非焦土?断垣虫语,向人凄切低诉。"④通过"焦土""断垣""虫语""凄切"来抒发伤乱愁怀;其《瑞鹤仙·乙卯春避难上海》中"念荒园乔木,离离禾黍,幽怀自数,焦乱愁,浑无着处。看郊原野火烧残,细节寸心还吐"⑤,则将忧国与希冀合在一起,于"乱愁"中有乐观之想。而丁宁《扬州慢》(1937年所作)《摸鱼子》《莺啼序》诸词在表现家国之恨的同时,也表现了仇恨日寇的情绪。其"秋来尽有闲庭院,不种黄葵仰面花"⑥"海棠莫怨寒霜重,犹有梅花雪里开"(《还轩词》)诸句词还反映了高尚的民族气节。沈祖棻在二十世纪三四十年代

---

① 郭延礼辑校:《徐自华诗文集》,中华书局1990年版,第172页。
② 张默君:《金缕曲·乙丑重九,时奉直方弄兵江南北》,《红树白云山馆词》,浙江图书馆藏江南邵瑞彭民国二十三年(1934)刻本。
③ 李保民:《吕碧城词笺注》,上海古籍出版社2001年版。
④ 汤国梨:《影观集》,《文教资料》2000年第4期。
⑤ 汤国梨:《影观集》,《文教资料》2000年第4期。
⑥ 丁宁:《鹧鸪天·归扬州故居作》,《还轩词》,安徽文艺出版社1985年版,第68页。

的词作则将"寇难旋夷,杼轴益匮,政治日坏,民生日艰"的时事感怀纳入词中。① 可以说,此时有不少女词人化身为"辛弃疾",将其身世之感与家国之痛交织词中,形成巾帼"稼轩风"。

  以上大体罗列民国女词人的词学观与创作主旨,既可见她们在转型中于词学理论建树的不足,亦可见她们的创作主旨与时代风潮相呼应而适变的。这里要补充一点的是,从民国女词人的创作来看,其师法的词学榜样虽各个不同,但大多先希心李清照,然后再出入南北宋名家。她们的词作常融合白石、梦窗、周邦彦等名家。如梁令娴师从麦梦华,并有《艺蘅馆词选》,虽出入常州派,却能不主故常。如沈祖棻就效周邦彦而过之,章士钊就称"词流观步清真"②。偶尔也有专主一家者,如赵文漪则主花间词派,并有《和小山词》。关于民国女词人的词学观,尚有不少探讨空间,将另撰文研究。

  正是由于以上创作主体与创作观念的新变,民国时期女词人的创作无论在词境、词艺,还是词风等方面都表现出了与前代既同且异的特征。如词境的开拓与继承并存,词艺的精工与平庸共生,词风的张扬与平凡俱在三者。此点将另文展开论述。总之,民国女性词作为民国词史研究的重要内容,亟待展开研究。为此,仍当如"民国词史"研究的路数一样,一方面从事文献整理,如民国女性词人考录、民国女性词别集叙录与刊刻,民国女性词选,以及民国女性词人的行年、史实等问题的考辨;另一方面展开批评研究,这包括民国女词人的个案研究与综合研究,像民国女性词史、民国女性词人群体社团研究、民国女性词的艺术风貌与文化意蕴等。只有如此,才会对女性词、民间词以及整个中国词史有新的推进,有利于中国女性文学言说的抒写。

作者简介: 曹辛华,男,河南巩义人,上海大学教授、博士生导师,上海大学中华诗词创作研究院院长、南昌大学特聘研究员、南昌大学中华诗词教育传播研究院院长、南昌大学现当代旧体文学研究院院长。兼任中华诗词学会副会长、现当代诗词研究工作委员会主任、中国文章学研究会副会长兼秘书长、中国韵文学会常务理事、中国词学研究会常务理事、中国近代文学会理事、宋代文学研究会理事等。

---

① 汪东:《涉江词》序言,沈祖棻著,程千帆注:《沈祖棻诗词集》,江苏古籍出版社1994年版。
② 章士钊:《题〈涉江词〉》,沈祖棻著,程千帆注:《沈祖棻诗词集》,江苏古籍出版社1994年版。

《诗经》乐谱叙论

杨 赛

引 言

康熙《御制历代诗余序》:"古帝舜之命夔典乐,曰:'诗言志,歌永言,声依永,律和声。'可见唐虞时即有诗,而诗必谐于声,是近代倚声之词,其理固已寓焉。降而殷、周,孔子删而为三百○五篇,乐正而雅、颂得所。考其时,郊庙、明堂、升歌、宴飨以及乡饮、报赛,莫不有诗,以叶于笙箫、琴瑟之间。"[1]周集黄帝以来的歌诗之大成,构建了风、雅、颂歌诗体系。

一、《诗经》乐谱的集成

《诗经》吸收了黄帝以来的上古歌诗成就,完善风、雅、颂的歌诗体系,《诗经》所录全为乐歌,即可以配乐歌唱的歌词。周要强调自身的道统与乐统,必然从先王之乐攫取素材,建立了以《周颂》为中心的歌诗体系和礼乐体系。周封先王与名臣之后,奉其祭祀,保存其歌诗与礼乐。

颂是周代诗歌体系最核心的内容。周武王立国之初,民心不齐,立足未稳,必须用新的礼乐来强化统治基础。尽管当时周的文化积淀并不深,周也得勉力制作《周颂》,歌颂周历代先王、周文王、周武王的功德,作为立国之本。《周颂》的间接来源,是黄帝、颛顼、喾、尧、舜等先王之乐,特别是夔以来的祭祀乐。周武王封黄帝后裔于祝,后又从祝地采集黄帝乐。周武王封颛顼后裔于郱,后又从郱地采集颛顼乐。周为喾的后裔,自然会继承喾乐。周武王封尧后裔于祝和黎,后从祝和黎采集尧乐。《周颂》的直接来源是《夏颂》和《商颂》。

---

[1] [清]沈辰垣、王奕清等奉敕编:《御制选历代诗余序》,清文渊阁四库全书本。

夏制作了《夏颂》。周初应该存有《夏颂》的词和谱,《史记·夏本纪》中禹和启的史实即源于此。《诗经》中的《豳风·七月》尚保存了夏歌诗的遗迹。东周礼崩乐坏,《夏颂》及其他夏歌诗大量遗失。《诗经·商颂》还保留了部分商代颂歌。

诗乐1.《诗经·商颂·玄鸟》,[清] 永瑢、邹奕孝《钦定诗经乐谱全书》

《诗经·商颂·玄鸟》为工字调,今作 D 调。五段,前两段三句,后三段四句。句式有四言、五言、六言,以四言为主。起讫音为四——四,押商、芒、胜、乘、承、止、祁、河、何九韵。

| 詩經商頌玄鳥 笛譜笙同 宮聲工字調 商 古辭 | 天命玄鳥降而生商 | 宅殷土芒芒 | 古帝命武湯 | 正域彼四方 | 方命厥后 | 商之先后 | 在武丁孫子 | 武丁孫子 | 武王靡不勝 | 龍旂十乘大糦是承 | 邦畿千里維民所止 | 肇域彼四海 | 四海來假來假 | 景員維河 | 殷受命咸宜 | 百祿是何 |

诗乐2.《诗经·周颂·思文》,[清] 魏之琰《魏氏乐谱》

《诗经·周颂·思文》凡三十二字。八句。句式为四言。押稷、极二仄韵。但大多数句子不押韵。

周的雅溯源于尧、舜燕乐。变风变雅则源于夏的《五子之歌》。《大雅》共计 31 篇,为享乐,歌颂周文王、周武王、周宣王的功德,劝谏周厉王、周幽王之过失。《小雅》80 篇,为宴请群臣、使臣、兄弟、朋友故旧、下报上、遣戍役、劳还率、劳还役等燕乐。

思文後稷 調寄金字經	思文 后稷 克配 彼	天立我烝民莫匪	爾極 貽我來牟	工無此 帝命率 育	陳常 于時 夏	水火 金木 土穀 惟	修 正德 利用 厚生	惟 和 九功 惟 敘
凡工尺五	凡工尺五六凡工尺	一四凡四五	工尺工尺一	工尺工	凡工尺	凡工尺一四	凡五乙尺工六凡工工尺工尺凡工	一凡四一尺工凡工尺

（下半表）

						九歌 俾 勿 懷	戒之用休董之用威勸之以	九 敘 惟 歌
						一尺尺尺凡工凡工尺合一四凡四一	凡工尺工尺一四凡工尺合一尺一四	工尺工凡五六凡工尺一凡五凡工

诗乐3.《诗经·小雅·鹿鸣》，[清]魏之琰、魏皓《魏氏乐谱》（日本存留版本）

周的风为尧、舜以来各宗族老百姓或遗民的歌诗。风来源于各族、各地，既深植于各族的历史传统，又贴近生产生活。尧的遗风如《唐风》，舜的遗风如《陈风》。风多为徒歌，来源广泛，感情真挚感人，感觉细腻生动。风用方言演唱，节奏丰富，旋律多变，表演形式不拘一格，极具音乐性和鲜活性。周晚期徒歌依然丰富，并不受礼崩乐坏的影响。风很难统一谱曲，因而《诗经》中风所收民歌非常有限。

【鹿鳴 小雅　正平調　一字一彈】

呦呦鹿鳴，食野之苹。我有嘉賓，鼓瑟吹笙。吹笙鼓簧，承筐是將。人之好我，示我周行。

呦呦鹿鳴，食野之蒿。我有嘉賓，德音孔昭。視民不恌，君子是則是傚。我有旨酒，嘉賓式燕以敖。

呦呦鹿鳴，食野之芩。我有嘉賓，鼓瑟鼓琴。鼓瑟鼓琴，和樂且湛。我有旨酒，以燕樂嘉賓之心。

（每字下附工尺譜：合、四、一、尺、工、凡、五等字样）

周改变了黄帝以来历代先王指派乐官制礼作乐的做法，将老百姓的歌曲采集起来，音乐与礼制相配合，实践与理论相配合，创立新的乐制，制造新的乐器，构建了完整的《诗经》体系，先有颂乐部，再有雅乐部，最后完成风乐部。周《诗经》总谱，包括声乐谱和器乐谱，在不同的礼仪场合展演，统一思想，规范行为,教化风俗,陶冶情操,获得了先王各族老百姓的支持,大大巩固了周的统治基础,维护了周政权的长期稳定。

周的歌诗体制中包含乐教、乐音、乐器、乐舞等职部。周的歌诗表演与礼紧密结合,寓意君臣之教、父子之教、上下之教。风反映各族老百姓的真实情感,周据以考察百姓意愿与官员政绩。东周春秋末期衰弱,歌诗流失严重,孔子对周歌诗做了整理,形成了《诗经》乐谱。周歌诗记谱法应为声曲折谱。

二、《诗经》乐歌的表演

《诗经》表演诗与歌、乐、舞相结合,声乐与器乐密切配合。表演以声歌、丝弦、吹管为主,有工歌、笙奏、间歌、合乐四种形式。歌诗与器乐交替进行,器乐作为两段歌诗中的间奏使用。

《诗经》表演体系庞大而周全,有四个职部:一为乐教之属,包括大司乐、乐师、大胥、小胥等;二为乐音之属,包括大师、小师、瞽蒙、眡了等;三为乐器之属,包括典同、磬师、笙师、籥师、籥章等;四为乐舞之属,包括鞮鞻氏、典庸器、司干等。其中,瞽蒙掌播鼗、柷、敔、埙、箫、管、弦、歌,讽诵诗;鞮鞻氏掌四夷之乐与其声歌。

《诗经》表演的声形论。声音要赋予一定的形态,顿挫有度,板眼分明,交代清楚,声气贯通。声音尽管是无形的,但要通过想象随物赋形。声线向上下、左右、前后投放。上如抗,物象在上,声线向上投。下如坠,物象在下,声线向下投。曲如折,物象在左右、前后,声线随之婉曲。止如槁木,物象突然停止不前,声线随之凝噎,声音要有顿挫。倨中矩,声音高低、左右、快慢都在板眼之内,谓之有度。句中钩,声音随音韵流转,运腔完满,肯定有力。累累乎端如贯珠,字、词、句之间前后呼应,浑然一体,如线贯珠,丝毫不散,丝毫不乱。

《诗经》表演的情气论。歌唱要以情推气,情与气偕,演唱结合。《礼记·乐记》:"故歌之为言也,长言之也。说之,故言之;言之不足,故长言之;长言之不足,故嗟叹之;嗟叹之不足,故不知手之舞之,足之蹈之也。"说之,歌者感而发,并非空洞无物之辞。言之,歌者代言者陈述功德或发布训辞。长言之,延长声音以表示强调,突出重点。嗟叹之,声音中之带抑扬的情绪,表崇敬或劝谏。手之舞之,借上肢律动以指示空间的上下、内外、前后、左右、远近。足之蹈之,借下肢律动以表现节奏的轻重与缓急。说之,言之,长言之,《乐记》谓之"直己而陈德";手之舞之,足之蹈之,《乐记》谓之"动己而天地应"。

三、《诗经》乐歌与乐教

钱穆《中国文化史导论》说:"《诗经》是中国一部伦理的歌咏集。中国古代人对于人生伦理的观念,自然而然地由他们最恳挚最和平的一种内部心情上歌咏出来了。我们要懂中国古代人对于世界、国家、社会、家庭种种方面的态度观点,最好的资料,无过于此《诗经》三百篇。在这里我们见到文学与伦理之凝合一致,不仅为将来中国全部文学史的渊泉,即将来完成中国伦理教训最大系统的儒家思想,亦大体由此演生。"①

周以诗乐陈德。周诗乐要求歌者不断提升德性,使自己的学识与品行达到和言者(先王、贤者)相当的高度,才能贴切表现诗乐中的情感与精神,在感动自我的基础上感化他人。歌者要做到直己和动己。直己,是讲歌者要将言者(先王、列祖、贤臣)的德性融入自身,再自然地表现出来。动己,是讲歌者被言者的德行所感动,感动自己,然后感化他人。《乐记》对诗乐德性提出了要求。《周颂》歌颂历代先王,主要是周文王、周武王的功德,歌《周颂》者要宽静而柔正,有最高的德性,发出的德音,与言者的德行相匹配。《大雅》歌周文王、周武王、周宣王、周厉王、周幽王的事迹,歌颂对象都有盛德,歌《大雅》者要见识广博,思想通达,崇信周文化。《小雅》多为君王宴请群臣、使臣,兄弟、朋友故旧宴饮、遣戍役和劳役等场合表演的诗乐,歌《小雅》者要努力培植周礼的核心价值,确立君臣之间、群臣之间、父子之间的相处准则。歌《国风》者的德性要求比歌《周颂》《大雅》《小雅》者的要低一些,歌《国风》者要正直而静、廉而谦。《左传·襄公二十九年》对诗乐德性论、特别是歌《国风》的德性做了补充和丰富。歌《国风》者要贴近当地风俗传统,对当地人民的生活境遇深切同情:歌《周南》《召南》者要勤劳而不埋怨;歌《邶风》《鄘风》《卫风》者要忧虑家国,让人不使家国陷入困境;歌《王风》者要思念故土而不惧未来;歌《郑风》者要纤细柔弱、饱含对亡故同胞的怜恤与同情;歌《齐风》者要有大国风范与信心;歌《豳风》者要愉快而不放纵;歌《秦风》者要有胸怀天下的大格局;歌《魏风》者要大

---

① 钱穆:《中国文化导论》,生活·读书·新知三联书店1987年版。

气而委婉、简要而易行；歌《唐风》者要深忧远虑，深得尧的遗风；歌《陈风》者要哀婉悲切，深得舜的遗风。《商颂》保留了五代先王遗留的礼乐，要处事果断、待人仁义。周集成了黄帝以来的上古先王颂，辑录于《齐颂》中，歌《齐颂》者要温良、果断。这些德性可以在诗乐表演中习得。王阳明《传习录·教约》："凡习礼，需要澄心肃虑，审其仪节，度其容止。毋忽而惰，毋沮而作，毋径而野。从容而不失之迂缓，修谨而不失之拘局。久则礼貌习熟，德性坚定矣。"①

诗乐 4.《诗经·大雅·文王》，[宋] 熊朋来《瑟谱》

詩經 大雅 文王	首章 黃鍾宮 俗呼正宮	文王在上於昭于天周雖舊邦其命維新有周不顯帝	命不時文王陟降在帝左右	合四工尺五工尺工尺工尺工凡 黃大南林太南黃林南姑林南應應	二章 黃鍾商 俗呼石調	亹亹文王令聞不已陳錫哉周侯文王孫子文王孫子	本支百世凡周之士不顯亦世	五六凡勾尺一合四一合四凡 工尺凡勾尺一合四一四五	三章 大呂商 俗呼高大石調	世之不顯厥猶翼翼思皇多士生此王國王國克生維	周之楨濟濟多士文王以寧	尺工凡四一上尺工尺上 一四凡四五六凡四四尺上 林夷無無黃夷夾太無林仲夾 大夷無夾黃太林仲夾夾夷無林	四章 大呂宮 俗呼高宮	穆穆文王於緝熙敬止假哉天命有商孫子商之孫子
		周 古辭												

周以诗乐化性。周实现了礼乐由崇德向治心的重大转变，注重通过诗乐对表演者、接受者实施教化。周实施多层次、多角度的礼乐教化，使人和敬、和顺、和亲。诗乐可以明心见性，使人感知自己情绪的变化，再实施积极的干预、调节与提升。诗乐可以培植百姓的善心，快速而大量地养成人们和平、中庸、稳定的德性。诗乐使人温柔敦厚。诗乐的表演者必须自觉优化情性，不断提

---

① [明] 王阳明：《阳明全集》，明谢氏刻本，第 2 卷，第 129 页。

升德性,以与诗乐相适用。诗乐对接受者进行化性,实现深入、持久的教化功能,维护核心价值观。《周颂》《大雅》《小雅》诗乐使人志意得广、容貌得庄、行列得正、进退得齐,从诗乐、乐器、乐声、乐舞、乐容等方面体现周的"中和"的核心价值观,多角度、多层次实施情性教化。在朝廷宗庙展演诗乐,则使君臣和敬;在族长乡里展演诗乐,则使长幼和顺;在家庭闺门展演诗乐,则使父子和亲,最终达到万民亲附,天下大治的效果。《周颂》化性以中和,《商颂》《齐颂》化性以勇义,培养君子之德,提倡君子之风,引领良好的社会风气。《乐记》将以风化性分为六种情况:其一,国君昏聩,国力衰微,音乐低沉悲伤,亡国之音使人性情忧郁。其二,国君英明宽厚,国家殷富,音乐舒缓,治世之音使人性情安逸。其三,国君奋发有为,国家积极向上,音乐催人奋进,治世之音使人性情刚毅。其四,国君廉直刚正,国家风清气正,音乐庄严矜正,治世之音使人性情肃敬。其五,国君宽厚仁慈,音乐洪润流畅,治世之音使人性情慈爱温婉。其六,国君放纵淫乱,音乐萎靡不振,乱世之音使人性情淫乱。好的风气教化人民养成康乐、刚毅、肃静、慈爱的性情,差的风气则使人民养成忧虑、淫乱的性情。周以诗乐化性,进而化俗,构建立体的教化体系,从而实现社会的长治久安。

诗乐5.《诗经·大雅·皇矣》,[清]魏之琰《魏氏乐谱》

周以诗乐化俗。周用诗乐代替舞乐作为教化风俗的主要方式,取得了显著成效,维持了多年稳定的社会秩序。诗乐可以引导正确的感官,引导正确的认识和行为。诗乐可以使人认识到自己的情绪和情感,养成顺气与和气,培植稳定的优良的德性。诗乐可以调整夫妻间的关系,实现男女的和谐。诗乐可以调整君臣间的关系,实现上下的和谐。诗乐通过从上至下的风和从下至上的谏来教化风俗,使得小风俗统合为大风俗,旧风俗转化为新风俗。跟礼制、法制和行政比起来,诗乐更深入、更持久、更稳定,是最好的教化手段。

诗乐 6.《诗经·小雅·南山有台》,[明]朱载堉《乡饮诗乐谱》,[清]魏之琰《魏氏乐谱》

（南山有臺第三之上；間歌三終 凡六篇）

第一章：南山有臺,北山有萊。樂只君子,邦家之基。樂只君子,萬壽無期。
第二章：南山有桑,北山有楊。樂只君子,邦家之光。樂只君子,萬壽無疆。
第三章：南山有杞,北山有李。樂只君子,民之父母。樂只君子,德音不已。
第四章：南山有栲,北山有杻。樂只君子,遐不眉壽。樂只君子,德音是茂。
第五章：南山有枸,北山有楰。樂只君子,遐不黃耇。樂只君子,保艾爾後。

四、《诗经》乐谱的补度

康熙《御制历代诗余序》:"诗本于古歌谣,词本于周诗三百篇,皆可歌。凡散见于《仪礼》《礼记》《春秋》《左氏传》者,班班可考也。"①《诗经》早期记谱法应为声曲折谱。词谱是根据声气和音韵制作的。《汉书·艺文志》著录有:《河南周歌诗》七篇与《河南周歌诗声曲折》七篇;《周谣歌诗》七十五篇与《周谣歌诗声曲折》七十五篇。著录两两对应,前者为词,后者为谱。遗憾的是,周代《诗经》的乐谱早已佚失。全东汉末年,《诗经》乐谱仅存《鹿鸣》《驺虞》《伐檀》《文王》四篇。魏明帝时,《诗经》乐谱仅存《鹿鸣》一篇。到晋时,《诗经》古乐谱遗失殆尽。

诗乐 7.《诗经·小雅·鹿鸣》,[宋]朱熹《仪礼经传通解》

朱熹《仪礼经传通解》所收《风雅十二诗谱》,是目前所见最早的《诗经》乐谱、律吕字谱和雅乐乐谱。《风雅十二诗谱》包括 12 首诗乐谱,6 首小雅诗谱(《鹿鸣》《四牡》《皇皇者华》《鱼丽》《南有嘉鱼》《南山有台》),皆用黄钟清宫,俗

---

① [清]沈辰垣、王奕清等奉敕编:《御制选历代诗余序》,清文渊阁四库全书本。

呼为正宫调;国风诗谱 6 首(《关雎》《葛覃》《卷耳》《鹊巢》《采蘩》《采苹》),皆用无射清商,俗呼为越调。朱熹说:"此谱乃赵彦肃所传,云即开元遗声音也。古声亡灭已久,不知当时工师何所考而为此也。诗词之外,应更有叠字散声以叹发其趣。故汉、晋之间,旧曲既失其传,则其词虽存而世莫能补,为此故也。若但能此谱直以一声叶一字,则古诗篇篇可歌,无复乐崩之叹矣,夫岂然哉!又其以清声为调,似亦非古法,然古声既不可考,则姑存此以见声歌之仿佛,俟之乐者考其得失之。"①《宋史·乐志》载:"熹定锺律、诗乐、乐制、乐舞等篇,汇分于所修礼书中,皆聚古乐之根源,简约可观。"②

诗乐 8.《诗经·周颂·清庙》,[宋]熊朋来《瑟谱》

熊朋来《瑟谱》收入《诗经》乐谱 32 首,卷二《诗旧谱》收入赵彦肃所传《开元诗谱》12 篇:《鹿鸣》《四牡》《皇皇者华》《鱼丽》《南有嘉鱼》《南山有台》《关雎》《葛覃》《卷耳》《鹊巢》《采蘩》《采苹》。卷三收入《诗新谱》20 篇:《驺虞》《淇奥》《考槃》《黍离》《缁衣》《伐檀》《蒹葭》《衡门》《七月》《菁菁者莪》《鹤鸣》《白驹》《文王》《抑》《崧高》《烝民》《清庙》《载芟》《良耜》《駉》。《诗经》乐谱不再用于祀飨,而是用于文人之间的吟咏。"旧谱专为乡饮而作,堂上之诗皆黄锺宫,堂上下合奏者,皆无射商。今所谱之诗,或取其有益于身心、可资于学问,或以道古,或以求志。诗既不同,律调亦异,所谓律调者,特旋宫异名,使五声十二律周遍,其实皆黄锺也。声音之道,变动周流,宫调可以音求,亦可以义起。祀飨之诗,或从其月律;比兴之诗,或因其物性。惟所用之苦,夫诗之所以动天地感鬼神者,不徒以其辞,而以声音。故朱文公于集传,必详及其协音至弦瑟而益信之。今为瑟谱,先之以风雅颂,仍以雅律通俗谱,使肄者可按

---

① [宋]朱熹:《仪礼经传通解》日本宽文九年(1669)刻本,第 17 册。
② [元]脱脱:《宋史》,中华书局 1977 年版,第 3064 页。

谱而求声,并附释奠乐章,而补定其谱。"①

诗乐 9.《诗经·周南·桃夭》,[明] 吕枏《诗乐图谱》

| 桃夭三章章四句 | 六五四三四五四三阴一阳一 | 之(六清)子(工南)于(尺林)归(上仲)宜(工南)其(尺林)家(合黄)人(四太) | 阳一三四三阴一阳一 | 桃(四太)之(上仲)夭(上仲)其(合黄)叶(四太)蓁(上仲)蓁(四太) | 六五四三四五 | 之(六清)子(工南)于(尺林)归(上仲)宜(工南)其(尺林)家(合黄)室(合黄) | 阳一四三四阴一三阳一 | 桃(四太)之(合黄)夭(上仲)夭(尺林)有(工南)蕡(尺林)其(上仲)实(四太) | 三四三五四三 | 之(上仲)子(尺林)于(工南)归(尺林)宜(上仲)其(工南)室(尺林)家(合黄) | 阳一三六五四三 | 桃(四太)之(合黄)夭(上仲)夭(上仲)灼(六清)灼(工南)其(尺林)华(上仲) |

吕枏等编撰的《诗乐图谱》系自度曲,收入 81 首,包括《周南》6 首、《召南》6 首、《鄘风》2 首、《卫风》2 首、《郑风》2 首、《齐风》1 首、《魏风》1 首、《秦风》3 首、《豳风》4 首、《小雅》25 首、《大雅》13 首、《周颂》12 首、《鲁颂》1 首、《商颂》1 首。吕枏说:"《诗乐图谱》者,取《诗经周南关雎》以至《商颂玄鸟》可歌之诗八九十篇,被之八音,以为图谱者也。夫此诗乐,自周室盛时奏于郊庙朝廷,颂声大着,汉唐以来俗乐聿兴新声代作,而三百篇之雅音绝向矣。洪惟我圣天子龙兴以来,敦崇古道,脩明礼乐,一时俊髦,罔不思奋。枏自莅任以来,仰承德意,偕其僚童,司业课艺,诸士习行仪礼内有用乐之处,选知音监生卫良相等,率其友百余人,取前诗篇目,每歌咏,谐之音律。未及期年,卫良相拎前诸诗皆能画图定谱,除钟皷枕敲之外,列为六调:一曰锺磬调,二曰琴调,三曰瑟调,四曰笙调,五曰箫笛调,六曰埙篪调。"②

---

① [宋] 熊朋来:《瑟谱》,清文渊阁四库全书本,第 1 页。
② [明] 吕枏:《诗乐图谱》,明嘉靖十五年国子监生周大有等刊本,第 1 页。

《诗经》乐谱叙论

朱载堉《乡饮诗乐谱》收入18首。朱载堉说："古诗存者三百余篇,皆可以歌。而人不能歌者,患不知音耳。苟能神解意会,以音求之,安有不可歌之理乎？臣尝取三百篇诗一一弦歌之,始信古乐未尝绝传于世。但人自画,不求之以音耳。兹谱但录二南、小雅数十篇,而大雅、三颂不着于谱何也？盖大雅及颂皆朝会郊庙之乐,非士庶所通用。其小雅若《天保》《彤弓》诸篇亦然,惟二南古称为乡乐,可以用之乡人矣！"① 朱载堉《乡饮诗乐谱》律吕字谱18首：《诗经·小雅·鹿鸣》《诗经·小雅·白华》《诗经·小雅·崇丘》《诗经·小雅·华黍》《诗经·小雅·皇皇者华》《诗经·小雅·南陔》《诗经·小雅·南山有台》《诗经·小雅·南有嘉鱼》《诗经·小雅·四牡》《诗经·小雅·由庚》《诗经·小雅·由仪》《诗经·小雅·鱼丽》《诗经·周南·采蘩》《诗经·周南·采苹》《诗经·周南·葛覃》《诗经·周南·关雎》《诗经·周南·卷耳》《诗经·周南·鹊巢》。

诗乐10.《诗经·周南·关雎》,[清]魏之琰、魏皓《魏氏乐谱》(日本存留版本)

<!-- 乐谱图表（竖排，自右至左） -->

---

① [明]朱载堉：《乐律全书》,清文渊阁四库全书本,第36卷,第1页。

日抄《魏氏乐谱》收《诗经》乐谱33首,多转译自宋、明乐谱:朱熹《仪礼经传通解》律吕字谱转工尺谱《风雅十二诗》12首,朱载堉《乡饮诗乐谱》律吕字谱转工尺谱18首,另有3首:《诗经·周南·关雎》《诗经·大雅·皇矣》《诗经·周颂·思文》。

诗乐11.《诗经·魏风·伐檀》,[清]永瑢、邹奕孝《钦定诗经乐谱全书》

彼君子兮不素餐兮	胡瞻爾庭有縣貆兮	不狩不獵	胡取禾三百廛兮	不稼不穡	河水清且漣猗	寘之河干兮	坎坎伐檀兮	詩經 魏風 伐檀
								周 詩經

永瑢、邹奕孝编纂的《钦定诗经乐谱》总计原诗203篇,增入御制补笙诗6篇,凡310首。箫、笛、钟、琴、瑟凡1555首,是古代最全面的《诗经》乐谱。乾隆《诗经乐谱序》:"命诸皇子及乐部大臣定《诗经》全部乐谱,谕。朕向披阅明朱载堉《乐律全书》所载乐谱,内填注五、六、工、尺、上等字,并未兼注宫、商、角、征、羽,而于《雅》《颂》《烝民》《思文》诸诗以时俗豆叶黄等牌名小令分谱,未免援古而入于俗,又所著琴谱,一弦之内,用正应和,同四声,长至十六弹,不胜其冗。而一音之中,已有抑扬高下,是徒滋繁缛而近于靡曼,有类时曲。曾经

降旨交乐部皇六子永瑢及德保邹奕孝等将朱载堉《乐律全书》内疏漏歧误之处,详晰订正,分列各条载于本书提要之后,以垂永久,而昭雅正。因思诗三百篇皆可歌咏者也,魏晋时尚有《文王》《鹿鸣》等四章,但未著宫调,学者茫然不知耳。而朱载堉《诗谱》又固执周诗不用商声之说,以角调谱《国风》,征调谱《小雅》,宫调谱《大雅》,羽调谱《周颂》,而专以商调谱《商颂》。夫商调乃宫商之商,非夏商之商也,此其穿凿拘墟,不待辨而自明,岂足与言五音述三百哉。且古乐皆主一字一音,《虞书》依永和声,虽有清浊长短之节,合之五声六律,祇于一句之数字内,分抑扬高下不得,于一字一音之内,参以曼声,后世古法渐湮,取悦听者之耳,多有一字而曼引至数声,此乃时俗伶优所为,正古人所讥'烦手之音',未足与言乐也。从前,朕亲定中和韶乐,细绎钦定《律吕正义》,考订精审,皆主一字一音,实为古乐正声,永当遵守。……朱载堉所谱又复杂以俗调,或自行杜撰,不可为训,所当详加订正,叶之宫商,俾操缦安弦之士,皆得矢诗遂歌,更足以昭复古。着派皇子等会同乐部大臣,悉心精核其诗篇,内应用某宫某调者,俱着详审文义,定为某宫调。仍于各谱骈注七音字样,汇成一书,俾四始、六义之文,皆可歌咏。分刌节度,悉符正始元音,庶几考古而益进于古,以副朕条理。集成引俗入古,至意将来,书成时名之曰《诗经乐谱全书》,并将此旨弁于简端,亦不必重为之序矣。特谕。"

五、结　　语

周传承了先王的祭祀音乐,制作了《周颂》和大部分《大雅》,歌颂周历代先王、周文王、周武王的功德,作为立国之本。周在继承尧、舜燕乐的基础上,制作了《小雅》和部分《大雅》。周收各宗族老百姓的古老民歌以及周各地遗民的新民歌,辑成风。周将歌诗与礼制相配合,实践与理论相配合,创立新的乐制。《诗经》表演,器乐开场,声乐继之,整齐划一,声音雅正。声乐与器乐密切配合,以声歌、丝弦、吹管为主,有工歌、笙奏、间歌、合乐四种形式。《诗经》体制包含乐教、乐音、乐器、乐舞等职部。《诗经》表演与礼紧密结合,寓意君臣之教、父子之教、上下之教。风反映各族老百姓的真情实感,周据以考察百姓意愿与官员政绩。东周春秋末期衰弱,歌诗流失严重,孔子对《诗经》做了整理,形成了《诗经》乐谱。《诗经》记谱法应为声曲折谱。《诗经》在不同的礼仪场合展演,陶冶情操,教化风俗,规范行为,统一思想,获得了老百姓的支持,大大巩固了周的统治基础,维护了周政权的长期稳定。《诗经》乐谱历代都有补作,朱熹《仪礼经传通解》收入12首,熊朋来《瑟谱》收入33首,朱载堉《乡饮诗乐谱》收入18首,吕柟《诗乐图谱》收入81首,《钦定诗经乐谱》收入310首,另有大量古琴《诗经》乐谱。

作者简介:杨赛,文学博士,上海音乐学院研究员,博士研究生导师。兼任西安音乐学院教授、安徽艺术学院教授、四川音乐学院研究员。主要研究方向为中国音乐文学、中国音乐美学、中国音乐史学和艺术学理论。出版专著《中国音乐文学》《先秦乐制史》《中国音乐美学原范畴研究(中、英文版)》等。主编《中国历代乐论选》《中华古谱诗词丛编》《中华古谱诗词精粹》《中华古谱诗词歌曲精选》《中华古谱诗词传承与整理(多媒体)》《演讲与口才教程》等。

(本文系国家社科基金艺术学重大项目中国传统古谱研究(编号:22ZDB)阶段性成果,上海音乐学院2024年度校级科研课题资助《诗经》乐谱整理与研究项目成果)

下编 瓯江论诗

挖掘瓯江山水诗路秘境
——以新时代文化思想统领瓯江诗派诗词入史

郭星明

一、问题的提出

在2023年6月2日召开的文化传承发展座谈会上,习近平总书记谈道:"文化关乎国本、国运,我一直在思考推进中国特色社会主义文化建设、建设中华民族现代文明这个重大问题。"习近平总书记用"连续性""创新性""统一性""包容性""和平性"这五个突出特性为中华文明"精准画像",为新时代中国特色社会主义文化建设,特别是为中华诗词这一中华优秀传统文化实现创造性转化和创新性发展,指明了清晰的路线和科学的方向。

2022年1月11日,中华诗词"中国现当代文学史"编撰工作会议在北京中国现代文学馆召开。3月4日,全国政协委员、民进中央委员、中国美术出版总社原总编辑林阳提交了关于推动"当代诗词入史"的提案,建议将"当代诗词入史"作为重点工程,并由国家出版基金资助《中华当代诗词文库》出版。在众多诗家、史家和文学家的共同努力下,"当代诗词入史"已经是一个呼之欲出的时代命题。

瓯江诗派,指新时代活跃于浙江丽水地区,在古典诗词领域奋勇有为的一群诗词创作者、研究者和传播者。2016年以来,他们吟帜高张,围绕古典诗词的创作、研究和运用,做了大量开创性的工作。时至今日,这一诗派已然蔚然崛起于浙西南,成为浙江四条诗路文化带中最有现实影响的代表,为浙江诗词走向全国作出了重要的贡献。

二、瓯江诗派诗词入史的重要意义和指导思想

在中华诗词入史的时代呼声背景下,瓯江诗派作为一个在全国发挥重

要影响的诗学流派,其对推进诗词入史的作用日益凸显。钱穆在点评中国古代政治制度时曾说:"历史意见,指的是在那制度实施时代的人们所切身感受而发出的意见。这些意见,比较真实而客观。"①政治史是这样,文化史也是这样,有什么能够比当代人叙述当代诗词的复兴繁荣更有切身的感受呢?清代龚自珍也说:"欲知大道,必先为史""灭人之国,必先去其史""欲灭其族,必先去其史。"(《定庵续集·古史钩沉二》)面对蓬勃发展的时代诗词大潮,我们不能视而不见、听而不闻!

在文学史上,诗词史是一个独立的篇章,在诗词史中,地方诗词史则是一个重要的门类。瓯江诗派的"诗词入史"工作应当遵循马克思主义唯物史观,以习近平文化思想为重要指导,按照出作品、出流派、出主张、出地位和出方向的"五出"要求,正确处理好新时代瓯江诗派在瓯江山水诗路发展历史上的连续性、创新性、统一性、包容性、和平性五个特性,真正把瓯江诗派建设成经得起历史和实践检验的、为老百姓所喜闻乐见的、具有中国作风和中国气派的新时代诗派。

三、瓯江诗派的诗风特点

我曾在2017年8月的首届诗词理论暨瓯江诗派研讨会上提出,瓯江诗派诗风的特点是"淳和雅切",分别从"瓯江诗派传承晋唐风格""创作主体是讴歌者又是建设者""淳和雅切诗风初显"三个方面进行了初步论述。2019年的"丽水市瓯江山水诗路暨瓯江诗派论坛"上,我再次论述了瓯江诗派"淳和雅切"的诗风,把这一诗风与淳朴民风、和谐生态、高雅人生、切近实际这四个方面联系起来,作了进一步的探讨②。时至今日,我仍然认为,"淳和雅切"是瓯江诗社所独有的诗风特点。

瓯江流域千百年来生生不息、绵延不绝的淳朴民风是其诗风根源。从谢灵运的石门系列诗,到孟浩然、李白、王维、陆游、朱彝尊等历代著名诗人悠游于瓯江山水,再到当代的中华生态诗,充分证明了瓯江诗派所主张的中华生态诗具有自我发展、回应挑战、开创新局的文化主体性与旺盛生命力,是中华文

---

① 钱穆:《中国历代政治得失》,生活·读书·新知三联书店2001年版,第6页。
② 郭星明:《染满春光又染秋——再论瓯江诗派的淳和雅切》,周加祥:《瓯江论诗》(第二辑),中国书籍出版社2021年版。

明连续性的重要表现。

平和的诗风是与中华文明突出的和平性相联系的。2023年6月,习近平总书记在北京出席文化传承发展座谈会时指出:"和平、和睦、和谐是中华文明五千多年来一直传承的理念,主张以道德秩序构造一个群己合一的世界,在人己关系中以他人为重。"瓯江诗派诗风所展示出来的"和谐在中华优秀传统文化、革命文化、社会主义先进文化的发展进程中是一脉相承的,是中华民族伟大复兴进程中的凝聚力和黏合剂。"①

雅致的诗风和高雅的人生相结合,既显示出中华文明的包容性,又是瓯江诗派及其山水诗路吟帜高举,为老百姓所喜闻乐见的重要动力。"各美其美,美人之美,美美与共,天下大同",为了让瓯江走出浙江,走向全国,乃至走向世界,瓯江诗派的诗人以其宽阔的胸怀,让诗词曲这一高雅的艺术形式大踏步地进学校、进社区、进企业、进农村,以诗性文化独特的灵性和魅力影响提升人民的精气神。

贴切的诗风展现的是中华文明的统一性和创新性。从谢灵运的山水诗,到王维、孟浩然的田园诗,再到瓯江诗派的中华生态诗,这些作品始终贯彻天人合一、多元一体的大一统思想,即不仅人和人之间要团结统一,人与自然也要实现和谐相处。同时,这种理念又和时代的变化紧密相通。具体来说,在以创新为支撑的历史进程中,我们不仅需要注重物质文明的创造,也需要丰富精神文明。瓯江诗派所谓"关于人、社会、自然三者及其相互关系的诗"就能很好地丰富人们的精神生活。因此,我们应当精选一批瓯江诗派"淳和雅切"的诗作,汇编成册,从存史和诗教两个方面,切实将瓯江诗派的诗风传播开去,存之后世。

四、瓯江诗派的诗人特质

随着诗词事业的复兴和繁荣,以及群众对诗派了解的不断深化,瓯江诗派从最早活跃在诗坛的"瓯江五子",到现在已经蔚然壮大到市、县(区)、乡(镇)、村四级数千人的队伍,其中不乏年轻有为的新生力量,形成了老中青三代传承有继的喜人现象。以叶志深、周加祥、虞克有、傅瑜、蓝贤寿等为核心的老一辈瓯江诗人,依然是诗派的中坚力量,发挥着承上启下、引领社会文化风尚持续

---

① 郭星明:《染满春光又染秋——再论瓯江诗派的淳和雅切》,周加祥:《瓯江论诗》(第二辑),中国书籍出版社2021年版。

向好的重要作用;以夏莘根、叶锡华、吴岳坚、吴宗祥、徐玉梅、叶传凯、楼晓峰等为代表的主力军,推动着瓯江流域诗词事业生生不息地向前发展;以吴莉梅、金丽红、姚传标、董影娥、曹荐科等为代表的新生力量,为瓯江诗派的发展壮大、薪火相传提供了可靠的后备力量。可见,瓯江诗派金字塔式的诗词人才架构已经布局并发挥着重要的作用,老中青结合的诗派梯次队伍也已形成,可以在今后五十年乃至更长时间里让瓯江诗派葆有蓬勃的青春活力。

在这样一支充满朝气的诗人队伍中,老一辈诗家的诗作精品自不待言,前已评述多次,不再赘述。新一代诗人在淳和雅切的诗派总体风貌下,也呈现出了各自独特的特质。

董影娥,一位遂昌乡间的女散曲家,她以散曲的大俗彰显诗派的大雅,贴切地展示了瓯江山水的乡村风貌,体现出独特的风韵。比如:

[北中吕·红绣鞋] 农家院的中秋夜(新韵)

皎皎云天之上,小村静谧安详,晚风吹起稻花香。

中秋明月夜,老少纳新凉,听虫儿亮嗓。

前三句铺垫,状写的是乡村的一般风景,后三句道情,将"稻花香里说丰年"的愉快情绪,纳入静谧的新秋凉夜的闲适中,"中秋明月"是背景,"老少纳凉"是场景,"虫儿亮嗓"其实表达的应是"人儿亮嗓",但却是不着一字,以俗状雅,饶有趣味,尽得风流。

楼晓峰,近年来苦练楹联创作,在属对撰联方面屡有成就,在他的七律中二联上可窥见一斑:

北斗崖一览(新韵)

远上高坪瞻北斗,通天索道一登临。雄峰雾列三千丈,峻瀑云垂百万寻。

旷谷徘徊疑虎啸,群峦震荡讶龙吟。苍霄此去知何许,指点星辰若比邻。

北斗崖,一处丹霞地貌胜地,引来无数的游人,是丽水瓯江山水诗路文化带的重要景点之一。山势本身雄伟险峻,诗人的描绘也十分贴切到位,最后一句道出景名的涵义所在,颇具匠心。中二联属对工整,峰瀑呼应,虎吟龙啸,气象雄峻,很见功力。

在瓯江诗派的人才中,我们还高兴地看到丽水市新一代地方领导人也成了瓯江诗派的重要一员,在此引用梁海刚先生的一首诗:

卯　山

桃源深处古仙家,怪石如松隐碧霞。高士曾来骑白羽,凡夫岂解养丹砂。
千年遗迹三碑勒,百事无成两鬓华。岂忍苍生愁旱渴,天师一怒斩蛟蛇。

卯山是瓯江流域一处留下炼丹、试剑美誉的神奇之山,海刚先生(丽水市松阳县县长)的诗首联以桃花源作比起兴,一下将读者的思绪引入到了丽水绿谷的幽隐之地;颔联承以神话,运用"高士""白羽""凡夫""丹砂"一系列意象,骋思高远,造境幽深;颈联借唐朝叶法善家族三碑古迹铭勒保护,感慨时事之沧桑;尾联通过试剑石之景观遗存,联想到这是古人为了帮助"苍生"解决"旱渴",而"怒斩蛟蛇",气魄一何雄,志向一何大,举止一何善。作者并没有为自己的诗贴上任何的标签,然而诗中所显现的珍爱自然、为民请命的文字意境,不正是中华生态诗所提倡的"关于人、社会、自然三者及其相互关系的诗"吗?淳和雅切,一以贯之,君若不信,不妨到卯山作仙游一观。

这些多姿多彩的诗词创作,无不带有诗人特定的历史印记,也与他们的生活阅历、文学主张、成长经历等有着密切的关系。按照马克思主义唯物史论的观点,这是把习近平文化思想同丽水具体实际、同中华优秀传统文化相结合的具体实践,同时也展示了瓯江诗派整体面貌的一个侧面。因此,需要在面上推动的基础上,加以认真地总结和遴选,为诗人创造成长氛围,同时立体地塑造出瓯江诗派的整体群像。

五、瓯江诗派的诗论特色

瓯江诗派成立了自己的研究会,至今已经编辑出版了三辑《瓯江诗论》,连同诗人众多的诗集,形成了瓯江诗派创作研究一片繁荣的新景象。在诗论主张上,首屈一指的是瓯江诗派研究会首席研究员叶志深先生。2016年以来,叶先生持续地关注并研究了晋唐山水诗—唐宋田园诗—中华生态诗的历史发展脉络,创造性地提出了"中华生态诗"这一崭新的概念,并为之编纂诗集,开设讲座,联珠缀璧,使得瓯江诗派的诗论主张、轮廓逐渐清晰,中心更加突出,为当代诗词的丽水版本提供了一个很好的注脚。

叶先生的诗论主张经历了从"看山是山,看水是水"到"看山不是山,看水不是水",再到"看山还是山,看水还是水"的哲学思辨过程。在丽水市首届诗词理论暨瓯江诗派研讨会上,他在论文《试论山水诗在丽水的传承、发展和创新》中初步提出了"生态山水诗"这一瓯江诗派所特有的诗品特征。他就丽水诗人的前期诗作,包括他自己的诗作,概括梳理了三个特点:一是为丽水而创作,二是以山水为题材,三是彰生态之精彩,因而初步提出了生态山水诗这一新命题。在第二届瓯江山水诗路暨瓯江诗派论坛上,他再次发表研究文章《瓯江诗派与生态诗》,提出"瓯江诗派从一开始就明确有自己的文学主张,这就是生态诗,原称为瓯江生态山水诗"。文章指出:"山水是生态的重要因素和组成部分,但不是生态的全部,广义上的生态已包含了山水在内"。从这一基本立论出发,他围绕丽水"中国生态第一市"这一独特的历史机缘,极为精辟地发掘了生态诗形成的社会、自然和人文背景。

经过数年的思考,叶先生在第三届瓯江山水诗路暨中华生态诗高峰论坛上,又一次提出《"四诗共荣"之我见》。他跳出瓯江看瓯江,跳出丽水看丽水,跳出生态诗看生态。正如其文所言:"'四诗'指当前在丽水大地上同时打造一条瓯江山水诗路,创建一个瓯江诗派,书写一种生态诗,开展一项中华诗词之市建设工作"。可见,瓯江诗派的诗论主张要从"中国生态第一市"进一步迈向"中华诗词之市",这是一次环境生态到诗词文化的跃迁,是一次山水田园诗到中华生态诗的跃迁,是一次尺寸之地小圈子到家国情怀大舞台的跃迁,是一次物质富裕到精神富有的跃迁,是一次现代化先行到文化先行的跃迁,是一次从丽水向浙江进而向全国的跃迁。

除此之外,瓯江诗派的其他论家也就"瓯江山水诗路"及其诗派的研究提出了自己独到的见解,如叶传凯的《瓯江诗派形成的基本条件和创建思路》、周加祥的《浅议瓯江诗派及其文化品牌效应》、楼晓峰的《试论"瓯江诗派"的时代担当》、叶锡华的《浅谈瓯江山水诗路与丽水大花园建设之关系》、夏莘根的《试述瓯江诗派与时代精神》等。这些文章不仅是多角度全方位地展示瓯江诗派命题提出以来的发展成果,更是对古代山水田园诗的创造性转化和创新性发展。当务之急,我们应当对这些诗论主张和观点进行汇总编纂,思辨提高,经过提炼形成能够引导社会舆论,成为史家认可的诗史结论。

六、瓯江诗派的诗功特表

瓯江诗派在浙江省四条诗路文化带的形成和建设上，以自己的实际行动，确立了一个诗派在社会发展中的重要地位。2019年，浙江省人民政府在酝酿《关于印发浙江省诗路文化带发展规划的通知》（浙政发〔2019〕22号）之前，曾经在一定范围内征求过意见，当时只有"浙东唐诗之路、大运河诗路和钱塘江唐诗之路"三条诗路文化带。浙江省诗词楹联学会除了对"钱塘江唐诗之路"有异议外，鉴于瓯江诗派当时已经取得的成就，另一条重要意见便是"不能少了瓯江山水诗路"。这一意见被有关工作人员迅速反馈给丽水市诗词楹联学会和瓯江诗派研究会。因此在众人的共同努力下，最终出台的《浙江省诗路文化带发展规划》包含了"浙东唐诗之路、大运河诗路、钱塘江唐诗之路、瓯江山水诗路"的四条诗路文化带。可以说，2016年就发力的瓯江诗派及其中华生态诗研究，快人一招下了一步先手棋，使"瓯江山水诗路"大放异彩。这是瓯江诗派在当代文化和旅游史上确立地位的重要一步。瓯江的山水会牢记这一刻时代的荣光，丽水的历史也会牢记这一群书写未来的诗人。

人们常说，有作为才会有地位，一个诗派的历史地位和社会地位，不是叫出来的，而是干出来的、写出来的。自瓯江诗派倡议提出以来的七年间，丽水诗人办培训、搞诗赛、创诗乡，十分注重诗词运用，配合市委市政府的中心工作，开展了许多有意义的活动，引领中华生态诗创作进入了鼎盛时期，清晰地向人们展示了丽水生态诗和古代山水诗之间的传承和发展关系，揭示了瓯江诗派的诗词从一个高峰走向另一个高峰的历史必由之路。以丽水市松阳县为例，当地十分重视挖掘历史文化底蕴，于2021年对外开放张玉娘诗文馆，向游客展示南宋女词人张玉娘生平及其艺术成就，并结合现代数字技术，沉浸式、互动式、立体式地渲染文化和旅游相结合的传播功效，实现了山水之美和人文之美的完美统一。

2021年，我曾借瓯江诗派论坛之机，向丽水市委市政府提出六条建议：一是统筹丽温两地，以瓯江山水诗路为纽带实现强强联合；二是统筹政府发展改革规划工程建设等部门与文旅部门联系；三是统筹推进、普及和优化诗词联曲歌赋等作品的社会运用；四是统筹人才储备和资金运用，人有事做，事有人做；五是统筹服务国内生产总值（GDP）和生态系统生产总值（GEP）较快增长，重视诗性元素的数字应用;六是统筹揭示人、社会、自然共生关系,宣传共同富裕示范区。让人欣慰的是,这些建议部分已经落实,为推动当地的社会发展起到了积极的作用。

七、结　　语

综上所述,瓯江诗派的创造性实践,与丽水市社会文明发展同频共振,已然成为新时代以来丽水市的历史见证和时代晴雨表。瓯江诗派未来的发展方向是努力做好丽水诗词当代史的史学总结,为后世留下可资借鉴的宝贵文化财富。因此,我建议丽水市委市政府有关部门要进一步重视诗词入史的工作,按照建设中华民族现代文明的要求,牢牢把握"连续性""创新性""统一性""包容性""和平性"五个中华文明突出特性,把诗词入史当作一项重大文化工程来抓,结合其他文学艺术门类,立项编纂《丽水当代诗词文学史》,作为全面反映丽水地区国民经济和社会发展的重要文化史料。具体建议由丽水市委牵头开展以下工作:

第一,以时间为经,以县(区)、乡(镇)、村为纬,正确划分新时代丽水诗词文学发展的时代脉络(断代)和区域特征(分区),在此基础上确立《丽水当代诗词文学史》的体例并作适当地分工。

第二,在习近平文化思想的指导下,组织创作团队成员认真学习和了解掌握新时代以来丽水地区国民经济和社会发展的重大成就,以此作为诗词文学史的重要史纲。

第三,鼓励县乡党校和社会主义学院选编当代诗词文学读本,把它作为干部继续教育的选读书目,旨在联系实际,了解丽水国民经济和社会发展的历史进程。同时,有条件的地方,该读本可用于教师继续教育和学生课外学习。

第四,在各县(区)、乡(镇)、村诗词文学读本基本完备的基础上,按照历史的经纬度,结合丽水时代发展的重大进程,分人物、事件、地域三部分编写《丽水当代诗词文学史》,并合成总集,邀请相关专家进行论证和完善。

第五,再以《丽水当代诗词文学史》为总纲,组织选编《瓯江诗派作品选》,力图全面展现新时代以来丽水地区诗词创作、评论、运用与丽水社会发展同步共振辉煌史实,真正发挥诗史的作用。

第六,把《丽水当代诗词文学史》作为丽水地区党政干部的重要学习读本,通过诗词文化,了解丽水发展的过去和现实,从中得到有益的借鉴,筹谋规划好未来的蓝图。

第七,以瓯江诗派的发展壮大为示范,探索诗词入史的成功之路,向世界讲好中国故事,向全国展示浙江方案,向浙江提供丽水版本,为当代中华诗词入史提供可供借鉴的案例。

作者简介:郭星明,浙江杭州人,博士,教授,现任中华诗词学会理事兼散曲工委委员、浙江省诗词楹联学会副会长兼散曲工委主任、浙江省之江诗社社长。

论兰亭诗、山居诗到生态诗的发展

赵安民

流觞曲水领风骚,生态繁华别样娇。

绿水青山依旧在,千年再看浙江潮。

"东南形胜,三吴都会,钱塘自古繁华",浙江这块地方,不仅有自然山水的繁华,更有文化艺术的繁华。说到文化艺术,我就知道书法诗词的圣地兰亭就在浙江绍兴,而山水诗鼻祖谢灵运创作山水诗的地方就在浙江永嘉,富春江畔。

王羲之(303—361)的《兰亭序》被誉为"天下第一行书",也是古文名篇。发生在浙江绍兴兰渚山下的这次兰亭雅集活动,是历史上最著名的雅集活动。曲水流觞,饮酒赋诗,当时参与雅集的四十多人所写的三十多首兰亭诗,却很少为人所知。研究中国诗歌史,兰亭诗的地位却十分关键,在东晋到南朝宋齐的近200年间,不仅产生了玄言诗、山水诗,而且出现了由玄言诗向山水诗过渡的玄言山水诗——兰亭诗。兰亭诗虽然艺术高度有限,但是其作为诗歌发展历史上的一个小环节,不仅因为《兰亭序》书法的巨大影响而为人所知,当时其对于诗歌发展的小小衔接作用,就玄言诗到山水诗之间的衔接而言也有一定的意义。兰亭雅集本来就在山水之间——"此地有崇山峻岭,茂林修竹,又有清流激湍,映带左右。"此时此地所写此诗焉能不写山水之乐?袁行霈主编的《中国文学史》评价兰亭诗:"兰亭诗无论是写山水还是写玄理,艺术水平都不高,但标志着诗人已开始留意山水审美,并从山水中体悟玄理。这种尝试预示着山水诗将要兴起。"

谢灵运(385—433),中国山水诗鼻祖,出生于会稽(今浙江绍兴)。从谢灵运开始,中国山水诗成为中国文学史上的一大流派。东晋穆帝永和九年(353)王羲之创作兰亭诗,三十年之后,谢灵运诞生在兰亭雅集所在的会稽,其创作山水诗的地方就在浙江地界内。东南形胜,人文渊薮。浙江省发扬历史传统,推动诗词文化创造性转化与创新性发展,在大花园中发起"四条诗路"建设。丽水市则发起对生态诗词的创作与研究,连续举办的全国性生态诗词论坛活动就是对传统山水诗的延续和大力拓展,本地诗人创作了大量山水诗、生态诗,同时也邀请全国诗友到丽水进行体验与采风创作、研究,取得了巨大的成绩,在当今中华诗词文化创造性转化与创新性发展的大潮中,丽水勇立潮头,引领风尚,可喜可贺。

在这次丽水市松阳县举办的第四届生态诗词论坛上,我拜读了松阳诗人梁海刚先生的《松庐诗词选粹》中数十首作品,其中的"山居杂咏"系列作品颇引人入胜。关于诗人到底一共写过多少首山居诗不得而知,在《松庐诗词选粹》所收录的几十首作品中,占据比重最大的一类作品就是"山居杂咏"系列,这里仅举一例与读者共享:

山居杂咏

山中何所事,随处赏莺花。
涧底听松籁,林间看绮霞。
新尝桑落酒,缓煮赵州茶。
岭上生圆月,应同照海涯。

这首五律诗以典雅之笔触描绘了山居生活的画卷,展现了自然风景之丰富多彩与人的活动之生动有趣,令人羡慕,引发无尽遐思。2023年10月13日,我到上海大学参加首届全国诗词艺术与科学精神研讨会。在14日上午的院士诗词分享会上,中国科学院院士吴硕贤先生在其分享报告中提出了关于古代诗歌描绘景象的"三景"(声景、香景、光景)分类概念,这首五律诗"三景俱全","涧底听松籁"是声景,"新尝桑落酒,缓煮赵州茶"是香景,"赏莺花""看绮霞"和"岭上生圆月,应同照海涯"则是光景,分析为"三景",但实际上人的感觉是互有相通、连类无穷的。听到松籁时,那漫山遍野的松树在风中摇曳的景象自然出现在脑际;而"新尝桑落酒,缓煮赵州茶"则不仅让人感觉到酒香、茶味的香景,亦可想象到玉液琼浆在杯中荡漾、火舔茶壶及茶汤轻沸的光景,或许还能感受到火舔茶壶、茶汤轻沸、倒酒筛茶、碰杯喝茶等多种声景。这首诗的尾联虽有唐代张九龄《望月怀远》中的名句"海上生明月,天涯共此时"的影子,但经作者化裁则契合山居主题,居住山中所见明月自然是从山岭上升起,作者

下编 瓯江论诗

以推己及人的仁怀,想象到山岭上的这轮明月,也同样会照耀到天涯海角,与"海上生明月,天涯共此时"有异曲同工之妙,而经化用后则诗句直接描写到的形象更加丰满,不仅有天涯海角,更有山岭的形象,所谓山川异域,日月同辉,大美无言,乐在其中。

无独有偶,今年中国书籍出版社出版了关荷馨女士的《山居诗语》,全书分为"山居诗词"和"山水游记"两部分。"山居诗词"收录了作者近年来创作的400余首山居诗词,诗里有桃园洞天、高士知己、松月花云,还有抚琴、采药、观雨、听云、品茶、问道等诸多雅事,展现了山水中人逍遥自在、怡然自得的状态以及通透自然、淡泊名利的高尚志趣。作为中国诗歌的独立分支,山居诗在漫长的历史长河中传承发展,形成了颇具民族特色的艺术形式,彰显了独特而持久的艺术生命力。学习、研究和创作山居诗的意义并不局限于对山居诗自身风格和语言的探索,更可为提升中华民族文化自信与推动中国诗歌的当代发展贡献智慧和力量。阅读山居诗,有助于读者从文学、美学以及哲学角度了解山居诗的写作特色,推动山居诗的传承、创新与发展。

那么,兰亭诗衔接玄言诗与山水诗,山居诗可否连接山水诗与生态诗？生态诗究竟包括哪些诗词？这些值得我们探讨思索。当前游学风气盛行。自然山水中有大美,还有生活在山水之中的古圣先贤创造的历史遗存、文化遗产。旅行与研学结合相得益彰,旅行可以提高研学的效率,研学可以提高旅行的品位。传说范仲淹没有到过岳阳楼,仅据滕子京寄给他的洞庭山水图画及岳阳楼的介绍材料而创作出流传千古的《岳阳楼记》。如果这一传说是真的,足可说明山水为客体媒介,诗人主体的主观意志决定了作品的高度;山的高度与水的深度并不能决定诗歌作品的境界高度与深度。受制于交通条件,古人发明了"卧游"的办法,通过读书看图来获得欣赏山水之乐;如今当然也可以继续"卧游"以得登山临水之趣味,但是现在交通发达、经济优厚,各种条件大大优越于古代,古人行万里路的梦想,我们轻易便可付诸实践,时不我待,赶快出发。我不由想起苏东坡写的《水调歌头·黄州快哉亭赠张偓佺》:

落日绣帘卷,亭下水连空。知君为我新作,窗户湿青红。长记平山堂上,欹枕江南烟雨,杳杳没孤鸿。认得醉翁语,山色有无中。

一千顷,都镜净,倒碧峰。忽然浪起,掀舞一叶白头翁。堪笑兰台公子,未解庄生天籁,刚道有雌雄。一点浩然气,千里快哉风。

醉翁之意不在酒,在乎山水之间也。这"一点浩然气",生发于"千里快哉风"之中。"两岸猿声啼不住,轻舟已过万重山。""天地有正气,杂然赋流形。下则为河岳,上则为日星。""山,快马加鞭未下鞍。惊回首,离天三尺三。"山水可以寄寓人的精神,生发浩然正气;山水可以使人精神焕发,激发人的蓬勃朝气与向前的勇气。研学与旅行结合是人生之乐,是少年儿童成长之佳法。

人与自然环境不可分离,人的生存、发展一刻也离不开自然。人对自然的态度自古以来不断变化,可以想见,在远古时代,人类的数量和掌握科技手段的力量都是不同的,那时的人们在自然面前更加显得无能为力,洪水猛兽泛滥,随时可能遭受灭顶之灾。不知何时人类发展的步伐出现飞跃性拓展,成为地球的主人。我们而今能够见到的诗歌,毋庸置疑是有文字以后的事。即使是这样,几千年来人与自然的关系也有所变化,人类对待地球的态度也会有所变化。曾经出现的山水诗、田园诗,也反映了人们一度在生活中对山水田园的觉醒,也是由玄言诗、兰亭诗等变化发展而来。

古代人有着丰富的生态智慧,天人合一,民胞物与,这些是中国古代在先秦就形成的生态理念。人们发展科技以造福人类的能力突飞猛进,人们利用自然、改造自然的力度越来越大,以致对自然环境造成了破坏,对地球环境造成了较大的改变,使得原有的时空循环、气候变化、物种繁衍之规律发生改变,这种改变在一定程度上妨碍了人类的生存发展,人们意识到这种改变可能会对人类造成灭顶之灾,因此提出了人类可持续性发展的目标,提出保护生态环境的要求。由此山水田园诗出现了生态诗的分支。

当前生态诗词建设,要发扬传统,发扬"兴观群怨"的传统,发扬有美有刺、美刺兼行的传统。我们的诗歌不仅要有赞美自然山水和田园生活,描写天人和谐的一面,还要有涉及人类活动及保护自然环境的方面,对不利生态环境保护的行为要加以批判,有效发挥诗歌的社会功能。

作者简介:赵安民,编审,现任中国书籍出版社副总编辑,中华诗词学会常务理事,北京诗词学会副会长,《中华辞赋》编委,中国新闻出版研究院书画社社长,上海大学诗词创作研究院特邀研究员。著有诗词集以及主编多本书法图书。

生态之光入韵来：
中华生态诗在丽水的发展

周加祥

如果说中华生态诗（以下简称生态诗）是一朵鲜花，那么丽水的"瓯江诗派"就是一座花园，倡导创作"生态诗"的诗人们就是辛勤的园丁。要了解它们之间的关系，就要了解生态诗在丽水的发展过程。

一、丽水市中华诗词发展的基本情况

了解生态诗的发展，首先要了解丽水市中华诗词的发展。随着我国经济社会的快速发展，丽水的传统诗词得到蓬勃发展，成果丰硕，走向了崭新的发展阶段，主要体现在以下四个方面：

第一，诗词组织迅速发展。丽水市诗词学会的前身是龙泉林海诗社，创建于1983年，由毛良、吴渊其、任超奇等发起建立，并创办了刊物《林海诗词》，至1988年出刊九期，作者仅20余人。当时的丽水地区文学艺术界联合会（文联）领导建议，把龙泉林海诗社改为地区级的诗词组织，社员由各县诗词爱好者组成。于是1988年12月，林海诗社改名为"丽水地区瓯江诗词学会"，在丽水地区民政局办理社团登记，编印了《瓯江诗词》刊物。2000年改名为"丽水市诗词学会"，2011年年底为与省里统一，名称再次改为"丽水市诗词楹联学会"。2012年12月，市直分会成立，对外称南城诗社，至此，全市及各县（区）都有了诗词组织，形成了组织体系，各学会制定了章程，明确了学会及其会员的权利、义务和责任。到2023年8月，全市11个诗词楹联团体学会，共有国家级会员102人，省级会员188人，市级会员432人。

第二，诗词活动丰富多彩。首先，配合党委、政府的中心工作开展活动；其次，针对诗词事业的特性开展培训、采风创作、理论研讨、沙龙、吟诵等活动；再次,组织诗词组织之间纵向和横向的相互交流活动。上至中华诗词学会,下至乡镇、学校等诗词组织都有联系和活动。

第三,创作水平快速提升。目前,丽水市各诗词学会的会员,每天所创作的诗词作品多得难以统计。按各级会员2000人估算,平均每人每月创作5首诗词计算,一年全丽水市各级会员也能创作约12万首诗词,是全唐诗的两倍多(《全唐诗》共九百卷,共收整个唐五代诗48900多首,作者2200余人)。诗词的质量也不断提升,每年都有大量作品在全国性诗词刊物发表,在诗词赛事中获奖。在数量上已走上了丽水诗词历史的高峰,量变到质变是事物发展的规律,我们应当有信心,当代的诗词质量也能登上历史的高峰。

第四,形成了新的诗词流派——瓯江诗派。2016年11月12日,这是一个值得丽水诗界纪念的日子。这天,丽水市诗词楹联学会召开常务理事会,研究新年度的工作。时任会长叶志深先生首次组织人员对创建"瓯江诗派"的思路进行了认真讨论。大家各抒己见、踊跃发言,最终达成了以"生态山水"为主要创作题材,创建"瓯江诗派"的共识。会议要求大家积极探索,努力把"瓯江诗派"打造成丽水的文化品牌,强调"'瓯江诗派'不是叫出来的,而是干出来、写出来的"。今天的丽水在习近平新时代中国特色社会主义思想指引下,认真贯彻"绿水青山就是金山银山"的发展理论,让绿水青山变为金山银山,又用金山银山养护绿水青山,使两者循环发展。作为诗词文化组织,必须紧随时代的步伐,在中国共产党的领导下,以爱家乡、爱祖国、咏时代的情怀传承发展中华诗词,走出自己的特色。

丽水的诗词特色是什么呢?丽水是个"九山半水半分田"的山区,已从曾经的"万山之都,四塞之国"发展成今天的地理环境独特、生态环境优越的"浙江绿谷"。2018年4月26日,在深入推动长江经济带发展座谈会上,习近平总书记充分肯定了丽水的绿色发展工作,他说:"浙江丽水市多年来坚持走绿色发展道路,坚定不移保护绿水青山这个'金饭碗',努力把绿水青山蕴含的生态产品价值转化为金山银山,生态环境质量、发展进程指数、农民收入增幅多年位居全省第一,实现了生态文明建设、脱贫攻坚、乡村振兴协同推进。"丽水市委据此提出了"以丽水之干"担纲"丽水之赞"的一系列工作思路。其中在文化建设方面强调:以融合创新推动全域旅游发展,坚持农文旅融合发展,以"文化+""旅游+"催生新业态,打造瓯江文创产业带、瓯江山水诗之路黄金旅游带,创建国家全域旅游示范区。

根据市委的部署,作为文化社团的诗联学会必须适应时代的要求,围绕生态体系建设来加强诗词文化工作,以"瓯江诗派"为引领,以创作生态山水诗词为导向,力求把"瓯江诗派"建设成为"瓯江区域高屋建瓴的文化品牌"。

二、加强"瓯江诗派"建设

丽水市创建"瓯江诗派"引起了中华诗词学会和浙江省诗联学会领导的关注。2018年4月21日,时任中华诗词学会会长郑欣淼先生参加《瓯江丛韵》首发式时,称赞丽水市诗词楹联学会"提出了宏大、严肃、认真的'瓯江诗派'这一课题。这是丽水诗词事业建设和发展中的一件大事。希望再接再厉,更上层楼……"他认为"从丽水市诗词学会的发展历程中可以看到中华诗词事业发展的缩影"。中华诗词学会副会长林峰充满期待地说:"如果'瓯江诗派'真正成熟,它将成为华夏诗坛一道亮丽的风景。"浙江省诗词楹联学会会长王俊等领导对丽水市创建"瓯江诗派"给予了充分肯定,并撰文从历史和现实的角度进行分析,对创建"瓯江诗派"予以指导。领导和诗人们如此支持和鼓励,说明"瓯江诗派"的创建顺应了时代的潮流,是时代的呼唤,作为"瓯江诗派"初始阶段的一员,我既感到自豪,也感受到了很大的压力,必须在"瓯江诗派"的发展道路上砥砺前行。

第一,进一步增强主人翁意识,推动"瓯江诗派"与时代脉搏共振。"瓯江诗派"作为一个诗词流派,虽然已迈开大步子,但距离成熟还有很长的路要走。眼下的"瓯江诗派"还是一座诗词小花园,但它与祖国大地的众多诗词花园一样,一定能培育出千千万万的诗词之花,它是中华诗词传承与发展道路上的一次进步,是改革开放的成果,是新时代催生的骄子,值得我们去研究、去鼓励、去培育、去努力、去期待。

回首这些年丽水市诗词工作的发展历程,虽然提出创建"瓯江诗派"理念的时间不长,但与其相关的工作却早已开始,这为"瓯江诗派"的创建奠定了相对扎实的基础。

第二,进一步加强理论和实践探索,积极推动"瓯江诗派"走向成熟。一个诗派从形成,到走向成熟,理论指导与研究非常重要。只有理论上的明白,才有行动上的自觉。回顾近年来的工作,丽水市诗词楹联学会在"瓯江诗派"的概念正式提出之初,就开始安排理论研讨工作,并确定要召开全市诗词理论研讨会,出版《瓯江论诗》。

为保证论文的质量,市文联、市诗词学会组织召开论文写作骨干会议。对诗派及其形成的基本要素、创建"瓯江诗派"的意义及诗风定位、形成"瓯江诗派"的有利条件及需要完善的要素、对需要研讨的主要内容及发展方向等进行探讨,以理清写作思路,明确创作方向与要求。会后,学会发动各团体会员组织开展了"瓯江诗派"理论研究。从多个角度探究、描述"瓯江诗派"这个时代新生儿的形象。同时,邀请专家、学者帮助研究。中宣部原副部长、中国作家协会党组书记翟泰丰先生不仅为我们写了文章,在看到有关"瓯江诗派"的报道后,专门给丽水的友人发信息:"关于'瓯江诗派'的这篇文章颇有见地,瓯江流域的诗人,文脉深厚,才子相继……甚喜!中国诗坛之大幸矣。"中华诗词学会原顾问、中华诗词研究院常务副院长易行先生得知丽水开展诗词研究的情况后给予了极大支持,欣然将评论丽水诗词和诗词专集的三篇文章供我们研讨。浙江省诗词学会副会长、浙江经济学院教授郭星明先生,对丽水市的山水诗发展状况进行分析研究后,以南宋诗人翁卷的《处州苍岭》"不雨溪长急,非春树亦新"为题,撰写文章肯定了丽水诗词的发展思路与实践,对"瓯江诗派"开展理论研讨起到了很好的指导作用。

同时,我们从联系历史与现实的角度,对"瓯江诗派"如何传承历史,开拓未来进行研究,为丽水市的生态诗创作奠定了坚实的历史基础,也为"瓯江诗派"找到了历史渊源,对当代丽水诗人的创作产生了极大影响。丽水本土的当代诗人们,继承谢灵运以来历代山水诗人以诗寄情山水的传统,以弘扬社会正能量为己任。他们脚走括苍山,口喝瓯江水,心中总有一种山水情怀在涌动。大家有一个基本的共识,认为诗词流派是推动诗词事业发展的有效抓手。

第三,进一步在强化风格中求发展,努力实现"瓯江诗派"之愿景。"瓯江诗派"的愿景到底是什么?简单说,就是把"瓯江诗派"建成瓯江文化的一个品牌。丽水地处美丽瓯江流域的上游,它带着淳朴、和谐、雅致,而又契合自然与人文的精神特质,从大山中从容明快地走来,忠勤养育着丽水人民,矢志不渝地向着壮阔的东海奔去。俗话说"一方水土养一方人",瓯江的这种精神特质,毫无疑问地影响着丽水诗人的精神特质,影响着"瓯江诗派"诗人的作品创作。郭星明教授就认为,是瓯江"造就了丽水诗人'淳朴和谐雅致贴切'的精神特质"。我们从历代诗人公开发表的,尤其是《瓯江丛韵》中的咏丽水诗词里去审视,它们的确包含了上述精神特质。这种精神特质从"暝还云际宿,弄此石上月""直上泻银河,万古流不竭";"修心未到无心地,万种千般逐水流""春色满园关不住,一枝红杏出墙来""平观碧落星辰近,俯视红尘世界低""山之高,月出小。月之小,何皎皎""洗净十年尘土梦,天风吹瀑落云寒""荣华能几时?摇落方自今""定风乌纱且莫飘,莲城秋色半寒潮""溪山一一如知旧,到处卷帘要细看"等古人的诗句里都可感受到。这些诗句给人以优美、流畅、真情、淳朴、雅致、贴切、明快的感受,毫无虚浮晦涩之感。这是古人(要么在丽水做官,要么就是丽水本地人)传下来的瓯江诗风。那么,新生的"瓯江诗派"应该向世人展示怎样一种诗风呢?这正是我们需要进一步探索和实践的问题。

在多年的创作实践中,我们实际上已在传承前人留下来的诗风,也在创造着满足新时代要求的诗风。中华诗词学会原顾问周兴俊先生,在评《金生丽水》一书时,称赞作者的诗风具有"真实、质朴、自然、生动"的艺术魅力。这种魅力恰恰是瓯江的秉性,也是当今丽水诗人的艺术视角和追求。正如专家评论的那样,"进入新时期以来,丽水的诗人们依然秉承了诗界前辈的山水情怀……一样的山水,一样的景观,一样的情怀,却道出了新的视角"。浙江省委宣传部副部长葛学斌指出:丽水市诗词楹联学会"肩负起以诗词服务社会,以诗词传递社会正能量的文学使命……它不仅符合丽水山水文化的特征,符合丽水山水诗实践和传承历史,也契合丽水'建设大花园'长期发展战略,契合经济发展呼唤文化繁荣的时代脉搏"。以上这些说到底就是要求我们以"生态诗"来反映丽水的自然生态和人文生态,这正是对"瓯江诗派"实现目标愿景的基本要求。

经过对丽水诗人过去创作实践的总结与未来愿景相融合,"瓯江诗派"明确把"中华生态诗"作为创作的基本内容,把"淳和雅切,积极明快,语浅意深,反映时代,贴近生活"作为风格的追求方向,待条件更加成熟时提炼成为明确的"瓯江诗派"风格。这种风格一旦形成,将在中华诗词的文库中增添一笔新的光彩。

三、探索让"中华生态诗"之花盛开的途径

"中华生态诗"是"瓯江诗派"的产品,但在现实中两者的成长是相互促进、相互提携的。所以,自2016年以来丽水市的诗人们一直在进行着实践与理论相结合的探索。2017年、2019年、2021年,丽水市委宣传部、市文联等有关部

门支持并指导诗词楹联学会分别召开了三届诗词理论研讨会，2023年又与松阳县合作举办"第四届瓯江山水诗路暨中华生态诗理论研讨会"。每届研讨会上国家级、省级，以及市级的诗家、学者欢聚一堂谈诗论艺，共同探讨"瓯江诗派"的创建思路、内涵特征、艺术追求、队伍建设等。时任丽水市委常委任淑女在指导工作时，要求诗词学会在"两山"理论的指引下，努力把"瓯江诗派"打造成瓯江文化品牌。《丽水日报》以《"瓯江诗派"在秀山丽水扬帆起航》为题发表长篇文章，对"瓯江诗派"的诗词创作，理论探讨，以及今后的发展思路等进行了系统介绍。此后《中华诗词》《浙江诗潮》先后报道了"瓯江诗派"研讨会的情况，《浙江诗潮》还刊登其中的部分论文。在前三届研讨会中，前两届以论述"瓯江诗派"为主，第三届则以论述"瓯江山水诗路"与"中华生态诗"为主，其中第一本和第三本论文集分别被评为当年市级"丽水文艺精品"。中华诗词学会常务副会长林峰先生，于2021年发表了《生态为核，诗学为纲——关于中华生态诗的调查报告》，该报告对中华生态诗在丽水的产生背景、创作实践、理论研究、时代意义、发展启示等进行了全景式介绍。

浙江省诗词学会原副会长叶志深先生于2018年写了《生态诗漫题八首》，第一次创作了被称为"生态诗"的诗词作品，同时也告诉我们应当怎样去写"生态诗"。2021年丽水市诗词楹联学会在市政协的支持下出版了《丽水生态诗选》，这是全国第一本生态诗选。

此外，我们还对"中华生态诗""瓯江诗派"与"瓯江山水诗路"的形成与发展历程，在创作"中华生态诗"中如何贯彻"两山"理论，"瓯江山水诗之路"对当代经济社会发展的影响，"瓯江山水诗之路与对浙江大花园核心区建设的关系"等进行研讨，初步形成了"瓯江山水诗路""瓯江诗派""中华生态诗"三者之间的理论体系，为三者的进一步发展奠定了理论与实践基础。

今后丽水市的诗人们，将在习近平新时代中国特色社会主义思想指引下，怀着"功成不必在我，功成必定有我"的情怀，抱着把丽水建成"中华生态诗样本基地"的初心，凭着一代代丽水诗人的共同努力、积极求索最终实现使"瓯江诗派"和"中华生态诗"成为"瓯江文化的新品牌，中华诗词的新流派"的既定目标！

作者简介：周加祥，中华诗词学会会员、解放军红叶诗社社员、浙江省政协诗书画之友社会员，现任浙江省诗词楹联学会常务理事、丽水市诗词楹联学会会长、丽水瓯江诗派研究会会长、丽水市政协文史专员、市政协诗书画社理事等。

中华生态诗是瓯江诗派的伟大创举，是瓯江山水诗路的璀璨辉煌

夏莘根

诗词是中华民族优秀文化的精髓和瑰宝，用最精炼的语言抒发着最深沉的情感，关注自然环境、反映生态伦理、体察生存哲理。瓯江山水诗路是传统优秀文化的旅游之路，是"绿水青山就是金山银山"理念的绿色产业之路。"纯净丽水，瓯江画廊"是丽水自然环境高质量发展、人民幸福生活的底色，诗路文化带串起古往今来的山水风景和瓯越文化，满足人们对美好生活的向往。诗人们不负绿水青山，书写、讴歌历史伟业，是新时代的诗人词家义不容辞的责任和使命。

一、让中国的绿色发展成为经济建设的重要引领

近年来，由于人们对工业发展所带来的负面影响预见不足，导致了全球性的环境污染和生态失衡问题。人与自然共生，对自然的伤害最终会伤及人类自身。面对生态环境挑战，中华民族不负时代使命，勇于担当，彰显了同舟共济、权责共担的命运共同体意识，为全球治理体系变革提供了新思路和新方案。实现中华民族永续发展的战略任务，树立我国维护全球生态安全的负责任大国形象，是顺应时代潮流的必然选择。

习近平主席在亚太经合组织第三十次领导人非正式会议上发表的《坚守初心 团结合作 携手共促亚太高质量增长》的讲话，引发国际社会热烈反响。多国人士表示，习近平主席深刻洞悉时代发展大势，弘扬亚太合作初心，为共同打造亚太发展下一个"黄金三十年"指明方向、注入动力。习近平主席提出坚持创新驱动、开放导向、绿色发展、普惠共享的四点建议，表示中国将与各方

共同做大亚太发展蛋糕。

当前,能源绿色低碳转型、应对气候变化等已成为全球关注重点,加快能源转型、推动绿色发展的呼声更为迫切,需要各方共同努力,携手应对。十年来的实践充分证明,秉持"人类命运共同体"理念,顺潮流、得民心、惠民生、利天下,为世界各国走向共同发展繁荣提供了理念指引和实践路径,激发中华优秀文明焕发新的时代活力。

二、丽水市是"中国生态第一市"

丽水市是美丽中国的鲜活样本、"两山"理念的先行实践地,是中华生态诗的先锋队。绿谷丽水是"中国生态第一市"崛起国际的山水名城,是浙江陆地面积最大的地级市。这里,山是江浙之巅,水是六江之源。"绿水青山就是金山银山"是运用了一系列马克思主义辩证唯物主义的重要理念,充分体现了习近平总书记对丽水的殷切期待与更高要求,可谓高瞻远瞩、胸纳天地、心系百姓、情深意长。实践证明:这一金句指引着丽水取得了一个又一个辉煌成就。

深刻领会绿水青山的经济价值,历届市委领导一张蓝图绘到底,始终坚定生态优先、绿色发展的核心战略定力,以勇当探路者和模范生的奋进姿态,坚定践行创新实践"两山"理念。丽水在全国范围内率先实施生态文明建设纲要,并制定领导干部生态环境损害责任追究细则,构建"审山审水审空气"的环境监管模式,确保绿色发展。通过实施生态保护、山林涵养、水体蓄积、绿化建设、水能利用等措施,丽水在环境改善方面取得了优异的成效,展现了生态林繁茂,草甸青翠,群山竞秀,江流上下交相辉映的美景。

丽水山好,全市森林覆盖率高达80.79%,位居全省第一,全国前列,林木蓄积量占浙江省总蓄积量的近三分之一;丽水水更好,全市水质监测断面中99%为Ⅰ—Ⅲ类水质,集中式饮用水水源地水质达标率100%,在2017年全省城市地表水环境质量评价中,丽水市稳居第一,并在全省率先实现全境剿灭劣Ⅴ类水质;丽水空气尤其清新,每立方厘米空气的负氧离子平均浓度达3 000个,被誉为"华东天然氧吧"。好山、好水、好空气赋予丽水人更多生态自信。《百山祖冷杉天然种群繁衍》《南明山秀明湖桃花水母再现丽水》《中华秋沙鸭降临松阴溪》,一则则生物多样性新闻见诸报端,让丽水成为野生动植物欢聚的乐园。

满园春色关不住,美丽风光转身美丽经济。从静默不语的碧水清流到当当作响的"聚宝盆",丽水在美丽山水与科学发展的理念激情碰撞中,迎来了生态与经济融合发展的倍增效应。用最顶格的生态标准、最严格的生态管理、最科学的生态打造亮丽风景,来引领绿色发展的步伐。2018年4月,习近平总书记在推动长江经济带发展座谈会上指出:"浙江丽水市多年来坚持走绿色发展道路,坚定不移保护绿水青山这个'金饭碗',努力把绿水青山蕴含的生态产品价值转化为金山银山,生态环境质量、发展进程指数、农民收入增幅多年位居全省第一,实现了生态文明建设、脱贫攻坚、乡村振兴协同推进。"面对习近平总书记的"丽水之赞",丽水市委市政府上下一心,以奋进姿态,旗帜鲜明地迈步向前。

最新统计数据显示,丽水市百岁老人的数量逐年增加,2019年底,丽水市百岁老人有287人,2020年底增至330人,至2021年底,全市270万人口中,百岁老人数量快速增加到463人。丽水市居民人均预期寿命为81.16岁,高于全国平均水平,该数据实现十一连增,超越了国际公认的"高寿城市"标准。厚植绿色底色,深挖文化亮色,全力推动文旅融合的高质量绿色发展,让青山绿水燃起振兴动力,创新探索出了"丽水山耕"优质农产品、"丽水山居"田园民宿、"丽水山景"乡村旅游等"山字系"品牌,努力将生态优势转化为经济发展优势。丽水地区展现了当下新潮的空气游、备受关注的生态游、万众期待的养生游这三个旅游元素,清新空气、郁郁青山、潺潺绿水,沉淀在丽水的这些现代社会最为稀缺的元素,变成了货真价实的"金山银山",吸引着众多都市人按图索骥,涤荡浊心;丽水的生物摇篮、花香鸟鸣、古村古韵、非遗民俗、风味佳肴、千姿百态,让爱美、寻美的人流连忘返。

二十年来,丽水走出了一条生态"高颜值"、发展"高质量"的绿色可持续发展道路,助力生态文明建设高端定位。立足良好生态本底,丽水充分利用生态气候资源优势,结合地域特色,促进生态气候资源转换生态气候产品,形成生态气候价值,实现生态气候惠民利民富民,最终形成万山滴翠、层林尽染、鱼翔浅底、繁星闪烁的最美生态,让乡村融入山水田园,促进美丽城乡与美丽生态各美其美,诗意乡愁,促进美丽城市、美丽城镇、美丽乡村、美丽田园有机相融,使丽水成为动植物的天堂、长三角的生态绿心,锻造了绿色中国进程中的鲜活丽水样板,使丽水成为具有国际影响力的美丽宜居、诗画山水的生态名城。

中华生态诗是瓯江诗派的伟大创举,是瓯江山水诗路的璀璨辉煌

三、形成瓯江诗派,迈向中华生态诗海

　　风花雪月,河流山川,这是自然的馈赠,也是我们魂牵梦萦的乡愁。千百年来,多少文人墨客寄情于故乡,将浓浓的乡愁挥洒于毫端。瓯江生态,丰富多彩厚重,它吸天地之灵气,藉大自然之神功,造就了神奇的青山、奇异的丽水。自谢灵运在此播撒下山水诗歌的种子之后,瓯江便成了文人墨客流连忘返的胜地中国山水诗的摇篮。进入新时期的丽水诗人们依然秉承了诗界前辈们的山水情怀,觅句寻章,挥洒才情,吐露心声,在山水诗发祥地留下了许多壮丽的诗篇,形成了千年不绝的"瓯江山水诗路"。

　　时代潮流促使了瓯江诗派的崛起。伴着改革开放春风的瓯江流域的诗人们,踏着时代的潮流,披星戴月,纵情山水,逐渐形成了一支庞大的以写生态诗为主的为时代赋能的生力军——瓯江诗派。清新的绿谷、清澈的丽水、新鲜的空气、得天独厚的生态瓯江,交织互融为丽水独具魅力的休闲、养生、旅游特色,也给瓯江流域的广大诗词爱好者搭建了一个广阔的舞台,大家以弘扬社会正能量为己任,以爱国之情为时代注魂、赋能。诗人们用一首首诗来证明绿水青山会源源不断地带来金山银山,生态惠民,瓯江流域的生态环境已变成一幅幅鲜活生动的千里画卷。寄情于风花雪月、钟情于河流山川的瓯江诗派,放眼生态环境、胸怀绿色发展、倡导生态文明,用中华生态诗韵律、厚植生态文化,用行动为丽水生态文明建设的画卷增添了一抹斑斓色彩。

　　要让绿水青山变金山银山,让绿谷变新,让青山变金,就需要整体规划,其中很重要的一项就是旅游业的开发;而旅游开发的重要抓手就是融入中华传统文化,再现有人文价值的记忆,让人们更多地体味瓯江独特的神韵;生态诗的振兴、励志、怡情等元素对新兴的旅游业有着催化、鼓舞、促进生态气候资源转换为生态产品价值的作用,只有中华生态诗才能精准反映时代新动态、新风貌、新气息。

　　瓯江诗派是为丽水市生态文明建设无私奉献的志愿者、公益者、促进者。这是一个庞大的纯粹的公益群体,从会长到会员,只有付出,没有报酬。这是一个人员构成相当宽泛的团队,从机关退休干部到科员、退伍军人,从企业家到自由工作者,参与者遍及社会各个领域。在这二十年的历程中,广大诗人词家是其中的在场者、亲历者,也是满怀激情的书写者,他们是生态文明的践行

者,也是志愿奉献精神的传播者。他们把一片真情抛洒在丽水这片土地上,以普通丽水人的责任担当,倾力守望和热爱着家乡的绿水青山,助推全市生态文明建设。

深入践行习近平总书记"要推动中华优秀传统文化创造性转化、创新性发展,以时代精神激活中华优秀传统文化的生命力"的重要指示。瓯江诗派与时俱进,活用五千年中华文明积淀的生态智慧,脚踏着一望无垠的瓯江大地,沐浴着唐诗宋词的高雅清风,统揽"绿水青山就是金山银山"理念,将其深入政治、经济、文化、社会和生态文明建设,凭着对中华传统文化的深刻认识,对社会进步的深刻把握,对党的方针政策的坚定拥护,自觉自为,审时度势,及时提出了中华生态诗的文学理论主张。牢记我们党艰辛而又辉煌的奋斗历程,珍视祖国和人民来之不易的伟大成就,以豪迈气魄,紧紧抓住中华民族伟大复兴的历史机遇,从中国山水诗走向中华生态诗,开启了我国诗词文化建设与国家社会建设紧密结合的新征程。瓯江诗派是中华优秀传统文化新时代诗学界的重大成果,有力推动了丽水大花园建设,是瓯江文化事业发展史上的奇葩新秀,它标志着瓯江山水诗路上又一次璀璨辉煌的升华,推动着中华优秀传统文化创造性转化和创新性发展。

四、中华生态诗是瓯江诗派的伟大创举

忧自然之忧,乐自然之乐。丽水市诗词楹联学会紧紧围绕"生态文明",在庆祝中国共产党成立100周年之际,出版了《丽水生态诗选》。此书能抓住时代特点,描绘时代图谱,反映时代精神。编者把着眼点放在把准时代题材上,强调落实生态文明思想,反映丽水的生态文明建设,要求在作品内容上紧紧围绕"生态文明",并与庆祝中国共产党成立100周年相结合,做到既有重大事件,也有党策国计、人意民生;既有经济社会发展、科技进步、文化繁荣,也有人民甘苦、喜怒哀乐等,歌颂真善美,鞭答假丑恶。为保证作品质量,丽水市诗词学会先后两次召开会议专题研究,统一思想认识,明确内容和要求。强调征集的诗词必须是歌颂丽水市生态文明建设,格调高雅、能量正向的生态诗原创作品。全书分为"红色颂扬""绿兴丽水""瓯江画廊""括苍风情""花园乡村""四季清吟""处州名胜""康养之都""新诗园地"九大类,具体、多元地向读者呈现出人文生动形胜的故事和现代版的绿富美春图,让人体味到丽水是"生态第一

市"的鲜活样板、全国"花园乡村先行地"的现实升华。

以下是来丽水参加第二届瓯江山水诗路暨瓯江诗派论坛的专家留吟选：

中华诗词学会顾问、解放军红叶诗社社长李栋恒：

访遂昌故战场悼粟裕大将

穿岫越湍挥战鞭，当年恶斗巧周旋。
旗掀风势添辉耀，枪裂云涛呼变迁。
名铸万难千险后，功成九死一生边。
鬼神感泣将军去，山水思君魂永还。

中华诗词学会会长郑欣淼专程到丽水参加《瓯江丛韵》首发式，高度肯定瓯江诗派的一系列研究成果并贺诗：

贺《瓯江丛韵》出版

文华吴越会，长脉有波澜。
青釉千年古，龙泉三尺寒。
曲传汤显祖，景数步虚山。
最是清江水，吟弦日夜弹。

中华诗词学会常务副会长林峰：

鹧鸪天·遂昌汤显祖纪念馆

难舍毫端一段情，清荫小院忆娉婷。
嫣红眼角花未老，柳拂眉边梦暗惊。
春几许，月无凭。夜深犹觉蝶轻盈。
人间千种相思曲，独爱牡丹醉里听。

中华诗词学会原副会长、中华诗词研究院常务副院长周兴俊：

七言·梦回丽水（新韵）

疑是昆曲仙士教，牡丹一唱六神飘。

青田石美汤公刻,瓷苑茶香杜丽烧。
高铁声开百岭雾,长堤力举千峡潮。
京城至少无多路,仅只区区一梦遥。

中华诗词学会副会长刘庆霖：

遂 昌 赏 山

未思一脉独称雄,白马哝哝唤九龙。
为使蓝天更纯净,群山合力管春风。

浙江省诗词楹联学会会长王骏：

丽 水 赞

江影溪光布翠螺,青山绿水处州多。
东风更放春生意,听唱新翻美丽歌。

浙江省诗词楹联学会副会长郭星明：

赞青田章旦中学诗教

道向云中浑忘机,诗寻真我我寻诗。
此间璧玉赖人识,国器雕成慰可期。

丽水市人大常委会原副主任,浙江省诗词学会副会长叶志深：

五 大 连 湖

谁使瓯江成五湖？波光岭色纵横铺。
泉飞峭壁声犹远,云逐新潮景自姝。
靓坝截流前复后,轻鸥弄影有还无。
处州为此增豪气,又一仙都立画都。

丽水市诗词楹联学会会长周加祥：

中华生态诗是瓯江诗派的伟大创举,是瓯江山水诗路的璀璨辉煌

丽水大花园抒怀(通韵)
全域花园作梦追,人生此运有几回。
初开绿道重重碧,续砺红缨日日辉。
六水银光堪贯月,两山金色可催雷。
天公赠我新风气,诗画悠然品翠微。

浙江省诗学会会长王骏在论坛开幕式上宣布"瓯江诗派研究会"成立并授牌,笔者感赋道:

祝贺瓯江诗派研究会成立
春秋生态作梯媒,各地诗英贺会来。
气韵青山虹吐绚,潮歌丽水绿饶财。
清风化锦兴雅客,霞露繁华育秀才。
桃李芬芳纷万象,瓯江永孕咏怀开。

这些描述丽水市生态文明建设的诗词是具有自然与人文价值的。在抑扬顿挫中,在音韵意境里让读者感受到括苍的雄伟、瓯江的神韵;领略到斯山此水源源不断的红韵绿澜之雄魄;享受到丽水"国家公园、美丽乡村、美丽城市、美丽河湖、美丽田园、美丽家园"的康养仙都之美;感悟其间的风土人情、魅力廊道的灵动真趣。中华诗词学会会长周文彰为该书题写书名,为此诗集增辉添彩。用生态诗的时代韵律,升华时代意象,为时代画像,为时代立意。这是瓯江诗派的伟大创举,助力社会经济发展与政治文化建设,弘扬诗词国粹,促进中华诗词繁荣发展。

五、中华生态诗是瓯江山水诗路的璀璨明珠

瓯江诗派的诗人是中华生态诗形成进程的亲历者、建设者、体现者,也是满怀激情的书写者。他们秉承着中华诗词薪火相传的优良传统,深入实际,与民同行,谱写时代伟业、描绘时代图谱、讴歌时代精神。2016年11月9日,时任丽水市诗词楹联学会会长叶志深以敏锐的眼光、深远的卓识,抓住了绿色发展、生态文明建设的愿景和关切点,把准了时代脉搏,首次组织创建"瓯江诗

派""生态诗为主要创作题材"的理念,并达成共识,以期把"瓯江诗派"的生态诗打造成丽水的文化品牌。2017年8月,丽水市首届诗词理论暨瓯江诗派研讨会召开。《丽水日报》以《"瓯江诗派"在秀山丽水扬帆起航》为题发表文章,对"瓯江诗派"的诗词创作、理论探讨、今后发展思路等进行了系统介绍。《浙江诗联》报道了"瓯江诗派"研讨会的情况,还刊登了部分论文。座谈会论文集《瓯江论诗》一书出版后,被评为2017年度"丽水文艺精品"。2018年6月诗词楹联学会换届以后,在新任会长周加祥带领下,不负众望,兢兢业业,继往开来,时隔两年,于2019年10月举办了第二届瓯江山水诗路暨瓯江诗派论坛,中华大地的诗英们聚集醉美丽水,赏识丽水,用一首首诗赞美神山秀水,并对"瓯江山水诗路"历史发展、"瓯江诗派"使命担当、生态诗创作推进、乡土文脉追踪、诗词规律把握等进行了热烈论说并提出宝贵建议;大家的研讨文稿已编入《瓯江论诗》(第二辑)并出版。会上,浙江省诗词楹联学会会长王骏向丽水市诗词楹联学会授"瓯江诗派研究会"牌匾。

  2020年,"瓯江诗派"研讨会系统地研究了生态诗的概念与论述以及现代生态诗与古今山水诗的区别,要把广大人民群众的追求、理想、情操,融入新时代、新生活、新思维、新面貌、新精神。2021年10月,丽水市克服重重困难举办了第三届瓯江山水诗路暨中华生态诗高峰论坛,出版了《瓯江论诗》(第三辑),其被评为2022年度"丽水文艺精品"。丽水市诗词楹联学会的工作可以说已经走在了全省的前列,它为瓯江诗派与中华生态诗的问世创造了有利条件。在长期的创作实践中,产生了独特的诗风和具有代表性的作品,同时也出现了一批优秀诗人。两任会长叶志深、周加祥是丽水诗坛不同阶段的领军人物,他们带领诗联学会全体成员接力奋斗,努力拼搏,为瓯江诗派与中华生态诗的创立敢于作为,无私奉献,呕心沥血,令人钦佩。我们欣喜地看到:丽水市诗词楹联学会领导班子是一个团结奋斗,有责任、有担当、有能力、有创意的集体。瓯江诗派的创建,中华生态诗的形成是新时代、新思想引领的结晶,也是他们在市委市政府关怀和领导下集体奋斗的成果。

  第三届瓯江山水诗路暨中华生态诗高峰论坛上"中华生态诗"概念的提出,被中华诗词学会列入2021年度"十大新闻"内容,相关的国家级和省级媒体,以及丽水市的地方媒体都进行了报道。论坛期间,全国各地专家诗人们冒着绵绵秋雨,不畏山高路滑,个个精神抖擞,分别到南明山、万象山、南明湖、应星楼、石门洞、千峡湖、青田石雕博物馆等地调研、体验、采风,并留下了285首关于"绿水青山就是金山银山"的灵动生态诗篇。编委会将周文彰会长贺诗《丽水金山》及诗友唱和以及参会诗人调研留吟作品等编入《瓯江论诗》(第三辑)并出版。我们相信,这些描述丽水生态文明建设的作品是具有自然与人文价值的。她在抑扬顿挫中、在音韵意境里会让读者感受括苍的雄伟、瓯江的神韵;领略秀山丽水源源不断的红韵绿澜之雄魄;领略丽水的山景山耕山居视野宏大、出神入化、情趣和合以及色彩斑斓的"乡村花园、梅岭茶园、山居康园、生态田园、花香果园、文旅乐园、碧湖荷园、诗画家园、智慧物联"的生态综合体,丰韵人们的精神和心灵。

六、中华生态诗深得中华诗词学会领导、诗人们的高度赞同

中华诗词学会会长周文彰特意写下《丽水金山》,祝贺第三届丽水市瓯江山水诗路暨中华生态诗高峰论坛在丽水市顺利举行,诗曰:"谁言丽水不生金,绿谷青山细细寻。一缕朝阳诗兴起,高吟声韵润琼林。"与会诗人们纷纷唱和。

中华诗词学会原常务副会长范诗银首先代表周文彰会长向本届论坛的顺利举办表示热烈的祝贺:"从丽水提出以生态诗为主要创作题材到瓯江诗派创作了《瓯江论诗》《丽水生态诗选》及举办中华生态诗高峰论坛,从生态诗理论研究到生态诗词创作,再到形成社会影响,一路走来得到了当地党委的支持,人民群众的认可,从中国山水诗走向中华生态诗是新时代精神的创造性转化、创新性发展,对丽水以至浙江、全国的诗词事业起到了积极的推动作用"。

中华诗词学会常务副会长林峰在《生态为核,诗学为纲》中指出:瓯江诗派在新时代党的文艺工作方针指导下,凭着对中华传统文化的深刻认识,对社会进步的深刻把握,对党的方针政策的深刻领悟,自觉作为,审时度势,及时提出了"中华生态诗"的诗学理论,是推动中华优秀传统文化创造性转化和创新性发展的典范。打造中华生态诗,必须全面践行"两山"理念。它是学习贯彻落实习近平新时代中国特色社会主义思想的重要抓手,为中华诗词在新时代进一步繁荣发展指明了方向。打造中华生态诗正是呼应这一时代脉动,准确完整地反映我国生态文明建设的实践过程和丰硕成果,准确完整地反映当今世界的新动态、新风貌、新气象的具体实践。"守正创新"要在诗的用意、用语、用途、用事、用情五个方面下功夫,在创新的突破上下功夫,要进一步统一思想

认识,进一步调动全国各级诗词组织和广大诗人词家的积极性、能动性和广泛性,上下齐心,形成合力。中华诗词学会有必要完善相应的工作措施,抓好抓实这项工作,让中华生态诗更好地服务于新时代的经济建设和社会发展。

中华诗词学会副会长、中华诗词创作研究院院长、上海大学特聘教授曹辛华说道:"走进绿谷画乡,仿佛闯进了一幅水墨画,绿水青山不仅是金山银山,而且也是我们生态诗创作的'富矿',那视野宏大、情趣和合的'乡村花园、梅岭茶园、山居康园、生态田园、花香果园、智慧物联'生态综合体,其中的色彩斑斓,丰韵着人们的精神和心灵,让人依依不舍、流连忘返。我们应当加强生态诗歌的创作与研讨。上海大学中华诗词创作研究院将协助成立生态诗词研究中心,助力丽水诗词研究的发展。"

中国书籍出版社副总编辑、中华诗词学会常务理事赵安民在《从中华优秀传统文化"双创"看"瓯江生态诗派"建设》中提道:"近几年来丽水所做的一系列'大花园'建设、四条诗路建设,包括生态诗理论与实践的探索等一系列工作,为中华诗词处理好继承传统与抒写时代的关系作出了榜样。浙江省丽水市走在了前面,率先提出了中华生态诗的概念,并进行了大量的整理、发掘历代诗歌遗产,并组织开展生态诗词创作和研究的工作。预祝我们的瓯江生态诗派发展壮大,形成浙江生态诗潮乃至全国生态诗海。"

浙江省以省诗词楹联学会王骏会长在开幕式说道:"中华生态诗植根丽水,立足浙江,面向全国。以生态诗为特色的瓯江诗派,围绕建设'两山'生态文化萌发地的目标,突出'秀山丽水、画境诗源'的特点,从山水诗词文化、农耕诗词文化、古村诗词文化、非遗诗词文化、畲乡诗词文化、红绿融合诗词文化等方面打造生态诗乡特色和生态诗词品牌,为瓯江山水诗路建设增添了一抹绚丽的时代亮色。"

浙江省诗词楹联学会副会长,浙江大学工学博士郭星明在《从山水田园诗走向中华生态诗》中指出:瓯江诗派的诗人们有足够的道路自信、理论自信、制度自信,更要有足够的文化自信,去迎接时代的挑战。瓯江诗派旗帜鲜明的生态诗文学主张,成为新时代丽水乃至浙江的一座奇峰,为中华生态诗注入了鲜活的生命力。以习近平新时代中国特色社会主义思想为指导,提出"中华生态诗"文学主张这一时代命题,向世人徐徐展开了一幅壮丽的生态诗篇。我们要牢记党艰辛而又辉煌的百年奋斗历程,珍视祖国和人民来之不易的伟大成就,紧紧抓住中华民族伟大复兴的历史机遇,用马克思主义指导中华诗词的新发展实践,把中国革命、建设和改革的实践经验和历史经验熔铸成马克思主义指导下的当代中华诗学理论,深深地将马克思主义植根于优秀的中华文化之中,这是对中华诗词在新时代进一步繁荣发展的历史性贡献。

浙江省诗词楹联学会副会长兼秘书长周进在《共挥时代英雄笔　卷起瓯江运巨篇》中指出:生态诗就是瓯江诗派的文学主张,是形成瓯江诗派的前提和基础,也是瓯江诗派的鲜明印记和主要特征,对瓯江诗派本身而言更是发展的动力和魅力。生态诗包含人、社会、自然三者和谐,诗人要把和谐精神、和合风尚、和雅格局、和乐氛围、和朗情调等自觉融入创作之中。

七、践行生态文明,寄情兰雪情怀,织梦绿水青山

(一) 把美丽生态转化为丽水经济、创新性地发展了瓯江山水生态诗路

"江南最美的秘境"松阳县,位于浙江省的西南部,地处余杭山系的腹地,宛如一颗隐藏在深山中的明珠,因其独特的自然风光和悠久的历史文化而闻名。这里是国家级生态示范区,森林覆盖率达75%,空气质量优良率达96%以上,水质达标率达100%。岩石叠加的奇峰、溪水潺潺的溪流、盛开的杜鹃花,山环水绕,景色如画,空山鸟语、清泉淙淙、田园优美、宁静安详,松阳是现代都市人放慢脚步、放松心情、远离喧嚣、安顿心灵的养生福地。

打造诗画松阳生态旅游的康养胜地。2017年松阳进入了一个全域旅游创建的时代。运用生态诗的神韵,振兴催化旅游业,促进生态气候资源转化为生态产品价值,2018年,松阳打响"江南秘境·田园松阳"旅游品牌,松阳创成松阴溪国家4A级旅游景区、松阳老城省级旅游风情小镇。2019年,松阳成为联合国人居署首个乡村发展示范县,成功创成浙江省全域旅游示范县,获丽水市全域旅游考核一等奖。2020年,松阳推进文旅产业深度融合、文旅消费提质升级。大东坝茶排村获评全国乡村旅游重点村;双童山景区获评国家4A级旅游景区。松阳创成国家级全域旅游示范区并获评省文化和旅游产业融合发展十佳县。2021年,松阳以"开启'十四五',奋进新征程"为主线,实施打造"全域康养胜地""国家传统村落公园"金名片。

打造革命文物红色旅游精品线路,安岱后浙西南革命根据地领导机关旧

址群获评"浙西南革命文物金名片"。松阳生态优美,是国家四大生态示范区之一,浙江绿谷的重要组成部分,唐代诗人王维曾有"按节下松阳,清江响铙吹"的动人描绘,宋代诗人沈晦更有"唯此桃花源,四塞无他虞"的衷心赞叹。境内箬寮岘自然保护区有保存完好的原始森林,千亩猴头杜鹃花海,堪称天下奇观。2022年5月,笔者行摄猴头杜鹃花海后感:

箬寮猴头杜鹃

峰峦陌野映山红,锦簇花团傲碧空。
殷血涂青彤世界,悬崖刷紫绿川笼。
千姿绚丽靓丛里,百态生辉醉岭中。
殊媚不违东阁老,嫦娥邀月看飞虹。

初夏鹃花灿笑妍,遍山如火韵涛连。
东风吹浪迷人恋,晴日流霞惹蝶怜。
珠蕾诱人徐靓媚,妙香袭月却期圆。
无须览遍春天面,一朵乾坤尽美全。

相传箬寮隐泉为渔女化身,龙瀑为龙子化身,曾演绎一段相护相守的爱情故事。

原始箬寮龙女瀑

久慕阴阳瀑雪皑,欣临香谷杜鹃开。
白龙任性雷霆涧,仙女栖情殉玉苔。
骇鼓鸣林惊兽鸟,流泉行咏赞蓬莱。
盛谈一路浪花事,更喜祥云扑面来。

松阳坚持以文兴旅,弘扬诗词的独特魅力,让古老的文化融入现代潮流,积极融入"宋韵文化传世工程",挖掘提升叶法善、张玉娘、延庆寺塔等唐风宋韵文化代表,追求更多的沉浸体验。松阳厚植乡土文化,深挖独特魅力,发展农家体验型、民俗互动型、高山避暑型等乡村旅游业,以独特的地理条件,实施"零污染"生态型循环化改造,强化提升品牌旅游特色,推出绿茶、香茶、油茶、药材等声名远扬的农产精品,借好山、好水、好景、好空气,以原汁、原味、原生态为卖点,打造具有原生野外体验的溪谷游览景区。创建"小而美精特"农家乐民宿人才培育体系,不断提升品牌品质度,赢得市场美誉度。依托景区,打造区域农家乐综合体和精品民宿示范品牌,带动产业集聚效应。

(二) 寄情兰雪情怀,织梦绿水青山

跨界诗人松庐(梁海刚)深研地方历史文化,酷爱中华传统诗词与西方古典音乐。他牢记初心使命,忠实履行职责,把"实干"作为自己和政府最鲜明的特征,落深、落实、落细政府工作,深入实施"做大产业扩大税源""提升居民收入富民"两大行动,聚力四张"金名片"打造,团结干部群众,建设"诗画松阳"。他在百忙之中,总是惯于作诗寄情山水释怀,自命"松庐",也就是自身的情志追求,创作了64首《山居》,这在瓯江诗派中是独一无二的,他是忠实履行绿色发展、践行生态文明、寄情兰雪情怀、织梦绿水青山、深研中华生态诗的先锋者、弄潮儿。我欣赏过他的作品,能让人感到一个真正融山水之胜、田园之韵、民俗之美于一体的现代生态桃花源。

南宋女词人张玉娘自幼饱学,敏慧绝伦,过目成诵,诗词尤得风人体,她"用浅俗之语发清新之思",与李清照、朱淑真、吴淑姬并称"宋代四大女词人"。她著有《兰雪集》,留存诗词百余首。她的贞德之操、人格魅力、清丽才情是值得当今诗人为其赞颂的。松阳县于1996年成立了"兰雪诗社",2000年出版了由李德贵编著的章回小说《张玉娘》,2005年出版了由松阳县文联、松阳县兰雪诗社编写的《兰雪集与张玉娘研究》,把对张玉娘的宣传和研究推向高潮,全国专家学者及诗人为该书寄来四百余篇(首)诗词、文章,县委县政府已规划筹建张玉娘诗文馆,让这位松阳的杰出女诗人发出熠熠光芒。2019年3月,张玉娘诗文馆正式动工,历时两年于2021年春节正式开馆。这两年半来,县诗学会会长吴莉梅到处搜集资料、整理文献,除上班时间,把所有业余时间用于义务管理和服务诗文馆。诗文馆通过建筑结构艺术与张玉娘文化展示的结合,在鹦鹉冢原址上,展示南宋女词人张玉娘生平及艺术成就,弘扬松阳县本土名人文化,打造松阳文旅融合新热点。2023年3月3日上午,我陪同中华诗词学会副会长、上海大学中华诗词创作研究院长曹辛华来到诗文馆见到了吴莉梅会长,吴莉梅会长已然是一位专业的讲解员了。为此,我留诗两首:

陪曹辛华会长设置布展张玉娘诗文馆

沿岸绕弯西屏奔,象溪驶过魅无穷。
云开峻岭奇峰翠,雾锁扬花香嫩红。
一曲玉箫幽态境,两行银雁颂谣空。
野春鸣涧水音妙,布展智能舒暇瞳。

咏张玉娘

过目成吟凤寂枝,其词浅俗意新思。
才情不亚李清照,雅趣何惭吴淑姬。
边塞题诗风焰焰,闺房琢句雨丝丝。
奇才未尽叹消殒,二卷贞操兰雪辞。

那日下午,我们在县文联副主席王玲和图书馆长王宏伟等的陪同下,参观了延庆寺塔,曹辛华即兴赋《访松阳延庆寺塔》三首:

其 一

寺塔忽然冲我倾,斜阳红脸笑多情。
谁将塔影寒塘浸,压得斜阳也喊停。

其 二

痴情陡令塔身倾,何日重逢花笑迎。
塔若昂头幽梦里,今生不枉画中行。

其 三

心正塔身何不正,脸红花影落阳红。
塔迎我到腰倾久,花盼君吟心曲同。

我亦兴奋赋律:

延庆寺塔环吟

登塔搜奇有栈通,依栏放目读瑶空。
芳开秀野花千朵,碧落青山锦万丛。

中华生态诗是瓯江诗派的伟大创举,是瓯江山水诗路的璀璨辉煌

彩益新楼林耸势,日辉古塔气飞虹。
诗情涨满阴溪水,滚滚春潮醉赋翁。

傍晚我们一行到秀峰山庄共进晚餐,其间王铃聊了与秀峰山庄后山有关的故事,十分有趣。

第二天与曹辛华、叶友焕、王玲、何山川等在松阳板桥乡麒上调研留吟:

云峰畲寨麒上

轻车盘路碾云涯,翠拥峰巅树竹花。
村口一池盈禄水,层峦三面许栖霞。
九霄日月娱山野,千亩茶林营氧吧。
何必寻幽方外去,寨中烟景是仙家。

诗画板桥

畲姑戏闹拥茶园,满目青芳绕彩烟。
川雨初晴迎雅客,涧流正艳注春泉。
遍山桃树似霞锦,满地菜花如画笺。
漫步林荫香气爽,溪声鸟语惹人怜。

元代诗人周权故乡板桥调研

山溪绕舍涌春泉,玉女娉婷下九天。
松鹤巡林茶涧碧,流霞扑地树芽妍。
清风爽客蓬莱阁,芳茗盈怀榭槛仙。
怡性养身心绪好,人行画上读周川。

3月5日上午,曹辛华到文元小学讲诗词创作和诗词吟唱,下午他与丽水市文联主席林莉,诗学会两位会长,瓯江诗派研究会领导在南明湖应星楼座谈会,就如何创建诗词之乡以及中华生态诗创作基地与上海大学诗词研究院合作等相关问题进行讨论。6日他在回程的动车上发来《丽水游赠夏诗丈莘根新韵五首》:

其 一
开张销恨了愁方,唱段青山丽水腔。
同访玉娘魂寄馆,板桥摇晃是周郎。

其 二
畲旗摆酷拍花颜,茶埂卖萌谈碧天。
何日廊桥重躲雨,清风亭里美篇观。

其 三
应星楼上话因缘,前世同游处士圈。
都怪好诗词未毕,青山丽水梦忙牵。

其 四
好溪再次行行好,丽水重新撒个娇。
好话传真畲鼓振,娇陪夏老笑声飘。

其 五
生态诗成表态萌,松阳溪畔婺腔哼。
玉娘鹦鹉应犹在,嘴替心根花谢声。

松阳县县城古街商肆连绵,至今依旧保留着打铁、制秤、制棕板床等传统手工技艺以及集市、尝新米等商贸习俗,保留了农耕商业文明景象,被誉为复活的农耕文化业态。松阳境内有全国重点文物保护单位延庆寺塔;有"木雕博物馆"之称的黄家大院;有"戏曲界活化石"之称的国家首批非物质文化遗产松阳高腔。板桥畲族三月三、竹溪摆祭、高亭迎神赛会等民俗活动极富地方特色。在松阳,你能真切感受到一个来自历史深处,至今仍活着的"古典中国"。2023年9月15日,由县委宣传部组织中华诗词学会松阳古村落采风行活动,中华诗会、省市县诗会会长和松阳县县长梁海刚等领导连夜到古街采风调研,我亦留吟:

夜访明清古街
闲步古街风味长,明清胜迹遍城厢。
诗英道上辩珍墨,知县词中咏玉娘。

中华生态诗是瓯江诗派的伟大创举,是瓯江山水诗路的璀璨辉煌

黛瓦青砖楼馆耸,楹联粹壁典弘彰。
繁华满眼经纶趣,欢喜游吟去梦乡。

第二天,中华诗会常务副会长林峰作诗词讲座后,来访的诗人们在松阳县委宣传部部长李巍、县文联主席叶东香的陪同下到叶村乡调研,我同行并留吟:

水墨膳垄村
曲径横桥世外庐,松风竹籁势相愉。
清流涧瀑山岚抱,古树云峰鹂鸟娱。
水墨村头添画馆,青溪影里绘诗图。
柴扉舍静逍遥意,缭绕炊烟追我呼。

南岱秋雨后
青山绿水迸烟霓,遍处秋光醉眼迷。
翠鸟寻欢松树峪,诗家拾句菊花蹊。
溪中瀑布奏新曲,笔下人生续旧题。
秀色满畴情浪涌,吟香沐露涤尘恓。

诗画松古平原
松原稻谷变青黄,菊桂迷人分外香。
貌美琼楼康百市,物华碧野富千乡。
峦峰竞秀丹枫籁,溪水争流绿鸭惶。
京府频来风雅客,农家喜乐满庭芳。

下午我们参观了张玉娘诗文馆,松阳县兰雪诗社社长吴莉梅向大家介绍了张玉娘和诗文馆的情况,之后我们一行人到四都乡陈家铺村调研,其间我留吟:

云峰崖居陈家铺
灰瓦黄墙崖壁巅,青山秀岭白云连。

> 探奇陌野搜幽艳,健体爬坡访葛仙。
> 媚色满畴情浪涌,清香朗韵凯歌传。
> 松庐月夜诗书趣,潇洒人生胜圣贤。

晚饭后,我们一起逛松阴溪堤,留吟:

溪 堤 秋 吟

> 雨霁清溪鹭影长,徐行赏玩魅松阳。
> 菊花怒放多姿表,荷叶低垂秀色藏。
> 林泽披霞朱露滴,孤峰落照紫云翔。
> 桂堤诗友逍遥乐,佳境犹叹张玉娘。

我平时到松阳象溪、石仓游玩拍摄有感:

松阳象溪行(新韵)

> 雨沐青山净,溪堤映绿杨。
> 田禾耕灌溉,鹭鸟觅食翔。
> 游客仙园乐,朱熹圣彦昌。
> 舒风吹细浪,仍送落英香。

石仓古宅新韵(新韵)

> 烟洲雅兴寻,茶岭媚花淫。
> 新菊迎宾客,古居雕凤麟。
> 荷枯留亮节,松籁逸趣音。
> 蓬阙添幽梦,踩云还锦吟。

再次箬寮行

> 林海雾缠绵,满山猴杜鹃。
> 神龙擂鼓瀑,仙女抚琴泉。
> 花簇石矶抱,松凌峰峻沿。
> 步云天路远,清气畅游仙。

中华生态诗是瓯江诗派的伟大创举，是瓯江山水诗路的璀璨辉煌

生动厚重、流光溢彩的生态松阳，有数不尽的风土人情，道不尽的人间美景，写不尽的诗情画意。赏心悦目的森林景观、绿色健康的原生食材、舒适自在的文化氛围、趣味横生的康养活动、返璞归真的原生态古村落……松阳的美，不仅在于得天独厚的自然生态环境，更在于千百年来积累的深厚人文底蕴。彰显张玉娘文化魅力，挖掘叶法善养生长寿秘诀，推动观光旅游康养度假深层次发展，运用生态诗的神韵，振兴催化旅游业，促进生态气候资源转化为生态经济价值，打造中高端的、年轻态的、国际范的康养旅游胜地，打造独具风格的中华诗词之乡。

到大自然去呼吸清新的空气，领略山水生态的风采，诗人们不畏严寒酷暑，自驾车辆，长年奔波，跋山涉水，采风调研。饱含着诗人对新时代生态绿谷、浪漫康都、山水田园牧歌的无限向往和因天下之乐而乐的高尚情怀，它丰韵着诗人们的精神和心灵，让他们用诗词去描绘这一伟大历史变革，见证时代前进步伐，从不同角度反映现代城乡的新气象、新风貌、新生活，创作出富有鲜明时代特色的生态诗作精品。他们是志愿者、公益者，不计得失、孜孜不倦地长年累月地奋斗于风花雪月之中。

诗路文化带的建设就是打开文化宝库的钥匙，焕发处州文化、经济活力的新机，坚持生态为先、历史为尊、文化为魂、融合为径的发展原则，以秀山丽水生态示范高地、魅力浙江文化交流基地、山水诗画旅游度假胜地、富民经济美好生活福地为发展定位，以发现景观之美、彰显文化之美、创造生活之美为策略，梳理提升诗韵山水、瓯越秘境、佛道名流、匠心百工、千年山哈五大文化主题，创建中华生态诗词研学胜地、山水诗画黄金旅游目的地、秀山丽水生态养生福地、高品质生活富民经济高地。在诗韵生态文明的主题上，诗学会要明确主线、认清性质、完善学会体系机制，提升会员诗品素养和才情妙悟，用生态诗的时代韵律升华时代意象，向世人讲好中国故事，写好绿富美历史，再书风格高雅的中华生态诗。

作者简介：夏莘根，上海大学中华诗词创作研究院特邀研究员，中华诗词学会乡村诗词工作委员会理事，浙江省诗词楹联学会会员、理事，丽水市诗词楹联学会副会长、瓯江诗派研究会秘书长。

齐力发展强大瓯江诗派之我见

吴岳坚

一、瓯江诗派的形成

生态诗是相对于送别诗、边塞诗而言的。所谓生态诗，主要是传播生态思想、抒发生态情怀、揭示生态规律、提倡生态保护、批判生态破坏的诗词，其目的在于探讨人与自然的互动关系。

瓯江诗派属于典型的生态诗。它是在大量的山水诗基础上逐步发展并升华的，具有悠久的历史与深远的渊源，有限定的地域性和独特的诗化环境。

第一，独特的瓯江流域生态环境。八百里瓯江延绵多姿，气势雄壮，穿越丽水大部分地域，它集合了处州大地的千姿百态和如烟如梦的自然风光，这些得天独厚的人文景观，把整个瓯江流域装扮成一幅山水画，将各个景点连成一串串珍珠，雅致的景色让人恍如游走在诗画之中，醉美的风景让人魂牵梦绕，流连忘返。

第二，广泛的群众基础与风土人情。瓯江沿岸的风景秀美，人文底蕴深厚，瓯江两岸勤劳智慧的人民创造了灿烂悠久的瓯江文化，引来无数的诗词名人贤士流连于此，构筑了瓯江诗派之独特的神韵。农民的耕读传家习俗，其劳动状况直接或间接地留下了历史遗迹，一方水土养一方人，在接受文化熏陶和传播时形成了独特的艺术风格。丽水市的每个县区都有独特的耕作习惯和风土人情，也形成了独特的人文风物。例如，青田县的稻田养鱼，千百年来传统的耕作模式形成了独特的稻鱼共生循环生态种植模式，2005年被联合国粮农组织评定为全球重要农业文化遗产保护项目之核心区域，2022年全球重要农业文化遗产大会在青田县召开，使青田振兴农村经济促进共同富裕的实践产生了更大的影响力，让农耕文化活起来，叩开共富之门，也使青田县龙现村显示出更加独特的幽奇魅力。五代时期的契比和尚所写的"手把青秧插满田，低头便见水中天。心地清净方为道,退步原来是向前"非常接地气,生动展现劳作的状况,也颇具哲理。

第三,深厚的人文底蕴。山水入诗是一个较为漫长的过程,在这个过程中,古代文人给我们树立了榜样,历代诗人吟咏丽水对瓯江诗派的形成作出了重大的贡献,深厚的人文沉淀,为瓯江诗派注入了灵魂与活力。许多诗人骚客跋山涉水,寻觅着山水灵性,如大家熟知的谢灵运、李白、孟浩然、苏轼、秦观、陆游、范成大、叶绍翁、张玉娘、刘基、汤显祖、袁枚等名家。其中,有不少是丽水本地乡贤和在丽水任过职的官员,概言之,凡到过丽水的,均被丽水的山水绝境吸引,并留下了众多精美的诗篇,不断激发人们对这条瓯江山水诗路的向往,为瓯江山水诗路的形成作出了卓越的贡献。

第四,习近平总书记"两山"理论的有力支撑。习近平总书记作出的"绿水青山就是金山银山"论断,在深入推动长江经济带发展座谈会上作出的"丽水之赞",以及有关生态产品价值、生态环境质量、生态文明建设等的重要论述。这在理论上给我们提供了新的思路,在如何理解生态方面拓宽了眼界,生态诗除了自然生态(如山、水、空气、动物、植物等)之外,还包括人和社会生态,其中社会生态又包括政治生态、经济生态和文化生态等,是人、社会和自然三者的总和。

第五,当今学者的创作与推崇。当今,瓯江诗派诗人如云,名家辈出,一大批博学多才、德才兼备的诗人,他们是当代丽水发展的亲历者、见证者和参与者,他们发挥自己的感悟力和想象力,凭借丰富的创作经验和生活实践,怀着对瓯江的特别情感,写下了不少吟诵瓯江的诗篇。

2016年11月,叶志深首次提出创建瓯江诗派的概念,明确以"生态山水诗"为主要创作题材,以期把瓯江诗派打造成丽水的文化品牌,2017年8月,召开丽水市首届诗词理论暨瓯江诗派研讨会,后又连续召开第二届、第三届瓯江山水诗路暨中华生态诗高峰论坛,2020年举办了"咏颂丽水大花园"全国诗词楹联大赛。许多当代诗人努力将丽水的生态景象、经济社会发展、文化繁荣及人民的生活状况点化成精美的生态诗,以多种形式的诗集奉献给广大的人民群众,真正写出了生态瓯江画廊、秀山丽水、诗画浙江的经典诗词。

我们在党的领导下,更加重视生态环境质量、生态文明建设,使瓯江山水诗提升到更高层次的中华生态诗,也全面提升了人们的思想境界和审美水平,使瓯江诗派的各位成员携手走上绿色发展之路。

二、瓯江诗派的主要成就及其特征

瓯江诗派自2016年创立以来,举办了一系列活动,取得了一定的成绩。

第一,已举办三届的瓯江诗派理论研讨活动,直接促成了瓯江山水诗路的形成与发展,形成了较为固定的主流风格。

第二,在领军人物叶志深的带领下,瓯江诗派以注重和挖掘特色,将"山水之魂""古村落之魂""非遗之魂"互相贯穿、交相辉映,共同组成了一幅美丽的画卷,构成了一条美丽的诗路。

第三,进行诗教的普及工作。如章旦中学的诗教工作,多年来一直都有较好的成果,获得省级先进集体和中华诗词学会评定的"全国先进集体"的称号,在坚持不懈的努力下,成千上万名从章旦中学走出去的学生感受到了诗词的魅力。为了传播和弘扬诗词文化,在高湖镇内冯村和季宅乡三和居等地建立中华诗词创作基地,在高湖镇内冯村建立中华诗词宣教基地,为把诗词传播到乡村的广大民众之中做了大胆的尝试。

第四,出版诗集。连续出版《古今诗人咏青田》《太鹤漫吟》《党旗飘扬》《诗润青田》等诗集,留下了有青田特色的诗词浪花。

瓯江诗派的主要特征可归结为七个方面:一是以生态环境为依托,以自然、人文为主调;二是在范围上具有地域性,涉及丽水市范围内的所有人和事;三是在主流上属于传统的格律诗,而不是新诗;四是在主题上包容了政治、经济、文化、民生、时事和风物等;五是在意韵上有生态情愫、公共情操和家国情怀;六是在表现形式上排除了应酬诗和以歌对酒的风格;七是在创作风格上表现为积极向上的精神面貌。

三、存在的短板

瓯江诗派把弘扬和传承中华生态诗作为自己的根本任务,将中华生态诗予以地域化、固定化和时代化,并以此作为动员全域力量的组织保证,利用整体品牌效应,为更好地传承和弘扬中华生态诗而努力,但还存在一些不足。

第一,对诗词的认知度和认可度尚需进一步的提高。总的来说,社会大众还缺少对诗词的认知度和认可度,尤其是还没有从政治与民生的高度去认识文化的发展。

第二,诗作错误多,缺少上乘之作。现在社会上对古文化有一种极不认真、极不负责的态度,如给楼盘取名字时投机取巧,乱用谐音或错别字,让人看不懂到底是什么意思,一些短视频软件更是为了标新立异而生造词语,就连一些主流的媒体在报刊和新闻节目中也在使用谐音字生造词语,让人似懂非懂甚至产生歧义。有些诗家也是喜乐于寻找一些生僻字入诗,故意让别人看不懂,从而标榜自己学识广博,这其实是对中国古文字的践踏,周文彰会长呼吁诗家要使用诗言诗语就是这个道理。当代的诗词精品少,人们崇尚古代诗词,对古代精品有所了解,但由于当代的诗词需要一定时间的积淀,即使有一些好的作品,一时也无法被人们认可。丽水有不少诗人创作出来的古典诗词、古代遗存的精品还有待整理和挖掘,这样才能为瓯江诗派增加丰富的内容和添辉增色。这些问题都需要引起我们的高度重视,在实践中不断努力并克服。

第三,文化的潜移默化作用没有引起重视。文化是对社会和经济的反映,文学是反映社会的一面镜子,有关部门往往只注重"金山银山",忽视"绿水青山",甚至为了"金山银山"而损害"绿水青山"。由于文化产业不如工业、商业那样有明显的投入产出比,更无法如房地产行业那样有较高的收益回报率,文化只起到潜移默化的作用,只是给予精神的鼓舞和智力支持,短时间内看不到明显的效果。但实际上,从一个城市对文化的重视程度就可以看出它的文化底蕴和文明程度。文化是人文环境的标志,体现价值风尚,能提高城市品位,给一座城市带来商机和活力,文化是一只潜力股,运用得好,同样可以发挥出巨大的力量来助推经济和社会的发展。

第四,诗会本身的缺陷。诗词人才缺乏,能结合实际进行理论研究的人才更少,目前真正能坚持吟诵和创作古体诗词的是老一代诗人,年轻诗人对古典诗词不感兴趣,如此下去有可能会出现诗词人才的断层情况,尤其是在县级的诗词组织中,这种情况尤为突出。

四、加强瓯江诗派建设的一些建议

文化是一个长期的积累过程。不积跬步,无以至千里,不积小流,无以成江海,任何事物都有一个从量变到质变的过程。习近平总书记讲过:"文化兴

则国家兴,文化强则民族强。"对于加强瓯江诗派的建设,本人提供一些不成熟的看法:

一是加强组织建设。既然成为一个诗派,那么就应当有一大批的人为了它的发展壮大而不懈努力与奋斗。要推进诗派的不断发展,就要有大批有较高创作能力的诗人,要有一定数量的创作群体,不断出现瓯江诗派的诗词精品,并有固定的独特的风格,经得起诗界的推敲、学习和研究。一方面要培养尖新人才,实现诗词创作的精品化、经典化,创作出无愧于记录时代、抒写人民、歌颂祖国、礼赞英雄的优秀作品;另一方面也要促进面上普及,让更多的人参与诗词创作,不断壮大队伍建设,扩大影响力,让群众真正感受到诗词的魅力。

二是加强理论研究。只有加强理论研究,才能给诗派的壮大发展提供更好的智力支持和精神力量,把握发展方向,带领人们不断提高诗词创作的质量,挖掘诗风精髓,探索地域文化特征,使瓯江诗派在全国更有影响力,走出一条世代传承的文化自信之路。所有关于诗词的创作和文化努力的过程,都是为了中华诗词普及的过程,也是提高大众人文素质和修养的过程,是保护传承中华优秀传统文化的过程。

三是开展多种活动。其根本任务是传承和弘扬中华生态诗,为此就必须利用各种抓手和平台,保障瓯江诗派充满生机和活力。例如,创建诗词有形可读物:不论是哪个地方,只要有了一个良好的诗化环境,就会有助于城乡环境的美化水平和人们精神生活的提升,有利于建设美丽城市、美丽乡村;通过优化诗化环境,在城市、农村旅游景点和人民群众生活的地方建立诗墙、诗碑、诗词专栏、诗词画廊、诗词景点小品等文化景观景物,以诗词文化装点千山万水、美化千城万乡、走进千家万户,使人们能够诗意地栖居,随时随地受到诗词文化的熏陶,提升城乡环境和人们精神生活的质量。所以,在当前的美丽乡村建设中,有意识地植入诗词文化,会起到事半功倍的效果,会起到画龙点睛的作用。又如,诗教进学校进基层进乡村活动:培养新生力量必须从诗教开始,让校园充满诗声,从小培养学生对于诗词的理解和基本知识的掌握,可在其幼小的心灵上烙下诗词的印记。中华民族以诗教人的诗教源远流长、博大精深,用诗词中所蕴含的道德、意志、情感和力量来教化人心,提高素质,文化的基本功能在于促进人的不断优化和自我发展,所以诗教活动也是一项提高国民素质的基础工作,诗教的普及有利于传统文化的传播弘扬。再如,建设诗词创作基地;在实践中,青田县诗会在内冯、季宅三和居等地建立中华生态诗创作基地,取得较好的成绩,让诗词走进基层,走进农村、学校、工厂、社区、机关,有力地推进了活动的开展。

四是努力做好文化与有关产业相结合的深度文章。要加大诗词内容与农业生态产品的结合。在文化赋能中,诗词要主动与有关产业结合,以文化包装产业、激活产业,发挥文化的经济性功能,促进文化产业和文化经济的发展,推动丽水生态农业产品的发展,促进农民增收,促进城乡统筹发展,加快建设生态城市,将丽水的风土人情、精神风貌推向全国、推向全世界,同时也可以促进生态诗的发展,使瓯江诗派更有活力、更有动力,走得更远。吸收各行各业的能工巧匠和有识之士,以诗会友,以诗交友,找准切入点,让诗词融入文化产业,特别是旅游业,凡具有农村特色产品的,都可以通过诗词的包装扩大宣传,起到以诗促旅的效果,提高产品的品位,扩大辐射渠道,为当地产业发展注魂赋能。

作者简介:吴岳坚,青田县人民检察院原高级检察官,现已退休。中华诗词学会会员,浙江省诗联学会理事,丽水市诗会副会长,青田县诗词学会会长。担任《太鹤漫吟》《党旗飘扬》《诗润青田》主编,《青田县政协志》《水南村志》《方山乡志》副主编。

泄为山水诗,逸韵谐奇趣
——探析"瓯江山水诗"中"山水"之审美内涵

姚传标

山水作为自然生态的重要组成部分,具有其独特的地位和价值。在浙江丽水的自然生态中,山脉和河流交相辉映,形成了壮美的山水画卷。瓯江山水诗路,诗意绵延,美景绝伦。它不仅是一条文化道路,更是一种对审美的追求和探索,瓯江山水诗作为中华优秀传统文化的瑰宝,以其独特的审美意境吸引了无数文人墨客;以其独特的艺术表达形式,传递出一种独特的"山水"之审美内涵,其中包含了对自然景观的热爱与追求,同时也体现了人与自然和谐共生的理念。

一、丽水市的山水资源优势以及与瓯江山水诗路的关系

(一)丽水市的生态山水概况

丽水市是"浙江绿谷",是我国华东地区重要生态屏障,有着无与伦比的生态优势和山水自然资源,素有"中国生态第一市"的美誉。境内海拔1 000米以上的山峰有3 573座。其中,黄茅尖是浙江省海拔最高的山峰,高达1 929米,而百山祖位于庆元县,海拔达1 856.7米,是浙江省第二高峰。除了这两座山峰外,丽水市还有许多美丽的山脉和水系。丽水市是"六江源头",六江指瓯江、钱塘江、闽江、飞云江、灵江和福安江。因此这里有瓯江、钱塘江、飞云江、灵江、闽江和交溪水系。瓯江是浙江省第二大江,瓯江不仅是浙南山水主游线,更是中国山水诗的主要发祥地。丽水山脉和水系平行的走向之间,有几座分水岭。例如,仙霞岭将瓯江水系和钱塘江水系分隔开,洞宫山则是瓯江水系

与闽江、飞云江以及交溪水系的分界线,而括苍山则将瓯江水系与灵江水系分开。

(二)山水与瓯江山水诗路的关系

第一,瓯江流域是中华山水诗主要发源地。瓯江流域地势湍急、峡谷众多,奇峰异石、清泉瀑布,构成了独特的山水画卷。诗人们在这里汲取灵感,倾情诗写,用文字描绘出了大自然的壮美与恬静。青山如黛,江水如银,瓯江流域的美景使人流连忘返,更受到诗人们的热爱与追捧。历史上以谢灵运为代表的山水诗人,以及李白、苏轼、秦观、陆游等一系列名家都曾造访过处州(今丽水市),丽水为他们提供了灵感的源泉。诗人们挥洒着笔墨,用优美清新的词句表达了对大自然的赞美及敬仰。他们的作品如繁星一般璀璨多彩,成为中国文学史上的瑰宝。瓯江流域孕育了许多脍炙人口的山水诗作品,因此,瓯江流域也被赋予了中华山水诗的发祥地之一的美誉。

第二,瓯江山水激发了诗人山水诗创作的灵感。山水美景常常能够引起人们的情感共鸣,激发出浓厚的艺术创作欲望。正是这种灵感和情感,让瓯江山水诗路的创作更加深入人心,丰富了人们的精神生活。自古以来,无数诗人在丽水的大好河山之间游乐,他们用笔墨描绘出了一幅幅美丽动人的画卷。他们虽然各有风格,但都将水与山的壮丽之美融入作品之中,使之成为中华文化的瑰宝。例如,山水诗鼻祖谢灵运在永嘉任职期间,在属地丽水(古称处州)探奇寻胜,写下《登石门最高顶》《石门岩上宿》《过始宁墅》《过白岸亭》《东阳溪中赠答二首》《初去郡》《归途赋并序》等著名诗篇;孟浩然的《寻天台山过缙云》、李白的《石门留题诗》、苏轼的《留题仙都观》、陆游的《少微山》、刘基的《崇福寺傅上人看山楼》、徐凝的《题缙云山鼎池二首》等一系列名篇佳作,皆以瓯江流域的山水为背景,将其美景描绘得入木三分。

(三)瓯江山水为瓯江山水诗路的拓展提供了广阔的表达空间

第一,以文为"魂","魂"在瓯江山水诗路。瓯江山水诗路是丽水"大花园建设"的诗意灵魂,而瓯江山水诗词文化传承则是瓯江山水诗路的核心。瓯江山水诗路不是孤立存在的,而是浙东唐诗之路南段的延伸,以及浙西南以瓯江流域为主干的扩散。瓯江诗路的形成源于瓯江首先是浙西南物资运输的主要水道。作为物资运输的要道,瓯江流域的自然风光和独特韵味吸引了众多文人雅士。这些文人雅士纷纷在瓯江河畔留下了大量的诗词作品,将瓯江的美景、山水、田园融入其中,形成了独特的瓯江山水诗路。瓯江山水诗路的魅力在于其丰富的意境和深厚的文化内涵。诗人们通过诗词表达了对瓯江山水的无尽赞美和倾慕之情,更将瓯江的山水风光与人文历史相结合,构成了一幅幅壮丽动人的画卷。瓯江山水诗路,从江心屿开始,向东穿越浙南,连接丽水、温州等地,青田石门洞是其中的重要节点。一路向上,可以一直抵达丽水市莲都区的南明山。这条山水诗路有其独特之处。首先是"山水之魂",壮丽的山水景色让人心醉神迷。其次是"古村落之魂",如大济村、下樟古村、界首村等古老的村落,带有浓郁的历史气息。最后是"非遗之魂",有青瓷、宝剑、廊桥等传统手工艺品。这些不同的元素相互穿插、辉映,构成了一幅美丽的画卷。瓯江山水诗路吸引着游客们的目光,让人沉醉其中,领略大自然和人文的魅力。走进这个诗意的地方,你会发现久违的宁静与美丽。

第二,以旅为"径","径"尽其美。瓯江山水诗路穿越山川,沿途有茂密的古树、清澈见底的江水、婀娜多姿的山峦等各种自然景观。首先是古桥。丽水市是中国廊桥之乡。龙泉市(县级市)的永和桥、古溪桥、顺德桥、济恩桥,庆元县的咏归桥、袅桥、甫田桥,丽水市莲都区的梁村河桥,缙云县的贤母桥等古桥造型独特,历史悠久,非常具有观赏价值。其次是传统文化的体现。瓯江山水诗路沿途有许多古老的庙宇和古民居,比如,龙泉市(县级市)的崇仁寺、清修寺;景宁畲族自治县的惠明寺、时思寺;松阳县的法昌寺;云和县的惠云寺;青田县的清真禅寺;丽水市莲都区的三岩寺、灵山寺、青云寺等。以瓯江山水诗路带为脉络的遗存都是丽水传统文化的珍贵遗产。

第三,瓯江山水与山水诗路共同推动着山水文化及生态文明的传承。瓯江山水的美丽景色成为山水诗路的一部分,而山水诗路的存在也使得更多人前来欣赏瓯江山水之美。在中华生态诗的旗帜下,我们创作生态诗词不仅能够使人感受到山水的美,更能使人领略到其背后的生态情感、哲理与智慧。山水是自然生态的重要组成部分,我们应当秉承"天人合一"的传统,并将其带入当代生态诗歌的创作中。叶志深先生也指出,生态诗的内涵是揭示人、社会、自然三者之间的本质要求,歌颂三者之间的协调发展,体现三者之间的和谐关系,推动三者之间的共同进步,浸润人们的美好家园和诗意生活。因此,当代生态诗人应当追求的最高境界,是在表达自然美的同时传递对生态环境的关怀,是通过诗歌的力量呼吁大家共同保护我们共享的山水生态。

总之，山水与瓯江山水诗路之间存在着紧密而多方面的关系，它们相互依存、相互映衬，共同构成了瓯江山水诗路的独特魅力。

二、山水生态诗的四重精神意义

山水诗作为中国古代文学的瑰宝，不仅展示了作者的情感和对自然的感悟，更承载着丰富的文化内涵。其中，山水这一形象具有四重精神意义，分别是心灵的寄托、常态的审美、人生的体悟和文化的传承。

第一，山水是诗人心灵的寄托。在尘世喧嚣中，人们渴望寻找内心的宁静和安宁。而山水通过其秀美的山川河流、悠远的辽阔视野，成为心灵追求的象征，给人们带来了一种超脱尘俗、宁静恬淡的精神享受。

第二，山水是一种常态的审美。中国古代文人常将山水与审美相联系，将其作为艺术创作的源泉。山峦起伏、江河奔流的景色，给人一种秩序、和谐、舒适的美感。这种审美取向贯穿于文化的方方面面，影响了诗词、绘画、音乐、建筑等艺术领域。

第三，山水在山水诗中揭示了人生的况味。诗人通过对山水的描绘和赞美，表达了对人生起伏、兴衰和无常的认知。山水的高低起伏、江河的曲折流动，与人生的起伏和变幻，都在山水诗中以情感化的笔触让人们对生命的不可预测和无常产生深深的思考。

第四，山水作为中华文化的象征，代表了中国人对自然的尊重和对历史的传承。山水诗不仅展示了作者对自然景观的赞美，更通过表达自然景观与中华民族文化历史的紧密联系，彰显了中华文化的博大精深。山水在山水诗中具有重要的精神意义，是中国古代文人的情感抒发，不仅承载着审美追求和人生思考，更是中华文化的象征与传承。通过欣赏山水诗，我们可以领略到中华文化的独特魅力和人文精神。

三、水的审美内涵

在中国古代哲学中，水被视为"善"的象征。水具有柔软、清澈、借物无形等特点，是一种极富人格化的存在。在山水生态诗中，水的审美内涵传达了人们尊崇自然、珍爱生态环境的思想，提醒我们要与自然和谐相处，保护好大自

(一) 水象征着生命的源泉和活力

无论是湖泊的宁静,还是江河的奔流,水的存在为大自然注入了新鲜、活力和持久的生命力。它以自己独特的方式滋养着万物,为山水生态诗注入了勃勃的生命力。例如,赵景淑的《瓯江》:"瓯江烟定浪初回,饮趁西风一棹开。十尺布帆悬未稳,青山斜压短篷来。"这首诗采用了白描手法,以瓯江、烟雾、浪花等元素展现自然之美。同时,通过描述船只行驶的情景和西风吹拂的气息,表达出愉悦与自由。诗中的布帆和短篷形象生动,展现了船只起航时的激情和未来的不确定性。最后一句"青山斜压短篷来"采用了借景抒情的手法,通过青山的斜压,将短篷未稳的情绪展现得更加鲜活。在这首诗中,作者巧妙地运用了自然景物和航行的情景来描绘内心的感受,使整首诗充满了水的动感和活力气息。

(二) 水代表着柔情和包容

当波涛汹涌的大海与映月的湖泊融为一体时,水的静谧之美令人陶醉。山水生态诗通过对水的描绘,展现了大自然的宁静与和谐,带给人们内心深处的宁静与平静。诗词是一种具象的语言艺术,需要用某种具体的形象性来表达深层次的审美内涵,而山水诗的特点正是"诗中有画,画中有诗"。例如:刘基的《如梦令》:"一抹斜阳沙觜,几点闲鸥草际。乌榜小渔舟,摇过半江秋水。风起,风起,棹入白蘋花里。"这首诗以简洁、明了的语言展现了秋天的美景,让人感受到了宁静和舒适的感觉。通过斜阳、闲鸥、草际等描写,使读者能够感受到秋天的温暖。通过多次强调"风起",使读者能够感受到微风吹过的气息。最后一句诗以"棹入白蘋花里"作为结尾,使整首诗更加富有生动感。寥寥数语,就将水闲适之美勾勒了出来,简洁而富有韵味,动静结合,美轮美奂。

(三) 水寓意着深邃和悠远

叶燮的《原诗》说:"天地之生是山水也,其幽远奇险,天地亦不能一一自剖其妙;自有此人之耳目手足一历之,而山水之妙始泄。"当我们注视着瓯江奔腾,感受到的不仅仅是水的张力与雄浑,更是时间的积淀和历史的传承。"水"

作为一种自然元素，在人们的日常生活中扮演着重要的角色。除了滋润大地、滋养万物之外，水还寓意着深邃和悠远。首先，水的深邃表现在它的广袤无边和蕴含的能量，象征着知识和思考的广度与深度。无论是汪洋大海还是江河湖泊，水的广阔让人无限遐想，让我们感受到大自然的力量和无穷的可能。其次，水所具有的悠远指的是它在时间长河中的存在。历经千年，水依然静静流淌，见证着岁月的变迁，给予人们安慰和希望。与此同时，水也启示着深刻的哲理，教导人们要学会包容和坚韧不拔，从中汲取力量。

（四）水象征着流动和变幻

水犹如时间的流沙，时刻变幻着形态。在山水生态诗中，水的流动与变化成为诗人诉说内心感悟和表达哲理的载体。通过描绘水的流转和涟漪，传递出变化无常的生命真谛。例如：徐凝《题缙云山鼎池二首（其一）》："黄帝旌旗去不回，空余片石碧崔嵬。有时风卷鼎湖浪，散作晴天雨点来。"此诗是历代吟咏仙都鼎湖峰诗作中的名篇。在这首诗中，作者通过"风卷鼎湖浪"形容风势的强大，如同掀起了滔滔大海的波浪，给人一种千军万马般的磅礴之势。接着，又描写"散作晴天雨点来"，将风势突然间减弱，仿佛变成了一阵轻柔的细雨，给人一种顿感世界恢复平静的感觉。这首诗通过对风势变化的艺术描绘，让读者感受到了大自然的力量和变幻无常的气象。同时，也寓意了人生的起伏和变幻，暗示了事物都有其表里，变化莫测，使人深思。

四、山的审美内涵

山在中国文化中一直被赋予着崇高的地位，山水生态诗中，山的审美内涵更是引人注目。山，代表着崇高和博大、坚韧和刚毅、宁静与祥和、复杂和曲折。它是大自然的胸怀，给人以力量和启示。

（一）高远和博大的象征

高远和博大是一种眼界，一种境界，但山之高写入诗中，便成为人之高。没有心灵的高度，就没有山水生态诗的高度。山脉纵横交错，深藏玄机。登山攀岩，需要智慧和勇气，从而体验到自己的潜能和能力。山的博大也体现在它给予人们的广阔空间，让人们尽情发展和超越。

(二) 神秘与力量的代表

登上山顶望远,可以一览众山小,心灵也随之平和宁静。山峦起伏,云雾缭绕,使人沉浸于自然之中,感受大自然的力量,舒畅心灵。知者乐水,仁者乐山,山的神秘魅力激发起人民对美好生活的向往,沉淀了人们心中最真挚的感动。寄情山水,是为了在山水之中,寻觅到人性的一丝纯粹。诗词的隽永也是人性和情感的隽永。例如:张玉娘的《山之高》:"山之高,月出小;月之小,何皎皎!我有所思在远道。一日不见兮!我心悄悄。"这首诗通过简洁而优美的语言描绘了山与月的交相辉映之美,展示了作者内心的思绪和情感。首句中,山作为高远的象征与小巧的月形成对比,突出了月的娇美。接着,作者表达了思念之情,将深邃的心境传递给读者。这首诗运用了夸张手法,将山的高度和月的小巧形成反差。同时,通过使用疑问句"月之小,何皎皎"增强了对月的讨论和赞美,使用的对比手法也表现出作者的离愁别绪。这种简洁明了,却又能引起读者共鸣的诗歌艺术手法,可谓诗人的巧妙之笔。

(三) 坚韧和刚毅的象征

山脉高耸入云,峭壁挺拔,无论风吹雨打,抑或经受岁月洗礼,都能屹立不倒,这种坚不可摧的精神象征着人们面对困难时的拼搏精神,因此我们时常把父亲比喻成大山。例如,周加祥先生的诗《游百山祖国家公园》:"岩妆水唱欲催开,时代新呼各竞台。昔日林深君少至,今朝韵绿客常来。三株冷树惊天地,一虎啸声看喜哀。满目金山谁送达?晓阳殷溢不须猜。"这首诗通过描绘园林景色的变化和人们的反应,展现了作者对时代变革和社会发展的观察和思考。诗中首先以"岩妆水唱欲催开,时代新呼各竞台"开篇,通过岩妆水唱的形象,传达出新时代正在催促改革和创新的力量。接着描述了昔日与今朝的对比,用"昔日林深君少至,今朝韵绿客常来"来点明现在到来的是充满生机和活力的新时代。接下来的两句"三株冷树惊天地,一虎啸声看喜哀"则抛出了一种意味深长的场景,三株冷树引发的震动象征着对于社会各个领域的变革所产生的巨大影响。而一声虎啸则暗示了人们的反应各异,有喜悦也有忧虑。最后一句"满目金山谁送达?晓阳殷溢不须猜"则表达了作者对未来的希望和期待。金山象征着财富和机遇,谁能把握住这些机遇并送到人们眼前则不言而喻。晓阳殷溢则寄托了对于明亮和充满希望的未来的向往。这首诗运用了寓意和象征的手法,通过景物的描绘和隐喻,抒发了作者对于时代变革和未来发展的感慨和期许。

五、以中华生态山水诗书写山水之精神

山水不仅是一种具体的地理环境,更是一种超越时空的审美内涵,巧妙地折射出人们对美好生活的向往。诗词正是山水之审美内涵的最完美体现。我们通过欣赏山水的美丽,丰富了心灵的内涵与情感的熏陶,在大自然中激发灵感,洗涤尘俗的纷扰,更好地领悟人生的真谛与意义。

(一)注重山水诗中时空的架构

对时空的描写是山水诗不可或缺的重要组成部分。通过对时空维度的架构,山水诗赋予了自然景观独特的氛围和情感。首先,对时空的描写体现在山水诗中对自然的感知。山峦高耸、水流悠长,通过描述时间和空间的变幻,使读者能够身临其境地感受到山水之美。其次,时空的描写展现了山水诗中作者对历史的思考。山水诗往往以自然景观为载体,通过时空的变化,反映人类历史的沧桑与演变,使人们对历史的变迁有更深刻的感悟。再者,对时空的描写带来了一种情感上的超越。通过对时间和空间的描写,山水诗蕴含了一种超越现实、逍遥自在的心境,使人感受到诗人的内心情感和对生命的思考。最后,对时空的描写使山水诗具有了感悟生命的内省性。时间的变化和空间的延伸,使人们对生命的意义和价值有了更深层次的思考,为人们带来了更丰富的人生体验。例如:谢灵运《过始宁墅》中的名句"白云抱幽石,绿筱媚清涟",这里的白云和幽石象征着静谧宁静,绿筱和清涟代表着生机盎然。这种意境的营造,使得读者仿佛置身于画卷中,感受到了大自然的美好,也表达了人与自然和谐相处的哲学理念。

(二)注意意象思维

通过生动的意象,诗人可以用质朴的语言描绘出绚丽多彩的画面,使读者感受到强烈的视觉和感官的冲击。意象的运用可以赋予诗歌生命力,使其更加生动有趣。通过巧妙运用意象,可使诗意更加丰富,留给读者更多的遐想空间。首先,色彩描绘。山水自然之美跳脱于世俗之外,需要以独特的色彩表

现。山水诗的意象表现离不开色彩的描绘。我们可以运用形象生动的词语描述大自然的色彩,如"山裹纱巾半露峰,初阳醉得水云红",以增加读者的感官体验。其次,形态表达。山水诗中的意象也需要通过形态的描绘来呈现。我们可以运用具象化的描写手法,如"城对寒山开画戟,路飞秋叶转朱轮。江潮淼淼连天望,旌旆悠悠上岭翻",形象地表现山水景观的形态特征。再者,运动表现。山水诗中的意象也需要通过运动的表现来丰富形象,例如,"偶入横山寺,湖山景最幽。露涵松翠湿,风涌浪花浮""风触好花文锦落,砌横流水玉琴斜",通过形容山和水的运动,使读者更好地感受到山水景观的生动与活力。最后,情感倾诉。山水诗的意象表达也需要通过情感的倾诉来传达作者的感受。我们可以运用抒情的语言,如"劝耕沧海畔,听讼白云中。树色双溪合,猿声万岭同",将作者对自然山水的喜爱和赞美之情传递给读者。

(三) 注重情境和意境的塑造

山水诗词不仅仅是对景物的描写,更要借用诗人的感情与思考表达对山水意境的理解与感悟。纵览古今,那些美丽的山水之作,往往深藏着诗人的情境与意境的塑造。诗人可以融入乡愁与家国之情,融入对大自然的喜爱与敬畏之情,融入对历史与文化的思考,融入一种追求自由和超脱的情感,融入对人生的感悟与思考。山水鬼斧神工般的形态,往往可以代表勃勃的生命力和追求卓越的精神境界。因此,山水诗还常常运用象征手法,通过山水的形象寄托丰富的意蕴,为山水诗增添深邃的内涵和文化积淀。在浩渺的山水间,诗人可以感受到人生的短暂与无常,通过描写山水的变幻与流转,表达对人生的思考,反映出对生命的珍视和对人生道路的选择。例如,叶绍翁的《秋日游龙井》:"引道烦双鹤,携囊倩一童。竹光杯影里,人语水声中。不雨云常湿,无霜叶自红。我来何所事,端为听松风。"此诗不着痕迹,自然修饰,有陶渊明"此中有真意,欲辨已忘言"的禅机。即便没有雨,云也是湿漉漉的,不用下霜,树叶已经红了。我来到这里到底是为什么呢?只为了听那掠过松树枝叶间的风。诗词是多么超然,表面看是听松风,实际上是诗人内心的一种安详和自在。

(四) 反映新时代特征

山水生态诗要能够反映时代的特征,传达当代人对自然环境的关注和保护之情。山水生态诗以其独特的艺术表现形式和深远的意义,成为人们抒发情感、思考社会问题的重要媒介。时代特征使得山水生态诗的主题和表达方式与古代有所不同。在现代社会，人们面临着环境污染、生物多样性减少、气候变化等严峻问题。因此，山水生态诗需要兼顾对自然之美的赞美与对环境问题的忧虑，让山水生态诗成为时代的声音，呼唤人们保护自然环境。例如，叶志深先生的《水调歌头·咏丽水五大连湖》就表现了这种审美内涵："何处明珠耀？成串靓瓯江。青峰绿谷吟毕，又咏碧波长。"第一句"何处明珠耀？"给人一种期待和好奇的感觉，明珠象征着光明，引起我们对美的向往。而"成串靓瓯江"则将我们带入一个清新的自然世界，并赋予江水生动的动感。接着的"青峰绿谷吟毕"以及"又咏碧波长"通过色彩和声音的描写，将我们带入了一幅生动美丽的画卷。诗中通过具体的景物，如"成串靓瓯江""青峰绿谷""碧波长"，以形象生动的描写呈现出大自然的美与壮丽。另外，通过丰富多彩的颜色词，如"青""绿""碧"，在诗句中透露对自然生态的关切，并给人以美的享受。

　　山水与瓯江山水诗路相得益彰。山水作为诗词的"道场"，既是一种自然景观，又是一种精神符号，能激发人们的美好情感和哲理思考。因此，山水与诗词的碰撞，不仅仅是艺术的交融，更是人心与自然的对话。山水启迪了诗人的创作激情，而诗词也将山水的美传递给了更多的人。无论是创作者还是欣赏者，我们都能从中获得心灵的抚慰与启发。

作者简介：姚传标，中华诗词学会会员，浙江省诗词楹联学会会员，丽水市诗词楹联学会副秘书长，庆元县诗词楹联学会会长，丽水市作家协会会员，丽水瓯江诗派研究会研究员。

松阴溪畔从山水诗走向
中华生态诗的诗路

李德贵

一、唐宋以来在松阴溪畔产生的山水诗

唐宋以来,已有近60人留下150余首歌颂松阳县松阴溪畔的自然山水、社会人文,创作了脍炙人口的山水田园生态诗。最有代表性的人物是沈晦、张玉娘、项安世、叶梦得等。

沈晦是北宋最后一位状元,其对松阳县的山水非常推崇,著有《初至松阳》:

>西归道路塞,南去交亲疏。
>惟此桃花源,四塞无他虞。

这首田园诗充满了农村的生活气息,赞美松阳四周没有忧患,太平无事,是绝美的桃花园。"惟此桃花源,四塞无他虞。"这千古传唱的诗句,成了松阳县广播电视台每天滚动式播放的宣传语。张玉娘也写了《山光》《水色》《牧童辞》等多首山水田园诗。其《采莲曲》:

>女儿采莲拽画船,船拽水动波摇天。
>春风笑隔荷花面,面对荷花更可怜。

诗中让人眼前浮现出如茵的平滩,朦胧的山色,鲜艳的荷花,幽美的田园。叶梦得《题卯山雾亭》:

>日落云亭弄晚晴,纷然樵牧傍郊行。

>烟拖树色梢头翠,风入篱檐花气清。
>先后唱酬歌曲乱,短长飘逸笛声轻。
>利名两字无拘束,共贺丰年乐太平。

这是一首颂扬古时卯山(今为国家级森林公园)的生态诗,诗中赞颂卯山樵夫优美欢乐的歌曲,牧童飘逸轻盈的笛声,烟云翠树风清花香的景色。此外,尚有宋代朱琳的《延庆寺塔》:

>只恐云霄有路通,层层登处接星宫。
>洗花寒滴翠檐雨,惊梦夜摇金铎风。
>僧老不离青嶂里,樵声多在白云中。
>相逢尽说从天降,七宝休夸是鬼工。

二、元明清时在松阴溪畔传承的山水诗

松阳拥有得天独厚的原生态地貌环境优势,沈晦等人创作了大量的山水诗,深情地讴歌松阴溪畔的山山水水,影响了各个历史阶段的松阳人,促进了山水诗路在瓯江支流松阴溪一带的传承发展。据统计,元、明、清、民国时期有506人创作1 867首山水诗。从写诗人数和创作的篇数来看,比起唐宋时期,都有所发展。代表人物有王景、汤显祖、占雨、占宝、叶希贤、周权等。如明代王景的《石笋山》:

>何人醉卧木兰船,杨柳风高浪欲颠。
>溪上棹回无贺老,江东鹤化有坡仙。
>烟消古寺山横野,露落苍梧月满天。
>谁谓胜游非昔日,太平原是旧山川。

诗人赞誉松阳县城十景中的第三景(石笋仙踪),这里双峰对峙,石蹬千寻,峭拔如笋,面临大溪,中有秀峰观、下有仙鹤岩,还有"野鹤归来"摩崖石刻等景观。

明代,汤显祖任遂昌知县期间,经常往来松阳、遂昌两地。在松遂交界处

游览万寿山等山川景观,留下《酉山石镜》等山水诗:

> 来去山前朝暮霞,金光片片石莲花。
> 如今万岁山朝北,不似南巡望翠华。

此诗赞美了松阳县赤寿乡界首村边万寿山的景色,万寿山旧时称万岁山、晚翠山。明成化二年进士,官至广东左参政詹雨,有《南岩寺》一诗:

> 为访峨眉到此方,青莲万仞拂穹苍。
> 天空四面星河近,风暖满山兰蕙香。
> 抱膝亭中云自去,妙高阁上鸟争翔。
> 我来不是逃禅客,最喜新诗引兴长。

松阳县的省级重点文物保护单位"兄弟进士"牌坊,是明弘治九年为旌表詹雨、詹宝兄弟而建的。詹雨写的《南岩寺》大体意思是:我为了走访如同峨眉山般的南岩山而来到此地,这里有像莲花一样清净无染的南岩寺,高耸可抚摸穹苍。四面开阔高得靠近银河繁星,满山风和日暖兰花蕙草飘香。山上有抱膝亭、妙高阁,白云自由飘荡,百鸟争相飞翔。诗人尽情地赞许了南岩寺的美景。

三、当代在松阴溪畔的生态诗

1995年,松阳县成立兰雪诗社,标志着该县进入了挖掘弘扬中华诗词传统文化、收集整理探讨历代诗人写的山水诗词时期,使瓯江山水诗路在松阴溪畔进入了萌芽状态,促进了瓯江诗路在松阴溪畔的逐步形成。诗社成立的宗旨有二:一是弘扬中华格律诗词文化,以格律诗吟咏松阴溪畔山水田园。二是挖掘、研究张玉娘身世及其诗词。诗社成立后,先后重新翻印张玉娘《兰雪集》诗词133首,编辑《兰雪集校笺》;诗社会员收集重编《叶梦得诗词》230多首;收集校笺周权《此山集》360多首;收集整理550多人写的2 000余首诗词编辑成《松阳历代诗词》。这些诗词内容涉及广泛,豪爽描述松阴溪畔的山川形胜、自然景观、历史古迹,农耕活动、桑麻渔樵、寺观庙宇、风土人情、古村民居、民风民俗,以及与亲朋故旧之间交往的唱和酬答、祝寿题赠等田园文化与耕读流风诸多方面。

从 1995 年至 2023 年,兰雪诗社有会员 58 名,每年编辑出版 1 期会刊《兰雪吟苑》,至今已出版 27 期,第 28 期正在编辑中,共达 12 546 首诗词。有 8 位会员先后出个人诗集,许仲龙与曾金美合著《松竹诗词楹联集》,阙周理著《诗苑学步》,李德贵著《韵语寸心》,包志林著《听松轩诗文选》,王人勤著《松州长歌》,曾金美著《乡韵》,陆宝良著《张玉娘诗词赏析》。

早在 2005 年,浙江省诗词楹联学会原会长钱法成,在兰雪诗社编辑的《兰雪集与张玉娘研究》一书首发仪式上说:"松阳有这么一批诗人,研究张玉娘与兰雪集,还有这么多的诗词作品吟咏家乡的历史名人、山水田园,反映家乡风貌,是一件了不起的事。"时任浙江省诗词楹联学会名誉会长戴盟说:"从松阳兰雪诗社走过的历程,可以看到诗社人员对挖掘张玉娘诗词文化所付出的艰辛努力,也可看到弘扬中华诗词发展事业、创作松阴溪畔山水田园诗的一个缩影。"

在瓯江山水生态诗的创作方面,我们松阳县委副书记、县长梁海刚,深入到卯山国家级森林公园,根据卯山古木参天,怪石嶙峋的生态美景,遗存试剑石、炼丹泉、天师渠,叶法善家族三碑等古迹,以及叶法善驾白鹤上天入地等传说故事,创作多首生态诗。今录梁海刚先生大作七律《卯山》一首,供读者欣赏:

>桃源深处古仙家,怪石如松隐碧霞。
>高士曾来骑白羽,凡夫岂解养丹砂。
>千年遗迹三碑勒,百事无成两鬓华。
>岂忍苍生愁旱渴,天师一怒斩蛟蛇。

我从箬寮岘原始猴头杜鹃林、黄南水库淡水生态、松阴溪绿道生态、松阳香茶农业农产品生态等方面着手,进行了生态诗写作探索。今摘录其中的《大木山生态茶园》:

>迷人春色绿山冈,新出银芽香四方。
>生态骑行能养性,清心游乐胜天堂。
>满园滴翠妯娌促,遍地飘芳姐妹忙。
>双手翻飞随蝶舞,采来云雾一筐筐。

下编 瓯江论诗

收集挖掘整理这些历代诗人的山水生态诗,并创作描摹松阳生态的诗词,可以使人们更加了解瓯江诗路,发掘诗词的独特魅力,为建设田园松阳提供最为厚实的文化底本。

作者简介:李德贵,1947年生,浙江省作家协会会员、中华诗词学会会员。著有章回小说《张玉娘》《叶法善传奇》,散文集《长松桃花源》《松州风光行》《田园松阳偶记》,诗词集《韵语寸心》,传记《处州十大历史名人——张玉娘》等。

论瓯江诗派生态诗的思想内涵的三个维度

曹荐科

生态有狭义与广义之分,瓯江诗派诗词中的生态应该是广义的生态,指自然生态、人文生态、社会生态三者的总和。这三者并不是简单的并列关系,而是相互交融、相辅相成的辩证统一关系,是探析瓯江诗派生态诗思想内涵、分析诗词作品主旨的三个维度。

一、自然维度:吟咏瓯江山水的自然情怀

丽水市是浙江省乃至华东地区重要的生态屏障,山是江浙之巅,水是六江之源,素有"中国生态第一市"的美誉。瓯江流域充满诗情画意,它既是浪漫的,也饱含着激情;它既有平缓的流水,也有快乐的急滩,澄清明亮的天空与之相伴,透明与滋润的色彩点缀其中,瓯江是一条具有丰富内涵的艺术之河。

在以叶志深为代表的丽水诗人的助推下,瓯江诗派创作了许多描绘瓯江流域美丽山水的优秀生态诗篇,兹列举数例如下:

生 态 丽 水

半水九山地,春来似画图。
云轻留远客,鹤舞觅归途。
日照千秋树,舟摇一镜湖。
人居桃谷里,百岁不糊涂。

九山半水半分田的丽水,俨然就是一幅美丽的生态画卷。这里有着"日照

千树""舟摇镜湖"的美丽风光,又有"轻云留客""鹤舞归途"的游赏体验,还有"人居谷里""百岁无忧"的境界感悟,真可谓是"人间丽水,养生福地"。秀美的自然山水总是引发诗人"诗与远方"的遐想。

生态诗遐想

周加祥

水韵山情谁为媒?诗魂画意笑中来。
括苍平仄添豪气,湖峡相粘映大垓。
文有骚家飞雨路,句含词客震天才。
谁将格律连生态,蕾伴东风万里开。

此诗可以说是将瓯江流域山水的灵气、仙气与处州诗人的豪气、才气紧密相融,字里行间流露出的自然情愫,让人体味到那景美、那趣浓的画面。人行景中,景中亦有诗人情怀。

咏百山祖

吴宗祥

云是霓裳水是魂,东风万里著春痕。
冷杉名世真无匹,梅月分辉应尚存。
啼鸟犹惊曾虎踞,微涓不意作江根。
群峰遥拜独尊祖,君子襟怀若厚坤。

此诗写的是百山祖国家公园,最让人津津乐道的莫过于其山水景物的悠远、深邃与自然。"云裳""水魂""冷杉""梅月""啼鸟""微涓"都是这山水景物中动人的闪光点,它们清新俊逸、优雅高洁,也是处州诗人的精神寄托。景物着意,静中有动,诉说着百山祖君子般的襟怀。

丽水地区山清水秀,风光无限好,是诗人心灵的启发地和栖息地。因此,瓯江流域的山山水水也就反复出现在瓯江诗派的诗词里,陶冶了诗人的性情,抒发了诗人热爱自然山水的美好情怀,并赋予了诗人清新俊丽、平静自然的诗词风格。

二、人文维度：讴歌民俗风情的人文情怀

丽水是一座人文底蕴深厚的古城。作为首批中国民间艺术之乡的丽水，有3项联合国人类非物质文化遗产，18项国家级非物质文化遗产，"丽水三宝"龙泉青瓷、龙泉宝剑、青田石雕蜚声中外、享誉华夏。全市现存257个国家级传统村落，是华东地区古村落数量最多、风貌最完整的地区，被誉为"江南最后的秘境"。此外，丽水的华侨文化、畲族文化、剑瓷文化、廊桥文化、香菇文化等都是独具特色的地方本土文化品牌。

诗词作品中浸润着一方文化。丽水市景宁畲族自治县在漫漫的岁月长河中孕育了畲族厚重的历史、灿烂的文明。例如，傅祖民的《赞利山畲族村》："路转峰回别有天，新房瓦舍聚山前。千秋古木枝连理，一鉴清池荷竞妍。解困脱贫铭惠政，村兴家富赖群贤。情深畲汉如棠棣，携手康庄绮梦圆。"畲乡的巷陌、篱墙、瓦舍都别具特色。畲族人的质朴、勤劳、奋进都那么让人敬佩。畲汉情深，携手迎来了康庄生活，让人充满幸福感。

丽水市庆元县从枯木催花的香菇文化到香菇经济的创业精神，穿越了千百年的人文智慧，无不渗透着对天道自然的遵循。例如，姚传标的《一剪梅·菇梦词》："日出松源白鹭飞，出入菇棚，小扣芦扉。木糠孕育野珍来，万籁无声，一片生机。桥自娉婷百祖巍，一路思量，百姓依归。几般牵挂问伊谁，月照家山，又卷窗帷。"诗词再现了菇农日出而作、日落而息的劳动场景和生于山水、饮于林泉、取之自然的劳动智慧。至于菇神祭祀，这既称得上是一份浓稠的人文情怀，也是菇农对山水自然的崇敬和感恩。

龙泉青瓷在中国陶瓷史上具有世界影响力，亦有一些诗篇对其歌咏。例如，王慧的《水上青瓷路》："连山画出满溪云，水墨轻帆影半分。曾是窑瓷林立处，冰心似玉醉诗文。"龙泉市位于瓯江上游，境内丛山耸峙，溪流纵横，水运畅通，同时瓷土资源蕴藏丰富。优越的自然环境为龙泉窑生产青瓷提供了十分优越的条件。龙泉青瓷"青如玉、明如镜、声如磬"的特点使其成为文化品牌，也熏染了处州的诗人气节。

丽水市的九个县市都有不同的文化和特色。处州诗人生活在这片土地上，不经意间流露出的都是愉悦的心情和悠闲自在的状态。于是，他们也将自己对丽水的依恋和热爱之情全部诉诸诗词作品的字里行间。民俗风情的影响

造就了诗人深厚的人文情怀。

三、社会维度：关心政治民生的家国情怀

每个人都生活在特定的时代，诗词作品也无不打上时代的烙印。当前，丽水市正处于"开放包容、绿色发展"践行"两山"理论的大发展时期。处州诗人就要有与时俱进的时代情怀和心系发展的家国情怀，植根丽水、立足浙江、面向全国，用诗词书写丽水故事，传播丽水好声音，助力丽水大发展。

绿水青山不负人，生态经济正青春。丽水市二十多年来的发展变化也深深刻进了处州诗人的心中，我们从虞克有的《丽水撤地设市二十周年》一诗中可以体会到这种变化："岁月回眸二十秋，南明湖畔数风流。新楼一片祥云绕，林浪千层紫气浮。高铁惊驰穿翠岭，飞鸿欲起掠云头。迷人山水金银叠，已是名声冠五洲。"从前，丽水老百姓穷在山上、苦在路上，山重水复成为人们奔向小康大道的"拦路虎"；如今，秀山丽水、天生丽质，清风绿水成为丽水发展生态经济的"强大引擎"。

建设美丽"大花园"，勇争最美"花骨朵"。如今丽水市的大花园建设是处州诗人津津乐道的吟咏对象，如傅瑜的《沁园春·丽水大花园赞》："秀美家山，日朗风和，蝶舞鸟喧。看处州大地，千峰叠翠；瓯江两岸，百卉争妍。浩渺烟波，晶莹水色，敢与苏杭互比肩。春雷动、犹进军号角，气薄云天。欢歌捷报频传。令多少游宾尽流连。叹畲村习俗，平添情趣；画乡古堰，更胜桃源。物阜民安，优殊生态，精彩纷呈满眼帘。心潮涌，共填词一阕，韵醉流年。"改革的春风拂过秀山丽水，"大花园"的景色愈发撩人。多年来，丽水始终坚持生态优先、绿色发展的核心战略定力，立足生态这个最大的优势，不断推进生态文明建设，为"两山"拓路。

开展全域旅游，打造浙江最美生态窗口。每年的马拉松大赛在丽水诗人笔下是一道别样的风景线，如夏莘根的《春风百里瓯江超级马拉松赛》："超马健儿穿树林，悟空八戒水滨冲。闻香睹艳神尤爽，行远飙光志不穷。绿浦一瓯苍鹤返，春风百里紫霞通。樱花柳岸古情韵，饮氧淋芳壮悍雄。"丽水将努力成为全面展示浙江高水平生态文明建设的重要窗口，促使丽水山水诗路的繁荣，也促使丽水改革的脚步像马拉松一样永不停歇。

松阳县有着"古典中国的县域标本"之称，被中国国家地理誉为"最后的江

南秘境"，"水墨小港"成为全省城乡风貌样板区，至今保留着较为完整的耕读文化。松阳县县长梁海刚，深研松阳历史文化，有感松阳山水风貌，创作了《山居杂咏》共32首。此举《山居杂咏（其二十七）》进行分析："残腊收寒欲尽时，空山独夜漏迟迟。松窗渐觉幽香近，岩径遥闻玉笛吹。莹彻冰壶侵素壁，横斜梅影照清漪。莫言地僻春来晚，已著江南第一枝"，该诗意象清新而自然，含蓄而隽永。诗人借物咏怀，以梅花冰清玉洁的品性来表达对高洁清廉的追求。尾联一句"莫言地僻春来晚，已著江南第一枝"更是体现出松阳县"地远而心不偏，俏也不争春"高质量绿色发展的担当。更有《山居杂咏（其五）》中的"身隔乱山如隔世，心安归处即安家。莫忧云路尘泥涴，自有寒泉漾白沙。"让我们看到了松阳县委县政府不惧困难，勇毅前行，奋力建设新时代美丽宜居城市的决心。

一方水土养育一方人，一代人有一代人的长征路。当前，丽水市各县（市、区）致力于打造革命老区共同富裕先行示范区，奋力展现中国式现代化新图景。地域对诗人的创作情怀有着潜移默化、深远持久的影响。瓯江流域的山水景物，自然而然地映入处州诗人的眼帘，也刻进诗人的内心。山水风光造就了处州诗人的自然情怀。文化底蕴和风俗民情形成了处州诗人的人文情怀。历史发展和社会进步丰富了处州诗人的家国情怀。

思想内涵一直被喻为诗词的灵魂，既是诗词创作的出发点，也是表情达意的归宿点。瓯江诗派的生态诗发展，应该具备广义的"大生态观"，提高诗人的思想境界，提升诗词的思想情怀。唯有如此，才能创作更多无愧于时代、无愧于人民的优秀生态诗篇。

作者简介：曹荐科，庆元县文联副主席，庆元县职业高级中学教务处主任，丽水市教学名师，中华诗词学会会员、浙江省诗词学会会员、丽水市诗词学会理事、瓯江诗派研究员、庆元县诗词学会副会长。

创作者对瓯江山水诗路、瓯江诗派、生态诗的自我突破

王少君

在 2016 年 11 月 12 日召开的丽水市诗词楹联学会常务理事会上，叶志深会长首度公开提出创建瓯江诗派，并进行了专题讨论和全面部署。《浙江省诗路文化带发展规划》（浙政发〔2019〕22 号）基于浙江深厚的文化底蕴、历史文化地理脉络，提出打造浙东唐诗之路、大运河诗路、钱塘江诗路、瓯江山水诗路"四条诗路"。

迎着政策的东风，丽水市积极推进瓯江山水诗路的建设且取得了一定的影响力。那么，面对着瓯江山水诗路的建设以及瓯江诗派的崛起，身受瓯江哺育的诗人们该怎样通过自身的诗词实践来讴歌这条母亲河？本文将从三个方面展开一些个人思考。

一、丽水、松阳在瓯江山水诗路上的历史地位

《浙江省诗路文化带发展规划》提出：瓯江山水诗路主要以瓯江—大溪—龙泉溪为主线，包括楠溪江—温瑞塘河支线、松阴溪支线，覆盖温州市、丽水市部分行政区域。瓯江为浙江第二大江，发源于龙泉市与庆元县交界的百山祖西北麓锅帽尖，自西向东贯穿整个浙南山区，流经丽水、温州等市，干流全长 388 千米。

瓯江上游的丽水地区，是浙西南革命老区，这里的山是江浙之巅，此处的水乃六江之源，号称"浙江绿谷"。辖区内人文、自然景观众多，如庆元的山林、云和的梯田、缙云的仙都、青田的石雕……这些丰富的人文景观，吸引着无数的文人骚客来此留下诗篇，谢灵运、李白、方干等到此处凭石门而歌，秦观、范成大、汤显祖等在任上赋诗词为赞，终使得丽水这个曾经的"四塞之国"逐渐为

天下人所识。

松阳县始建于东汉建安年间,有"古典中国的县域标本""最后的江南秘境"之称。至今,县内有71个中国传统村落、5个省级历史文化名村、1个中国历史文化名镇、1个省级历史文化保护区,保留着较为完整的耕读文化,具有丰厚瑰丽的非物质文化遗产。

松阳地方民俗风情浓郁,耕读文化、风水文化、商贾文化、客家文化、畲族文化、宗教文化、高腔文化、祭祀文化、端午茶文化等传统民俗文化传承良好。保存有庙会戏、社戏以及三十六戏等乡村戏剧;龙灯、船灯、采茶灯、雕塑、刺绣、剪纸和舞龙舞狮等手工艺术和民俗活动。其中,松阳高腔以本地方言演艺,是丽水地区唯一的地方剧种,为浙江省现存最古老的剧种之一,有"戏曲活化石"之称。端午茶则是松阳民间特有的保健中草药饮品,地方特色浓郁。王维曾发"按节下松阳,清江响铙吹"之咏;沈晦则用"唯此桃花源,四塞无他虞"以叹。建于宋代的延庆寺塔在此千年屹立,前店后场的明清老街在此依然鲜活。如何以山水人文为纽带,把自然景观和诗词相结合,重新聚焦和呈现瓯江、丽水之美,致力于将瓯江山水诗路打造成丽水文旅融合发展的魅力人文带、黄金旅游带、美丽生态带和富民经济带,成了我们这些生活在瓯江两岸的当代诗人们都需要去面对、去思考的命题。

二、瓯江诗派的崛起和中华生态诗的提出

近年来,浙江省注重传统文化的"双创",全力打造诗路建设。在此背景之下,2016年,叶志深会长首倡"瓯江诗派",并以"生态诗"确定为立派主张。周加祥会长在《浅议瓯江诗派及其文化品牌效应》中说:"所谓诗派,是诗词发展演化过程中,在特定历史时期内出现的一批诗人,由于审美观点趋同和创作风格相同或相近,有意无意形成的诗学和诗风派别,在相应地域起到文化品牌的作用。"一个诗派的形成,通常应具备"独特诗风、代表性作品、有一定数量的创作群体、有代表性的诗人"等几个要素。于是,有关"瓯江诗派"以及"生态诗"的研讨活动在丽水地区开展:2017年8月首届诗词理论暨瓯江诗派研讨会、2019年10月第二届瓯江山水诗路暨瓯江诗派论坛、2021年10月第三届瓯江山水诗路暨中华生态诗高峰论坛,并将每届会议的研讨成果汇集成册,取名为《瓯江论诗》,在这个过程中,"中华生态诗"逐渐成形。

三、丽水诗词创作者的诗词实践

传承中华文化,绝不是简单复古,也不是盲目排外,而是古为今用、洋为中用,辩证取舍、推陈出新,摒弃消极因素,继承积极思想,"以古人之规矩,开自己之生面",实现中华文化的创造性转化和创新性发展。这一观念为我们指明了方法和方向——守正、创新。所谓"正"就是"古人之规矩",所谓"创新"就是"开自己之生面"。那么,具体到诗词,这片景象的背后,什么是"正"?怎样去"守"?"新"又该如何去"创"?笔者有如下几点认知:

第一,诗词创作注重传统。语言形式成为当代诗词创作过程中争论的焦点。我通过观察总结,认为这些争论大致可以分为三大阵营:一是专注追求传统的如杜甫《秋兴八首》般的典雅,以及李白《赠汪伦》般的流畅浅俗;二是大力支持将当代的口语、白话入诗,甚至把本就不属于汉语体系的外文字母直接入诗;三是既赞成传统也探索创新。面对这个现象,我以第三类自居:数千年来,我们的农耕文明为我们积累了丰富的诗词的词语库,现在进入工业社会和信息社会,相较于唐宋,我们的语言习惯已发生很大的变化。我们现在的教育,对于汉字的教育和训练很不到位,造成部分当代的诗词创作者们驾驭语言文字的能力较差。这个无奈的现实,直接体现到近体诗词创作中就是空洞化、庸俗化、直白化、程式化的"老干体"泛滥。所以,当代的诗词创作爱好者应该有一种使命感,在充分汲取古人留下来的营养的同时,积累属于我们这个时代的适用于诗词创作的新的词语库,从而使得我们创作的旧体诗词既富有时代感,又有诗意和美感。

第二,正确对待近体诗词的韵律。近体诗词创作的语言形式,具备着"句式整齐、固定和遵循严格的声韵格律"的特点。在这方面,其受到了诟病以及新诗的冲击。新诗,与破旧立新的潮流相契合,打破了字数整齐、押韵、对仗等规范。改革开放以来,新诗不满于与近体诗词的界限不清晰,力求走得更远;而近体诗词则一方面不屑与新诗纠缠,另一方面又力求超越唐宋,写出不一样的风格来。于是,两者都在相互间的融合发展与各自的个性持守中逐渐迷失了自我。

有人提出诗词的体裁应有古风,如魏晋、先秦时那样,他们在诗词的创作上,形式、韵律都明显自由得多。我认为,持这类观点者之不足有二:一是可能忽视了汉语的流变过程——相较于古代而言,很多汉字的发音、字义在当代发生了很大的变化,导致当代人读到这类作品往往会产生"不押韵"、不合律、"晦涩难懂"的感觉;二是可能忽视了诗词体例自身发展的历史进程,这其实也是诸多事物发生发展的普遍规律——无序量变的积累最终导致有序质变的形成。在讨论历史问题的时候,我们一定要把这个问题放到当时的历史背景中去,这是一项基本原则,不能在诗词理论的研究上放弃、忽略。比如,今天广为诗词创作者所熟知的《平水韵》,经过了隋代陆法言的《切韵》、唐代孙愐的《唐韵》、北宋陈彭年和丘雍的《广韵》、南宋刘渊的《壬子新刊礼部韵略》、金代王文郁的《平水新刊韵略》、元初阴时夫《韵府群玉》定106韵的诸多版本,才逐渐成了今天被大家所接受的韵书。所以,我们今天如果拿着《平水韵》甚至《中华新韵》去检验初唐乃至先秦的诗词作品,得出"不讲韵律"的结论自然多数情况下都是错误的。

我还发现了一个值得大家反思的现象:当人们面对"李白的诗句就不讲格律"这个问题的时候,往往用一句"等你到了李白这个程度,你也可以"进行解释。我认为这种解释其实是苍白无力的。大量研究表明,近体诗词作为一种文学体裁,所遵循的一些规则也是经过了南齐、初唐、盛唐等历史时期的总结和沉淀的。所以,我认为整齐的句式、严格的声韵格律,是近体诗词最大的形态特征,这是不容改变和讨论的。实在忍受不了这般限制,不必拿李白等人当作借口、挡箭牌,完全可以进行诸如赋、歌行、现代诗等文体的创作。但是,不管是歌行还是赋体——它们的根本性质都是"韵文",哪怕是如李白《将进酒》般的古风体裁,也并不是彻底地弃之而不顾。

第三,关注诗歌的受众。诗,到底是写给谁看的?毫无疑问,诗人是诗歌的基本读者,大部分诗人和诗歌爱好者具有阅读和交流的愿望。一个真正的诗人,喜欢自己的诗,也会欣赏别人的诗。但是,如果诗词的创作者们仅限于此的话,诗歌所面临的境遇将会非常尴尬,如同网络上"诗歌的受众面太窄"的定论一样,受众只会越来越少。实际上,在诗人的范围之外,一直存在一个分布极为广泛的诗歌读者群体,而且随着社会的进步,这一群体呈现出日益扩大的趋势。如何吸引并持续扩大这个群体,是我们在进行诗词创作实践时需要考虑的问题,也是打造瓯江山水诗路和光大瓯江诗派的过程中需要认真对待的问题。

决定任何一个事物是否能够长期存在并繁荣昌盛的因素,归根结底都是一个"生命力"的问题。参照大自然中植物的生长规律,不难发现决定生命力的诸多因素中,气候条件、种子的质量和土壤无疑是最重要的。诗歌、诗路、诗派也无法逃避这个规律:如果说瓯江山水诗路的提出和瓯江诗派的崛起为生活在瓯江两岸的诗词创作者们创造了良好的"气候条件"的话,那么瓯江山水诗路和瓯江诗派建设的根本性问题,就落在了我们笔下的文字以及这些文字能够吸引住多少读者之上。文学艺术作品与读者群体之间的关系存在着一个良性循环:作品质量越高,受众面越广;受众面越广,作品的传颂程度就越高,生命力也就越强大。

第四,正确判断诗歌的优劣。什么样的诗歌作品才是好作品?评判标准是什么?评判者是谁?首先,我认为对诗歌作品的好坏进行评判的主体应该有两个:读者群体和诗人自己。其次,对于诗歌作品质量的评判,是一个看似抽象的、多维度的复杂体系。在这个体系中,如果一定要找出几个客观的评判点,我认为,作品的创作意图,全篇前后上下之间的逻辑、遣词,造句的行文规律和修辞手法四个方面应该是基本条件,缺一不可。否则的话,是很难得到读者认可的。其他诸如手法、技巧、虚实、格调、时空、情感、炼字、风格、题材、用典、意境、诗味之类,则既是诗人在创作时需要进行完善提高的自我修养,也应该是诗人自己对诗歌作品进行赏读时的参考要素。

瓯江山水诗路自西向东贯穿整个浙南地区,其承载的诗歌文化底蕴,独具诗的气质与禀赋。浙江省文物考古研究所副所长郑嘉励说:"瓯江山水诗路也是宋韵。"宋韵,不仅是理论的概念,更是实践的概念。面对这些,我们作为处在瓯江山水诗路上的瓯江诗派的一分子,应该怎么做,怎么破题?写出更多的高质量作品是毋庸置疑的,建立正确的诗词观更是不容忽视的!只有这样,才有可能让瓯江诗派成为瓯江山水诗路上的一股长期的气候、一番别致的景象、一颗明亮的恒星。要想做成这些,厚积薄发是我们进行自我突破的唯一的方法。如果以上所言不差,谨与瓯江诗派的同道共勉。

作者简介: 王少君,笔名萧尘,丽水市诗词楹联学会会员、松阳县兰雪诗社理事会理事,就职于松阳吴苏君医院麻醉科。

绿意心头满　高吟生态诗
——叶志深《中华生态诗三百首》序

王　骏

我答应叶志深先生为他的《中华生态诗三百首》写序,但近两个月后才成稿,主要原因是对生态诗词了解不够详细,一时难以下笔。丽水诗词界从2016年开始打出"瓯江诗派"旗号并倡导和推动中华生态诗创作和传播工作,我从2018年才开始对此有所接触和了解,也参与了一些他们组织的有关中华生态诗的论坛和研讨活动。虽有一点思考,但甚是粗略。的确很有必要对中华生态诗的产生和发展加以多角度、多层面地认真探讨。所以,我想这次借写序的机会,花一点时间对中外生态文学、生态诗现象作一些考察和思考,也想以此给丽水诗词界深入开展生态诗创作和研究提供一点不成熟的参考。本文与其看作一篇序言,不如看成一篇提供给读者讨论的读书笔记。

总体来说,欧美等西方发达国家比较早地在20世纪60年代就出现生态文学现象,进入21世纪80年代中后期,生态文学进入国内大众视野,引起人们的关注。随着生态文学的发展,中国自觉意义上的生态诗歌创作由萌芽、发展逐渐走向繁荣,形成了相当规模,产生了越来越大的影响[①]。从文献检索结果来看,所讨论的生态诗绝大多数是以新诗为对象的。而生态诗的集体有意识创作刚起步不久。这些年有"中国生态诗歌之城"的广东省清远市的传统诗词作者开始融入全国著名生态(新)诗人队伍,创作旧体诗形式的生态诗;几年前,湖北省开始着力探索和推动与生态诗有一定联系的新山水田园诗的创作和研究。而正式鲜明地亮出"中华生态诗"旗帜的则是浙江省丽水市的诗词组织。近年来,浙江丽水诗词界以瓯江流域的地域特色作为其生态诗创作的底色,首次明确提出"中华生态诗"的概念,以中国传统诗词的身份,在国内生态

[①] 参见张艳梅、吴景明:《近二十年中国生态文学发展概观》,纪秀明:《近三十年中国生态文学研究综述》,田皓:《20世纪80年代以来中国生态诗歌发展论》。

诗的研究和创作领域中异军突起、独树一帜。中华生态诗从提出伊始就开展了一系列的研讨活动，拓展了中华诗词的题材和主题，取得了令人欣喜的成果，在传统诗词界产生了较大影响。但从整个生态诗领域着眼，中华生态诗无论是概念、内涵、外延，还是创作领域、发展方向以及功能作用等都还有待继续深入研究。为此，我梳理了几个关键问题，并结合一些研究者的观点综述以阐述自己的观点，供大家参考。

一、生态诗的定义和分类

生态诗（生态诗歌）属于生态文学中的一种文学体裁。一直以来，有关生态诗的概念内涵与外延众说纷纭，最主要的观点可归为两种：一种认为生态诗与自然诗、环境诗无异，将所有书写自然景物、乡土人情、地理状貌、田园风光等的作品都划归为生态诗；另一种则认为生态诗的概念内涵与外延应该狭义化，认为生态诗是现代文明、工业化、科技化、经济发展的产物，因此它必须是对现代文明与现代社会持有批判与忧患意识的诗或是对人与自然和谐生态理想进行畅想的诗。① 多数传统诗词作者持前一种观点，而较多理论评论者和新诗作者持后一种观点。余一心等多数研究者认为：所谓生态诗，应是传播生态思想、抒发生态情怀、揭示生态规律、提倡生态保护，批判生态破坏现象的诗歌，其目的在于通过探讨人与自然的互动关系，来表现保护人类生存环境，建设和谐地球这一重大主题。

客观而言，对于什么是生态诗，较早产生生态诗的欧美学界目前也尚未定论。仅名称而言，就有 ecopoetry/ecopoem（生态诗）、ecological poetry（生态的诗歌）、environmental poetry（环境诗）、post-pastoral poetry（后田园诗）、sustainable poetry（可持续发展诗）等。不同的学者对生态诗的描述也各有侧重。然而，不论学者们对生态诗的定义如何不同，生态诗歌关注的焦点始终离不开生态、环境、自然以及人与自然的关系这类命题，生态关怀因此成为生态诗最基本的价值伦理取向。②

---

① 罗小凤：《新世纪以来的"生态诗"景观透视——兼论"生态诗"之我观》，《南方文坛》2013年第1期，第74页。
② 闫建华、何畅：《当代生态诗歌：科学与诗对话的新空间》，《西北师大学报（社会科学版）》2009年第2期，第33页。

生态诗的题材范围应该集中在与自然生态及与之关联的经济、社会、政治等方面的现象。文献资料中提及生态诗分类的文章不多。余一心等认为以下六类可以作为生态诗的诗歌题材：咏物述怀类、科技类、田园诗词、时事政治类、旅游观光类，环保与反腐类等。我认为生态诗可以细分为以下五类：一是环境风物类生态诗。描写自然生态现象以及与之联系在一起的风土人情的诗词，如具有生态意识的山水田园诗、咏物诗、游历诗等。这类诗是否可归入生态诗关键要看作品中具有多少生态意识和生态情怀。如果完全没有，则不应作为生态诗。二是抒情感悟类生态诗。面对山水、田野、工业、城市等自然环境和人文环境的生态现象甚至天体宇宙现象而抒情述怀的诗词，如一些乡土抒情诗、城市抒情诗，以及荒野、沙漠、海洋、天体等生态题材的抒情诗。三是批判反思类生态诗。就是以批评的姿态对环境生态危机现象的批评、反思的诗词。这一生态诗比较常见于新诗作者，也是当前国外生态诗的主流。四是叙事时事类生态诗。对某一生态事件或某一类生态现象进行诗性反映和思考的诗词，可以是叙事诗、感怀诗等。五是社会政治类生态诗。主要是反映生态政治、生态政策的产生、执行过程和结果以及对这类政策的评说，属于政治诗的范畴。

需要注意的是，我们在讨论生态诗时，要把生态的本来含义与生态的借用含义区别开来。如"生态政治"与"政治生态"两个概念，前者是有关生态的政治现象，属于生态学范畴，是生态诗的题材之一，而后者是借用"生态"的概念说明政治环境，属于政治学范畴，不宜归入生态诗题材的范围，如"文学生态"不能与"生态文学"相混淆一样。

从目前所看到的生态诗而言，新诗作者发表的生态诗，以批判反思类、叙事时事类生态诗为主，而传统诗词作者则以环境风物类、抒情感悟类生态诗为多。这或许与两种诗歌形式的表达方式各所不同，与创作分别根植西方生态思潮和中国传统生态意识有很大关系。当然，对于中华生态诗创作而言，需要以现代生态情怀和理论去关注更多的生态现象，弥补目前生态诗领域创作的不足，这也是新生的中华生态诗区别于传统山水田园诗的关键，也有利于与新诗界进行对话。

二、生态诗的主要特征

田晧认为：生态诗所要描绘和想象的是生态的和谐，要倡导的是人与自然的和谐共生,要表达的是人类与自然和谐相处的理想和回归自然的浪漫情怀;也要描绘生态被破坏的现实或想象生态恶化的后果,反映生态失衡的内容;还要揭示生态危机的社会根源,弘扬生态忧患意识和生态责任,昭示生态危机下人的精神生态的失衡,传递充实精神生态的强烈诉求。以上三个方面构成了生态诗歌的主题特征①。余一心等认为生态诗有以下四个特征:一是价值观,以生态系统的整体利益、长远利益为最高价值标准;二是基本原则,追求人与人、人与自然的多元多维和谐,主张已赋予新内涵的天人合一、和而不同;三是深刻的科学性,遵循生态和谐的科学原理,揭示生态危机的社会根源,指明生态恶果的疗救之道;四是新时代的人民性,超越一切个人与集团利益,着眼于人类的生存与发展,着眼于子孙后代,是对整个人类的终极关怀。只要符合以上特征的作品,都可称为生态诗。由此看来,生态诗不会受到具体题材的限制,任何领域的事物,只要具有生态情怀,能将上述思想内容巧妙融入作品,都有可能成为生态诗词的上品;反之,即使写了自然环境,却仅停留在欣赏与赞美的层面,那仍不能算是生态诗。

袁园在考察分析了目前生态诗的创作主题后,认为其有四个特点:一是对生态规律的尊重。站在生态整体的高度,主张人类必须遵从生态规律,与其他物种和谐共处。二是对自然生命的敬畏。生态诗词提倡尊重一切生命,强调自然生命的多样性和平等性,主张人和自然构成和谐的生命共同体。其三,对工具理性进行批判。认为科学技术发展能解决一切问题,主张征服自然为人类服务。针对这一点,生态诗猛烈地抨击人类对科技的过分迷信,批判工业文明对自然的破坏②。

综述观点,简而言之:生态诗的特征一是体现生态情怀;二是体现现代生态观念(如超越"人类中心主义",建立"生态整体主义"等);三是要体现生态忧患意识;四是要体现生态责任感。当然,一首好的生态诗要立足生态科学之大真、生态伦理之大善,还要融合生态艺术之大美,做到生态意识与诗性的高度融合。当代的生态诗既要有礼赞大自然的颂歌,也要有对人类破坏大自然的批判;既要有对生态环境的审视与观照,也有对个体生命的思考。

---

① 田晧:《中国生态诗歌的主题特征——兼论与山水诗歌的区别》,《长沙大学学报》2009 年第 3 期,第 55—57 页。
② 袁园:《新世纪生态诗歌论》,《南都学坛》2009 年第 3 期,第 52—55 页。

三、生态诗与山水田园诗的联系和区别

当代的生态诗与传统山水田园诗有着千丝万缕的联系。中国古典诗词特别是山水田园诗是中华生态文化的重要载体之一。自然生态包括我们所见的山水田园，它是生态诗的重要甚至是主要题材。山水田园诗中有大量关注自然环境、剖析人与自然关系的名篇，蕴含着古人丰富的吟咏自然、赞美自然和爱护生灵、敬畏生命的生态情怀，体现着道法自然、天人合一，万物一体、民胞物与的生态智慧。汪树东、贺潇雨认为：我国生态诗歌的兴起，不仅是因为当代诗人对生态危机的及时回应，还因为在中国古典诗歌传统中本来就有源远流长的山水田园诗歌谱系，更兼天人合一、道法自然的传统生态智慧的潜移默化。因此，当代生态诗歌的另一个重要维度就是积极接通古典山水田园诗歌的历史文脉，重铸传统生态智慧[①]。龚丽娟认为：在中国传统文学与艺术中，自然审美作为生态审美的前现代实践形式，已成为一种审美主流。"绿满窗前草不除""我见青山多妩媚""山鸟山花好兄弟"等，体现了古代诗人们对世界、自然及其他自然物的平等观照视角与自然审美态度[②]。李少君认为：青山绿水、蓝天白云，就是最大的现代性，对青山绿水的尊重和热爱暗含着生态意识，而生态意识就是现代性[③]。然而，主张把具有一定生态意识的山水田园诗归入生态诗，并不意味着可以将所有山水田园诗等同于生态诗，两者还是有区别的。作为生态诗关注点在于通过描写自然山水来表达现代生态情怀和意识，而不是单纯地描写自然山水。田皓认为：生态诗离不开对自然的抒写与吟唱，但它不是通过自然镜像反映主体的内心情感，诗中的自然不是主体的对象化，不是"人化自然"；它不仅仅停留在对自然美好或衰败之状的单纯勾勒，而是从生态整体利益的角度考察人们的言行，观察事物的发展，着力于探讨和揭示人与自然的亲和与排斥、融合与疏离……通过诗歌反映一种整体的生态情怀，既描绘天人和谐共处的美妙图景，也体现一种生态忧患、生态构想和生态期盼[④]。沈

[①] 汪树东、贺潇雨：《论当代生态诗歌的四个发展维度》，《湘潭大学学报（哲学社会科学版）》2022年第5期，第139—144,151页。
[②] 龚丽娟：《生态诗学的本质规定和实践路径》，《河北师范大学学报（哲学社会科学版）》2020年第6期，第64—71页。
[③] 李少君：《青山绿水是最大的现代性》，《光明日报》，2024年3月14日。
[④] 田皓：《20世纪80年代以来中国生态诗歌发展论》，《湘潭大学学报（哲学社会科学版）》2007年第2期，第84—88页。

利斌认为：与传统"模山范水"的山水诗不同，现代意义上的"生态诗"不仅对和谐的生态欣赏赞美，同时应具有鲜明的环保理念和生命伦理精神，应具有强烈的生态忧患意识和生态价值审思。生态诗的外延更广，不仅仅涉及山水和田园，任何领域的事物，只要具有生态情怀，融入了当代积极、正确的生态思想和观念，都有可能成为生态诗词作品。此外，两者的审美方向是有所区别的。中国传统的山水诗是以自然审美为主，而生态诗是以生态审美为主。在创作时，因为审美方向的不同，必然使得创作角度有所差别，从而影响到作品的立意、结构、语言等①。

综上所述，可以把具有一定生态意识的山水诗当作古代山水诗、现代纪游诗的现代赓续和深化，纳入广义生态诗的题材与类型范围。当然，当代生态诗虽然接续了传统山水田园诗的文脉，但两者毕竟是旨趣有别、风貌有异的。从涉及的题材范围来看，生态诗的范围比山水诗要广泛，山水诗描写的对象在山水，而生态诗除山水之外，还可以有社会、科技、文化、政治等人类社会活动所及的方方面面，甚至天体、地球进化等问题；从表达的思想情怀上看，山水诗主要表达对自然生态的欣赏与赞美，而生态诗则在此基础上，进一步表达生态情怀和生态责任；从作品的审美方向上，山水诗通常以自然审美为主要特征，而生态诗则审美、审丑方向并存，而审丑更能起到社会的警示功能，体现生态诗的特性所在。所以，对于生态诗创作者来说，首先在主题的确定上要有明确的现代生态意识，在表达诗情上体现鲜明的生态情怀，在用词遣句时主要运用生态审美或审丑。因此，那些将诗人自身视为整个自然生态系统中的平等一员，表现出自然万物共享快乐的生态观点的山水诗应该是生态诗；而仅仅将自然作为诗人的审美观赏对象，虽然表达了对自然的热爱，却没有明显的生态意识的诗，是山水诗而不是生态诗。还有一些表现怀古咏史、忧国伤古、求仙访道、向往隐居等情怀的诗，只是借山水以抒怀，与诗人的生态意识没有关联，这类诗是山水诗歌，但很难归入生态诗范畴。

四、深化中华生态诗创作实践的建议

由浙江丽水诗词界首次提出的"中华生态诗"概念及其创作实践，对推动

---

① 沈利斌：《别开新面的生态诗词》，《中华诗词》2022年第3期。

我国生态诗的发展意义重大。经过七八年的研究和实践，取得了不少成果。"中华生态诗"的旗帜首先在丽水扬起，有其得天独厚的三个因素：一是丽水市有"中国生态第一市"的身份。习近平总书记曾赞叹"秀山丽水，天生丽质"。丽水人民一直牢记习近平总书记"绿水青山就是金山银山"的重要嘱咐，成功把丽水市打造为"中国生态第一市"，为丽水生态诗现象的形成和发展提供了良好的政治、经济环境和创作的肥沃土壤。二是有作为中国山水诗发祥地的山水诗词底蕴。浙江省四条诗路之一的瓯江山水诗路，沿线存有大量与山水诗词文化相关的自然景观、文化遗存、历史遗迹、名人遗风，形成了独具特色的山水诗文化。丽水市作为瓯江流域沿线的主要城市，是瓯江诗路文化带建设的重镇。这为丽水生态诗的创作提供了丰富的养分。三是有一支以叶志深先生为领军人物的丽水诗人群体。近年来，在当地党和政府的大力支持下，该群体围绕中华生态诗的创作和研究开展活动，初步形成了一个特色鲜明的具有地方特色的诗歌流派——瓯江诗派。这是丽水生态诗产生和发展的决定性因素。"借得汉文灵气，借得处州银阙，谁把梦经营？"新时代生态文明建设的丰硕成果与传统山水诗词文化的深厚积淀，加上一群以继承发展中华诗词文化为己任的本地诗人群体，这就产生了当今丽水中华生态诗研究和创作的生机勃勃的局面。

从生态诗研究和创作的全局来看，虽然中华生态诗在生态诗的大家庭中已占有一席之地，但还很有必要继续在理论研究和实践创作中不断深化完善。

第一，扩大现有中华生态诗的题材范围，在保持地区性的山水田园书写范围的同时，向更广泛的生态领域拓展。这方面，叶志深先生的《中华生态诗三百首》对此已有了很好的探索，如《西南旱情有作》《退耕还林》把笔触放到我国西南地区的生态现象上。《咏矿山公园》《过塔克拉玛干沙漠》已经超越了传统山水田园诗的取材范围。《绿水青山就是金山银山感赋》则属于生态政治、生态科技方面题材的诗词。然而，就目前所看到的冠以中华生态诗名义的作品，题材过于集中在描写自然生态和农村环境生态（其中有部分是难以归入生态诗的），而选择生态工业、生态城市、生态海洋、生态政治、生态伦理等众多的生态题材，以及碳达峰、碳中和、碳交易、新能源、绿色制造等生态建设的新兴领域的较少。这对中华生态诗的题材全面性产生了一定影响，不利于中华生态诗发挥更大的社会功能。中华生态诗要在表现山水田园式的自然生态美的同时，进一步表现整个生态自然、生态社会的转变，使生态诗的创作走出传统山水田园诗的惯性轨道和狭小空间,从而实现对传统山水田园诗的超越。

第二,增加中华生态诗的生态语境和生态含量,让中华生态诗更具"生态"的身份特征。中华生态诗的生态含量越高,生态诗的身份特征就越明显。我们也可以从《中华生态诗三百首》中读到具有明显生态语境和生态含量的优秀作品,如《建设生态示范区有怀》,充满了满满的生态情怀;《天目山见啄木鸟得句》充分发挥了生态想象;《车过神农架》则表达了生命共同体的现代生态思想。要提高中华生态诗的生态语境,首先可以从中国古典诗词中汲取养料。中国传统哲学思想中富含生态智慧,反映在历代诗词中的这些生态意识、生态意象完全可以运用于当今。其次可以借鉴已经有较多成果的中外生态诗(新诗)创作的立意、构思和手法。最后也是最主要的,要注重通过深刻、全面学习贯彻习近平新时代中国特色社会主义生态文明建设的思想,除了著名的"两山"理念外,还有如"建立节约型社会""要像保护眼睛一样保护生态环境,像对待生命一样对待生态环境""人与自然是生命共同体""生态本身就是经济,保护生态就是发展生产力""良好生态环境是最公平的公共产品"等,利用这些重要观点、重要思想,指导中华生态诗的创作,通过诗的形象化的意象和语言,将这些重要观点、重要思想诗化在作品之中,避免把生态诗写成生态语录或生态标语。

第三,发扬中华诗词的美刺传统,重视运用中华生态诗的批判功能。我国古典诗词一直有优秀的"美刺"传统。其中的"刺",就是诗歌创作中直面现实、揭露时弊、干预生活的现实主义传统。中华生态诗一方面需要歌颂赞美人与自然之美的和谐关系,激发人们钟爱自然、保护环境的生态意识。另一方面也要通过强烈的、直面现实的作品去揭露生态发展中的短板。通过鞭答人类对大自然的"反生态丑行"来警醒世人,让人类对破坏生态的行为自觉反思。《中华生态诗三百首》中也不乏好句佳作,如"半桶山泉一条命,上苍无泪哭荒田"(《西南旱情有作》),"酿成苦酒由谁饮,莫怨苍天不作陪"(《雾霾有感》)。特别是《沁园春·春》:"四季当先,百鸟同吟,千绿相酬。把如歌岁月,全都奉献;青春世界,悉数齐谋。目击无边,胸藏万象,赢得江山更一筹。晴空下,看乾坤朗朗,草木悠悠。时光总误寒流,有多少家园乐忘忧?叹茶芽夭折,柳枝枯损;李桃风韵,放逐荒沟。谷雨惊川,清明连脉,莫让秋收变绝收。初心在,列殷殷希望,每每追求。"

诗人星汉曾对此作精到点评:"此词上阕写'春'对世界、对人类的贡献;下阅却担心'时光总误寒流',怕'春'受到摧残,'让秋收变绝收'。最后作者表明,所'希望'所'追求'的就是'初心'。如果更进一层,读者能感受到诗人对社会、对国家的责任感。"从生态诗的角度来分析,此作品"美""刺"两种手法结合,既歌颂春天的无私,又忧患寒流的摧残。这里"春"的意象,不妨看作是人类社会对自然生态的敬畏之心和为实现和谐共存的不懈努力,而春的"初心"也就是人类的生态理想和生态责任。

上述几点仅仅是我对中华生态诗创作中涉及的题材、内容、角度等方面的一些个人想法,关于丽水中华生态诗研究和创作如何深入,当然还有许多问题可以研讨。比如,各类中华生态诗可以形成哪些风格?中华生态诗如何在反映当代生态思想的同时体现诗词艺术审美特点?如何把握中华生态诗"审丑"的尺度?新旧体生态诗各自有哪些优势劣势?在中华生态诗人队伍的培育和建设中有哪些措施?如此等等,都是我们下一步需要继续思考和实践的。

《中华生态诗三百首》出版之际,我写下上述不成熟的文字,也十分感谢叶志深先生把写序的机会给我,使我有了一个对生态诗现象作一些研究思考并形成文字的机会。我的这篇学习笔记形式的序,其作用可能与叶志深先生编辑本书的初衷是相同的,主要是希望起到交流的作用,也希望能发挥一点导向作用,以及对中华生态诗的继续发展起到一点推动作用。

作者简介:王骏,网名西溪吟客,笔名晓篁,中华诗词学会常务理事、浙江省诗词楹联学会会长。

浅谈中华生态诗
——兼赏松庐先生《山居杂咏》十二首

周 进

2023年6月2日,习近平总书记在文化传承发展座谈会上指出:"新时代的文化工作者必须以守正创新的正气和锐气,赓续历史文脉、谱写当代华章。"这次在丽水市松阳县召开的首届兰雪诗词暨第四届瓯江山水诗路与中华生态诗学术交流会,正是响应了这个号召。有幸被邀请,提交拙作参与交流,我非常高兴。本文就我对中华生态诗的理解,并结合松庐先生的作品谈一点感想。

一、对中华生态诗的理解

"生态"一词出自萧衍《筝赋》"丹荑成叶,翠阴如黛。佳人采掇,动容生态",可以解释为美露美好的姿态、生动的意态,或表现生物的生理特性和生活习性。现代汉语中"生态"是指生物在一定的自然环境下生存和发展的状态,也指生物的生理特性和生活习性。随着语义的拓展,"生态"一词涉及的范围越来越广,如经济生态、文化生态、政治生态等,更衍生出了"生态文明"这一概念。

"生态"与"诗词"挂钩,这是丽水诗人的首创,是中华诗词学会号召"千方百计调动千军万马、激发千家万户投身中华诗词事业"进一步催生了这种"创造性转化和创新性发展",这是传承与创新的典范。近几年,中华诗词学会相继成立了包括乡村诗词工作委员会在内的二十多个专门委员会。乡村诗词工作委员会推动了对新田园诗的创作与研讨,而传统意义上的田园诗(山水田园诗),其代表人物之一的谢灵运就是受到了瓯江之润。进入新时代,乡村田园诗温故知新、传承创新,既与中华诗词的优秀文化传统一脉相承，又吐故纳新、继往开来，与时代精神融和、气息通泰。这从多年来丽水瓯江诗派的崛起和生态诗探索中可见一斑。我认为从丽水起步的生态诗，走出浙江就是中华生态诗，也属于新时代的新田园诗。然而，从连续三届的瓯江山水诗路研讨会中，我体会到生态诗或许比新田园诗更广阔些。中华生态诗的代表诗人宇真先生认为："生态诗的内涵是揭示人、社会、自然三者之间的本质要求，歌颂三者之间的协调发展，体现三者之间的和谐关系，推动三者之间的共同进步，浸润人们的美好家园和诗意生活。"

显然，这已经超越了广义的"生态"范围而上升到"生态文明"的高度。因此也有学者认为，宇真先生定义的"生态诗"实际是"生态文明诗"，符合生态诗歌颂"协调发展"、体现"和谐关系"、推动"共同进步"、浸润"美好家园和诗意生活"的目标，也符合生态诗所包含的"人""美"和"三要素。

关于中华生态诗，除了同意宇真先生的部分观点外，我还比较赞赏姚泉名先生的观点。姚先生认为，判断一首作品是否属于生态诗，应以人与自然是生命共同体的生态文明思想为指针，以人与社会和谐共生、良性循环、全面发展、持续繁荣的基本宗旨为标准，以具备真实性、思想性、艺术性三个条件为参考，从而既防止鱼龙混杂、丧失特色，又避免画地为牢，自我束缚。因此，含有天然生态基因的传统山水诗、田园诗，一般都可以纳入生态诗的范围。但山水田园诗数量巨大，且具有各自的特色，足以成为专门的类别，生态意识不是很明确的山水田园诗是否纳入中华生态诗，可以商榷。

虽然生态诗的萌芽可追溯到2014年8月丽水举办的全国性诗词大赛，大赛作品结集为《诗咏丽水》，而生态诗概念的提出是2016年11月，至今不到十个年头，但有瓯江之润，已经生根发芽。前三次研讨会都是在丽水市里，本次研讨安排到松阳县，说明根须也更深了。松阳有醉人的生态之绿、厚重的历史之黄、鲜艳的革命之红、涌动的奋进之蓝，更有叶法善、张玉娘、叶梦得等诗词大家，还留下了王维的佳句"按节下松阳，清江响铙吹"。从传承与创新的角度看，每次研讨会都有新意，研讨会后都会更广泛地开展生态诗的宣传和创作活动，但无论是在丽水、在松阳，还是在浙江、在全国，无论是瓯江诗派，还是生态诗，每一种文学形态或流派的出现，都会伴随代表性人物的产生。本次研讨，我选择了松庐先生及其作品，让作品来说话。

二、松庐先生作品赏析

"我畏简书孤此縻，赖君专志奉亲慈。云山身隔三千里，永日心思十二时。泣路岂能劳远驾，临流忽欲赋清诗。绝知新岁须精进，犹念吾儿黠转痴。"这是松庐先生诗作《除夕怀家》，品读中忆及同感，我在部队二十年，何尝不是"云山身隔三千里，永日心思十二时"。松庐先生，本名梁海刚，1974年出生于浙江省温岭市，毕业于杭州大学法律系，现任松阳县县长。他也是浙江省诗词楹联学会会员，我与松庐先生不熟，只是读过他的诗词。据了解，他深研地方历史文化，对中华传统诗词与西方古典音乐颇有兴趣，近年在《十月》《书城》《书屋》与《扬子江诗刊》等刊物发表了不少作品。松庐先生能在公务繁忙中不断创作，迭出佳作，令人起敬。

松庐先生的《山居杂咏》同题诗作有几十首，本次选读了十二首七律，都是诗人心绪的诗意记录，映射出诗人丰富的精神生活。按照宇真先生的观点，我认为这十二首诗可以作为"生态诗"来考察理解。查阅松庐先生的履历，他曾在家乡温岭的松门镇任职，如今又到丽水松阳任职，不知是否巧合还是故意与"松"结缘。《山居杂咏》中许多诗句都有"松"，如其四、其十八、其二十七、其三十提及了松风、松籁、松窗、松涛，有自然的、有人为的、有意想的、有写实的。松庐先生任职过的地方，都是绿水青山好生态，也是浙东唐诗之路、瓯江山水诗路沿线。故这些生态诗得山水文化滋润，也体现作者学养之所成。如《山居杂咏（其四）》：

久客云山便是家，草庐遣兴酌流霞。
林间鹤语催新月，竹下琴言对建茶。
竟夕清欢闲有味，幽人高意澹无邪。
欲眠听得松风起，忽念中园紫菊花。

首联用典"酌流霞"，李白《九日》有句"今日云景好，水绿秋山明。携壶酌流霞，搴菊泛寒荣"；颔联对仗工整，虚实并用；颈联转入心境描写，用语也工；尾联"紫菊花"的花语是天真、无邪、浪漫，紫色给人一种神秘高贵的感觉，因此它的寓意是神秘，代表的是神秘的人和事，紫色也是比较浪漫的颜色，紫色菊花就代表着浪漫,适合送给恋人,可表达欣赏,还代表爱情,可直白地表达爱意。这首满满生态意识的作品给人以丰富想象,自然是佳作。《山居杂咏(其十八)》:

> 新年苦雨不开门,枯坐蜗庐度晓昏。
> 偶觅小诗排困踬,静听松籁发清言。
> 文章自古崇秦汉,兴趣如今转宋元。
> 漫卷残书无意绪,闲窗一梦到南村。

这首诗或许是写于某个特殊时段,或许是遇到了某种"困踬",但诗人"静听松籁发清言",满怀希望听到风吹松树发出的自然声韵,因为诗人心中记挂的是"南村"的百姓。《山居杂咏(其二十七)》:

> 残腊收寒欲尽时,空山独夜漏迟迟。
> 松窗渐觉幽香近,岩径遥闻玉笛吹。
> 莹彻冰壶侵素壁,横斜梅影照清漪。
> 莫言地僻春来晚,已著江南第一枝。

尽管"漏迟迟",但希望就在眼前,"松窗"透"幽香","遥闻玉笛"声,夜来"冰壶""梅影","地僻"的松阳依然是"春来""江南第一枝",你说这诗能不"生态"?《山居杂咏(其三十)》:

> 山村客至喜开筵,篁韵松涛作管弦。
> 正值田家烧酒熟,晚归渔子荐鳞鲜。
> 互叹别久惊霜鬓,自问身闲愧俸钱。
> 忽见墙隅梅独立,老枝新蕊共争先。

久违的客人来了,"松涛"是迎宾曲,"酒熟""鳞鲜"热情招待,特别是熟人朋友"惊霜鬓",但诗人的站位高,"自问身闲愧俸钱",思绪也远,敏锐地体会到梅的精神,用"老枝新蕊共争先"来描述为乡村振兴只争朝夕、勠力同心的精神。

松庐先生的生态诗,诗意浓浓里不乏深深的思考,发清妙之天机。唐代诗人王维正是提出"天机清妙"这一审美命题的山水诗大家,松庐先生是否确有王维踪迹之追寻或作品之涵咏与习得,因未有深入研究不加妄言,只是一种粗浅感觉。如《山居杂咏(其二)》:

> 山中何以洗蓬尘,白雾生云水影新。
> 淑气融融催客鸟,青阴寂寂立幽人。
> 飞枝蝴蝶不知梦,压架荼蘼还惜春。
> 看尽落红莺自啭,浮荣应愧绊元身。

诗人入景朗鉴,物我无隔,而得天然画意,喜获禅悦,"浮荣"洗尽,"元身"得以升华。《山居杂咏(其五)》:

> 啼鸟空林碧雾遮,幽人和月摘梅花。
> 雪消深涧松风静,光冷横窗竹影斜。
> 身隔乱山如隔世,心安归处即安家。
> 莫忧云路尘泥浣,自有寒泉漾白沙。

此诗首联、颔联以景托情,依然把诗人喜爱的"松风""竹影"纳入诗中,尽管时光易逝,松阳就是"我安心之家",尽管"云路尘泥",不会一帆风顺,但"莫忧",借宋诗人郑獬《春尽》的"惟有清泉漾白沙",意在表达乐观,自然是"生态诗意"浓浓。《山居杂咏(其十)》:

> 远入青山略寄身,客中良夜静无尘。
> 挑灯话雨真痴绝,争席分茶一欠伸。
> 眼底好花看好月,岭间佳茗比佳人。
> 偏宜缓火烹天水,七碗乘风且去嗔。

诗人或许是记录了一次夜访农家,与老乡"挑灯话雨",自谦"痴绝",但彼此融洽无间、不拘礼节,尽是"好花""佳茗",我特别推崇尾联,思想工作是需要"缓火"的,宋诗人陈宓"七碗乘风"之典用得恰到好处。《山居杂咏(其十一)》:

> 久客荒城事事悭,枕衾夜半湿余潸。
> 惭悲秋事怀愁悒,慎蹈春冰惧谤讪。
> 性嗜僻书多抵滞,心如铁石自坚顽。
> 似闻野鹤鸣寒月,明日携琴上北山。

诗人可能遇到了不顺心,颔联"惭悲秋事怀愁悒,慎蹈春冰惧谤讪"可见一斑,但这位诗人不一般,"明日携琴上北山",一定会柳暗花明。

松庐先生是一位领导干部,往往是为了千家万户团圆,逢年过节自己不得团圆。于是在这样一种"生态"里,字里行间透出诗人的别样情思。如《山居杂咏(其二十九)》:

> 何幸新年伴水仙,花明暖室自清妍。
> 凌波人去思尧女,春草诗成梦惠连。
> 金盏多娇吹蕊破,乌牛独早试茶煎。
> 山中久苦无丝竹,三月同登陶岘船。

诗人以一种乐观主义态度,在万家团圆的新年里与"水仙"作伴。水仙花作为我国十大名花之一,其特点是花色纯净无瑕、花香清淡馥郁。在西方水仙的花语代表坚贞爱情、纯洁;在中国,水仙花盛开在春节前后,代表多情、相聚、思念、团圆等。水仙花期长、纯白色,因此还有纯洁之意,也可代表友谊、无悔的青春,表示生活幸福多彩。颔联用典"尧女""惠连"表达思亲。颈联则以写实来务虚,"多娇"对"独早"。尾联又反意用典,表达"久苦"之心,也是生态诗"人""美""和"的诗意表达。《山居杂咏(其二十一)》:

> 谁料今年此处冬,一泓寒碧照衰容。
> 身如萍梗浮江海,路入烟萝锁岭峰。
> 残月窗昏霜气冷,新醅酒薄故情浓。
> 不知忘世尘中客,更到云山第几重。

忙碌了又一年,冬来"一泓寒碧照衰容",是一种真实写照,但诗人身觉"霜气冷"心中"故情浓"。全诗言语流畅,我很喜欢。《山居杂咏(其十二)》:

> 倦客无眠到夜阑，十年湖海一身单。
> 空悲秋发常吟醉，怯试春衫坐畏寒。
> 细揣交情谙冷暖，备尝世味识咸酸。
> 残更听得晓鸡唱，早起中庭看牡丹。

我没有读懂诗人"十年湖海一身单"，但从颔颈两联里感悟，是没有寻找到"知音"故为"单"，尾联中的"牡丹"可以解释为表示守信，诗人坚定自己的信念，不怕"身单"。《山居杂咏(其三十一)》：

> 安卧松庐学闭关，朝朝只在彩云间。
> 病闲犹叹梅花瘦，庭静唯闻涧水潺。
> 欲狎白鸥轻白浪，但寻青烛入青山。
> 人情物意随时变，春满清江月满湾。

此诗颈联最佳，不仅生态意味清新，且对仗工整，自对互对皆可。此诗禅意浓浓，诗人身心升华，然"人情物意随时变"，典用"春江花月夜"而又以现代言语入诗，自然贴切。

松庐先生还有许多作品值得细细拜读，尤其是创作于松阳的作品，要结合松阳历史上的叶法善、张玉娘、叶梦得等诗词大家作品一起研读，体会其传承，"可怜皎皎独山月，千载犹吟张玉娘"(《书怀(其一)》)；感悟其创新，"此身空洁随秋水，亦不迎欢亦不忧"(《秋日松阴溪晚行(其二)》)。本次研讨名为"兰雪诗词"，就是借张玉娘诗词集《兰雪集》之名，表示一种传承。向松庐先生学习，"定当极虑安民事，偶有闲情学课诗"(《书怀(其二)》)。

三、关于生态诗的思考与建议

目前，中华生态诗的提法，通过三届研讨会，已经广播于神州大地，但创作与研究其实尚在初始阶段，大部分作者的生态诗创作也还不是有意为之，正如姚泉名先生所言：往往是"碰巧"成了生态诗。因此，提出如下几点建议：

第一，推送生态诗好作品，推出代表性诗人。我曾经以《金生丽水听百颂 丽水生金惠万民——读叶志深先生〈金生丽水〉有感》和《百颂丽水 情系生态——再读叶志深先生〈金生丽水〉生态诗》,来推崇中华生态诗领军诗人叶志深,即宇真先生。以《共挥时代英雄笔 卷起瓯江运巨篇——读周加祥先生诗词兼谈瓯江诗派生态诗》,来评价周加祥先生的中华生态诗,向大家推荐这位诗人。今天,拙文《浅谈中华生态诗——兼赏松庐先生〈山居杂咏〉十二首》,也是意在品读松庐先生的生态诗,并推荐这位诗人。

第二,规范中华生态诗的"定义"。现在,生态诗混杂在各种类型的诗词作品中,没有相对的规范。这就需要生态诗的拥趸们花大力气宣传呼吁,扩大其影响,逐步让作者形成创作自觉的同时,加强对中华生态诗的学术研究,尽早构建起一套相对成熟的生态诗基础理论,使中华生态诗立得住,站得稳,走得远。正如姚泉名先生所言:生态诗的创作手法是多样化的,在作品立意上也没有过多的限制,可以赞叹自然生态之美,歌颂生态保护者之功,也可以揭露生态破坏之行,表达生态破坏之痛。但必然要围绕"人与自然是生命共同体,保护自然就是保护人类,建设生态文明就是造福人类,必须坚持走人与自然和谐共生的道路"这个主旨。中华诗词学会乡村诗词工作委员会在倡导新田园诗时,就指出可以围绕"一幅美丽的乡村画卷、一群生动的农民形象、一派繁荣的农业景象、一种可贵的忧患意识"来创作。我也提出新田园诗具体可以表述为"五个新":理念新、内容新、群体新、视野新、作用新。中华生态诗也应该有不同于其他诗的特色。

第三,要有自身平台,比如中华生态诗创作研究中心。这个问题在第三届研讨会期间曾经作为一个重要议题进行过探讨,当时的中华诗词学会的领导们担心两个问题,即人才队伍与资金保障。时至今日,我认为条件或许比当时更趋成熟了。从人才队伍来看,已经逐步年轻化,有了后继之人,特别是松庐先生,年富力强,又担任县级主要领导,完全可以成为中华生态诗的领军人物。而资金保障,如果中华诗词学会中华生态诗创作研究中心落在松阳县内,是不是丽水市有关部门支持一点、松阳文化资金保证一点,再加上广大诗人贡献一点,想办法动员社会各界赞助一点,研究中心应该可以建立起来。

作者简介:周进,男,现任中华诗词学会理事、中华诗词学会乡村工委副主任、浙江省诗词楹联学会副会长兼秘书长、浙江省之江诗社党支部书记、副社长,浙江省书法家协会会员,浙江省钱塘江文化研究会会员,浙江省非物质文化遗产保护专家库成员。

中华生态诗略论

叶志深

2016年下半年,丽水市诗词楹联学会首次正式提出创建瓯江诗派,同时率先提出了"中华生态诗"的概念,并以此作为瓯江诗派的文学主张。由于山水是生态的重要组成部分,广义上的生态已包含了山水,故将生态山水诗称为生态诗。因生态诗的表现形式属于中华诗词的范畴即格律诗,所以又将其称为中华生态诗。中华生态诗派的创立不是偶然所为,也不是一时所为,而是经过了一个探索、尝试、认知的过程,从而实现理论和实践的结合。现在,我们对瓯江诗派的创建和中华生态诗的创立(简称两创)达成了共识,构建了理论体系。本文试着对中华生态诗的起源、定义、风格、类型、与古代山水诗的区别,以及中华生态诗的创作要求和意义等问题作出阐述。

一、中华生态诗的起源和历程

丽水之所以诞生中华生态诗,有其独特的社会、自然和人文背景。

一是基于"两山"理念的引领而形成。习近平同志在浙江工作期间曾到丽水市调研考察,提出了"绿水青山就是金山银山,对丽水来说尤为如此"的论述。此后,习近平总书记又在深入推动长江经济带发展座谈会上的讲话中进一步称赞了丽水。"两山"理念在丽水的实践为中华生态诗的形成提供了强大的精神支撑和良好的社会环境。丽水的诗人们热爱家乡、热爱时代,积极创作,十多年来围绕生态文明而创作的当代诗词竟达上万首。这群自觉肩负起时代和社会责任的诗人被誉为"瓯江诗人",也正是这些有着共同情操和目标的丽水市诗联学会的会员们以及其他诗词爱好者共同组成了瓯江诗派,共同书写着中华生态诗。

二是基于丽水市"中国生态第一市"身份的映照而形成。丽水是瓯江的发源地,瓯江流域大部分分布于丽水市,八百里瓯江有七百里在丽水市域内,是丽水人民的母亲河。千百年来,瓯江一直滋养着灵秀的处州(丽水古称)大地,留下了深厚的文化底蕴,可谓诗脉绵长。丽水有着得天独厚的自然条件,生态优势十分明显,全市森林覆盖率达到了81.7%,素有"中国生态第一市"之美誉,被授予"中国摄影之乡""中国长寿之乡"等荣誉称号。丽水独特的生态山水文化为中华生态诗的形成奠定了坚实的基础。一批本地诗人顺应自然,顺应潮流,大胆亮出了瓯江诗派这面旗帜。诗派,顾名思义,首先是诗,其次是一个群体。新时代生态文明建设与中华优秀传统文化的结合,使得中华生态诗一呼而出、一唱百和,进而出现了当今丽水中华生态诗研究和创作的生机勃勃的局面。

三是基于中华优秀传统文化创造性转化和创新性发展而形成。在当今全国各地诗词组织空前壮大,诗词活动空前活跃,诗词内容空前丰富的大环境下,丽水市诗词楹联学会紧贴时代脉搏,适应社会发展,主动融入中华优秀传统文化创造性转化和创新性发展的大潮中,兢兢业业,砥砺前行,任劳任怨,取得了创作实践和理论研究的显著成果,为中华生态诗的形成打下了基础和创造了条件。中华生态诗概念的提出主要源于三方面的考究:第一个方面,从诗坛层面看,一直以来似乎只有"山水诗""田园诗"之称。众所周知,山水田园诗是老祖宗留下来的诗歌传统形态,我们要传承弘扬,这是不容置疑的,但问题是古代山水田园诗已暴露出明显的局限性和片面性,尤其是不能囊括和涵盖当代的众多诗词,而这些作品又恰恰是时代的主流创作。当代人创作的诗词不可能从古代山水田园诗中找到影子,也很难归类到古代山水田园诗中去,必须有诗的新形态,才能"诗出有名"。第二个方面,从社会层面看,人类社会发展史上,从最早的原始社会到长达几千年的农耕社会,再到近当代的工业社会和生态文明社会,显然社会不同了,诗歌伴随的特点和要求也不同了。山水田园诗是农耕时代的产物,现代的生态文明社会应该有新的诗的形态。随着社会的发展、科学的进步,人们认识自然、利用自然、改造自然、保护自然的水平和程度越来越高,在自然属性中越来越多地融入了人文属性、生态属性,中华生态诗不是单纯写自然山水,而是把自然属性和人文属性有机统一起来,并且更多地融入了生态因素。第三个方面,从文化的层面看,反映社会发展的文学形式应该是求新求变的。诗词文化是中国文学的精华,面对当今的生态文明理念和生态文明建设,我们应以当下情怀、当下思维、当下意象、当下语言来谋划诗词新格局,创造与之相适应、相匹配的诗词新形态。

2017年至今,丽水市已连续举办了四届全国性的诗词研讨会。特别是2021年10月,在中华诗词学会指导下,中共丽水市委宣传部、浙江省诗词楹联学会共同主办了第三届丽水市瓯江山水诗路暨中华生态诗高峰论坛,被中华诗词学会列入2021年度"十大新闻"的内容。2019年下半年,正式发文建立"瓯江诗派(中华生态诗)研究会"并挂牌开展工作,并在此后的工作中初步构建了中华生态诗的理论体系。2021年8月正式出版了由周加祥先生担任主编的《丽水生态诗选》,这是丽水诗人群体对中华生态诗的广泛实践和集中体现。2023年6月在《诗·瓯江》特刊上编印出版了《中华生态诗三百首》,这是个体对中华生态诗积极探索的成果体现。

二、中华生态诗的定义、基本特征、风格及其与山水诗的区别

什么叫中华生态诗?用简单的一句话来表述:以格律诗的形式吟咏人、社会、自然三者相互关系的诗叫中华生态诗。中华生态诗所指的生态有两个显著的特点:一是指广义的生态,而不是狭义的生态。生态有狭义、广义之分,从狭义上说,主要指自然生态,包括山、水、空气、动物、植物等;从广义上说,除了自然生态外,还应包括人和生态社会,生态社会又包括生态政治、生态经济、生态文化等,是人、社会和自然三者的总和。我们当代人所指的生态应该是广义上的生态,因为它更符合时代特征和时代要求。二是指有机联系的生态,而不是孤立的生态。我们讲生态往往离不开人与自然、人与社会、自然与社会,这三者是相互依存、相互影响、相互作用的。人类迫切需要一个和谐美丽的自然生态,自然生态也切实离不开人类的保护和开发。人是在一定的社会中生存生活的,社会是由某一阶段或某些范围的人所形成的集合体。因此,中华生态诗的内涵应是揭示人、社会、自然三者之间的本质要求,歌颂三者之间的协调发展,体现三者之间的和谐关系,推动三者之间的共同进步,浸润人们的美好家园和诗意生活。

中华生态诗并不意味着可以包罗万象,它是有选择的:一是从内容来看,中华生态诗要求题材真实,非虚构,也非泛泛而谈,要有具体对象。二是从诗意来看,不能体现共性意蕴的诗就谈不上是中华生态诗。三是从表现形态来

看,应酬诗一般不列入中华生态诗范畴。

共性意蕴是中华生态诗的基本特征,指诗人们在作品中反映的意蕴是社会、时代、大众所普遍认可和持有的共性情感。创作中华生态诗要求诗人们表现的不再是单纯的小我情感,而应融入集体中,作共性情感的个性化表现。这是中华生态诗和古代山水田园诗与西方生态诗歌创作理论的重要区别之一。共性意蕴具有社会全局性、地域广泛性和人的大众性的特点。在当今时代,共性意蕴主要内容有:一是公众情操,具体反映在社会主义核心价值观上;二是生态情愫,具体反映在生态社会、生态理念和生态文明建设上;三是家国情怀,具体反映在实现中国梦和美丽中国建设上。通俗地讲,共性意蕴集价值观、生态观、审美观于一体。《中华生态诗三百首》尽可能选取能体现共性意蕴的诗词,在诗的用意、用语、用途、用事、用情五个方面有新突破,力求该诗集能够为时代所用、为生态所用、为人民所用。浙江省诗词楹联学会副会长郭星明教授称赞《中华生态诗三百首》:既是瓯江诗派的代表作品汇编,也是中华生态诗的示范读本。[1]

中华生态诗与古代山水田园诗主要有以下区别:一是题材。古代山水田园诗的题材比较单一,中华生态诗的题材比较广泛。二是意蕴。古代山水田园诗的意蕴往往以个体情感为主,中华生态诗的意蕴则是公众情感。三是风格。古代山水田园诗的风格往往是消极避世、孤寂隐晦、自我抒发,中华生态诗的风格则是淳和雅切、积极明快、亮丽清新、反映时代、贴近生活。四是作者。中华生态诗是广大诗人和诗词爱好者共同参与的大众化的文化创作,古代山水田园诗往往是少数文人墨客和官僚阶层的闲情逸致。五是审美。审美的角度不同,作品的立意、结构、语言也不同。古代山水田园诗的审美是以自然审美为主,中华生态诗的审美则是以生态文明为主。

三、中华生态诗的类型和创作要求

根据内容,中华生态诗可以细分为五种类型。一是社会政治类,侧重于涉及生态政治及其历史传统和现状、生态社会建设及其生态政策、社会发展环境等方面题材的诗。二是经济科技类,侧重于展示生态经济、现代科技方面的活

---

[1] 2023年《诗·瓯江》特刊第27页。

动及其成果的诗。三是时事民生类,侧重于反映生态文明相关的人、事、物与体现人民群众生活、生存密切联系的诗。四是文化旅游类,侧重于记述文化活动、鉴赏生态文化、描述乡土风情、抒情人文环境、追寻名人踪迹的诗。五是自然风光类,侧重于描写自然生态现象、山水田园风光的诗。

创作中华生态诗的基本要求主要有三个方面:

一是真实性,主要指题材的真实性。要求中华生态诗的题材是当今社会现实中和人民群众中以及生态文明进程中,看得见的客观存在的人、事、物。一般要注明某一景区、某一乡村、某一城市、某一企业、某一事物、某一状况、某一精神等。例如,《车过神农架》:"云霞几度近窗前,跃上葱茏八百旋。万木共生仙草长,千峰对峙佛光悬。野人行迹谁曾识,飞燕留巢未忘然。同个家园同个梦,回看正是绿擎天。"(《中华生态诗三百首》)

二是思想性,主要指诗中要融入共性意蕴。创作中华生态诗尤其要有生态的情怀和时代的情怀,从而充分体现中华生态诗的三个内在要素。第一个是"人"的要素,人是社会的主体,也是自然的主人。在人与自然的关系中,人始终占主导地位,起支配作用,人可以利用自然,也可以改造自然、保护自然,也会破坏自然。第二个是"美"的要素,美是人、社会向往和追求的目标,也是当代社会和自然环境的综合体现。写中华生态诗离不开写美,写美是中华生态诗的主要内容。当前从"美丽中国"到"美丽乡村",无不体现美,无不要求美,无不吟诵美。因此,美在创作中华生态诗中占有相当大的篇幅。第三个是"和"的要素,"和"指和谐,和谐是人、社会、自然三者关系的基础和本质要求,也是三者协调发展的前提。通常讲的和谐,有天人和谐、社会和谐、人文和谐、山水和谐、物我和谐等。例如,《鹧鸪天·过安岱后》:"放眼群峰挺脊梁,长缨火把两沧桑。红霞未与流年逝,绿谷终究旷世香。承玉露,醉松阳,而今漫步小康庄。春风翻作千秋梦,总是星光伴月光。"

三是艺术性,是指诗的表现方式,没有艺术就不成诗。诗是一种精炼的文学体裁,所以中华生态诗也应尽量避免口号式、说教式、概念式的表现方式;尽量避免语言老化、僵化、鄙俗化和板式化。同时也要避免采用不合规范的网络用语,而要充分吸收当代新鲜生动、表现力强的词语、文字入诗,以替代那些没有生命力和应该抛弃的古代语言。尽可能做到句意欲深、句调欲清、气象雄浑、避腐避俗,尽可能追求"弦外之音""言外之意",让不同的读者体悟不同的意蕴。如《沁园春·春》:

四季当先,百鸟同吟,千绿相酬。把如歌岁月,全都奉献;青春世界,悉数齐谋。目击无边,胸藏万象,赢得江山更一等。晴空下,看乾坤朗朗,草木悠悠。

时光总误寒流,有多少家园乐忘忧?叹茶芽夭折,柳枝枯损;李桃风韵,放逐荒沟。谷雨惊川,清明连脉,莫让秋收变绝收。初心在,列殷殷希望,每每追求。

星汉点评:此词上段写"春"对世界、对人类的贡献;下段却担心"时光总误寒流",怕"春"受到摧残,"让秋收变绝收"。最后作者表明,所"希望"所"追求"的就是"初心"。如果更进一层,读者能感受到这位诗人对社会、对国家的责任感。词中使用对仗,便见错落与严整结合,参差中见均齐,更富美感。我们可以这样说,没有对仗就没有《沁园春·春》。查前人《沁园春·春》词作,此调对仗位置虽然比较灵活,但都有几组对仗。常见的上阕第四句后,下阕第三句后,除了领字外,要用"扇面对"。上阕八九两句,下阕七八两句,要用"邻句对"。《沁园春·春》这首词就是如此。除此"常规"对仗。此词开头三句,用了"鼎足对",上下阕的末韵也用了"邻句对"。就是说此词凡字数相等处,皆用了对仗。这在当今词坛上,尚不多见,足见叶志深先生为对仗高手。

王骏点评:从生态诗的角度来分析,《沁园春·春》此作品美、刺两种手法结合,既歌颂春天的无私,又忧患"寒流"的摧残。这里"春"的意象,不妨看作是人类社会对自然生态的敬畏之心和实现和谐共存的不懈努力,而春的"初心"也就是人类的生态理想和生态责任。

真实性、思想性、艺术性三个方面是有机统一、完美结合、缺一不可的整体,体现了中华生态诗的诗品特征。其中真实性和思想性在创作时比较直观,也比较相近或相似;而艺术性则是因人而异、因事而异、因时而异、因地而异、因诗而异的,因而是丰富多彩的。

四、中华生态诗的意义

中华生态诗是推动中华优秀传统文化创造性转化和创新性发展的典范,具有重大的现实意义和深远的历史意义。

其一,中华生态诗具有广泛的人民性。从理论主张来看,中华生态诗在前提基础方面毫不掩饰地突出了"人和生态社会"的主张,使得中华生态诗与其他生态诗歌有显著的区别。从诗人队伍来看,中华生态诗的作者群体明确宣称自己是大众化的创作群体,人人都可以参与创作中华生态诗,各行各业的诗人都可以书写中华生态诗。从读者对象来看,由于歌咏时代是中华生态诗的主要特色,贴近时代、拥抱时代、讴歌时代就成为创作的主旋律,因此其容易走进社会、走进生活、走进百姓,能够扩大读者对象,引起大众共鸣,从而得到有效传播。

其二,中华生态诗具有广泛的实用性。由于中华生态诗不搞无病呻吟,也不搞自娱自乐,而是为时代写史,为时代画像,为时代立言,所以题材涉及政治、经济、文化、自然、社会、民生、时事等众多领域,创作的作品充分体现了真实性、思想性、艺术性的有机统一和完美结合,被农村、学校、企业、机关、景区等场所广泛使用,出现了有关当代诗人诗作的诗墙、诗廊、诗碑,受到了社会的普遍认可和赞扬。

其三,中华生态诗具有广泛的适应性。由于中华生态诗的创作素材在地域上遍布东南西北,在时间上不分春夏秋冬。其诗意元素,于工农城乡俯拾皆是,因此它是当代诗人共同面临的时代命题。丽水具有创作中华生态诗的条件,浙江全省也有创作中华生态诗的条件。浙江能够做到,全国各地同样也能做到。

五、结　　论

中华生态诗是中华传统文化和当代生态文明结合的产物,即以格律诗之形,行生态文明之实。生态文明,是人类文明发展的一个新的阶段,是人类文明发展的历史趋势。生态文明,是以人与自然、人与人、人与社会和谐共生、良性循环、全面发展、持续繁荣为基本宗旨的社会形态,是人类为保护和建设美好生态环境而取得的物质成果、精神成果和制度成果的总和,是贯穿于经济建设、政治建设、文化建设、社会建设全过程和各方面的系统工程。中华生态诗正切合了当下社会生态文明建设的主题。

中华生态诗无论从诗词外部的构成情况来看,还是从诗词内部的变化形式来看,都符合作为诗词新形态的要求。何谓诗词新形态?指诗词外部的构成情况和内部的变化形式有其固定特点、有别于其他诗词类型的一种形态。

显然，中华生态诗的外部构成是和生态理念、生态文明、生态社会相对接并以此为背景来抒发情怀的，其内部的变化形式是以生态相关的人、事、物为对象来诗意记载和诗情表达的。所以，中华生态诗已成为当代中国诗词新形态。

作者简介：叶志深，笔名宇真，大学学历，丽水市人大常委会原常务副主任。现为中华诗词学会乡村诗词工作委员会顾问、浙江省诗联学会特约研究员、丽水市诗联学会驻会顾问、瓯江诗派（中华生态诗）研究会首席研究员。2023年，被中华诗词学会授予"全国优秀学会领导"的荣誉称号。

呼唤最美的生命状态
——从松庐先生《山居杂咏》的写作视角说起

张金英

我对丽水最初的印象,缘于2014年在网上所查的资料,知道了丽水古称处州,是浙江省辖陆地面积最大的地级市,被誉为"浙江绿谷",于是写下一首词《临江仙·丽水》:

> 绿谷幽幽涵树影,叮咚九曲流泉。萋萋芳草恋云山。霓霞铺彩卷,碧水映良田。缕缕清风翻作浪,烟峰横卧蓝天。如诗似梦也翩跹。撷三千絮语,挥一页华篇。

由于未曾亲临,加之九年前诗艺尚浅,对丽水之美的表现力度是远远不够的。后来读到范诗银老师写的《卜算子·丽水烟雨》:"东海卷云来,湿我江南旅。襟上清香桂子黄,袖染芭蕉雨。山影翠还无,水色青相许。青宇流烟难画成,剩有青莲句。"轻灵、飘逸而朦胧的词风恰如江南烟雨一般,让人沉浸其中。"山影翠还无,水色青相许"的山水景象正如一幅水墨画,令人向往。这当是描写丽水的生态诗之一吧。2016年丽水瓯江诗派提出了"生态诗词"这一概念,生态诗词的提出意义重大,其内涵深刻,外延广泛,它超越了山水诗的范畴。我认为,中华生态诗应该担负起"呼唤最美的生命状态"的职责:呼唤和平,回归美好温馨的家园;呼唤文明,回归风清气正的社会;呼唤平衡,回归原始美丽的自然环境……不论是什么内容的生态诗,"生命"都应该是其精神内核,政治生命、经济生命、人文生命、自然生命,无所不是;而和谐则是它的主色调,任何领域的和谐状态一旦失控,生命则岌岌可危矣,唯有和谐,方能保持生命的活力,即保持生态诗的活力。今日偶读松庐先生的《山居杂咏》组诗,正应验了"撷三千絮语,挥一页华篇"。松庐先生是率先创作生态诗的领军人物之一。

以"松庐"为笔名,足见丽水松阳之美好,足见其对山居生活之热爱,更见其生态诗中无处不在的生命意识。现以其《山居杂咏》组诗为例,谈谈生态诗的写作视角。

一、关心世事,体现生命的价值

正如中华诗词学会常务副会长林峰在《生态为核,诗学为纲——关于中华生态诗的调查报告》中所言:古代山水诗已暴露出明显的局限性和片面性,消极避世,自我抒发;生态诗则是把自然属性和人文属性有机地统一起来,并且更多地融入人文因素。松庐先生的《山居杂咏》组诗里,看似缺乏这方面的内容,实则不然。他并非置身于山居而不顾外面的世界,依然是"家事国事天下事,事事关心",且看下面这首诗:

山居杂咏(其二)

端午元无半日晴,溪村幽事总关情。
但闻乱水争喧闹,且诵新诗作剑鸣。
痴雨洗来蓬屋净,灵风吹动涧松清。
山中良夜君须记,守得云开见月明。

此诗应是写于端午,"溪村幽事总关情"定下关情对象,不外乎"溪村幽事"矣。"溪村"何所事?"但闻乱水争喧闹"也;"幽事"为哪般?"且诵新诗作剑鸣"矣。看似小事,然结合端午这一传统节日来看,此"乱水"不完全是因为"无半日晴"之天气,而是另有所指,"幽事"亦不是纯粹的文人雅事。"且诵新诗作剑鸣"可见作者胸襟,当是一腔正义于心间油然而生,联系端午便不难理解作者吟诗以鸣的缘由。颈联回到山中,回扣风雨天,以风雨过后的蓬屋之净、涧松之清表现出一场洗礼之后,山中生命越发纯净。这应该是作者想要的状态。尾联顺势表现这种欣喜之情。"山中良夜君须记,守得云开见月明"以"良夜"定位,表现云开雾散之后的山中明净之景,亦是心灵的净化之境,足见一番"涅槃重生"的快慰,生命力量得以重新绽放。

此诗的写作视角在于从"风雨"出发,这不仅是自然对人类的历练,亦是历史、社会对人类的时空锻造,其结果自然彰显出生命的真正价值。也许作者未必有此意,但从风雨对山中事物的洗礼中,读者可以感受到更为丰富的内涵。这当是生态诗的写作视角之一。

二、沉浸山林,表现生命的真谛

山林是最富有生命活力的场域之一。古人隐居山中大都是消极避世,今人山居,表现出来的则是淡泊名利、逍遥自在的生命特征。松庐先生不乏此类作品,如:

山居杂咏(其九)

月出东南接水天,故人相会夜开筵。
轻舟醉漾芦深处,白鸟群飞竹屿边。
我自高吟金缕曲,客犹默诵悟真篇。
劝君多饮松花酒,无事关心便是仙。

"月出东南接水天"呈现出一幅山月升起的林中幽境,"故人相会夜开筵"则道出在此幽境中的酒会。与古人之孤独"饮酒"相比,松庐先生的酒宴就热闹多了。颔联以物之醉意陶然表现山中的美好,而人的陶然之态尽在"我自高吟金缕曲,客犹默诵悟真篇"。中二联呈现的是一幅人与自然的和谐状态,即最美的生命共存。"劝君多饮松花酒,无事关心便是仙"不纯粹是山中主人的劝客,更多的是表现出于天地间忘我的逍遥自在,心无挂碍,便似仙矣,而松阳山中,当是仙境了。

此诗的写作视角在于追求一种理想化的生存方式,诗中的"仙境",是人们对最佳生存状态的追求。而这种追求,其实是对生命质量的追求。从古至今,松阳从来就不缺乏善于"从心养生"的人,如叶法善。而这种养生之道其实是以修德、修心的方式达到养生的目的,其生命的质量可想而知。要达到这种境界,内心当摒弃各种纷扰与杂念,摒弃名利在心中的位置,正如松庐先生在《山居杂咏(其四)》中写的:"山中何以洗蓬尘,白雾生云水影新。淑气融融催客鸟,青阴寂寂立幽人。飞枝蝴蝶不知梦,压架荼蘼还惜春。看尽落红莺自啭,浮荣应愧绊元身。"如此,方能还原生命的本真状态,即最美的生命状态。

三、反观内心,寻求生命的意义

生命的意义何在,这是历久弥新的议题,是哲人一直探究的话题。其实,我们每一个人都可以成为哲人,在反观自我内心的同时感悟生命的存在,其意义自然会在感悟过程中得以彰显。松庐先生的《山居杂咏》组诗中,有不少观照自我心灵的作品,如以下两首:

山居杂咏(其三)

夜雨骚人戴笠行,土茶野酿喜相迎。
放歌不觉空山晚,迷雾方知夏木清。
醉后吟诗千句好,座中化蝶一身轻。
欲来洗耳觅无处,自有灵泉濯我缨。

山居杂咏(其五)

吾庐独守意翩跹,今夕偏宜织与牵。
河畔难欢长寂寞,花间初见最清妍。
迷回化蝶通庄蝶,惊认天仙作水仙。
夜夜砧声清梦里,冰心一片付风船。

《山居杂咏(其三)》带有古人归隐诗的痕迹,对山居生活的喜爱自在其中。"放歌不觉空山晚,迷雾方知夏木清"见出山中骚人的怡然自得,颈联进一步表现其山中醉吟之后的心灵净化。诗人"欲来洗耳",然无处觅也,但丝毫不影响其心情,因为"自有灵泉濯我缨",这是山林对自我身心的陶冶。诗人反观自身,进而借助山中灵泉濯缨,足见山居生活对心灵的养护。《山居杂咏(其五)》写自我独守"松庐"的翩跹意念,颔联以物寓情,颈联巧以化典,尾联道出心路之结果,浸染着山居清梦的色彩,那颗经山中洗涤出来的冰心,是诗人对山居的深切感悟。

这两首诗的写作视角是从自我内心出发,折射出健康的山居生活观。善于清空身外意念,回归本真,这样的思想情愫还表现在:

山居杂咏(其八)
侵晨白露蓼花红,我泛扁舟碧水东。
十里蒹葭遮远目,两双鸥鹭觅霜虫。
长思往事秋风里,又结新愁浊酒中。
恰似松阴溪上雾,来时容易去时空。

天地之间,置身山中,与大自然结为一体,往事早已随风而逝,纵有丝丝新愁融入酒中,亦如"松阴溪上雾"一般,"来时容易去时空",如同山中生命的浸润与化解。这种立意,亦是最美的生命呼唤。

四、突出共情,表达生命的美好

中华诗词学会常务副会长林峰在《生态为核,诗学为纲——关于中华生态诗的调查报告》中概括了中华生态诗与古代山水田园诗的区别之二在于意蕴的区别。他认为古代山水田园诗的意蕴往往是以个体情感为主,中华生态诗的意蕴则是公众情感。这种公众情感其实是人类的共情,即对人类生命共同体向上、向美、向善的追求,是对美好生活的向往之情。松庐先生的《山居杂咏》中反映人类共情的作品不少,以下两首尤为突出:

山居杂咏(其十)
客坐秋山待月生,静观草木自枯荣。
风吹玉露莓苔湿,云碾冰轮宿鸟惊。
野气浮林轻袅袅,清辉映涧满盈盈。
天光水色俱澄澈,信是人间同此情。

山居杂咏(其十三)
寒山眉月两徘徊,绕涧寻香几树梅。
春水煎茶犹带雪,松花酿酒已浮醅。
沙鸥素狎无机巧,海燕初来莫忌猜。
安得四时同此夜,人间清静绝尘埃。

《山居杂咏(其十)》前六句描绘了明净美妙的山林之夜,尾联自然抒发"天光水色俱澄澈,信是人间同此情"。这美好的夜色,谁人不爱?独乐乐不如众乐乐,诗人更希望人间亦是一片明澈,这种期冀,亦是人间共情也。

《山居杂咏(其十三)》起句不凡,以拟人手法表现出山中月色的美好,几树梅香更是给山林夜色增添了几许清幽。颔联的"春水煎茶"与"松花酿酒"给寒山增添了不少暖意,颈联再次以拟人手法表现人与自然的和谐共处,由此生发出"安得四时同此夜,人间清静绝尘埃"之期冀。这种环保意境下的和谐之境,处处充满着大美与大爱,夫复何求?

诗人笔下人人向往的理想居所,不在他乡,就在松阳,故而松庐先生有不少作品直接抒发了对家乡美好环境的热爱之情。如以下几首作品:

山居杂咏(其十九)

平生最爱是松阳,归老岩间寄上方。
延庆寺清闻梵磬,袭魁坊静溢书香。
万山有意怜孤客,四塞无虞入乐乡。
洗足投筇常兀坐,关门真与世相忘。

山居杂咏(其三十一)

柴门虽设不须关,聊寄闲情野水间。
独放扁舟云外去,满倾浊酒梦中还。
且看江上千帆过,应笑年来两鬓斑。
忆得故园风物好,藕花香遍半溪湾。

山居杂咏(其四十三)

半老离乡愧白头,临风吹笛放兰舟。
忽闻故曲应移棹,为赋新诗更上楼。
似酒春光闲里度,如天碧水静中游。
海隅那得真清净,一路看山到处州。

山居杂咏(其五十一)

谁料今年此处冬,一泓寒碧照衰容。
身如萍梗浮江海,路入烟萝锁岭峰。

残月窗昏霜气冷,新醅酒薄故情浓。
不知忘世尘中客,更到云山第几重。

这几首诗写得意蕴丰厚,用语纯熟,饱含着对松阳的无限情怀,这皆缘于松阳清净绝尘的养生环境。这些诗的写作视角均以人间共情出发,以松阳的环境表现出人间的理想环境,从而表达生命的美好。

五、感悟世态,呈现生命的思考

松庐先生山居,并非隐居。他对红尘世态的感悟蕴于山居生活中,从而表现出其对生命的深度思索。法国哲学家笛卡尔有个著名的哲学命题——我思故我在。此中的"我"实为"精神上的我",是超越生命体的精神实体。正是这种思考,才证明了"我"的存在,才能彰显出生命的真实。《山居杂咏》组诗中有部分诗作表现了作者的思考,虽然未必上升到高深的哲学层面,但可看出松庐先生是个善于思考的诗人,试看以下这首诗:

山居杂咏(其二十)

啼鸟空林碧雾遮,幽人和月摘梅花。
雪消深涧松风静,光冷横窗竹影斜。
身隔乱山如隔世,心安归处即安家。
莫忧云路尘泥涴,自有寒泉漾白沙。

松庐先生的描写极见功力,此诗亦然。首句一个"碧雾遮",足见山林之碧及树林之密,以至于感觉雾都染上了碧绿的色调。颔联笔法细腻,尤以"光冷横窗"见出山林之寒,巧将形容词"冷"化为动词,灵动有致。颈联转入对生命的思考,"心安归处即安家"体现思考之后的淡定,故而在尾联发出劝诫:"莫忧云路尘泥涴,自有寒泉漾白沙。"人在红尘,难免沾染"泥尘",甚至会因喧嚣与争夺而失去思考的能力,但切莫担心,此处是最好的修身之所,"自有寒泉漾白沙"。

山居杂咏(其二十七)

客入秋山自海涯,遥望川色感年华。

因知世味轻如水,渐觉人情薄似纱。
心学先贤诗有愧,身从尘俗思无邪。
连峰千里难穷目,野阔江天散绮霞。

即便"身从尘俗"亦"思无邪",足见诗人思想的纯净,而这种纯净的思想当从山林过滤而来。在这里,许多的人与事都可以沉淀下来思考,在思考中超越俗世红尘,自我的生命方能葆有新鲜的色彩。虽然他"细揣交情谙冷暖,备尝世味识咸酸",但"残更听得晓鸡唱,早起中庭看牡丹"(《山居杂咏(其三十四)》)之时,世俗的种种冷暖咸酸便不复存在了,唯有山居带来的美好。纵然他不知"嚣尘扰扰何时静",而且"杂语喧喧岂得谐"(《山居杂咏(其三十五)》),但能于此"月下行吟",自然能得以"散怀"。山中,已然成为其心灵的栖息之地。

同题材的作品容易有雷同之感,然松庐先生力避雷同与熟语,在同一题材中不断翻新,皆源于他的思考,方可达成,如以下这首诗:

山居杂咏(其三十二)

远入青山略寄身,客中良夜静无尘。
挑灯话雨真痴绝,争席分茶一欠伸。
眼底好花看好月,岭间佳茗比佳人。
偏宜缓火烹天水,七碗乘风且去喷。

此诗中有两联尤为出彩:颔联"挑灯话雨真痴绝,争席分茶一欠伸"突出山中良夜与友饮茶夜话的"痴绝",颈联重字对接,互文见义,下分句巧妙化用苏轼名句"从来佳茗似佳人",意蕴耐品。在静得无尘的良夜里,有此似佳人的佳茗,足矣。

这几首诗的写作视角均从自我对世态的观察出发,在观察中感悟,在感悟中自慰,在自慰中清空,在清空中超脱,从而完成对自我生命的思考,达到生命中的高境界。

六、撷取书香,穿越生命的极限

山中饮茶,人生之乐也;山中读书,拉长了时空,丰富了心灵。因诗书的存

在,叶天师(叶法善)依然鹤发童颜;因诗书的存在,张玉娘依然才情斐然。且看以下这首诗:

山居杂咏(其六)
白发迎风到栝苍,连天云水两茫茫。
簿书万卷多尘绊,砧杵千家共夜凉。
松岭争如幽梦远,清溪不似客愁长。
可怜皎皎独山月,千载犹吟张玉娘。

此律以雅致隽永的语言营造了清幽绵长的意境,情理相生,寓于景中,含蓄蕴藉。松阳,因张玉娘而变得富有书香气质,变得幽梦袅袅,变得清溪如愁。"可怜皎皎独山月,千载犹吟张玉娘"道出张玉娘对后世的深远影响,她的人生历程与诗词创作一直备受后人关注,吟诵至今。松阳,洋溢着张玉娘的诗书味道,意蕴悠远。书香,已然成为松阳人的标签。松庐先生写道:

山居杂咏(其二十八)
身似孤星各一方,空山新霁月苍苍。
草枯霜白催秋老,枕冷衾寒觉夜长。
静定喜忧元自在,均齐物我两相忘。
感时却作乡园忆,满室书香带酒香。

在读书中"静定",在读书中"相忘",穿越生命的时空隧道。纵然"性嗜僻书多抵滞",然"心如铁石自坚顽"(《山居杂咏(其三十三)》)。有诗书的陪伴,岁月更加静好,生命愈加丰富,恰如他在以下这首诗中所写:

山居杂咏(其三十六)
晚山过雨郁苍苍,黄菊虽残独傲霜。
眼底风波生处远,岩间日月静中长。
空斋事简持心厚,清夜衾单入骨凉。
胜景常归乡梦里,有花有酒有书香。

从中可知,这些诗的写作视角在于从诗书出发,从中获取精神食粮,充实自我，便可穿越生命的极限，达到"天人合一"的境界。外在的一切不适，均可在书中得以化解，并获得自我的生命模式，于月下会晤书中之人，与之对话，寻求某种生命的认同感。

纵然"人情物意随时变"，但松庐先生对松阳的爱永远不变，他写道：

山居杂咏（其六十四）

安卧松庐学闭关，朝朝只在彩云间。
病闲犹叹梅花瘦，庭静唯闻涧水潺。
欲狎白鸥轻白浪，但寻青烛入青山。
人情物意随时变，春满清江月满湾。

此律是我目前所读到的《山居杂咏》组诗中的最后一首，但以松庐先生对松阳的热爱，凭他对松阳松庐的喜爱，这份"山居"情感不会结束。但愿他也只是"安卧松庐学闭关"，而不是真正的"闭关自守"，之所以"学闭关"，依然是因为对松阳止不住的爱，希望"朝朝只在彩云间"。不管怎么说，作为松阳人的松庐先生，结庐山中，命名为"松庐"，亦自称"松庐"，本身就含着自身的情志追求，创作了《山居杂咏》组诗，这在瓯江诗派中理应占据一席之地。可以说，这是他积极努力发扬中华生态诗的探索诗。这组诗的写作视角为我们创作生态诗提供了一些范式与启迪：他以"生命"为生态诗的创作核心，发出内心的呼唤，呼唤生命的和谐与美好，从而实现对人间美好的共情追求。当然，中华生态诗的题材远不止此，其写作视角还有很多。我们唯有立足当下的创作实际，才能一步一个脚印，踏踏实实地推进中华生态诗的发展。

作者简介：张金英，网名南国英子，笔名英子。70后，倾心于诗词创作、评论与理论研究，创办"英子评诗"公众平台。现为中华诗词学会理事、中华诗词学会评论委员会副主任、中华诗词学会教育培训中心高级研修班导师、海南省诗词学会副会长兼会刊《琼苑》执行主编、《儋州文苑》主编。

生态诗选评

姚泉名

"生态诗"概念由浙江诗人叶志深(笔名宇真)于2016年提出。此后,他在《瓯江诗派与生态诗》一文中指出,生态有广狭二义,从狭义上说,主要指自然生态,包括山、水、空气、动物、植物等;从广义上说,除了自然生态外,还应包括人和社会生态,社会生态又包括政治生态、经济生态、文化生态等,是人、社会和自然三者的总和。我们当代人所指的生态应该是广义上的生态,因为它更符合时代特征和时代要求。因此,他将"生态诗"表述为:关于人、社会、自然三者及其相互关系的诗。① 这是一个具有开放性的定义,给了生态诗包容乃大的研创前景。

生态本是指生物在一定的自然环境下生存和发展的状态,也指生物的生理特性和生活习性。随着语义的拓展,生态一词涉及的范围也越来越广,如政治生态、经济生态、文化生态等说法都由此生发,更衍生出生态文明这一概念。生态文明是指人类遵循人、自然、社会三者和谐发展这一客观规律而取得的物质与精神成果的总和;是以人与自然、人与人、人与社会和谐共生、良性循环、全面发展、持续繁荣为基本宗旨的文化伦理形态。宇真认为:生态诗的内涵是揭示人、社会、自然三者之间的本质要求,歌颂三者之间的协调发展,体现三者之间的和谐关系,推动三者之间的共同进步,浸润人们的美好家园和诗意生活。② 显然,这已经超越了广义的生态范围而上升到生态文明的高度。因此,宇真定义的生态诗实际上是生态文明诗,这才符合生态诗歌颂"协调发展",体现"和谐关系",推动"共同进步",浸润"美好家园和诗意生活"的目标;这才符

---

① 宇真:《瓯江诗派与生态诗》,周加祥主编:《瓯江论诗(第二辑)》,中国书籍出版社2021年版,第148页。
② 宇真:《瓯江诗派与生态诗》,周加祥主编:《瓯江论诗(第二辑)》,中国书籍出版社2021年版,第148页。

合生态诗所包含的"人""美""和"三要素。

习近平总书记始终坚持从战略高度审视生态文明建设的重要地位。一是强调生态文明建设是"国之大者",是关系党的使命宗旨的重大政治问题,必须加强党对生态文明建设的全面领导。要提高政治判断力、政治领悟力、政治执行力,全面落实党政同责、一岗双责的生态文明建设责任制,确保党中央关于生态文明建设各项决策部署落地见效。二是强调人与自然是生命共同体,人与自然的关系是人类社会最基本的关系,生态环境没有替代品,用之不觉,失之难存,保护自然就是保护人类,建设生态文明就是造福人类,必须坚持走人与自然和谐共生的道路。三是强调生态文明建设是关系中华民族永续发展的根本大计,是关系民生福祉的重大社会问题,是建设富强民主文明和谐美丽的社会主义现代化强国的重要内容,必须始终把生态文明建设纳入"五位一体"总体布局统筹推进。四是强调要从长远眼光看待生态文明建设,像保护眼睛、对待生命一样保护和对待生态环境,在生态环境保护上算大账、算长远账、算整体账、算综合账,不能因小失大、顾此失彼、寅吃卯粮、急功近利。①

我们没有必要将生态诗的队伍拉得过大,鱼龙混杂,丧失特色;也没有必要将生态诗的范围限定得太小,画地为牢,自我束缚。判断一首作品是否属于生态诗,应以习近平总书记"人与自然是生命共同体"的生态文明思想为指针,以生态文明"和谐共生、良性循环、全面发展、持续繁荣"的基本宗旨为标准,以生态诗须具备的"真实性、思想性、艺术性"②三个条件为参考。例如,像"月黑雁飞高,单于夜遁逃。欲将轻骑逐,大雪满弓刀"之类的军旅诗;像"寻寻觅觅,冷冷清清,凄凄惨惨戚戚"之类的感怀诗;像"红豆生南国,春来发几枝?愿君多采撷,此物最相思"之类的爱情诗等,显然与生态文明的基本宗旨有异,故不宜归属于生态诗。而传统的山水诗、田园诗往往含有天然的生态基因,一般都应该纳入生态诗的范围。需要说明的是,由于山水田园诗数量巨大,且具有各自的特色,足以成为专门的类别,因此本文在选评生态诗时,尽量避免选择山水田园诗,除非它有明确的生态意识。

---

① 高正礼:《深入把握习近平生态文明思想蕴涵的科学思维》,《光明日报》2022年8月29日。
② 宇真:《瓯江诗派与生态诗》,周加祥主编:《瓯江论诗(第二辑)》,中国书籍出版社2021年版,第148页。

赞西部山川秀美工程
霍松林（陕西）

唐宫汉殿掩黄埃，植被摧残万事乖。
生态岂容长破坏？家园真要巧安排。
嘉禾遍野夺高产，绿树连云献异材。
山秀河清财路广，南飞孔雀又归来。

此诗作于2000年5月。地处黄河上中游的黄土高原，是我国乃至世界水土流失最严重的地区之一。长期的水土流失，严重制约了我国国民经济的整体发展进程。诗的首联即再现了这种令人痛心的状况。党和国家提出"西部大开发"的重大战略部署。实施西部大开发战略的关键和根本是在促进资源优势向经济优势转换的过程中，搞好西部地区的生态环境建设，以改善西部地区脆弱的生态环境状况，"西部山川秀美工程"应时而生。诗的颔联是对这些举措的呼应，心情急切，出语铿锵。诗的后半部分则是对"西部山川秀美工程"取得的预期成果进行了肯定。本诗最大的特色，就是采用了对比手法，充分显示了事物的矛盾，加强了作品的艺术效果和感染力。

访大木山茶园
杨逸明（上海）

单车穿岭绕湖行，丛树披怀攘臂迎。
风带溪云传播爽，泉留茶碗保持清。
遥看秀野添吟想，小憩长廊悟摄生。
能致柔皆负离子，身如造化抱中婴。

大木山茶园在哪个地方并不重要，重要的是这首本该划归田园诗的作品因其鲜明的生态意识而被选为生态诗。诗一开头就写得很潇洒，一如作者其名。颔联还用上了"传播""保持"这样的时语，既俏皮，又给予普通的词语以诗意，似乎附带着一种生活原来无处不诗意的暗示。尾联最精彩，将"致柔"与"负离子"联系起来，想出天外，别有意味；"身如造化抱中婴"，尤为精警，这样的诗家语比喊多少遍"生态保护"的口号都要有效。当然，这一句在结构上还有与首联呼应的作用。杨逸明的诗词雅致又不失幽默，平和又时有机锋，在当下别成一体。

车行汶川道中见群山震痕犹在

钟振振（江苏）

谁无亲故葬寒滩？纵不思量忘自难。
山亦有情虽草木，四年未合旧时瘢。

人与自然的相依相存并非总是和谐无间，自然灾害是生态诗不能绕过的话题。2008年的汶川地震给我们留下了深刻的记忆，这首诗作于2012年，汶川地震已过去四年，"山亦有情虽草木，四年未合旧时瘢"，生命的骤然陨逝给生者造成的心灵伤痛，纵是时间亦无法轻易抹平。再如其作品《西江月》，是对灾难中爱情的纪念，读来使人痛彻心扉："一镇丘墟沉寂，四山泥石峥嵘。悬锤停摆震时钟，锁定天摇地动。爱侣可能灰灭，真情永不尘封。红玫瑰胜昔年红，开在坍楼窗缝。"但人不能永远活在对逝者的怀念、对灾难的恐惧之中，作于同时期的《北川废城春草》就是其对灾后重建的期许："寂寂废城花不春，圮橼腐瓦久封尘。生机最属无名草，挺出卑微傲岸身。"这种期盼是人类在面对灾难时共有的心声，而对灾后重建的这种期盼都已实现。如高昌老师的这首写唐山大地震灾后重建的作品《春风袅娜·访凤凰城》：

叹沧桑翻覆，不忍回眸。心底有、许多柔。抚阑干，累累创痕犹在。当年残壁，寒梦淹留。苦泪酸诗，悲笳哀笛，系我胸中无数愁。检点欹歔自奇句，呜呼多舛此神州。难忘相逢笑脸，新城崛起。凤凰舞，展翼昂头。壮歌振、足千秋。凭高远望，思绪悠悠。巧引虹霓，漏天能补。力搬山岳，裂地重修。人间春满，看缝云裁月，披红着绿，今日风流！

我们当然可以把"灾难诗"单独列为一格，但灾难与生态的紧密关联却无法忽视。

咏矿山公园

叶志深（浙江）

千年流韵到如今，矿脉无言且有心。
凭借天工一双手，采区剩着亦生金。

人类要生存不可能不攫取大自然的资源,但"吃完饭要洗碗",目前,全国各地都非常重视矿山复绿问题。矿山复绿是指通过采用工程、生物等技术手段对因矿山开采而导致的地质环境问题进行综合治理,使矿山地质环境达到稳定、生态环境得以恢复的过程。叶志深的这首诗便是浙江省丽水市矿山复绿工程的写照。丽水市最负盛名的就是金矿,"采区剩着亦生金",为什么采区停采后也还在出产金子?这里的潜台词就是习近平总书记的"两山"理论。周清印有首《生态立市》将"两山"理论明面上写了出来,也可与此诗遥相呼应:"惯看松鼠翠筠间,涧户民心素已闲。解道良言真警世,青山本亦是金山。"林峰的《浣溪沙·遂昌金矿国家地质公园》更加含蓄一些:"石径清幽翠蔓深,紫光一点没遥岑。洞中天地与谁寻。矿井渐开唐宋月,金池纷杂往来心。崖边新绿动春襟。"结尾的"新绿"让人看到了矿山复绿的美好前景。

题 委 羽 山

梁海刚(浙江)

黄邑城南气郁森,空明幽处有清音。
羽人坠翮秋山老,龙女迷踪碧洞深。
璨璨琪花飞似雪,棱棱方石碎犹金。
昔年井灶香依旧,炼得仙丹更炼心。

在面对日新月异的生态变化之际,我们不能喜新厌旧,对于传统的自然、人文生态题材也不能视而不见。这首《题委羽山》很好地兼顾了山水的自然、人文生态,在当代山水诗中具有代表性。首联写委羽山的位置与特点,颔联写其山之传说,颈联写山之胜迹,尾联升华,"炼得仙丹更炼心",道前人所未道,自悟悟人。该作者还有《山居杂咏》组诗,皆于生态观照之中寓以静思、精思,颇耐观瞻。如《山居杂咏(其二)》:"山中何以洗蓬尘,白雾生云水影新。淑气融融催客鸟,青阴寂寂立幽人。飞枝蝴蝶不知梦,压架荼蘼还惜春。看尽落红莺自啭,浮荣应愧绊元身。"再如《山居杂咏(其二十一)》:"谁料今年此处冬,一泓寒碧照衰容。身如萍梗浮江海,路入烟萝锁岭峰。残月窗昏霜气冷,新醅酒薄故情浓。不知忘世尘中客,更到云山第几重。"继承前贤,求正容变,当代山水诗正在这些年轻诗人的探索中不断发展。

然而,目前生态诗的创作与研究仍处在初始阶段,大部分作者的生态诗创作并不是有意为之,往往是"碰巧"成了生态诗,因此生态诗常混杂在各种类型的诗词作品中。这不仅需要生态诗的拥趸们花大力气去宣传呼吁,扩大影响,逐步让作者们形成创作自觉。同时也要重视生态诗的学术研究,构建一套相对成熟的生态诗基础理论,使生态诗立得住,站得稳,走得长。

  从本文的个案简析中可以看出,生态诗的创作手法是多样化的,在作品立意上也没有过多的限制,可以赞叹自然生态之美,歌颂生态保护者之功;也可以揭露生态破坏之行,表达生态破坏之痛。但必然是要围绕"人与自然是生命共同体,保护自然就是保护人类,建设生态文明就是造福人类,必须坚持走人与自然和谐共生的道路"这个主旨。

个人简介:姚泉名,中华诗词学会常务理事,湖北省荆门市聂绀弩诗词研究基金会理事长。

试谈山水生态诗在文旅融合中的作用

傅　瑜

自从浙东唐诗之路建设启动后,省发改委适时举行了新闻通气会,发布《大运河诗路建设、钱塘江诗路建设、瓯江山水诗路建设三年行动计划(2021—2023)》。2021—2023年,三条诗路计划重点推进316个项目,三年投资1 900亿元。其力度之大,首屈一指。

瓯江山水诗之路作为古代浙南山水主游线,自西向东流,贯穿整个浙南地区,流经丽水、温州等地,承载诗歌文化底蕴,独具诗的气质与禀赋。瓯江山水诗之路以自然生态山水、文化古村和非遗技艺为主要载体,以"灵秀瓯江,山水诗源"为文化形象,挖掘彰显诗韵山水、永嘉之学、瓯越秘境、佛道名流、匠心百工、千年山哈等文化内涵。

瓯江山水诗之路作为串联浙江诗画山水的黄金旅游带,已成为全省最具韵味、最具魅力的旅游文化诗路之一。我们务必要紧紧抓住这个千载难逢的机遇,上下一心,通力协作,把瓯江山水诗之路建设抓好抓实。

一、瓯江山水诗之路提出的必然性

山水生态诗是中华生态诗的重要组成部分。山水诗,即写田园生活和山水风景的诗,它是以自然山水为歌咏对象,以反映"人化"自然风光为主要内容的诗篇。山水诗初兴于晋宋之际,脱胎于借助自然美色体悟自然之道的思潮。山水诗除具有诗歌的一般特点,即语言凝练、节奏鲜明、韵律和谐、想象力强、富有意境美和音乐美之外,还由于篇幅短小,易诵易记,在游人中广为流传。

山水生态诗除了具有以上文化特性之外,它还是一种内涵丰富、意蕴深厚的旅游文化,它涵盖了一切意识形态,能够在人类的旅游活动过程中,熏陶旅游者的文化意识、激发旅游者的兴致。

从旅游主体即旅游者个人来看,山水生态诗对旅游者最积极的社会文化影响不仅表现在寻求文化满足、开阔视野、增长知识、提高审美修养和环境保护意识上,它同时还是一种振奋精神、陶冶情操、激发爱国主义精神的思想教育。古往今来不少文人墨客云游天下,为后世留下了大量赞美祖国大好河山、弘扬民族精神的名句名篇,这些山水诗词,大部分是面对着祖国的锦绣河山、旖旎风光、名胜古迹,感受了人民的勤劳勇敢、聪明才智之后有感而发的,从某种意义上来说,都是旅游的"产品"。

被称为国粹的中华诗词是中华优秀传统文化的重要组成部分。历代文人墨客游历山水时经常会在一些地方留下诗词的踪影。他们赞美大自然,抒发自己感情,所咏景物也为读者向往。从而使景区因诗词而生辉,更因诗词而扬名。与此同时,因诗词的充实和丰富,也更好地提高了当地旅游资源的品位。

山水诗派鼻祖谢灵运,在温州任太守的一年多时间里,几乎踏遍了这里的山山水水,更是留下了众多不朽诗篇,开创了中国文学史上的山水诗派,受到诸多大家的追捧。谢灵运为温州留下了丰富的华彩篇章,可以说,温州成就了谢灵运,谢灵运也成就了温州。因此,瓯江山水诗之路,也成了今天的文化之路、生态之路、览胜之路、养生之路。由此可见,山水诗不仅是诗人丰富独到的审美意识的展露,也为后人游览祖国名山大川,捕捉自然美景提供了范示。所谓文从景生,景因文立,诗中所描写的地方也会因此而出名,成为旅游者们怀旧古代文化的首选之地,从而大大提高旅游景点的观赏价值和文化品位。

二、山水生态诗与文旅融合的现实意义

文化是旅游的灵魂,旅游是文化的载体。推动文化与旅游融合发展,对于促进旅游业转型升级,实现文化传承创新,具有重要意义。诗人爱好自然山水是人所共知的事实。诗人在欣赏大自然美景后往往触景生情吟而成诗,于是产生了大量讴歌大自然的佳作。由于诗词的巨大影响,一些本不出名的地方出了名,进而成了旅游胜地。

当下,旅游正在成为一种时尚和产业。人们也意识到诗词对旅游业的巨大价值,一些有远见的地方政府,纷纷举办一些诗词书画类的大奖赛,把一些优秀作品编辑成册或建成诗廊碑林,作为人文景点,可极大地提高该处的知名度与美誉度。

文化资源为旅游业发展提供了最深厚、最持久、最具魅力的元素。推进山水诗词文化和旅游融合发展,可从以下几方面着眼:

一是进一步强化融合发展的理念。根据旅游市场的需求,通过对文化资源、文化遗产和文化传统进行深入的挖掘、整理和开发利用,将其融入旅游产品和服务当中,让游客在不断体验、感受和认知不同文化的过程中传播文化,有利于推动旅游目的地文化的交流和价值的实现,扩大文化影响力,增强文化软实力。

文化创意和设计服务与旅游产业的融合,是实现旅游产业提质升级的必然选择,只有将提升文化内涵并使其贯穿旅游发展的全过程,实现景点外观和文化内涵的统一,才能使旅游产业更具生命力、吸引力和竞争力。

二是进一步树立互促共赢理念。文化是旅游的灵魂,旅游是文化的载体。文化提升旅游内涵,而旅游实现文化价值。旅游既是文化消费的重要形式,又是文化传承的重要渠道,更是文化形象的重要载体和文化繁荣的重要支撑。文化产业与旅游产业可以在融合发展中达到互促共赢,产生叠加放大效应。文化产业与旅游产业融合发展,应是一个以文化带旅游、以旅游促文化的过程,最终实现两者互惠共赢。树立互促共赢的理念,有助于两大产业的决策者和从业者以更加开放和积极的心态,主动自觉地推动两个产业的深度融合。

三是进一步强化一体化发展理念。文化产业与旅游产业的融合不可能一蹴而就。推动两个产业长期持久的融合发展,必须进一步强化一体化发展理念,实现两个产业基础资源、生产要素、产业链各个环节的有效融合,实现理念、载体、市场的共享融通,形成一体化的组织结构、管理体制、发展规划和政策措施。一体化发展理念既要立足当下,又要立足长远,使两者不断地在发展中融合,在融合中发展。不断在深度和广度上促进文化和旅游相融合,用独特的文化品格和文化魅力诠释旅游,使旅游更具吸引力,将旅游产业作为挖掘和保护文化的重要途径,以旅游独特的宣传方式,更好地传播特色文化。

三、进一步发挥山水诗词在文旅融合中的作用

自然风光,各有千秋。随着现代旅游业发展,山水美景需要更多山水背后的故事,不妨用文化赋能旅游,让诗词文化激活山水文化。

首先,广大诗人和诗歌爱好者要以主人翁精神,勇于担当,在不断提高自

己创作水平的基础上，写出更多更好的山水诗词精品，使其流传千古。

一个景区的景象，是这个地区的一种固化了的物象，而诗歌则是诗人们用艺术的眼光，用凝练、生动、细腻的笔触和形象化诗化了的语言，对景点进行一番全新的发掘和诠释，使景点的内涵得到很好的深化和升华，给人一种别样的启迪，从而使人产生一种美的共鸣。所以旅游也是一种文化现象，一首名诗或名词往往能成为当地旅游资源绝佳的、最有效的宣传。

其次，各级政府和组织要有目的、有针对性地开展一些诗词采风、创作和赛事活动。遴选出一批诗词精品，开辟专栏，出版专辑，进行广泛宣传；在有条件的地方，还可以立诗碑、建诗廊，进一步扩大影响，提高景区的知名度与美誉度。人们出行，不仅仅是为了游览观光、赏山玩水，更重要的是调节心情与接受文化的熏陶。游客在欣赏了这些诗词联赋之后，觉得此地很有文化气息，心情就好，就会将自己的被动消费行为变成自觉的消费行为，从而激发其继续旅游的兴致。同时，诗词也是地方旅游业可资利用的无形招牌。从旅游宣传的角度分析，诗词尤其是近体诗词，言简意赅、意境深远，而且近体诗词文字优美、朗朗上口，极易传播和记忆的优点也符合旅游宣传口号设计原则。经过相应的策划和包装，诗词本身的特性会使对旅游景区的宣传变得轻松且意蕴丰富，从而引导人们跟着诗词去旅行，享受美景中的诗意。

最后，要整合现有旅游资源，开发利用地域文化，把瓯江流域丰富的绿色自然生态资源与红色革命老区的历史紧密结合在一起，打造富有瓯江特色的旅游胜地。八百里瓯江作为我国山水诗的发源地，绿水青山分外妖娆。特别是我们丽水，它是浙江省陆地面积最大的地级市。境内山清水秀，生态优良，森林覆盖率超过80％，生态环境质量常年居全省前列，是我国空气质量十佳城市中唯一的非沿海、低海拔城市，被称为"中国生态第一市"，素有"浙江绿谷"之称。丽水文化沉积深厚、旅游资源丰富，是浙江省历史文化名城，也是我国优秀生态旅游城市，被赞"秀山丽水、丽质天生"。同时，丽水拥有丰富的红色资源，尤其是中国工农红军以丽水等地为中心区域创建的浙西南革命根据地，被誉为"浙江井冈山"。依托浙西南革命根据地这一红色资源，丽水完全有条件打造红色旅游经典景区。

近年来，丽水市的松阳县委、县政府在文化旅游的开发与建设方面作出了卓有成效的业绩。特别是充分利用原生态的古民居，保护和开发了诸如有"江南布达拉宫"之称的三都乡杨家堂村，被诸多摄影家誉为"中国最美乡村"的四都乡西坑村;具有浙西南典型的悬崖式古村落、距今已有六百多年历史的四都乡陈家铺村等。

除此以外,松阳县委、县政府还充分利用人文生态,建起了以叶法善修真处——卯山为名的卯山国家森林公园;建起了与李清照、朱淑贞、吴淑姬并称"宋代四大女词人"的张玉娘纪念馆;大力宣传小吉村革命老区和红色古寨安岱后村等人文景点,吸引了全国各地一批又一批的游客来此游览。

不论是自然旅游景区,还是名胜古迹,无论它多么美丽迷人,如果不跟历史人文紧密地联系在一起,其知名度和美誉度便会大大减弱。以雄、奇、险、秀闻名于世,素有"匡庐奇秀甲天下"之美誉的江西庐山,倘若没有唐代诗人李白"飞流直下三千尺,疑是银河落九天"的豪言壮语,其魅力必定会大打折扣;三峡如果没有诗人李白的名句"两岸猿声啼不住,轻舟已过万重山",其魅力也会大打折扣;温州江心寺大门两边如果没有宋代诗人王十朋的叠字联"云朝朝朝朝朝朝朝散,潮长长长长长长长消",就不会有今天游人如织的喜人局面。

"山不在高,有仙则灵",只有人文与自然同频共振,旅游景点才能具有吸引力,才能产生巨大的能量。因此,只有用文化提升旅游品质,用旅游带动文化产业发展,才是我们发展文化旅游、传承文化旅游的有效途径。我国文学宝库中的璀璨明珠——山水诗词,也才会重新焕发出崭新的面貌及神采!

"文化浙江"建设的提出,描绘出了丽水未来发展的美好蓝图。让我们齐心协力,拿起手中的笔,将瓯江山水诗路打造为中国山水诗魅力人文带、秀山丽水健康养生生态带、高品质生活富民经济带,助力浙江建设全国文化高地、中国最佳旅游目的地、全国文旅融合发展样板地。

作者简介:傅瑜,浙江人。浙江省戏剧家协会、省民间文艺家协会会员,中华诗词学会会员,著有《傅瑜作品选》《撷芳斋吟稿》等。

论生态诗的文学三性

楼晓峰

作为社会意识形态的表现形式,文学作品具有真实性、历史性、艺术性三方面内涵。其中真实性指文学作品既要立足生活,不能随心所欲地脱离现实生活,又要遵循艺术真实的规律,不能局限于现实生活。历史性要求文学创作要立足于社会现实,要表现出相应时代的主流生活风尚和主流意识形态。艺术性指文学作品要体现人的审美诉求,即通过表现具有美感意境的情操,来满足读者的精神需求。这是从起源到发展千百年来,人们赋予文学的第一人文特性。

生态诗词虽然是传统诗词的当代体现,但其仍然属于文学形式之一,而且是最为古老的一种,其具备的文学三性内涵自然要比其他文学形式更加突出。中华人民共和国成立后,国家制度和社会形态彻底改变,反映在文学作品中,便是在原有文学"老三性"的基础上,延伸和丰富了时代"新三性"内涵:社会性、时代性、人民性。

"老三性"是人们基于文艺自然发展形态下对文学性质的概括,其思想意识较为朴素和朦胧。与"老三性"比较,"新三性"是在中国共产党领导下,我国政治制度、社会形态、文艺"双百"方针等主流意识在文学作品中的具体表现,是人们对文学艺术社会属性的自觉意识和科学认知,是在国家政治制度和社会形态变迁和提升的历史背景下,人们赋予文学这种社会现象的第二人文特性,也是文学艺术"老三性"在现时期延伸、发展的必然结果。

"生态诗"这一概念,是在习近平总书记"两山"理论指引下,由丽水市诗词楹联学会原会长叶志深先生提出,并得到丽水市诗词楹联学会等丽水诗词界的广泛认同和深入研究。它是对中国传统山水诗词的辐射和延伸思维的体现,是对中国山水诗词当今和未来发展方向的总结和规划。这一概念具有"前瞻性"眼光和"科学性"依据,得到了浙江省诗词楹联学会和中华诗词学会的高度认可。

既然是总结,说明在当前历史时期,随着习近平总书记"两山"理论和现代

"生态"意识的深入人心,丽水诗词楹联学会和诗词作者对传统"山水"概念的认识已经有了新的延伸和界定,即在以自然为本的山水内核中注入了以人为本的社会要素。所以,"生态"概念大于"山水"概念,"生态诗"概念大于"山水诗"概念。在这一发展理念的作用下,我们的瓯江诗派建设和生态诗新理念势必以积极的姿态影响广大诗词作者,将艺术创作的灵感和笔触从山水诗小格局向更具广泛意义的社会生态大格局延伸,以江河入海的号召力推动新理念生态诗创作。

既然是规划,说明我们在理念彰显和完善、方向摸索和引领、作品创作和推介、队伍组织和打造等方面已然做好了充分的准备,一切围绕瓯江诗派和生态诗所展开的工作都在有序进行。说生态诗概念具有"前瞻性"眼光,是因为以人为本的生态诗理念与习近平总书记"两山"理论、浙江省"诗路文化带"理念高度契合。生态诗的概念早于浙江省"诗路文化带"理念的提出,而且一经提出便得到了浙江省诗词楹联学会和中华诗词学会的一致认可。

说生态诗概念具有"科学性"依据,一是因为社会发展和提升离不开生态环境;二是因为此前一段时期的经济发展一定程度上牺牲了生态环境;三是当前和今后的经济发展必须以"与生态共赢"理念为前提。这三点是当前和今后生态保护和经济社会发展必须遵循的真理和规律。

从静态渊源看,生态诗的历史源头是传统山水诗和田园诗,因此自然造化所赋予的山水内质和原始农耕环境是生态诗第一性质的原始内核。从动态发展看,生态诗的生命首先在于立足山水内核不放松,同时更重要的是向着"社会""时代""人民"延伸。

传统山水诗意境诚然优美,但是由于时代的原因,它长期固守狭隘的山与水载体,范畴狭窄,作者群体有限。由此决定了传统山水诗无法成为大众性的题材。与之相对的生态诗因为融入了具有崭新意义的社会、时代、人民等广博的空间和内涵,创作素材宏观微观兼顾,诗意元素工农城乡俯拾皆是,因此它可以在最大限度上引起诗词界大众共鸣,人人都可以参与创作生态诗。这就是新概念生态诗与传统山水诗不可以同日而语的魅力与前景。

作者简介:楼晓峰,1958年生,浙江遂昌人,中华诗词学会会员、中华辞赋社成员、中国楹联学会会员、中华对联文化研究院成员、香港诗词学会会员、遂昌县诗词楹联学会会员;浙江省诗词楹联学会青年部部委;浙江省辞赋研究会会员;浙江省之江诗社创作评论部副主任;丽水市诗词楹联学会微刊编辑。

关于推广中华生态诗的几点思考

程丽平

"中华生态诗"由瓯江诗派于 2016 年开始酝酿,此后创作不断,2021 年更是出版了诗集《丽水生态诗选》。在 2021 年 10 月召开的中华生态诗高峰论坛上,正式提出了"中华生态诗"这一概念,成为新时代诗学界的一个鲜明的文学主张。它是在全面分析、提炼、继承一千六百多年来中国山水田园诗成果的基础上,结合新时代政治、经济、文化、社会和生态文明建设的新的历史需求,演绎出来的新的诗歌文学主张。它的出现推动了中华优秀传统文化的创造性转化和创新性发展,其历史地位不可低估。时至今日,其文学主张、理论研究、作品创作日臻成熟,也渐渐被更多的人认可接受。然而从现实看,瓯江诗派的影响力依然有限,地域性差异较大,自觉为中华生态诗创作的人群尚不够庞大,知名度不够高,在理论界尚缺乏话语权。要使中华生态诗成为一坛美酒,成为具有在深巷也有人知晓的高知名度和美誉度的文化品牌,既需要时间的沉淀,也需要瓯江诗派历史的担当。我们必须不遗余力地推广和传播,研究品牌提升策略,以助推中华生态诗根植丽水,立足浙江,面向全国,从而实现提升中华生态诗品牌知名度的目的。瓯江诗派是个区域性组织,而中华生态诗却是一个全国性的范畴,如何让两者都能被广大诗词爱好者了解,就要借助品牌的力量,利用优势资源,逐步提升自己的知名度和竞争力。

一、巧借地方品牌形象的魅力

一方水土养一方人,美丽的生态画卷造就了壮丽的人文蓝图。"中华生态诗"的旗帜之所以能在丽水率先扬起,有其得天独厚的因素。丽水市有"中国生态第一市"的美誉。习近平同志在浙江省工作期间强调:"绿水青山就是金山银山,对丽水来说尤为如此。"丽水市是"国家级生态示范区""中国优秀生态旅游城市""浙江省森林城市",这为丽水生态诗的形成和发展提供了良好的社会环境和创作土壤。因此,中华生态诗应充分利用地利资源优势,把城市生态与文化生态紧密结合起来,使中华生态诗在生态文明建设中占据一席之地。因为只有一定的位置和高度,才能给予诗词爱好者和创作者第一吸引力。同时瓯江诗派应当"筑梦豪情充满",守护建设美丽丽水,围绕丽水的发展大计,拿起手中的笔,手写风云,速描山水,让经天纬地之气腾于胸中,让高山流水之音响于耳边,让幽兰芳草之魂萦绕笔端,写出能够引起众人共鸣的佳作绝句,把瓯江山水的美融入诗词作品中进行传播。同时,我们也要能够利用诗词组织自身广泛的社会角色和人脉资源,持续利用诗词交流的平台,不断扩大社会影响,让中华生态诗"华夏立高峰"。瓯江山水诗路也是一个响亮的品牌,作为浙江省的诗路文化带之一,无论是"诗画浙江",还是"秀山丽水·诗画瓯江",都是以"诗"文化为主线,"诗"为点睛之笔,诗路建设与诗结下不解之缘,因此丽水的诗人大有可为。所以我们要积极参与其中,充分发挥特长,在瓯江山水诗路建设的框架下,使争创"中华诗词之市"和瓯江诗派自身发展碰撞出火花,让"诗"也能闪闪发光,从而推动诗词"破圈"传播。瓯江诗派应主动融入,抓住"诗"字做文章,把瓯江山水诗路贴上瓯江诗派的标签,使之形影不离,积势发展。在瓯江诗派建设中要更加注重突出丽水特色,挖掘山水诗风精髓,探索地域文化特征,发挥中华生态诗的先发优势。

二、发挥高端形象代言人的作用

瓯江诗派作为新的诗词流派,中华生态诗作为新的创作形态,两者都尚处在成长发展期,影响力还不够强,话语权偏弱,所以需要借助高端形象代言人的力量,从而获得高端舆论话语权。中华诗词学会常务副会长范诗银在第三届丽水市瓯江山水诗路暨中华生态诗高峰论坛开幕式上的讲话中指出:"从丽水提出'瓯江诗派'几年来的情况看,从理论研究,到诗词创作,再到社会影响,得到了当地政府的支持,人民群众的认可,对丽水以至浙江的诗词事业起到了积极的推动作用。"2023年瓯江诗派的领军人物叶志深先生出版了《中华生态诗三百首》,中华诗词学会副会长林峰先生作序时写道:"瓯江诗派认为生态诗的表现形式属于中华诗词的范畴,所以取名'中华生态诗'。从2016年开始创建至今已走过了八年的历程,可谓异军突起、独树一帜,已成为当代中华诗词的创作新形态。"浙江省诗词楹联学会会长王骏在序言中指出:"浙江丽水诗词界以瓯江流域为其地域特色作为生态诗创作的底色,首次明确提出'中华生态诗'的概念,以中国传统诗词的身份,在国内生态诗的研究和创作领域中异军突起、独树一帜。中华生态诗拓展了中华诗词的题材和主题,取得了令人欣喜的成果,在传统诗词界产生了较大的影响。"丽水市近几年来连续召开的三次高峰论坛,有许多诗词界有影响力的人士参加会议并为瓯江诗派代言,这是行之有效的方式。今后应该积极推出以宣扬品牌"高端、专业"形象的各种主题活动,让更多的高端人士来到丽水,了解瓯江诗派,助推中华生态诗的普及与传播。

三、挖掘专业理论研究的潜力

新的流派、创作形态要站稳脚跟,必须有理论的支撑,因此专家、研究人员的专业研究、设计及评论不可缺少。林峰教授以《生态为核,诗学为纲》为题撰写了关于中华生态诗的调查报告,通过详细地分析,对中华生态诗的形成背景、创作实践、理论研究、时代意义、发展启示进行了阐述和探讨。他认为瓯江诗派在党的文艺工作方针指导下,凭着对中华传统文化的深刻认识、对社会进步的深刻把握、对党的方针政策的深刻领悟,自觉作为,审时度势,及时提出了中华生态诗的诗学理论,是推动中华优秀传统文化创造性转化和创新性发展的典范,具有重大和深远的历史意义。这个调查报告给予了中华生态诗高度的评价和认可,让中华生态诗为更多的人理解和认同。郭星明教授撰写的《从山水田园诗走向中华生态诗——马克思主义中国化在诗学界的光辉典范》一文,大胆假设,小心求证,运用马克思主义的理论方法研究探讨中华生态诗文学现象。他也高度评价中华生态诗是马克思主义中国化在中华诗学界的一个光辉典范,是对中华诗词在新时代进一步繁荣发展的历史性贡献。所以,瓯江诗派应当在适当的时机组织理论专题研讨会,请专家学者评估其观点、结论的准确性,使中华生态诗在理论上和地位上有一个飞跃。同时我们也要联系更多的专家学者研究中华生态诗的发展方向、现实意义、历史地位,从而构建瓯江诗派自身的理论体系。

四、拓展高端品牌的价值

"中华诗词之乡"是中华诗词学会授予在诗词文化事业中取得突出成绩的乡镇、县(市、区)的一个文化品牌,是推行当代中华诗教工作的一个载体。在丽水市遂昌县被授予"中华诗词之乡"之后,有关部门将重点支持松阳县启动"中华诗词之乡"创建活动,争取更多的乡镇、县(市、区)成为"中华诗词之乡"。浙江省诗词楹联学会会长王骏在第三届中华生态诗高峰论坛上向丽水市提出倡议:"努力争取在2~3年内使丽水市成为我省第一个中华诗词之市(地级)。"中华生态诗要走出浙江,面向全国,想要为更多的诗人接受,就要先走出丽水,接受中华诗词学会的专业测评,才能借此创建"中华诗词之市"。创建工作要求很高,重点工作有31项,保障措施5项,具体要求16项,主要体现在"七个有":有组织领导、有诗词活动、有诗词社团、有诗词作品、有诗化环境、有助推作用、有资金保障。当被成功评为"中华诗词之乡",一个地区的文化知名度和美誉度就能提高一个层次,这是一种无形也是无价的地方资源。如果丽水市获得这项荣誉,那就说明我们各项工作都做到位了,就会形成诗词队伍和作品的高地,在更高层面上得到认可,相应地就会有更多的人关注中华生态诗。因此丽水诗词界要倒逼自己选择艰难之路,无所畏惧,争取早日实现创建目标。

五、构筑品牌运营的平台

当前是一个"显性基因"为主流的社会,互联网时代媒体日益发达,树立和宣扬自己的公众形象、推销自己变得越来越重要。瓯江诗派要全时空地自我推广,利用各种途径、资源、方法把自己这坛"好酒"推销出去,把能想到的创意和想法都付诸实践。把瓯江山水的美变成诗词作品向外传播,一是要建立一支强大的营销队伍,系统地运行各种平台,把握从小到大、纵横交错的营销策略,充分展现中华生态诗的独特魅力。小的方面,健全丽水市诗词学会的《诗·瓯江》《丽水市诗词学会微刊》《瓯江诗派论坛微刊》《瓯江诗派个人集微刊》"丽水市诗词学会网站"四刊一站编辑出版发行机制,全面提高刊物质量,使瓯江诗派深入人心,使自己的诗人能从容把握中华生态诗的创作理念。大的方面,充分利用互联网资源共享机制,研究推广中华生态诗的传播途径。让更多丽水的诗人和生态诗出现在中华诗词学会网站上,把丽水市诗词学会的网站办得有声有色,使其成为亮丽的风景线,成为传播丽水特色文化的重要窗口。同时要重视传播媒体的影响力,哪些传播平台阅读量大,传播速度快、范围广,就针对这些组织专门工作小组专题调研,妥善利用,使这些平台成为瓯江诗派对外宣传的重要工具。二是要构建和谐共处的联谊平台。要善于博采众长,加强与兄弟省、市诗词楹联组织之间的联络,开展诗词与楹联学术研究和文化交流活动,扩大友好往来,不断提高学术水平,建立双向信息交流的桥梁,互相推广诗人及作品,鼓励双方诗人互动创作,推动瓯江诗派和中华生态诗走向全国。例如,虞克有先生创办的《丁芒第子雅韵》,在丁芒大师的旗帜下,召集了丽水市、南京市两地的一些诗人,互相呼应,以本地的人、事、物为创作题材,相互学习,相互了解,相互辉映,有效地促进了两地诗人之间的合作交流。三是要打造人才培养平台。紧紧围绕丽水市委提出的发展"青年发展型城市",注重新人的培养,利用"名师工作室""师带徒""青年精英团队孵化"等平台,培养更多青年诗人。只有青年诗人不断成长,我们的事业才能后继有人,瓯江诗派和中华生态诗的发展才能更有活力,进而形成良好的创作生态。

作者简介:程丽平,丽水市诗词楹联学会秘书长,丽水市作家协会会员,浙江省诗词楹联学会会员,中华诗词学会会员。

肩担生态著诗书
——赏析叶志深先生《中华生态诗三百首》

徐玉梅

每个时代有其特定的时代精神,有其具体的精神实质,也有一种超脱个人的集体智慧。叶志深先生所著的《中华生态诗三百首》分为三辑,第一辑为绝句81首,第二辑为律诗178首,第三辑为词52阕。诗词从地理、生态、产业、风光、人文及发展前景等多个领域,全方位、大视野地描述了中华生态及其美好祝福,展示了当今集体的精神实质。他眷怀家国,感慨自然生态,抒发生态情怀,揭示生态规律,提倡生态保护等。叶志深先生是一位有责任心、有担当的诗人。凭借着对中华民族之大爱,对我国自然生态前景之憧憬,他在推广中华生态诗的道路上走得那么执着。每当我读到《中华生态诗三百首》,都会不自觉地感受到叶先生对瓯江流域的热爱。

正如中华诗词学会常务副会长兼评论部主任、《中华诗词》杂志常务副主编林峰先生在《中华生态诗三百首》的序里写的那样:"叶志深先生的《中华生态诗三百首》笔致简约,情韵饱满,生机一片,喷薄欲出。诗词中多用白描,浅显如话,灵动传神,用情之深,此诗词堪称志深先生之恢宏力作。又是他首次提出中华生态诗概念,而且率先自觉地研究中华生态诗理论,拓宽中华生态诗范畴,构建中华生态诗体系。他在瓯江诗派确立了中华生态诗的基本架构,阐明了中华生态诗的要素。他是瓯江诗派的主要代表人物,是中华生态诗的主要创始人,《中华生态诗三百首》是他对中华生态广泛实践的成果体现。"

叶志深先生以中华生态的气势意蕴,特有的磅礴之气和纯真之情,撰写了《中华生态诗三百首》。通过细读《中华生态诗三百首》,我为叶志深先生创建瓯江诗派、叙写中华生态诗的热忱所动容。

一、笔随时代,贴近实际

叶志深先生的《中华生态诗三百首》,时代气息、生活气息非常浓厚,以吟咏人、社会、自然生态三者为支点,贴近生活与群众,词约而意尽。如《沁园春·春》"四季当先,百鸟同吟,干绿相酬。把如歌岁月,全都奉献;青春世界,悉数齐谋。目击无边,胸藏万象,赢得江山更一筹。晴空下,看乾坤朗朗,草木悠悠。时光总误寒流,有多少家园乐忘忧?叹茶芽夭折,柳枝枯损;李桃风韵,放逐荒沟。谷雨惊川,清明连脉,莫让秋收变绝收。初心在,列殷殷希望,每每追求。"该词中的"看乾坤朗朗,草木悠悠""时光总误寒流""莫让秋收变绝收"等,字里行间弥漫着作者丰厚的学养以及对自然生态的真情实感。其诗不仅表明了作者的初心和使命胸怀,也展现了作者对实现人类社会和自然生态和谐共存的不懈追求,更体现了其对国家、民族的责任和担当。

《中华生态诗三百首》是中华生态诗这一概念的创作实践,对推动我国生态诗的发展意义重大。中华诗词学会常务理事、浙江省诗词楹联学会会长王骏先生对叶志深先生有评语:"一是牢记习近平总书记的'绿水青山就是金山银山,对丽水来说尤为如此'的重要嘱托。二是有作为中国山水诗发祥地的山水诗词底蕴。三是有一支以叶志深先生为领军人物的丽水诗人群体。他的《中华生态诗三百首》以瓯江流域的地域特色作为生态创作底色,以中国传统诗词身份,在国内生态诗的研究和创作领域中,异军突起,独树一帜"。可以说,在推进生态文明建设的进程中,提倡和推动中华生态诗词创作,可以让传统的自然生态山水诗词焕发出新的生机与活力,进而不断强化现代人树立"我不辜负山水,山水定不负人"的意识,并持续激发现代人自觉地呵护自然生态环境的内在动力。

二、物我相融,以小见大

叶志深先生的《中华生态诗三百首》,是他长期以来在实践中观察、学习和思考的结果。叶志深先生出生在瓯江中下游的青田县,工作生活在瓯江中上游的庆元县、丽水市等地。他从基层的公社团委书记做起,一步一个脚印,走上了县、市级领导岗位。同时,又因其长期分管"三农"工作,对自然生态独具慧眼。可以说,其"三农"工作经验放置在自然生态山水中,就实现了自我与自然山水的相互融合。所以,他的《中华生态诗三百首》充满活力,人文与自然生态有机地统一在诗词意境里。如《水调歌头·生态诗感赋》:"时代风云起,生态入诗情,相融山水魂魄,披胆布纵横。千里清江蘸饱,一片蓝天铺好,挥洒赋新声。只要诗心在,丛韵自然生。善求正,敢容变,促繁荣。世间多少贤哲,独自抱风清。借得谢公灵气,借得处州银阙,魅力醉前程。琢玉雕金手,堪把梦经营。"这阕词即景取譬、词情畅婉,言有尽而意无穷。

不仅如此,叶志深先生在创建瓯江诗派的同时,又构建了中华生态诗的理论体系。该体系在共性意蕴、选择题材、诗词用语上均体现了时代性,还提出了三方面的主张:一是要在马克思主义中国化时代化指导下;二是要坚持中国自然山水田园诗传承、转化、创新;三是要结合现代政治、经济、社会、文化和自然生态文明建设条件。有了这些主张作前提条件,创立中华生态诗就有了良好的基础。

三、精准独到,恰到好处

林峰语先生曾说:"叶志深先生的《中华生态诗三百首》集社会主义核心价值观、人生观、审美观于一体,充满了新时代的'正能量'。"他以瓯江田园生态山水发展为主轴,以文化旅游建设为维度,以生态诗词为灵魂,深化诗化之路。如《千峡湖》:"万峰千峡换新装,渡口烟村势激扬。僻地花开成锦地,畲乡歌浪接侨乡。天清飞瀑云端落,波静游船水上航,四面风光来眼底,谁裁一角到钱塘"。这首七律,字里行间并不繁饰辞藻,只写千峡湖的真实风光和历史背景,表现了千峡湖的个性。

总而言之,叶志深先生的中华生态诗追求人与自然生态以及社会的和谐共生、共同发展。他呕心沥血创建瓯江诗派,又不懈努力地创立中华生态诗,为我们树立了典范。正如中华诗词学会理事兼散曲工会委员、浙江省之江诗社社长、浙江省诗词楹联学会副会长郭星明先生对其《中华生态诗三百首》的评价:"一是题材上力求时代性,二是诗风上力求现实情怀与浪漫情怀相结合,三是诗语上通俗化,四是体裁上多样化,五是诗体上传统诗词与新诗共荣并进。作品淳朴和谐贴切,用词造句明白晓畅,声韵错落有致,回环绵邈。既是瓯江诗派的代表作品汇编,也是中华生态诗的示范读本。我们如果把中华生态诗放在千年发展的历史长轴上来看,它是浙江诗词史的一个重要节点。"作为瓯江儿女的我们,已经站稳了脚跟,必须坚定不移地走下去,像叶志深先生一样白发八千为生态,青丝万丈务瓯江,为创立中华生态诗词竭尽全力!道路漫漫,愿与大家共同求索。

作者简介:徐玉梅,女,景宁畲族自治县诗词学会会长,中华诗词学会会员,浙江省诗词楹联学会理事,丽水市诗词楹联学会常务理事,瓯江诗派研究员,《诗词月刊》对外联络浙江景宁工作站站长。

彰显诗词魅力,助力生态文旅
——再论诗词对旅游业发展产生的独特魅力

郑素莹

在物质生活越来越丰富的今天,人们对文化和旅游的需求日益增长。面对各地旅游需求不断增长的情况,如何在旅游业繁荣发展的当下抓住机遇,提升地方知名度,打造良好的文旅环境;如何发掘诗词的文化价值,使之与旅游经济高度融合以实现相互增长,是需要我们思考解决的重要问题。为此,我试从三个方面进行探讨。

一、让诗词人物成为城市名片

我国幅员辽阔,山河地理壮丽多姿,古往今来,引无数文人墨客竞相吟咏。诗人们在游历山河之际,或抒怀或遣兴或寄人。可能只是当时随手写下的诗句,却被人传诵成了经典。千百年后,这样的诗句和作者也成了一个城市发展的名片。比如苏轼,一生因其际遇好游历、好交友、好美食、品好茗,留下大量脍炙人口的作品。一句"欲把西湖比西子,淡妆浓抹总相宜",是杭州西湖最好的名片。苏轼在杭州知府任上,疏浚西湖时取湖泥和葑草堆筑而成苏堤,因其风景优美,更是成为西湖十景之一的"苏堤春晓",引得古今诗人留下大量诗文。苏轼晚年在《自题金山画像》中写道:"心似已灰之木,身如不系之舟。问汝平生功业,黄州惠州儋州。"黄州、惠州和儋州也均因其而闻名海内。比如,在黄州时他曾写下《念奴娇·赤壁怀古》等传世名篇,"大江东去,浪淘尽,千古风流人物",使苏轼成为黄冈(古黄州)的最佳城市名片。被贬惠州时,他的一句"日啖荔枝三百颗,不辞长作岭南人",使岭南的荔枝声名大噪,也使苏轼成了惠州一张闪亮的城市名片。

其实,因诗词而使一方山水闻名于世的,是比苏轼更早的"山水诗鼻祖"谢灵运。他游历永嘉山水之际，留下大量优美诗词，吸引了后世的许多文人前往游览，沉醉其中，书写歌咏。如果说要给永嘉山水找个代言人，谢灵运当是第一。

以上诗人都是在游历山水之际，不经意间，便成了当地的城市文化名片。但若要说起能真正成为一个地方的代言人的，莫过于生于斯长于斯的伟大诗人。比如，松阳才女张玉娘，其自幼聪慧异常，富有文采，犹擅诗词，时人以汉班昭比之，与李清照、朱淑真、吴淑姬并称"宋代四大女词人"。在及笄之年，由父母做主，与中表亲沈佺订婚。后沈氏家道中落，张父欲悔婚，然玉娘竭力反对，并写下《双燕离》以表心迹。后沈佺随父游京师赴试，高中榜眼，不料却于归途中不幸染病过世。张玉娘哀伤不已，郁郁而终。家人遵其遗愿，将其与沈佺合葬，演绎了一段现实版的"梁祝"。在她短暂的一生中，留下《兰雪集》两卷共百余首优秀诗词作品。其中，《山之高》以其雅致清润的文笔、含蓄悠长的气韵、开阔明朗的境界为后世所称赞。其笔下不只有"野春鸣涧水，山月照罗裳"的静美悠然，也有"摘翠闲惊鸟，烧烟晓煮茶"的闲适雅趣，还有"流星飞玉弹，宝剑落秋霜"的军旅豪情。张玉娘对松阳这片秀美山川爱得深沉。在她的笔下，松阳的山色是"远山翠不减，满庭摇空青"的，松阳的水光是"渺渺涵秋色，澄澄生晓烟"的，就连松阳的竹亭也是"叶齐林影密，惟有清风心"的。一代才女，虽未过三十岁便香消玉殒，但她不凡的才情和她那段清丽凄婉、感人至深的爱情被人千古传颂。如果说松阳要有一个诗词人物作本地的文化名片，那自然非张玉娘莫属。即便是处州（今丽水市）的文化名片，张玉娘也是担得起的。也许时光变迁，千百年后的城市，早已经不是诗人们当时描写的模样，但是后人们只要提起某个地方，就会想起诗人和他们的诗句，这便是城市名片真正的魅力所在。

二、用诗词活动点亮本地城市名片

随着电影《长安三万里》的热映，全国再次掀起了新一轮的诗词热度。长安因其独有的历史地位，自古便引无数诗人吟咏，十三朝古都数千年文明，有着非常丰富的历史文化资源。当代陕西，诗词活动也非常丰富。比如"三秦杯"第七届女诗人诗词写作大赛、陕西省诗词学会主办的中华诗词"长安大讲堂"、西安城墙古城全球征春联活动，等等。各种全国或地方性的诗词赛事也是层出不穷,均为如西安这样的文化古都增添了新的文化色彩。

就诗词活动在全国范围内的影响力而言,两年一届的"中华诗人节"是其中的佼佼者。这项活动由中华诗词学会举办,每年选择合适的地方承办,迄今已成功举行四届,每一届都主题鲜明、意义深远,在全国范围内引发了广泛关注,赋予了承办城市更新一层的文化内涵。而另一个非常具有影响力的活动便是浙江丽水瓯江山水诗路与中华生态诗高峰论坛,已成功举办三届,即将举办第四届。瓯江山水诗路,是浙江省"大花园"建设的重要决策部署之一。他们通过对瓯江诗路的开发,积极为新时代的文化建设、生态文明建设服务。更可贵的是中华生态诗这一新理念的提出,更是开启了中国山水诗在当代发展的新里程。通过吟咏当地山水自然风光、人文生态、康养宜居生态等中华生态诗词的创作,用诗词独特的魅力全面体现了丽水"大花园"的美丽多姿。瓯江诗路和中华生态诗已成功点亮了丽水的城市名片。今年高峰论坛的主要内容是首届"兰雪诗词"学术交流研讨活动,这一活动我认为于文学史上是一项重要举措,它使更多的学者、诗词爱好者能更加全面立体地认识张玉娘。《兰雪集》为一代才女张玉娘所著。然而张玉娘不仅生前不幸,为情而死,其死后也是不幸的。张玉娘和《兰雪集》曾在三百年间默默无闻。明清两代以及近代虽都有诗人、学者为之疾呼或整理诗集,但因种种原因,其事仍流传不广,知者甚少,一颗璀璨的明珠差点被埋没在历史的尘埃之中。幸而在文化高度繁荣,文化传播速度迅猛的当今,丽水各界大力开发瓯江诗路,松阳县政府、丽水市文学艺术界联合会、松阳县文学艺术界联合会等各级单位以及各界有识之士吹尘拭玉,通过全力打造张玉娘诗文馆,成功举办"兰雪杯"全国诗词大赛等活动,使得一代才女张玉娘以更鲜亮的姿态展现在世人面前,也成功为松阳点亮了这张地方文化名片。相信张玉娘会被越来越多的人认识,而松阳也将逐步展示出它的独特魅力。

三、营造和保护地方诗意场所和诗意环境

文旅需求高度发展的今天,人们对旅游环境的要求也越来趋向于精致化、高端化和普遍化。例如,西安打造了曲江的唐诗一条街,该步行街中心贯穿唐代名人雕塑和著名诗人以及相关题诗,给广大市民良好的文化体验的同时,也成了游客的打卡圣地。与此同时,其高度带动了各种周边文化产品的消费,促

进了旅游经济的发展。又如,丽水的应星楼以及周边的滨江景观带,共同构成了独具特色的"绿色长廊""文化长廊""休闲长廊",给市民提供了舒适优美的休闲场所,使游人流连忘返;南明山摩崖石刻吸引了无数的文人墨客前往瞻仰;松阳张玉娘诗文馆的落成更是让喜欢诗文、喜欢张玉娘的人充满期待。应当注意的是,新的诗词文化场所建设应结合当地文化氛围,符合诗词美学,选取名人佳作,拒绝粗制滥造,拒绝传播低俗,全面提升当地旅游文化层次,努力营造良好的诗意栖居环境。

浙江省提出以瓯江山水诗路等四条诗路建设为主线,全面进行"大花园"建设,打造全域旅游环境,堪称全国文旅结合的优秀示范。加之浙江得天独厚的旅游文化资源,旅游文化发展早已走在了全国前列。不止于此,浙江各级政府仍然在文旅结合上不断探索,追求更高层次的发展,在推动经济发展的同时,必将实现新的文化繁荣,为全省人民打造良好的诗意栖居,从而吸引更多游人前往。

作者简介:郑素莹,陕西乾县人,陕西省诗词学会会员,陕西省诗经研究会会员,汉中市诗词家协会理事、副秘书长,三秦女子诗社会员,天汉女子诗社副社长。

让中华生态诗的魅力助推乡村振兴

陈吾军

乡村振兴涉及产业振兴、人才振兴、生态振兴、文化振兴和组织振兴等。中华生态诗的概念是由丽水市诗词楹联学会叶志深先生率先提出来的,是中华传统文化和当代生态文明结合的产物。2021年7月8日,青田县高湖镇内冯村被丽水市诗词楹联学会授予了"中华生态诗创作基地"称号。两年多的实践证明,中华生态诗是乡村文化振兴的重要力量,其不仅能够丰富乡村的文化内涵,还可以提升乡村的审美价值,推动乡村的可持续发展。本文就如何让中华生态诗助力美丽乡村建设,作一些粗浅的探讨。

一、振兴乡村的诗画乐园思维

随着中国乡村振兴战略的全面推进,文化产业逐渐成为推动乡村发展的重要力量。其中,中华生态诗在乡村振兴中发挥着不可忽视的作用。中华生态诗助力乡村振兴,需要突出乡村特色、推动绿色发展、传承优秀文化和促进社会和谐。首先,要突出乡村特色。主要是乡村的自然景观和人文历史,这是城市中没有的。因此,在创作中华生态诗时,应当充分挖掘乡村的自然资源和人文资源,通过诗词的形式将其独特的魅力展现出来,以此吸引更多的人关注乡村,投身乡村建设。其次,要推动绿色发展。绿色发展是以可持续发展为目标的发展方式,能够实现经济发展和环境保护的双赢。因此,在创作中华生态诗时,应当注重宣传环保理念,倡导绿色生产和绿色消费,使乡村能够实现可持续发展。再次,要传承优秀传统文化,应当以生态诗为媒介,传承和弘扬中华民族的优秀传统文化,如礼仪、建筑、艺术等,要将这些传统文化与乡村生活结合起来,使乡村的文化底蕴更加深厚。最后,要促进社会和谐,应当以生态诗为媒介,促进乡村内部和社区之间的和谐。要通过生态诗传播正能量,化解社会矛盾,使乡村形成和谐稳定的社会环境。只有这样,才能够真正发挥中华生态诗在乡村发展中的作用,为乡村的可持续发展注入新的活力。

2023年8月27日,丽水市诗词楹联学会召开第八次会员代表大会之后,又紧接着举办了瓯江诗派诗词理论研究讲座,瓯江诗派(中华生态诗)研究会叶志深先生做了题为《关于瓯江诗派与中华生态诗的十个问题》的讲座,全面准确地阐述了中华生态诗的理论体系,其中就专门提出了创作中华生态诗的基本要求:

一是真实性,主要指题材的真实性。中华生态诗的题材要求是当今社会现实中和人民群众以及生态文明进程中,看得见、感受得到的客观存在的人、事、物。一般要注明某一景区、某一乡村、某一城市、某一企业、某一事物、某一状况、某一精神等。

二是思想性,主要指诗中要融入共性意蕴。创作中华生态诗尤其要有生态的情怀和时代的情怀,充分体现中华生态诗的三个内在要素。第一个是"人"的要素,人是社会的主体,也是自然的主人。在人和自然的关系中,人始终占主导地位,起支配作用。第二个是"美"的要素,美是人向往和追求的目标,也是当代社会环境和自然环境的综合体现。写中华生态诗离不开写美,写美是中华生态诗的主要内容。从美丽中国到美丽乡村,无不体现美字。因此,美在创作中华生态诗中占有相当大的篇幅。第三个是"和"的要素,"和"指和谐,和谐是人、社会、自然三者关系的本质要求,也是三者协调发展的前提。通常讲的和谐,有天人和谐、社会和谐、人文和谐、山水和谐、物我和谐等。

三是艺术性,主要指诗的特有表现,没有艺术就不成诗。中华生态诗作为精炼的文学体裁,应尽量避免口号式、说教式、概念式,尽量避免语言老化、僵化、鄙俗化和板式化。同时也要避免采用不合规范的网络用语,而要充分吸收当代新鲜生动、表现力强的词语、文字入诗,以替代那些没有生命力和应该抛弃的古代语言。尽可能做到句意欲深、句调欲清、气象雄浑、避腐避俗,尽可能追求"弦外之音""言外之意",让不同的读者能够体悟出不同的意蕴。

真实性、思想性、艺术性三个方面是有机统一、完美结合、缺一不可的,体现了中华生态诗的诗品特征。

而中华生态诗的真实性、思想性、艺术性也正是助力乡村振兴的本质所在和魅力所在。

二、用中华生态诗魅力建设最美乡村

在浙江省丽水市青田县,一个名为内冯的村庄,近年来不仅在经济发展上呈现出勃勃生机,在文化繁荣方面更是焕发出独特魅力。这个村庄以中华生态诗为媒介,推动乡村生态振兴,为全国的乡村振兴战略提供了可贵的实践经验。

内冯村注重生态环保与文化建设并行,将"绿水青山就是金山银山"的理念深深刻画在村庄的每一寸土地上。我作为内冯村的支部副书记,对这一发展理念的实施起到了关键作用。我积极引荐市、县诗词学会的诗词人才,召集诗词骨干为内冯村创作出一大批歌颂家乡、赞美生态的诗词作品,以诗兴村,以诗宣村。

这些诗词作品不仅在内冯村广为流传,还通过网络平台传播至全国甚至国外,使更多的人得以领略内冯村的美丽风光和深厚文化底蕴。同时,内冯村还以这些诗词作品为依托,开展了一系列的旅游文化活动,如举办"生态诗会""绿色论坛"等,吸引了大量游客和当地人士前来游览,进一步推动了村庄的经济发展。

内冯村的成功实践,不仅丰富了乡村文化底蕴,也充分证明了中华生态诗在推动乡村振兴中的重要作用。诗词作为一种具有普遍感染力和传播力的文化形式,能够有效地提升乡村的知名度和美誉度,吸引更多的人才和资源流入,促进乡村的全面振兴。

然而,作为内冯村的支部副书记,我并未因此停下脚步,而是继续深入挖掘本土红色资源,配合村党支部委员会和村民委员会抓乡村发展,着重发展文化建设。在县诗词学会的一起努力下,我们在中华诗词碑林、红色县委旧址、五星文化礼堂、绿色九门寨景区、九门寨露营烧烤基地、千年古庙石佛坛、孝文化示范教育基地的"颐心堂"等地为内冯村创作了三百多首诗词作品,丰富了内冯村的文化建设。

此外,内冯村还专门在红色游步道旁设计了诗赞红色内冯的专栏,体现了乡村特色文化。同时,我们还挖掘了红色故事和民间传说,引进了书法老师以诗为主题创作的上百幅书法作品,丰富了党建建设、文化建设的内涵。2023

年,内冯村被丽水市委宣传部授予"市级文化特色村"的称号,这一成就标志着内冯村的文化振兴已经达到了一个新的高度。

综上所述,内冯村通过中华生态诗的创作与传播,推动了乡村的文化振兴和经济振兴。以诗词为媒介,宣传和推广了乡村的美丽风光和丰富文化资源,吸引了大量游客和投资者。同时,还通过挖掘和传播红色故事、书法作品、诗词宣教、诗词创作等传统文化元素,增强了村庄的文化底蕴和特色魅力。

这一成功的实践经验不仅为其他地区的乡村振兴提供了参考意义,也为中华生态诗的传承和发展提供了有力的支持。在未来,期待看到更多像内冯村这样的乡村,能够通过对中华生态诗等文化元素的传承与创新,实现经济与文化的协同发展,为推动乡村振兴贡献更多的力量。

三、打造康养旅游胜地、中华生态诗乡

乡村振兴的核心就是让乡村美丽起来。乡村文化振兴就是给美丽乡村赋予灵魂。文化振兴之内涵,即通过加强农村传统文化建设、思想道德建设,从而培育文明乡风、良好家风、淳朴民风,实现农村自然风土人情文化、传统农耕文化和传统诗词文化相结合,让优秀传统诗词文化丰富乡村振兴的内容。中华生态诗凭借其深厚的文化内涵和广泛的群众性、实用性、适应性特点,在乡村振兴中发挥其特殊的现实意义。

乡村一方面是中华生态诗的重要创作源泉,为诗人提供了丰富的素材和灵感;另一方面,中华生态诗的繁荣发展又为乡村的文化建设提供了有力的支撑。从理论主张来看,中华生态诗突出人和生态社会的主张,这就使得中华生态诗和其他生态诗词有着显著的区别。从诗人队伍来看,中华生态诗在作者群体方面大声宣告了自己是大众化的创作群体,人人都可以参与创作中华生态诗。从读者对象来看,由于歌咏时代是中华生态诗的主要特色,贴近时代、拥抱时代、讴歌时代就成为其创作的主旋律,因此容易走进时代、走进乡村、走进广大人民群众,扩大读者对象,引起大众共鸣,从而得到有效传播。在当下,中华生态诗必将为乡村振兴起到不可替代的作用,其主要表现有:

第一,提升乡村文化自信。中华生态诗通过其深厚的文化底蕴,可以让人们更加深入地了解和认同乡村文化,从而增强乡村群众的文化自信心。

第二,促进乡村文化产业的发展。借助中华生态诗的品牌效应,可以推动

乡村文化产业的繁荣发展,如生态旅游、农特产品的销售等。

第三,还可以推动乡村生态文明建设。中华生态诗强调人与自然的和谐共生,这有助于增强乡村群众的环保意识,促进乡村的生态文明建设。

岩石叠加的奇峰、溪水潺潺的溪流、四季盛开的山花,构成了内冯村独特的自然景观,是现代都市人放慢脚步、远离喧嚣、安顿心灵的养生福地。要绿水青山变金山银山,绿谷变新,青山变金,需要整体规划,其中很重要的一项就是旅游业的开发。而旅游开发的重要武器就是融入中华传统文化,再现有人文价值的记忆,让人们更多地体味独特瓯江的神韵;运用生态诗的振兴、励志、怡情等元素,促进生态气候资源转换为生态产品价值,增进乡村群众的文化获得感。通过参与中华生态诗的创作和传播,乡村群众可以感受到文化的力量,获得更丰富的精神滋养。

通过春风化雨般的潜移默化,无声熏染,中华生态诗必将成为乡村文化振兴战略中的催化剂,必将会使美丽乡村锦上添花,必将会形成乡村振兴中文化振兴之磅礴伟力。

作者简介:陈吾军,浙江省丽水市青田县革命老区内冯村党支部副书记,系中华诗词学会会员,青田读书会副会长、内冯分会会长、青田县民间文艺家协会副主席、青田县孝文化研究会常务理事。

弘扬张玉娘文化魅力,把松阳打造成为中华诗词之乡

项一民

我国具有悠久的文学历史,每一个时代都会涌现出卓越的"女才子",这些女性以其特有的细腻情感和对社会生态的敏感体验,创作出了许多珍贵的作品,有着非常高的研究价值。也有些看起来柔弱的女子,却有着巾帼不让须眉的才华气质,留下了许多优秀的诗词作品,流淌在中国文学史的灿烂星河,成了中国历史文化长河中一道亮丽的风景。在中国古代,女性诗词如同女性自身,在长期男尊女卑的社会制度下受到压抑和蒙蔽,处于一种被轻视的状态。其实中国女性文学自涂山氏、有娀氏以来至少有三千余年的历史,可谓历代皆有才女出。在宋代更是出现李清照、朱淑真、吴淑姬、张玉娘这"宋代四大才女",其中张玉娘是一个比较独特的存在,她的作品和人生经历,有许多值得大家研究的地方。

近年来,松阳县委县政府着力挖掘和传承当地历史文化,成立兰雪诗社研究张玉娘诗词,整理出版了《张玉娘》等书籍,修缮保护张玉娘墓等历史遗址,以期将张玉娘打造成松阳的一张重要文化名片。2014年,松阳县委、县政府又与浙江越剧团签署合作协议,推动越剧《张玉娘》在各地巡回演出,取得圆满成功。

2021年,松阳县人民政府建成张玉娘诗文馆,委托松阳县兰雪诗社管理和对外开放。松阳县人民政府决定将诗文馆打造成一流的文化地标,建成中华女性诗词馆,馆内可容纳藏书6 000余册,使其成为一个集诗词收藏、研究、创作于一体的文化场馆。馆内藏书全部为诗词书籍,并向全国各诗词组织、名家、诗人发出征集函,倡议各级诗词组织或个人、社会各界人士向该馆捐赠个人出版或收藏的当代近体诗词集。

在张玉娘的《兰雪集》中,不管是写忠贞不渝的爱情、娇憨烂漫的少女闺情

还是爱国忧国的赤子之情,都是将自己最真切的感受融入其中。题材多样是张玉娘作品集的突出特点,无论是对缱绻爱情和少女闺情的真实感受与描摹,还是对爱国志士和报国之情矢志不渝,都散发着异于男性作者的独特气息。下面就一些具有代表性的相关作品进行品鉴、解读。

一、心系国家危亡的赤子之情

张玉娘虽是身处闺阁的官家小姐,却能心系家国天下,创作出了一系列反映爱国主义的作品。张玉娘传世的诗歌,单论数量比不过断肠词人朱淑真,论质量更是不及易安居士李清照,但是其作品所寄托的家国情怀则是这两位女词人所望尘莫及的。张玉娘生活在风雨飘摇的南宋败亡之时,当时强大的蒙古铁骑横扫欧亚大陆,大举南下,所向披靡,势不可当。然而南宋王朝却偏安一隅,主幼臣佞,贾似道把持朝政,腐败无能。但张玉娘却在国家危亡之际,鼓励自己的弟弟赴前线杀敌,并抱病写了一首《从军行》:"三十遴骁勇,从军事北荒。流星飞玉弹,宝剑落秋霜。书角吹杨柳,金山险马当。长驱空朔漠,驰捷报明王。"这首诗描写了戍边将士艰苦危险的生活,歌颂了他们大无畏的英雄气概和戍边卫国的牺牲精神。中国人的家国情怀,古已有之。心系国家,是根植于每个中国人内心的意念。爱国已经是每个中国人心中最深的印记,不管身在何方,不管处在何地,祖国永远都是我们内心的牵挂。在南宋末年那种动荡不安的社会背景下,张玉娘依然能鼓励并支持弟弟上战场,可见张玉娘高尚的爱国情怀。

然而,一个弱女子面对这山河破碎又能有何作为呢? 这年,张玉娘去松阳县城外,拜谒王将军墓。虚弱的张玉娘在两个贴心丫鬟的陪同下,来到望松岭,在王将军墓前双膝跪下,虔诚祈祷将军在天之灵保大宋江山安宁无恙,并写下一首《王将军墓》:"岭上松如旗,扶疏铁石姿。下有烈士魂,上有青菟丝。烈士节不改,青松色愈滋。欲识烈士心,请看青松枝。"诗人在王将军墓前,极目岭巅,追思往事,托物抒怀。神驰于当年鏖战之望松岭战场。诗人善于运用比喻手法,渲染出望松岭上一派庄严肃穆的景象。然后,视野自上而下,点明岭下埋葬着爱国烈士。青松苍翠色浓,犹如烈士们高尚忠勇之节操。诗人以松喻人,先逐层吟咏青松,把自己的爱国热情寄托在赞颂青松之中,而浸润在这种赞扬情感之中的是诗人对烈士忠勇牺牲精神的敬慕与向往。诗人深居闺阁,却心怀国家民族命运,这在封建社会里实为难得。这首律诗格调悲壮、感情真挚,堪称一曲对烈士的赞歌。

松阳县县长梁海刚先生也曾到望松岭祭拜王将军墓,感慨于张玉娘的爱国情怀,也写诗一首以表达对这位女诗人的敬佩之情。《书怀·其一》:"白发迎风到梏苍,连天云水两茫茫。簿书万卷多尘绊,砧杵千家共夜凉。松岭争如幽梦远,清溪不似客愁长。可怜皎皎独山月,千载犹吟张玉娘。"

二、天真美好的少女情怀

由于家境优越,张玉娘在少女时期过着无忧无虑、天真烂漫的生活。她性格开朗,时常与两个情同姐妹的侍女一起游山玩水,好不快乐。如这首《如梦令·戏和李易安》:"门外车驰马骤,绣阁犹醺春酒。顿觉翠衾寒,人在枕边如旧。知否,知否,何事黄花俱瘦?"

这首词是张玉娘的早期作品,大概就是她待字闺中时生活的写照。听着大门外车马来往奔驰,嗅着绣阁里春酒的醇香,张玉娘慵懒地斜倚在香榻上,间或信笔写些诗词消遣,她的才女性情也愈见光彩。"知否,知否,何事黄花俱瘦?"少女时期的她还不甚明白愁滋味,词中活脱脱表现一副快活调皮的女孩形象,一个少女的娇态跃然纸上。

张玉娘在这一时期的作品大都委婉细腻,颇具小女人的娇态,再如下面这首《沐发》:

>腻滑青螺宝髻黏,金盘香水吸寒蟾。
>指尖巧弄琅玕影,楚发轻披云母帘。
>掠雾暗疑星点点,拂波深见玉纤纤。
>起来乱绾慵双凤,熏彻沉檀强自添。

这首诗以描摹闺中女儿生活细节为题材,从女性视角出发,书写了自己的情感体验。作品充分展现了女性特有的清丽婉约之美,这种极致的细腻与风格,是男性作者难以企及的。

张玉娘是个多才的女孩,也是一个多情的女孩。哪个少女不怀春,哪个少男不钟情。青春之际,憧憬美好爱情,应该是众多少女的共同愿望吧。在张玉娘及笄后,父母为她与表兄沈佺订立了婚约。二人自小一起玩耍,可谓是青梅竹马。玉娘多才,沈佺亦非凡才俊。传闻沈佺是一个大才子,过目不忘,才思敏捷,饱读诗书。才子佳人相遇,少不了吟诗作赋,相互唱和。下面这首《紫香囊》就是代表他们美好爱情的见证:

> 珍重天孙剪紫霞,沉香羞认旧繁华。
> 纫兰独抱灵均操,不带春风儿女花。

这首诗是玉娘与沈佺互赠信物、诗词唱和时,写给沈佺的一首诗。"纫兰独抱灵均操,不带春风儿女花。"她是那样的直抒胸臆,果断又勇敢,也是那样的孤傲洒脱。与朱淑真的名句"宁可抱香枝上老,不随黄叶舞秋风"异曲同工,都是托物言志,表现出其清丽高洁的节操,以及对爱情忠贞不渝的追求。《元诗总论》中说她:"张若琼事即伤心,诗亦清婉,论其节义倍过易安。"不得不说,玉娘之诗才兼具有个性与崇高的人格魅力,实为诗坛之瑰宝。

三、对爱人的忠贞和思念之情

沈家败落后,玉娘父母意欲悔婚。张父写信给沈家,向沈佺提出要求:"欲为佳婿,必待乘龙。"为迎娶玉娘,沈佺决心远赴京师求取功名,并榜眼及第,然不幸病逝于归途,从此与玉娘阴阳两隔。此后玉娘矢志守节,郁郁而终。玉娘去世后,经两家商议,将其纳入沈氏宗谱,与沈佺合葬。这一时期,因对心上人沈佺的深切思念,张玉娘创作了大量以相思伤别为题材的诗歌作品,比如,下面这首杂言诗《双燕离》,写于和沈佺分别不久,诗中饱含对沈佺的相思之情。

> 白杨花发春正美,黄鹄帘垂低燕子。双去复双来,将雏成旧垒。
> 秋风忽夜起,相呼渡江水。风高江浪危,拆散东西飞。
> 红径紫陌芳情断,朱户琼窗侣梦违。憔悴卫佳人,年年愁独归。

这是一首托物言志的抒情诗。诗中写相思离情,以燕喻人,表面上写燕子的分别,其实是哀悼自己与心上人沈佺相爱却不能相守的悲怆之情。眼看着情郎远去,张玉娘内心充满了忧虑与无奈,却似乎什么也做不了。在无数个夜晚,她只能靠着占卜安慰自己。有诗《闺房四道·卜归》为证:"南浦萧条音信稀,百劳东去燕西飞。玉钗敲断灯花冷,游网乘空蟢子非。沉水齐心燃宝鼎,金钱织手卜灵龟。数期细认先天课,甲已多加归未归。"

在古代,人们将灯花视作吉祥之物。痴情姑娘张玉娘,呆呆地看着灯花,等了一夜。可惜,直至"玉钗敲断",也没有等到灯花结成花瓣的形状。诗中的"蟢子",又名"喜蛛",它常常结网于墙壁之间,因其织网形同八卦,故"蟢子"被视为吉兆的象征。不幸的是,张玉娘只等了个"游网乘空蟢子非"。

得知沈佺中榜和去世的消息,大喜接着大悲,柔弱的张玉娘,怎么受得了这沉重打击?悲泣中提笔写下了这首催人泪下的《哭沈生》:"仙郎久未归,一归笑春风。中涂成永绝,翠袖染啼红。怅恨生死异,梦魂还再逢。宝镜照秋水,明此一寸衷。素情无所著,怨逐双飞鸿。"

诗中明确表达了自己要为沈郎守节的忠贞不渝。如玉娘最早赠予沈郎的《紫香囊》,诗中展现了如幽兰般高洁的贞操和对爱情的矢志不渝。但我觉得张玉娘的情诗中,最有名的也是富有争议的一首诗当属《山之高》,也许是有名才有争议,抑或争议让这它更有名:

> 山之高,月出小。月之小,何皎皎!我有所思在远道,一日不见兮,我心悄悄。采苦采苦,于山之南。忡忡忧心,其何以堪!
>
> 汝心金石坚,我操冰雪洁。凝结百岁盟,忽成一朝别。朝云暮雨心去来,千里相思共明月。

再高的山,也无法遮蔽月亮的清辉。月亮看似小,却拥有一颗明亮皎洁的心。睹月思人,少不了凄凉悲怆。这首拟乐府的诗作,充分展现了作者对爱情的热烈而大胆的追求。诗人的情感饱满真挚,字句无不打动人心。她是如此坦率,如此真诚的女子。

"一日不见兮,我心悄悄"表达了对沈郎的深深思念,流露出相思之苦。"汝心金石坚,我操冰雪洁"更是对爱情的一种坚定,直接而明确地表达了自己的心迹。《玉镜阳秋》中评论:"其拟乐府及古诗,间有胜语。"

元代诗人虞伯生赞其诗:"有三百篇之风,虽《卷耳》《虫草》不能过也!"当他读到"我操冰雪洁"时,赞曰:"真贞女也,才女也!"

张玉娘的爱情故事可以说是现实版的"梁祝",她对感情的执着,对爱情的坚守,感动着我们每一个人。这种忠贞不渝的爱情观,对当今社会具有重要的现实意义,同时也体现出现代社会生态文明的价值追求。原丽水诗词楹联学会会长叶志深先生说,生态意义应该是广泛的,有自然生态,也有社会生态。生态诗的内涵也是广泛的,既有描绘自然生态的生态诗,也有反映社会生态的生态诗。张玉娘的诗词作品,对于中华生态诗研究具有积极的推动作用。

四、多彩的家乡生活风情

张玉娘这位出生于仕宦之家的小姐,却全然没有富贵人家女儿的那种娇气。她不只是吟咏闺房女红和少女怀春,她还吟咏国家兴亡、历史兴衰、人生感悟以及情感别离,也时有描绘日常的生活和自然风物的佳作。虽然她留下的诗词作品数量不多,但其内容是十分丰富的。

松阳被誉为茶乡,其茶文化源远流长,松阳人民很早就开始种茶、制茶、品茶。茶产业是松阳悠久农耕文明历史的重要组成部分,承载着千年的历史文化底蕴。松阳独特的自然环境非常适合茶叶生长,位于松阳新兴镇的大木山茶园,在茶元素融合方面做得很好,堪称松阳典范。值得一提的是,大木山茶园还是国内首个将自行车骑行运动与茶园观光休闲融合的旅游景区。

松阳当地素有饮茶的习俗,张玉娘也爱茶。她有一首名为《清昼》的咏茶诗,读起来饶有意趣:

> 昼静春偏远,诗成兴转赊。
> 看山凭画阁,问竹过邻家。
> 摘翠闲惊鸟,烧烟晓煮茶。
> 无端双蛱蝶,绕袖错寻花。

春天郊外的早上很安静,诗人心中的灵感从兴起到源源不断。倚靠画阁眺望远处的山脉,去向邻居打听竹林在哪里。摘下翠竹惊动了树上的闲鸟,在早晨用竹子烧水煮茶。不经意间飞来一对蝴蝶,围绕着诗人的衣袖翩翩起舞,以为找到了花丛。这首诗生动地描绘了诗人在郊外的宁静生活,惬意而不失生活情趣。不管在室内还是室外,只要能找到可用的材料,如竹子,就可以生火煮茶,所以要去邻居家问竹林的方位。诗人将对茶的热爱表现得淋漓尽致。再

比如,这首《采莲曲》:

> 女儿采莲拽画船,船拽水动波摇天。
> 春风笑隔荷花面,面对荷花更可怜。

此作以采莲女的劳动生活为题材,一个"笑"字,寓情于景,情景交融,传达出一种愉悦之情。

张玉娘是一个奇女子,但她的一生却是那样的短暂,令人遗憾。尽管生命短暂,但她却为我们留下的宝贵的文学财富。她的作品原稿保存在沈氏宗祠,后来,经张玉娘的族孙张献集录和整理她的遗作手稿,汇编成册,名为《兰雪集》。然后,此诗集藏在沈氏宗祠内默默无闻。直到明朝时期,松阳贡生王诏在沈氏宗祠中发现了《兰雪集》,就写了《张玉娘传》,才使得张玉娘名之于世。此后,《兰雪集》几经刊行,流传至今。

有人称赞《兰雪集》是李清照《漱玉词》后的第一诗集。在元代中期,其诗《山之高》传入京师,当时最负盛名的诗文大家虞伯生读其诗,至"山之高,月出小,何皎皎!我有所思在远道,一日不见兮,我心悄悄"时,不禁赞叹:"可与《国风·草虫》并称,岂妇人女子所能及耶!"虽然历史上有些人对张玉娘的诗词亦有微词,如《四库全书总目提要》评论《兰雪集》"诗格浅弱,不出闺阁之态",这种评价实际上反映了封建士大夫的傲慢与偏见。官方责其"失礼之咎,自不可掩",但学界的评价却与之相反,这一贬抑恰说明了张玉娘的诗词具有明显的反封建礼教倾向,实际也象征着张玉娘诗词的时代进步性。

张玉娘是不幸的,但又是幸运的。她短暂的人生、凄凉的爱情,让人为之泪目。幸运的是,她的文化遗产受到保护并得以流传下来。现在,松阳县委和县政府高度重视本地诗词文化的传承与发展,正深入挖掘并弘扬当地的诗词文化,结合松阳的农耕文化和优越的生态环境,全力打造中华生态诗和瓯江山水诗路的核心区,其中亦包括了对张玉娘的诗词进行整理与研究,其爱情故事也被编为剧目搬上舞台。张玉娘正被越来越多的人认识,其在瓯江山水诗路的开发建设中占有重要地位。

张玉娘那短暂的一生犹如一颗流星划过历史的天空,留下的一道绚丽光芒,汇聚成了中国文学宝库中的一颗璀璨明珠。

松阳县,历史悠久、人杰地灵、人才辈出,为了更好地为松阳县的经济社会发展大局服务,松阳决定在全县范围内开展"中华诗词之乡"创建活动,加快推进"文兴松阳、挺进共富"工程建设,传承田园松阳文化根脉。相信随着建设"中华诗词之乡"活动的深入开展,必将对松阳文旅产业品质提升,对丽水的"中华生态诗"的发展产生巨大的推动作用,同时对建设瓯江山水诗词和传承中华传统诗词文化带来积极的影响。

个人简介:项一民,龙泉市第二中学美术教师,龙泉市诗词楹联学会会员。

发挥生态古村落文旅优势，把松阳打造成中华诗词之乡

樊敏青

用"春风又绿江南岸"来形容近年来中国传统古诗词文化的复兴甚是恰当，爱好诗词的人如雨后春笋般涌现。随着中国经济的发展，浙江省的"四大诗路"应运而生，其中浙南的"瓯江山水诗路"建设中，以叶志深先生、周加祥先生为代表的丽水市诗词楹联学会，已经成功举办了三届中华生态诗高峰论坛会，"瓯江诗派生态诗"也随之应运而生。回溯历史，东晋时期的谢灵运开辟中国山水诗路，而今天，新一代诗人正沿着这条诗路，不断走向未来。

随着城市现代化文明的发展，目光所到都是高楼大厦，环境生活也在标准化的过程中出现了高度的雷同，喧嚣与焦虑交织成一张无形的网，让人们疲惫不堪。相比之下，古村落幽静古雅的氛围、舒缓的节奏，便显得愈发可贵。人们在寻找木心先生诗句《从前慢》中所描绘的节奏，可以让人们的心态倾向平和舒缓。松阳县古村落，其宁静的幽居环境，为人们提供了领悟诗意生活的理想场所。

生活在城市喧嚣中的人们，内心深处对回归乡村，寻求心灵的桃花源有种深深的渴望。而丽水市松阳县的传统古村落，是洗涤身心文旅的首选之地。出于内心的期待，我常有"明月何时照我还"的乡愁情结，如同思乡之归燕，心有梁间筑"诗巢"的痴情，故身未至而神思先行。

一、创诗词之乡，引领带动松阳县十大古村落为代表的乡村文旅

松阳县位于浙西南的瓯江上游，松阳县古村落有着保存完好的明清乡土文化非物质遗存，被学界惊呼为"古典中国"农耕文化的活化石，被誉为"古典

中国的县域标本",它像一块刚被发现的璞玉,散发出岩层深处的气息。

山坳里星罗棋布的古村落,依山势而错落有致的古民居,呈现出千年前质朴安静的风貌,在雾气缭绕中,若隐若现,如诗如画,形成一个个"中国最美村庄"群落,被《中国国家地理》杂志赞誉为"最后的江南秘境"。目前,全县已有七十一个古村被列入"中国传统村落名录"。

三都乡杨家堂村相传是明代开国第一文臣宋濂后裔的聚居地,三百来人的小村,文风昌盛。村中几十幢泥黄色土木结构的古民居依山势而建,层层叠叠高低错落的民居在阳光下泛着金黄色,有"江南布达拉宫"之称。自近代以来,从这里走出的教授级别的专家学者就有四十位之多。

三都乡松庄村有五百多年的历史,松庄村隐藏在峰峦叠翠之中,潺潺溪水呈S形绕村而过。据《松阳松庄叶氏族谱序》记载,松庄叶氏始祖叶万一偏爱山泉,见松庄"高峰巩固,绿水环流","遂营居焉"。这里自然生态美好,真是一个"绿树村边合,青山郭外斜"的诗意乡村。

四都乡西坑村,这个高山古村落,四面环山,因常年雨量充沛,极易形成云海、云雾缭绕山涧,被诸多摄影家誉为"中国最美乡村",是浙江省一处著名的摄影景点。这里还有一条古驿道,秋天可沿着这条古驿道探寻"古道西风瘦马,夕阳西下"的诗意。

四都乡陈家铺村是落悬于800多米的山崖峭壁之上的古村,该村三面环山,面朝深谷,云雾缭绕,距今已有640多年历史。古村的建筑依山而建,沿山体梯田阶梯式分布,上下落差高达200余米。悬崖梯状错落,民居依崖而建,雨后云雾升浮在绿水青山之间,有着"仙崖琼台,云山人家"的诗意之美,陈家铺村是浙西南典型的悬崖式古村落。

距松阳县城15千米的平田村,由于海拔高达610多米,极易形成云雾缭绕的景观,一年中有200多天都被云雾所环绕,因而得名"云上平田",晚唐名相李德裕有《怀山居邀松阳子同作》诗云:"我有爱山心,如饥复如渴。出谷一年余,当疑十年别。春思岩花烂,夏忆寒冰冽。秋忆泛兰卮,冬思玩松雪。晨思小山桂,暝忆深潭月。醉忆剖红梨,饭思食紫蕨。坐思藤萝密,步忆莓苔滑。昼夜百刻中,愁肠几回绝……"

诗意之美的山居,让李德裕留恋。松阳子据说也姓李,唐代时在长安为官。出谷一年之余的松阳子就有如隔十年的感觉,只因山间幽谷中的春夏秋冬、晨昏时节,以及酒后饭余,皆有令其怀念之物。如果你走入松阳县四都乡平田村，恐怕亦会被其吸引，难以割舍。

叶村乡横坑村，因村前有环村而过的小溪"横坑"而得名。村落四周被青青翠竹环绕着，黄墙黑瓦错落有致，民居以石头垒墙，踏上带着青苔颜色略微发黑的石阶，雨滴从瓦缝中坠落，溅起石板上跳舞的珠玑，诗意之美无以言表。

再看石仓古民居。江南客乡，水墨石仓。这里的居民多为三百多年前迁徙来的客家人，仍保持着闽地文化的韵味与生活气息，造就出了这片江南的客家桃花源。福建汀州文脉在这里延绵。石仓民居的门楼和厅堂，大都有题匾、题额、楹联，这些堂题额多重耕崇学、抑恶扬善等，且不乏书法力作，彰显了世代相传的家风祖训。

酉田村相传是南宋左丞相、著名理学家叶梦得后裔的聚居地。自清朝嘉庆年间起，酉田叶氏家族出现了一个六代行医的中医世家，堪称杏林传奇。村处在大山坳里，村头苍松迎客，犹如古代山水画中的古松，诗云："直干壮川岳，秀色无等伦"。那一幢幢红墙黛瓦的民房，鳞次栉比，错落有致，形成一道道独特的山村风景，犹如一幅色彩富丽的油画。

呈回村，海拔630米，居民汤姓为主，村中保存有社庙、宗祠和古井等，水口处生长着几十棵百年老树，是典型的台地式传统村落。村落四山环抱，一水回绕，因此也有了一个美丽的名字——呈回。村庄前方开阔，四周群山环峙，藏于层层错落的梯田之中。

横溪村是松阳有名的茶叶出产地。这里有中国最大的骑行茶园——大木山茶园。茶园内丘陵连绵，水库密布，骑行车道贯穿其中，景色宜人，茶香四溢。横溪村地处丘陵缓坡地带，气候温和，雨量充沛，适宜茶树生长，这里种茶历史悠久。

松阳古村落群是松阳县诗词之乡发展的重要载体。松阳县每个古村落就像是山水生态诗的目录，可以为诗词楹联创作提供灵感。比如，可在绿色生态农产品的包装上设计加入诗词元素，如我在缙云东渡项坑书院曾有过的经历，将题诗印在书院的环保纸袋上，袋子里装了黄花菜、笋干、麻糍等农产品，以此提升农产品的文化附加值等。再比如，近年松阳发展的民宿有"过云山居""云上平田""酉田花开""云端觅境""云里听蛙"等，这些民宿不仅在建造设计上加入了诗词创作元素，还开通民宿公众号邀请诗人进行线上吟咏活动，将优秀的作品书写成书法作品展示在民宿客厅，提升民宿的文化品位。

很多古村、古镇历史上都有自己的"八景"或"十景"，犹见先贤儒风雅怀，诗情与画意，引人留恋。前人留下的风景生态诗，今人大可以古人旧题续作新诗，如古人云："李杜诗篇万口传，至今已觉不新鲜。江山代有才人出，各领风骚数百年。"现在很多古村落风行修村史，尽可以把今人的好诗词编入村史，把每个古村落的村史印成小史册或诗册馈赠给游客，回去的游客可能因阅读诗文，而对古村落产生更深的兴趣，进而吸引新游客来松阳探秘旅宿。诗词便是文化历史的导游词，引导带动乡村文旅。缙云东方镇田老师修《胪川田氏宗谱》时，我有幸参与采风活动，并创作了"胪川八景诗"收入其宗谱，我也曾看到过之前旧谱，发现有些村的风景诗是地方上的小秀才所作，意境非常好。历史旧景，今人不关注就可能会湮没。有时，可因前人有诗而寻觅、激活老的风景，开发风景；有时，可能今人题了好诗，开发出新的风景，风景因诗人点睛而活，人、文、景三者相得益彰。

松阴溪是松阳县主要河流，松阳县诗词楹联学会可以开启如"松阴溪诗路"的栏目诗课。目前，缙云县诗词楹学会开启的"好溪诗路"栏目诗课已有六十期之多，诗帖在"缙云优生活"公众平台发布，阅读量基本在三千人次以上，明显提升了当地文旅的知名度。那么松阳县也可以从通济堰开始，顺着松阴溪而上，对沿途的古村落可以逐个进行诗词采风，溪流、山涧、摩崖、清泉、水井、廊桥等皆可为题。今年初秋，瓯江诗派的叶志深、周加祥、虞克有和众多诗人齐聚缙云县与丽水市交界处的株树村，开展采风活动。"千溪万涧入瓯江，水脉诗路互联通"，为丽水市打造诗词之乡而努力，诗人们身处盛世，尽可以"指点江山，激扬文字"。

松阳县的地理环境独具特色，处于山地、丘陵、谷地、台地和水网相互交错的地带。大盆地套小盆地，小盆地连着小山谷，其结构层次错落，盆景式的景观特别符合中国人的审美情趣。我们可以将松阳县的古村落大致分为五类：第一类是"阶梯式"村落，如杨家堂、官岭、横岗、横坑、庄后、陈家铺等村；第二类是"平谷式"村落，如山下阳、横樟、吴弄、靖居、燕田等村；第三类是"傍水式"村落，如界首、雅溪口、南州、小槎、松庄、洋坑头等村；第四类是"台地式"村落，如西坑、平卿、呈回等村；第五类是以石仓为代表的客家文化村落，其文化源自福建汀州，原住民一直保持着传统的"汀州腔"语系。松阳县地理文化丰富多样，诗人们尽可以"书生意气，挥斥方遒"，通过传承与弘扬松阳县古代先贤的文化遗产，提升地方知名度。

为什么松阳这些古村落地理位置如此优越呢？这还与道教宗师叶法善尊

崇"天人合一"的环境地理观念有关。总结村落选址的实践经验，发现它们符合道家"天人合一"的理念，展现了人与自然和谐共生的状态，生态、形态、情态三而合一。每一个古村落水口，都有风水林，风水树。周围山水与田园，村舍和水口自然融为一体……我们尽可以去细阅历史，让松阳大地上的人文先贤，通过诗词创作，复活在诗词里，诗词可喻理载道，传承先贤热爱家国天下的大情怀。

松阳县的先贤文化遗产很丰富，有"汝心金石坚，我操冰雪洁"的张玉娘贞德文化；有包龙图后裔所承载的包氏廉洁文化；有文韬武略项安世的爱国主义文化，等等。这些先贤都是松阳历史长河中的巨星，留下了灿烂的文化遗产，亟待后人探索、发现、传承、弘扬。可以在中小学语文教育中培养诗词爱好者，通过弘扬诗词传承中华民族传统文化美德。如果能将诗词课融入学校语文写作课教学中，成为一种时尚风气，无疑将成为诗词传承的最好途径。

浙江省诗词楹联学会以王骏会长为代表的领导班子，提出了"四大诗路"发展规划，得到了中华诗词学会周文彰会长的认可和肯定，浙江省诗词之乡创建的版图逐渐扩大。"四大诗路"符合习近平总书记的"两山"理念。丽水市松阳县古村落的规划设计，已吸引了国际级设计大师的参与。松阳古村落是丽水市的文化遗产，也是浙江省的文化遗产，更是中国的文化遗产、世界的文化遗产。在当下中华民族伟大复兴和"一带一路"倡议的推动下，中国文化正逐步走向世界，文化越来越受重视。良好的生态农业旅游与以瓯江诗派为代表的中华生态诗相结合，相信松阳县文旅业定会如虎添翼，进而推动经济与文化相互促进，形成良性循环，实现可持续发展。

作者简介：樊敏青，笔名然之。浙江省辞赋学会、浙江省诗词楹联学会、中华诗词学会、丽水市诗词楹联学会、缙云县诗词楹联学会会员，浙江省建工集团太阳潮诗社会员，西子畔文学社常务副社长，杭州清音诗社社员，杭州朝晖诗社社员，丽水市瓯江诗派研究员。

"山水田园诗"谢陶两鼻祖之比较

徐友松

华夏五千年文明史,诗歌是其中的奇葩之一。山水诗和田园诗又是诗歌中成就斐然的涓涓两分支。每提及山水诗和田园诗,总避不开谢灵运与陶渊明。

若从总体而言,谢陶这两人有着共同(或者说相似)之处:山水田园两诗人,魏晋诗坛两丰碑,诗歌长河两鼻祖。

若从具体的出身、仕途、性格而言,则谢灵运与陶渊明却有着微妙的不同。正因为两人出身、仕途、性格的微妙不同,所以才造成两人在诗歌创作的内容、风格、艺术之别,乃至于导致两人成名时间与对后世影响亦有差异。

在"两山"理念的指引下,在构建丽水大花园,建设浙江文化强省和全域旅游的大背景下,在瓯江山水诗(含田园诗)、中华生态诗势如潮水般涌起的浪潮中,我细心比较分析了谢陶两位鼻祖,不仅感到挺有趣味,从古为今用的角度对瓯江山水诗进行追根寻源,具有无可争辩的历史和现实意义。因此,有必要将比较研究的粗浅认识和初步成果予以整理并与大家分享。

一、生平经历:仕途坎坷

(一)出身:逐渐衰落的仕宦家庭

陶渊明(352或365或372或376—427),浔阳柴桑(今江西九江)人,出身于没落仕宦家庭,名潜,字元亮,号"五柳先生",谥号"靖节先生"。唐人避唐高祖讳,称陶深明或陶泉明。曾祖父陶侃,是东晋开国元勋,军功卓著,官至大司马,都督八州军事,荆、江二州刺史,封长沙郡公;祖父陶茂、父亲陶逸都做过太守。但陶渊明的父亲死得早,其少年时,家运已衰落,少而贫苦。

谢灵运(385—433),原名谢公义,字灵运,浙江会稽人,祖籍陈郡(今河南太康)谢氏士族。祖父谢玄,晋车骑将军。东晋时,他18岁袭封康乐公,至刘宋朝,被降为康乐侯,故又称"谢康乐"。

陶渊明与谢灵运都是东晋末刘宋初人,只是陶渊明比谢灵运早出生二十年,早去世6年,仕宦家庭的没落也是陶渊明家比谢灵运家早。陶渊明还因父亲死得早,而有过"少而贫苦"的经历。谢灵运只是有过袭封"康乐公"降为"康乐侯"的经历,即使降封了也还是仕宦家庭,没有"少而贫苦"的经历。

(二)性格:宁贫不屈与恃才傲物

陶渊明年轻时一方面存"猛志逸四海,骞翮思远翥",颇有"佐君立业"的政治抱负;而另一方面爱好自然、山水和田园风景,"少无适俗韵,性本爱丘山"。进入官场后不久便不堪吏职自解归家闲居。之后出任的几次小官,也都无由施展济世抱负,而且"志意多所耻"。最后一次为官,只在官八十余日,因不堪官场黑暗,"不能为五斗米折腰"而辞官归田。因此,陶渊明一生所表现出的性格特点是宁贫不屈。

谢灵运东晋名将谢玄之孙,因从小寄养在钱塘杜家,故乳名为客儿,世称谢客。幼年便颖悟非常,《宋书》传称其"少好学,博览群书,文章之美,江左莫逮"。谢灵运本人曾经说:"天下的文才共有一石,曹植才高无双,独自占有八斗,我占有一斗。天下其他的人共分另外一斗。"谢灵运确实善诗也善书,"诗书皆独绝,每文竟,手自写之,文帝称为二宝"。谢灵运亦认为自己应当参与时政机要,但宋文帝对他"唯以文义见接,每侍上宴,谈赏而已"。概言之,谢灵运一生所表现出的性格特点是恃才傲物。

(三)结局:贫困潦倒与悲惨罹难

陶渊明晚年生活贫困,"老至更长饥",但他"不戚戚于贫贱,不汲汲于富贵",即不会瞧不起贫贱,也不受"嗟来之食",不但不会去攀附富贵,而且拒绝权贵的馈赠。

谢灵运后因罪徙广州,元嘉十年(433)密谋使人劫救自己,事发,被宋文帝(刘义隆)以"叛逆"罪名杀害,时年四十九岁。墓葬于今江西省宜春市万载县里泉村。

可见陶谢各自的结局：陶渊明是贫困潦倒，谢灵运是悲惨罹难。

二、诗歌创作：魏晋诗坛两丰碑

陶渊明与谢灵运同是东晋末刘宋初人，在历史长河中处于魏晋南北朝时期，从总体而言，两人的诗歌创作堪称魏晋诗坛的两座丰碑。陶渊明为浪漫主义田园诗丰碑，谢灵运为现实主义山水诗丰碑。从具体的创作内容、风格、艺术、成就而言，则存在一些差异。

（一）内容侧重：山水与田园

若从大处着眼，山水与田园同属一脉，若加以细微区别，则山水更古朴自然，田园则掺有较多人与自然融合的成分。

谢灵运在朝不得志，好营园林，游山水，制作出一种"上山则去前齿，下山去其后齿"的木屐，后人称之为"谢公屐"。与族弟谢惠连、东海何长瑜、颖川荀雍、泰山羊璿之，以文章赏会，共为山泽之游。

谢灵运的诗是他与友人游览观赏山山水水的文字记录与文学记述。故严格地说是山水诗。

《陶渊明集》收录诗文辞赋等作品共一百四十余篇，以诗歌为主。陶诗五言诗为佳，可粗略分为两大类：一类是继汉魏传统的咏怀诗；一类是少有先例的田园诗。其田园诗包括中年出仕时期的《怀古田舍》《劝农》，以及晚年归隐时期的《归园田居》《桃花源诗并记》等。

（二）风格侧重：遣词与立意

谢灵运的山水诗十分注重遣词。他凭着细致的观察和敏锐的感受，且充分发挥语言的表现力，擅长对山水景物作精心细致的刻画，增强了语言描写实景实物的效果，不仅真实地再现了自然美，而且让人分享到高于山水景物的精雕细刻的艺术美。

陶渊明的田园诗则十分注重立意。他总是将自己融于其中，他不只是亲临其境的观赏者，而是亲力亲为的躬耕者，擅长使用白描手法，信手拈来，不加修饰，直抒胸臆，让内心情感自然流露，一种人的内在心情与客观外在景物融为一体的意境跃然纸上。

(三)艺术侧重:佳句与名篇

谢灵运的山水诗佳句层出不穷。如"野旷沙岸净,天高秋月明"(《初去郡》);"池塘生春草,园柳变鸣禽"(《登池上楼》);"春晚绿野秀,岩高白云屯"(《入彭蠡湖口》);"明月照积雪,朔风劲且哀"(《岁暮》);"林壑敛暝色,云霞收夕霏"(《石壁精舍还湖中作》)。①

每首诗至少有一句或一组佳句,却很难找到人的内在心情与客观外在景物融合的意境。

陶渊明十分注重立意,也就是注重构思谋篇。如"采菊东篱下,悠然见南山"(《饮酒·其五》);"羁鸟恋旧林,池鱼思故渊"(《归园田居·其一》);"种豆南山下,草盛豆苗稀"(《归园田居·其三》)。②

陶渊明的组诗《归园田居》《饮酒》以及《怀古田舍》《劝农》《桃花源诗并记》等,篇篇都具有人的内在心情与客观外在景物融合的意境。

无怪乎当年有人评价两人的诗篇时称:谢灵运多佳句而少名篇,陶渊明少佳句而多名篇。

(四)成名时间:生前与死后

谢灵运一方面寄情山水,与四友之间游览唱和互动,这有助于谢诗的流传与谢灵运知名度的提升。另一方面其恃才傲物,善诗也善书,"诗书皆独绝,每文竟,手自写之,文帝称为二宝"。连当朝皇上都欣赏谢灵运的诗、书,谢灵运及其山水诗自然在当朝已经非常有名。钟嵘《诗品》中将谢灵运列入上品:谢客为元嘉之雄,颜延年为辅……斯皆五言之冠冕,文词之命世也。钟嵘认为谢灵运已经超越其前人。

在成名这一点上,陶渊明则没有谢灵运那么幸运。最早注意陶渊明的诗歌并且临摹习写之的是王僧达(王义兴)。明确标明"奉和王义兴"写陶彭泽体诗歌的是鲍照。这时大约离陶渊明辞世已经二十多年。萧统是慧眼发现陶渊明文学价值的人,他搜求陶渊明的作品,辑成了第一部《陶渊明集》,并且写了《陶渊明传》和《陶渊明集序》,不仅高度推崇陶渊明的人格,而且对他的诗文创作也极为赞赏。他还在《文选》中辑入陶渊明的 8 首诗,对其称颂不已。只是

---

① 孙多吉:《中国诗歌史》,陕西人民出版社 2005 年版,第 67、68 页。
② 孙多吉:《中国诗歌史》,陕西人民出版社 2005 年版,第 59 页。

此时距离陶渊明去世已经百年。钟嵘在《诗品序》只提到一次陶渊明,在《诗品》中将陶渊明列为中品,将其列中品并非指其田园诗的成就,而是推崇其为"古今隐逸诗人之宗"。直到南宋汤汉编撰《陶诗注》六卷对其作品进行诠释,才真正确立了陶渊明在文学史上的崇高地位。此时距离陶渊明去世已经八百多年。但这一地位一经确立就保持到今天,经久不衰。

三、影响群体:诗歌长河两鼻祖

(一)谢灵运——现实主义山水诗之开山鼻祖

谢灵运放浪山水,探奇览胜,描写了他所到之处,如永嘉、临川、会稽,彭蠡等地的山水名胜,从不同角度刻画自然景物,给人以美的享受,使山水诗从玄言诗中独立出来,成为中国诗歌史上的一个独立流派,从而扭转了东晋以来的玄言诗风,既确立了山水诗的地位,也奠定了谢灵运——现实主义山水诗开山鼻祖的地位。

(二)陶渊明——浪漫主义田园诗之开山鼻祖

陶渊明是中国诗歌史上田园诗的创始人。陶渊明在辞官归隐后,躬耕南野,亲事稼穑,写诗尤其擅长白描,不假雕琢,直抒胸臆,让内在情感自然流露,独创了田园诗这一新的体例,也奠定了陶渊明——浪漫主义田园诗开山鼻祖的地位。

四、结　　论

从"山水田园诗"纯艺术的角度看,正如先贤沈德潜比较陶谢诗的精辟见解这般:

> 陶诗合下自然,不可及处,在真在厚。谢诗经营而反于自然,不可及处,在新在俊。陶诗胜人在不排,谢诗胜人正在排。

从"山水田园诗"历史源流形成的角度看,王维、李白、杜甫、白居易、韩愈、林和靖、苏东坡、秦观、辛弃疾、陆游、张玉娘等唐宋以及明清乃至现代诸多诗词名家都推崇谢灵运和陶渊明的山水田园诗及其艺术成就,并从这两位鼻祖处汲取了各自所需的养分来丰富各自的诗词创作。

从中华文化底蕴传承与弘扬的角度看,前几年瓯江诗路探源,近几年中华生态诗脱颖而出、悄然升起的迹象,其所映射或折射出的谢陶两鼻祖对当今山水田园诗、中华生态诗潜移默化之影响不言而喻。

作者简介:徐友松,浙江丽水人,丽水市诗词楹联学会会员。

编　后　记

　　2023年11月5日，松阳县隆重召开了"首届兰雪诗词研究暨第四届丽水瓯江山水诗路与中华生态诗创作研讨会"。此次研讨会系松阳县人民政府与上海大学诗礼文化研究院联合举办的系列活动中的重要一环，汇聚了来自全国各地的学者、诗人、诗词爱好者六十余人，与会人员主要围绕张玉娘与女性诗词、瓯江诗派与中华生态诗及其理论构建、诗词创作等议题，展开了深入研讨与广泛交流。经过认真筛选，编委会从参会论文中择优选取三十五篇佳作，汇编成一本高质量的论文集，以记录本次研讨会的丰硕成果。该论文集分为两大板块：兰雪诗词与女性诗词研究、瓯江诗与中华生态诗。其中，第一个板块主要收录了中央文史研究馆中华诗词研究院、上海大学、上海音乐学院等高校与科研机构研究人员的研究成果；第二个板块则以中华诗词学会与丽水地区各诗词楹联学会诗词爱好者的文章为主。两个板块各具特色。

　　在选编过程中，松阳县人民政府、松阳县文学艺术界联合会、丽水市诗词楹联学会（瓯江诗派研究会）、上海大学诗礼文化研究院以及上海大学出版社等相关单位的领导与工作人员均付出了艰辛的劳动，尤其是叶东香主席、王玲秘书长、夏莘根会长、王春博士、刘慧宽博士等多次校对文稿并提出修改意见，提升了论文集的学术质量。尽管我们始终遵循文责自负的原则，并尽了最大努力，但仍难以避免鲁鱼亥豕之误，恳请专家学者及广大读者批评指正，以便日后再版时正之。

《兰雪诗词研究》编委会
2024年5月12日